suhrkamp taschenbuch 4365

Sind Grönländer untreu? Die Bewohner der kleinen Siedlung in Ostgrönland, wo es gut acht Monate im Jahr dunkel ist, sind jedenfalls keine Kinder von Traurigkeit: Sie feiern und genießen, lieben und betrügen einander. Hierher verschlägt es den Dänen Jesper aus Kopenhagen. Völlig unvorbereitet auf das, was auf ihn zukommt, beginnt er mit seiner Arbeit als Leiter der örtlichen Krankenstation. Er behandelt alkoholisierte Tuberkulosekranke genauso wie fiebrige Kinder und zieht auch mal einen Backenzahn. Vor allem aber behandelt er der Reihe nach die Spielerinnen des örtlichen Fußballvereins – und erlebt mit ihnen sein blaues Wunder.

»Faszinierend von der ersten Seite bis zur letzten. Verstörend, aber auch schön, so dass man das Buch nicht aus den Fingern legen kann.« *WDR 5*

Kim Leine, 1961 geboren, gilt als einer der wichtigsten Realisten der dänischen Literatur der letzten Jahre. Seine Romane wurden von der Kritik gefeiert und in mehrere Sprachen übersetzt. 2010 erhielt Kim Leine das renommierte Dreijahresstipendium des Danish Arts Council. Er lebt in Kopenhagen.

Kim Leine
Die Untreue der Grönländer

Roman

Aus dem Dänischen von
Ursel Allenstein

Suhrkamp

Die dänische Originalausgabe erschien 2009
unter dem Titel *Tunu* bei Gyldendal, Kopenhagen

Umschlagfoto: Joeri Stegeman

Erste Auflage 2012
suhrkamp taschenbuch 4365

Druck: CPI – Ebner & Spiegel, Ulm
Printed in Germany
Umschlag: Göllner, Michels
ISBN 978-3-518-46365-9

Die Untreue der Grönländer

Für Sekki, von dem ich viel gelernt habe
und dessen brüllendes Gelächter mich dazu ermunterte,
meine Aussprache zu verbessern.

Spiel

Sejer Enoksen geht den langen Flur der Schule entlang und schaut in die Klassenzimmer. Die Kinder haben sowohl Mützen als auch Jacken vergessen, unter einem Pult steht ein Paar schlammbesudelter Turnschuhe. Aber jetzt sind keine Kinder mehr da, auch keine Lehrer, die Stille hängt wie ein silberner Schleier in der Luft. Alle hatten es eilig, nach Hause zu kommen, ins Wochenende. Er schaltet das Licht aus und schließt die Türen ab, dann durchquert er den Werkraum, der am Ende des langen Schulgebäudes liegt, sperrt hinter sich zu und geht um den kleinen See herum nach Hause.

Er wohnt direkt gegenüber, in einem roten Haus an dem Sandweg, der über die niedrigen Klippen zur Müllhalde führt. Das Haus hat er vor einigen Jahren mit der Hilfe seiner Brüder und Cousins gebaut. Es ist gut gelegen, einige Meter erhöht auf den Klippen, in sicherem Abstand zum Schlamm und Sumpf des Talbodens, von den Fenstern hat man Aussicht auf den Hafen im Norden der kleinen Insel, auf der die Siedlung liegt, und die stillgelegte Fischfabrik am südlichen Ende, wo sich schon seit zwanzig Jahren steinharte Salzsäcke auf den Betonterrassen stapeln. Er freut sich, nach Hause zu kommen, und gleichzeitig verspürt er die übliche Angst. Die Fenster sind gekippt, er hört Stimmen dort oben, Gelächter. Sejer biegt vom Weg ab und geht die vier Stufen zur Tür hinauf.

Der Windfang ist voller Schuhe und riecht danach. Stiefel,

Fellkamiks, Turnschuhe, ausgelatschte Lederschuhe. Die Schuhparade setzt sich bis in den Flur fort, von wo sich eine Treppe in den ersten Stock hinaufwindet, es liegen Schuhe unter der Treppe, auf den Stufen, die Kinder haben ihre von sich gekickt, die Frauen ihre abgewetzten Lackschuhe säuberlich nebeneinander platziert, die Männer haben ihre so abgestreift, dass die Spitze des einen auf dem Oberleder des anderen ruht. Überall sind Schuhe, er spürt ihr weiches Federn unter seinen eigenen Sohlen. Er zieht seine Schuhe aus, ein feines Paar aus Leder, das er in Nuuk gekauft hat, und schiebt sie unter ein Regal.

Aus dem Wohnzimmer dringen Aufschreie und das Geräusch von Karten, die auf den Tisch geschmettert werden. Er geht hinein. Auf dem Boden schlafen halb nackte Kinder, sie liegen auf dem Sofa hinter den vor Eifer gekrümmten Rücken der Erwachsenen, auf den Schößen ihrer Karten spielenden Mütter. Die größeren Kinder sind noch wach, gefesselt verfolgen sie das Spiel, stützen sich mit einer Hand auf die Schulter des Vaters oder der Mutter, studieren das Blatt, wenn die Karten neu gegeben werden, zeigen auf eine Karte und versuchen, verschwörerische Blicke mit den Eltern zu tauschen, werden jedoch ignoriert. Sejer steht mitten im Zimmer und grüßt. Die Leute sehen kurz auf und erwidern den Gruß, woraufhin sie ihre Aufmerksamkeit wieder dem Spiel widmen.

Er geht in die Küche und begrüßt seine Frau Sørine, die sich gemeinsam mit den alten Frauen auf dem Boden versammelt hat. Zwischen ihnen ausgebreitet liegt ein schwarzer Müllsack, darauf Haufen von Fleisch und Fisch. Schalen mit vergorenem Robbenspeck verbreiten einen käsigen Geruch. Die Frauen sitzen mit gegrätschten Beinen da und reißen getrockneten Fisch in Streifen, tauchen ihn in den ausgelassenen grünlichen Speck und stecken ihn in den Mund.

Willst du auch was haben?, fragt Sørine. Es ist auch Fleisch da.

Ja, gern. Er setzt sich hin, bekommt einen Teller mit undefinierbarem Fleisch in Currysoße mit Reis und verschlingt es gierig. Dann steht er auf und geht hinüber zur Spüle, wo er seine Finger und sein Gesicht wäscht und mit einem Geschirrtuch abtrocknet. Danke für das Essen, sagt er.

Sørine entgegnet nichts, sie ist in ein Gespräch mit einer der Frauen vertieft, die gerade irgendetwas aufarbeitet, unheilvolle Familienbeziehungen, Gedenktage; sie erinnern einander an Geburten und Todesfälle, Unglücke und Scheidungen in den benachbarten Siedlungen.

Im Wohnzimmer, wo Sejers Familienmitglieder von den Fotos an der Wand herablächeln, herrscht eine Temperatur wie in einem Backofen. Sørine hat den Schiffsofen aufgedreht, der ein Vermögen an Heizöl verschlingt, und alle Fenster geöffnet, um die Hitze auf schnellstem Wege wieder loszuwerden. Sejer plant schon lange, eine ordentliche Therme mit Heizkörpern in jedem Zimmer zu installieren, aber das ist teuer, und vom Lehrerberuf wird man nicht reich. Er rechnet jedoch damit, dass sich seine finanzielle Situation innerhalb des nächsten Jahres verbessern wird, falls er in den Gemeinderat gewählt wird. Der Posten wird zwar nicht entlohnt, aber alles läuft ein wenig reibungsloser, und man bekommt einiges an Aufwandsentschädigung, wenn man an Sitzungen und Konferenzen teilnimmt.

Sejer lässt sich auf dem Sofa nieder, als eine Spielrunde beendet ist und eine neue einsetzt. Er erhält ein gutes Blatt, und flugs überkommt ihn ein Gefühl der Euphorie, das er jedoch im selben Moment unterdrückt, um sich nicht zu verraten. Das Spiel beginnt. Er hält sich gut, verliert seine Punkte nicht, während einige der anderen sofort auf null herunterrasseln. Draußen vor dem Fenster knurren sich ein paar Hunde an, etwas entfernt beginnt ein weiterer zu heulen, und schon bald durchläuft ein Choral aus gequälten Hundekehlen die Siedlung wie eine Welle, die langsam ansteigt und wieder verebbt. Die Fäkalienabfuhr ist mit ihrem Traktor unterwegs, das macht die Hunde unruhig.

Der alte Isak erzählt eine Geschichte, nun, ich habe einen Ausflug in die Stadt gemacht, und da sehe ich Asser, und er sieht aus, als ginge es ihm nicht besonders. Er beendet seine Geschichte, sie ist verleumderisch und giftig, man lacht höflich und ein wenig reserviert. Der alte Isak wird geduldet, aber mehr auch nicht, er hat eine dunkle Vergangenheit, und im Grunde auch eine dunkle Gegenwart, immer wieder wankt seine Frau mitten in der Nacht durch die Siedlung, übel zugerichtet und laut singend. Also achtet man darauf, Isaks Zügel nicht zu sehr zu lockern, denn sonst kann er sich nicht beherrschen, wird übermütig und fährt mit seinen boshaften Klatschgeschichten fort. Er bemerkt, dass das, was er erzählt, nicht richtig ankommt, knallt eine Karte auf den Tisch und verliert seinen Einsatz. Dann verfällt er wieder in Schweigen.

Meistens spielen sie »Olsen«, ein temporeiches Spiel, das gute Nerven, einen wachen und ausdauernden Kopf sowie ein nicht unbeträchtliches Maß an Rücksichtslosigkeit erfordert. Unerfahrene Spieler kommen nur schwer zum Zuge, in der Regel senken sie das Tempo und stören das Spiel mit ihrem Ungeschick, ihrer Grübelei und ihrem Wankelmut und werden schon in der ersten Runde niedergewalzt. Konfirmanden dürfen mit ihrem Kleingeld teilnehmen, aber nur ein paar Runden, dann ist Schluss. Dies ist ein Spiel für Erwachsene. Männer und Frauen spielen es gleichermaßen, doch die Beharrlichen, die Ausdauernden, die Zynischen und Kompromisslosen sind die Frauen. Sie amüsieren sich, wenn ein Spieler mit ansehen muss, wie sein Monatslohn auf der anderen Seite des Tisches zusammengerafft wird, sie stopfen anderer Leute letzte Kronen mit einem unbekümmerten Lachen in die Tasche. Es sind die Frauen, die noch stundenlang sitzen bleiben, wenn der letzte Mann schon längst seine Karten auf den Tisch geworfen hat und vollkommen desillusioniert nach Hause gegangen ist; sie spielen, bis ihre Kinder am nächsten Morgen aufwachen, sie ziehen sie an und schicken sie vor die Tür, dann spielen sie weiter. Sie geben nicht auf, sie gehen als absolute Gewinner oder totale Verlierer. Wenn sie schließlich nach Hause kommen, mit leichten oder wackeligen Schritten, schielend vor Müdigkeit, stehen ihre Männer außer sich vor Sorge hinter den Fenstern und halten nach ihnen Ausschau.

Sejer spielt nur selten mit, doch heute Nacht ist das Glück auf seiner Seite. Er hat bereits mehr als zweitausend Kronen vor sich liegen und überlegt, ob er aussteigen soll, doch eine Runde vergeht und noch eine, und er behält sein Geld, er mauert, wissend, dass einer der anderen Spieler zu aggressiv ist und Risiken eingeht. Jetzt scheidet der andere fluchend aus, sie sind bloß noch zu viert, nur eine von ihnen hat ein besseres Blatt als er, und er zieht weiterhin gute Karten. Das Glück kommt immer in Strähnen, das weiß er, aber gerade befindet er sich mitten in einer solchen. In seinem nächsten Blatt hat er eine Pik-Zwei und eine Pik-Fünf und gewinnt leichthändig. Jetzt führt er. Das nächste Blatt, eine Acht, aber er geht zu schnell damit raus und verliert seinen Vorsprung, nun ist er beinahe gleichauf mit seiner Konkurrentin. Dann scheidet noch eine Mitspielerin aus, lacht glucksend und lehnt sich auf dem Sofa zurück.

Nie wieder, sagt sie. Mein Mann bringt mich um. Die anderen grölen vor Lachen.

Jetzt sind sie zu dritt. Sejer verliert einige Runden, aber nicht hoch, er hat noch über tausend Punkte übrig, von denen er zehren kann. Der Jackpot füllt sich mit jeder Runde, er wird nicht einkassiert, bis der Letzte ausgeschieden ist und einer mit dem Gewinn übrig bleibt, so lauten die Regeln. Die Temperatur steigt, die Leute schwitzen still vor sich hin. Das Ende ist noch lange nicht in Sicht. Sejer sieht auf, begegnet dem Blick seiner Frau, die ihn mit den Augen festnagelt und den Kopf schüttelt. Er sieht wieder nach unten, konzentriert sich auf das Spiel, auf sein Glück, seine Strähne. Und sie hält an, er zieht drei Zweier, seine stärkste Gegenspielerin verliert und bekommt über tausend Strafpunkte. Jetzt ist es an ihm, zu gewinnen. Er sieht erneut zu seiner Frau hinüber, doch sie hat ihm den Rücken zugewandt und steht an den Rahmen der Küchentür gelehnt. Sie ist keine Spielernatur, denkt Sejer, sie ist ein kontrollierter Mensch, und mich möchte sie auch kontrollieren. Nie will sie anerkennen, dass ich Glück haben kann, dass mir etwas gelingt. Aber es ist mir egal. Ich bin dabei, zu gewinnen.

Nun kapituliert auch die dritte Mitspielerin, sie sind nur noch zu zweit. Die Zuschauer sammeln sich um den Tisch, der Rauch strömt aus ihren Mündern, ihre Augen sind auf Sejer gerichtet, den letzten Mann im Spiel. Er nimmt den Kartenstapel und mischt, teilt seiner Gegnerin und sich aus, zählt innerlich auf rituelle Weise, eins-eins, zwei-zwei, bis jeder von ihnen sieben Karten hat, zwingt sich zur Ruhe. Er hat eine Pik-Zwei bekommen, aber als er sie spielt, kontert die andere mit einer Fünf derselben Farbe, und er muss sieben Strafkarten ziehen und verliert mit zwei Assen auf der Hand. Sie schaufelt die Karten zu sich, teilt den Stapel in zwei Hälften und flippt sie mit einem schnarrenden Geräusch ineinander. Sie wiederholt das Manöver mehrere Male mit flinken Händen, ohne auf die Karten zu sehen, Hände und Karten bewegen sich wie eine losgelöste Einheit, und Sejer denkt, jaja, jetzt haben es alle gesehen, rück schon die Karten raus, dann werden wir mal schauen, wie stark du wirklich bist.

Er bekommt praktisch nichts und verliert, das wiederholt sich, er sinkt auf unter tausend Punkte ab. Jedes Mal, wenn die Frau mischt, bekommt er schlechte Karten. Er starrt auf ihre Hände, folgt jeder ihrer Bewegungen mit den Augen. Dann betrachtet er sie. Sie ist jung, paarundzwanzig, ihr Gesicht ist mit Narben von irgendeiner Hautkrankheit übersät, vielleicht Akne, die keilförmige Male auf ihrer Haut hinterlassen hat. Doch es entstellt sie nicht, sie hat dunkel glühende und introvertierte Augen, ihr Haar ist kurz geschnitten und verwuschelt, in einem Ohrläppchen trägt sie einen grünen Stein, aus ihrem Mundwinkel hängt eine Zigarette und brennt herunter, sie kneift ein Auge zusammen und studiert ihr Blatt.

Sie sieht ihn an und lächelt. Ich schlage dich.

In diesem Moment geschieht etwas mit Sejer. Etwas gerät aus den Fugen. Er zuckt zusammen, hat das Gefühl, als schlüge sein Herz langsamer. Doch er nimmt sich zusammen, erwidert das Lächeln und sagt: Das glaubst du vielleicht.

Nein, ich weiß es.

Dann gib die Karten her und zeig uns, was du kannst, sagt er mit beinahe zitternder Stimme, und die Zuschauer rund um den Tisch lachen nervös.

Diesmal bekommt er gute Karten von ihr. Sie kann nicht schummeln, wie er zunächst geargwöhnt hat, sie trägt nur ein T-Shirt und könnte die Karten nirgends verstecken. Und das Kartenspiel gehört ihm, er hat es draußen am Flughafen gekauft, es ist auf der Rückseite mit raffinierten Mustern aus Rauten und Punkten verziert. Er muss sich zusammenreißen, das Gefühl von Glück und Verhängnis verdrängen, das ihn einen Moment lang durchströmt hat, und sich auf das Spiel, auf seine Strähne konzentrieren. Es geht nicht nur um das Geld, sondern auch um Sørine, seine Frau, und um die andere, Justine, die ihm gegenübersitzt und sagt, dass sie gewinnen wird. Er muss sie besiegen, daran führt kein Weg vorbei, er wird sie vernichtend schlagen und ihr einen Teil des Gewinns abgeben, damit sie durch den Rest des Monats kommt. Dann steht sie in seiner Schuld.

Mitunter verunsichert Sørine ihn. Sie hat eine Art, ihn zu provozieren, in scharfem Ton mit ihm zu sprechen, ihn dazu zu bringen, sich klein zu fühlen. Wenn er sie küsst und zärtlich streichelt und dabei liebevoll wimmert, lacht sie zornig und macht sich über ihn lustig. Sie mag es gern hart und direkt, für das Sanfte hat sie nichts übrig. Das weiß er aus Erfahrung. Einmal, als sie sich liebten und sie ungeduldig seufzte, hob er sie mit einer schnellen, schwungvollen Bewegung von der Matratze und presste sie gegen die Wand, kippte seine Hüfte nach vorn, packte ihre Knöchel mit seinen Lehrerhänden und nahm sie, während sie vor Überraschung und Schmerz jammerte. Anschließend lockerte er seinen Griff und ließ sie grob auf das Bett fallen. Sie lag auf dem Rücken und lachte, sagte, er sei wunderbar gewesen, sie werde später sicherlich grün und blau schillern, aber genau so wolle sie es, er solle sie erst nehmen und sie dann fragen; sie sehne sich nach dem Gefühl, einer Macht ausgeliefert zu sein, die stärker sei als sie selbst, und so etwas erlebe sie nicht jeden Tag. Er war von sich selbst überrascht und ziemlich erschrocken, und am nächsten Tag hatte er einen Hexenschuss, musste sich eine ganze Woche krankmelden und zum Krankenpfleger gehen, um sich den Nerv im Rücken betäuben zu lassen. Sie liebten sich nie wieder auf diese Weise. Manchmal kneift er sie in die Brustwarze, klatscht halbherzig mit der flachen Hand auf ihren Körper, versucht ihr brutal die Beine zu spreizen, aber meistens endet es damit, dass sie ihn mit der Ferse gegen den Brustkorb tritt und sagt, das bringt nichts, kannst du nicht einfach schnell zum Ende kommen.

Jetzt gibt Justine ihm ein gutes Blatt, das er auf unerklärliche Weise verliert. Es geht zu schnell, er denkt an andere Dinge, wird langsam müde, und er muss zusehen, dass er sich endlich zusammenreißt. Die Zuschauer rund um den Tisch tragen mit Rufen, guten Ratschlägen und Warnungen zum Spiel bei. Sejer schenkt sich einen Becher Kaffee ein und trinkt ihn in einem Zug leer. Dann wandern sie gemeinsam in Richtung null und haben unter hundert Punkte, als Sejer ein Blatt mit einer Acht und zwei Zweien erhält. Er spürt das Blut in sich hochsteigen, sein Herz, das langsam und dumpf schlägt, seine Hände, die feucht werden, doch er versucht, sich unter Justines prüfendem Blick neutral zu verhalten, vielleicht sogar ein wenig unzufrieden zu wirken. Ich schlage dich, denkt er. Jetzt habe ich dich.

Auf ihren ersten Spielzug reagiert er nicht, er spart die Gewinnerkarten auf, zögert den Triumph hinaus, zieht eine Karte vom Stapel. Dann legt sie Kreuz, und er wird eine Karte los, sie wechselt zu einer Farbe, die er nicht hat, und er zieht erneut, lächelt vor sich hin, ertappt sich dabei. Justine hat nun nur noch zwei Karten auf der Hand. Er beschließt, die Acht zu legen, und jetzt muss sie ziehen, er macht mit seinen Zweien weiter, hat noch eine Karte derselben Farbe wie die letzte übrig, und sie muss erneut ziehen. Er wirft die letzte Karte auf den Tisch, reckt die Arme nach oben und erlaubt sich zu jubeln.

Du hast vergessen, Olsen zu sagen, sagt sie. Die Zuschauer geben ihr recht, sie übertreffen sich gegenseitig beim Grölen, zieh eine Karte, zieh eine Karte!

Es ist noch nicht ausgestanden. Er scheitert an einem taktischen Fehler, Justine legt eine Pik-Fünf, ruft Olsen!, und jetzt muss er erneut ziehen, sitzt mit einem ganzen Fächer von Karten da, und nichts geht mehr. Justine wirft die letzte Karte auf den Tisch, lehnt sich zurück und gähnt. Sympathiebekundungen und Bedauern, wo man auch hinsieht. Sejer lacht, schüttelt den Kopf, er rafft seinen Gewinn zusammen und legt ihn in den Topf, reicht ihn Justine, die das Geld in die Tasche stopft. Und weg ist es. Es müssen über fünftausend gewesen sein, denkt er.

Was bin ich müde, sagt sie. Ich glaube, ich gehe nach Hause.

Einige andere beginnen ein neues Spiel, das Duell zwischen Sejer und Justine hat sie angestachelt, man hört das Palaver der ausgelassenen Frauen und ihrer etwas leiseren Männer. Nachdem Justine gegangen ist, wartet Sejer einige Minuten ab, dann sagt er Sørine, er habe noch etwas in der Schule zu erledigen, steht auf und geht.

Auf der anderen Seite der Schule, außer Sichtweite des Hauses, folgt er dem Pfad Richtung Norden, an der Öltankstelle vorbei, die Treppen an der Krankenpflegestation hinauf, dann geht er am Ufer des Stausees entlang, dem Trinkwasserreservoir der Siedlung. Er läuft schnell. Nach ungefähr fünfzig Metern holt er Justine ein. Sie dreht sich mit einem Ruck um, dann ist sie beruhigt.

Du bist es? Stimmt was nicht?

Ich wollte dich nicht erschrecken, sagt er.

Es ist spät, stellt sie fest. Was treibst du hier draußen?

Justine, sagt er, du weißt, ich bin kein schlechter Mensch.

Du kriegst das Geld nicht zurück, sagt sie. Ich brauche es selbst.

Darum geht es nicht. Es geht mir nicht ums Geld.

Aha, sagt sie.

Sie gehen am Seeufer entlang, an der Brücke vorbei, unter der sich das Wasser des Sees in einem sprudelnden Trichter sammelt, bevor es auf der anderen Seite schäumend wieder austritt. Ein Stück weiter wird der Trichter zu einem Fluss, der sich verbreitert und ruhig zum nächsten, einige Hundert Meter entfernten See fließt. Das Wasser unter der Brücke macht einen ohrenbetäubenden Lärm, es hallt und donnert. Sie gehen Seite an Seite, ohne ein Wort zu wechseln. Ein paarmal spürt Sejer Justines Arm gegen seinen Ellenbogen stoßen. Er schielt zu ihr hinüber, sieht, wie die Brüste sich unter dem Pullover bewegen, das Schlüsselbein, das unterhalb des Halses hervorragt und über das sich straffe weiße Haut spannt.

Als sie sich von dem Lärm entfernt haben und Justines Haus in Sicht ist, sagt sie: Du interessierst mich nicht, Sejer.

Justine, sagt er, bleibt stehen und sieht ihr nach. Es passiert doch nichts. Ich will doch nur. Ich saß so da und merkte. Von einem Moment auf den anderen. Du bist so. Ich kann nicht.

Aber sie ist zu weit weg. Sie hat das Haus erreicht, geht die Treppe hoch, sperrt die Tür auf, sagt irgendetwas zu ihm, nicht unfreundlich, aber auch nicht einladend, dann schließt sie hinter sich ab.

Er geht hin, rüttelt an der Tür, hämmert dagegen, ruft. Er überlegt, ein Fenster einzuschlagen, hineinzuklettern, sie über einen Tisch zu legen und zu besteigen. Doch er weiß genau, dass er so etwas nie tun könnte. Also geht er nach Hause, tritt gegen die Schuhe im Flur, stellt sich mitten ins Wohnzimmer und klatscht in die Hände.

Zeit, nach Hause zu gehen. Das Spiel ist aus.

In der Nacht liegt er mit dem Rücken zu Sørine. An den kleinen Erschütterungen, die sich durch die Matratze übertragen, merkt er, dass sie noch lange nicht eingeschlafen ist.

Auf den Klippen

Justus weiß, dass er krank ist, aber er hat es seinem Cousin Emanuel noch nicht gesagt. Es fällt ihm schwer, es zu erzählen. Er hustet, wirft eine Menge zähen Schleim aus, manchmal Blut. Der Husten reizt den Cousin, hält ihn nachts wach. Kannst du nicht im Wohnzimmer schlafen, wenn du erkältet bist?, fragt er. Und so nimmt Justus seine Decke und legt sich nebenan aufs Sofa. Es ist beißend kalt hier drinnen, und die feuchte Luft ist wohl kaum gesund für seine Lungen, die sich von der vielen Husterei sowieso schon zerschlissen und wund anfühlen. Justus wohnt gemeinsam mit seinem Cousin mitten in der Gruppe verlassener Häuser auf den Klippen oberhalb des Flusses bei der Fischfabrik. Draußen toben die Böen immer schneller den Hang hinab, der Wind lässt die offenen Lüftungsklappen der menschenleeren Häuser wie Flöten pfeifen und schlägt die Türen in ihren verzogenen Angeln auf und zu. Es ist schon viele Jahre her, dass hier Menschen wohnten, Justus und Emanuel sind die Einzigen, die standhaft bleiben, neben dem alten Esajas, der in einem gut isolierten Haus mit roten Wänden und blauen Fensterläden unten am Strand lebt.

Justus kann nicht schlafen; es verschlimmert seinen Husten, im Wohnzimmer zu liegen. Er sieht an die Decke, betrachtet sein Heim, geht zum Zeitvertreib in Gedanken jeden einzelnen Winkel des Hauses durch, stellt sich vor, wie er den Windfang betritt, der gerade groß genug ist, um zwei

Paar Stiefel dort abzustellen. Die Tür zur Linken führt in einen Werkzeugschuppen, rechts geht es zu einem Trockenklo, das sie über den Klippen entleeren, wenn es voll ist. In diesem Teil der Siedlung gibt es keine Fäkalienabfuhr. Momentan ist die Tonne nur zu einem Viertel gefüllt, sie müssen sie frühestens in einer Woche wieder leeren, und außerdem ist Emanuel an der Reihe, denkt Justus, also muss ich mir darüber keine Gedanken machen. Dann gibt es den Gemeinschaftsraum oder das Wohnzimmer, wo er diese schlaflose Nacht auf einem ramponierten Sofa verbringt und hustet. Eine Häkeldecke verbirgt die schlimmsten Löcher im Bezug. Ein Tisch und ein Stuhl, den sie aus der Messe der amerikanischen Basis bekommen haben, als diese im Jahr 90 geschlossen wurde, ein Fernseher, in dem ununterbrochen deutsche Sender laufen, jetzt gerade Pornofilme in Fehlfarben, an die er sich so sehr gewöhnt hat, dass er nicht länger hinsieht. Doch der Klang menschlicher Stimmen erzeugt eine gemütliche Atmosphäre, sodass er den Ton zu einer moderaten Lautstärke aufgedreht hat. Rechter Hand stehen die Küchenzeile, die Spüle und ein Gasherd, darauf ein Fünfzehnlitertopf mit einer dunklen Suppe, ein Geflügelknochen ragt heraus, und einige Federn schwimmen auf der fettaugenbesetzten Oberfläche. Aus dem Hahn kommt kein Wasser, so ist es immer schon gewesen. Sie müssen hinunter zur Pumpe und es in Kanistern die Klippen hochschleppen, doch ihr Bedarf ist nicht sehr groß. Um Heizöl zu holen, müssen sie den ganzen Weg zur Tankstelle zurücklegen, die sich im Hafen am anderen Ende der Siedlung befindet. Im Sommer verbrauchen sie jedoch so gut wie kein Öl, und im Winter können sie die Kanister auf einem Plastikschlitten hinter sich herziehen. Vom Wohnzimmer führt eine Tür mit Vorhang ins Schlafzimmer, wo sein Cousin liegt und zu schlafen versucht. Normalerweise übernachten sie auf den Pritschen, die dort parallel zueinander in einem Abstand von einigen Metern auf den fauligen Dielen stehen. Von der Decke baumelt eine nackte Glühbirne. Meistens gehen sie zur gleichen Zeit ins Bett, liegen noch ein wenig wach, plaudern und wünschen sich eine gute Nacht, bevor sie sich zur Wand drehen, um zu schlafen. So ist der übliche Ablauf.

Justus sieht zur Decke hoch, hält sich die Hand vor den Mund und hustet. Er könnte sich gut vorstellen, eine Familie zu haben, ein molliges Heim unter den bewohnten Häusern unten im Ort, wo Menschen hin und her laufen, mit fließendem Wasser, Fäkalienabfuhr, einer netten Frau, mit der man sich unterhalten, der man sich von hinten nähern, den Nacken küssen und ins Ohr flüstern kann, Kindern, die einem ihre Bilder zeigen und einem Gesellschaft leisten. Doch er weiß, daraus wird nie etwas werden.

Emanuel steht früh auf, verschlafen und brummig. Er fragt: Warum unternimmst du nicht endlich etwas gegen diese Husterei? Justus geht mit seinem Husten zur Krankenpflegestation. Der Krankenpfleger möchte ihn in eine Klinik überweisen, doch er widersetzt sich.

Falls du Tuberkulose hast, ist es wichtig, dass du behandelt wirst, mahnt der Krankenpfleger, ein junger Däne, der seit dem Sommer hier ist.

Tuberkulose?, fragt Justus erschrocken. Meine Großeltern sind an Tuberkulose gestorben.

Zurzeit bekommen das viele hier in der Gegend, sagt der Krankenpfleger, es ist wohl beinahe eine Epidemie. Du musst keine Angst haben, daran stirbt man heutzutage nicht mehr, das war früher mal so. Heute werden die Leute wieder ganz gesund.

Doch Justus hört nur ein einziges Wort: Tuberkulose. Es hallt und pulsiert in seinem Kopf. Kannst du mir nicht etwas Penicillin mitgeben?

Der Krankenpfleger lacht ein wenig. Wir müssen doch erst mal wissen, was dir fehlt. Deshalb sollst du ja ins Krankenhaus und dich dort röntgen lassen.

Und wenn es tatsächlich Tuberkulose ist?

Ja, dann würdest du eine Art Penicillin gegen Tuberkulose bekommen.

Kannst du mir die Tabletten nicht einfach so geben?

Es endet damit, dass Justus schleimlösende Brausetabletten und einen Beutel Kopfschmerzpillen mitnehmen darf, samt der Aufforderung, in einem Monat wiederzukommen, wenn der Arzt zu Besuch in der Siedlung ist.

Justus möchte nicht ins Krankenhaus, dessen ist er sich sicher, er möchte nicht in die Fänge irgendeines Arztes geraten. Zweifellos sind Ärzte patent, können Krankheiten heilen, an denen man in der Generation seiner Eltern gestorben ist, aber er hat eine vage Vorstellung davon, dass sie die Menschen mit derselben Leichtigkeit und Sorglosigkeit umbringen, mit der sie sie retten. Sie tauchen in einen hinein und schnüffeln herum, finden eine Menge heraus, was sie nichts angeht, und wirbeln alten Schmutz auf, der das Recht haben sollte, in Ruhe liegen zu bleiben. Er hat es schon oft gesehen; Menschen, die gesund ins Krankenhaus reisen und sterbend zurückkehren. Der Schleimlöser verstärkt seinen Husten noch, nachts macht er kein Auge mehr zu, und Emanuel schimpft ihn aus. Am nächsten Tag ist er bei einer seiner Schwestern zu Besuch, die noch etwas Penicillin übrig hat. »Gegen Lungenentzündung«, steht auf der Packung. Seine Schwester braucht es nicht mehr, und so darf er es mit nach Hause nehmen. Penibel folgt er den Anweisungen auf der Packung, je zwei Tabletten morgens und abends. Sie reichen für drei Tage. Eine Zeit lang geht es ihm besser. Doch er hat ein merkwürdiges Gefühl in der Brust. Als säße dort unten ein trockener Fleck. Wenn er versucht, die Kehle mit Wasser zu befeuchten, läuft es um den Fleck herum.

Es wird Herbst, und die Temperatur fällt ein wenig. Einige Tage lang hängt eine Wolkendecke über der Siedlung, und als sie sich lichtet, liegt auf den Berggipfeln Neuschnee. Am Morgen sind die Pfützen von einer spröden Kruste überzogen, sie knirscht unter den Stiefeln und löst sich nach und nach zu weißem Pulver auf, das sich schwarz färbt, wenn das Wasser von unten an die Oberfläche dringt.

Jetzt beginnt auch Emanuel zu husten. Justus kann es sich nicht verkneifen, die Gelegenheit zu nutzen und den Cousin ein wenig herumzukommandieren. Jetzt geh schon zum Krankenpfleger, sagt er, sieh endlich zu, dass du etwas gegen dieses Geröchel unternimmst. Emanuel erhält die gleiche Auskunft vom Krankenpfleger und macht sich freudig auf die Reise ins Krankenhaus, um sich untersuchen und fotografieren zu lassen. Als er zurückkehrt, berichtet er, dass die Ärzte in einem Lungenflügel irgendeine Entzündung gefunden haben, er muss nach Nuuk, wo Experten mit einem Fernrohr in ihn hineinsehen können.

Justus sagt nichts.

Emanuel fährt fort: Ich soll dir vom Arzt ausrichten lassen, dass er dich auch gern untersuchen würde; vielleicht können wir zusammen nach Nuuk fahren.

Nein, danke, entgegnet Justus. Ich bin wieder gesund. Es ärgert ihn, dass der Cousin sich wichtigmacht und glaubt, er wäre etwas Besonderes, nur weil er nach Nuuk reist.

Du hustest nachts immer noch, sagt Emanuel. Es ist kaum auszuhalten.

Wenn sie dir helfen können, fahre ich auch hin, verspricht Justus.

Kommst du überhaupt allein zurecht? Emanuel lacht.

Justus schnaubt verächtlich, geht hinaus und setzt sich auf die Klippen. Er steckt sich den Finger so tief in den Rachen, wie er kann, und versucht, den trockenen Fleck zu berühren. Er hat das Gefühl, dass er ihn mit dem Fingernagel abkratzen könnte. Aber der Fleck sitzt knapp außer Reichweite.

Einige Tage später kommt der Hausmeister der Krankenpflegestation die Klippen entlanggelaufen. Er hat Emanuels Ticket dabei. In zwei Wochen geht es los.

Der Tag von Emanuels Abreise fällt mit einem gewaltigen Schneesturm zusammen. Alle Flüge in der Region werden gestrichen. Der Sturm dauert vier Tage. Als er endlich abklingt und die Landebahn vom Schnee geräumt wird, ist der Untersuchungstermin im Krankenhaus verstrichen. Der Experte, der mit einem Fernrohr in Emanuels Inneres sehen wollte, ist in den Norden weitergereist, und Emanuel muss sich einen neuen Termin einige Wochen später geben lassen.

Das Haus ist kalt. Die Masonitwände, die sich im Laufe des Sommers ausgedehnt haben, ziehen sich jetzt wieder zusammen. Überall ragen Nägel heraus. In Boden- und Deckenhöhe dringt eiskalte Luft herein. Sie müssen mit einem Hammer durch alle Zimmer gehen. Doch das Haus braucht trotzdem einige Wochen, um sich an die Kälte zu gewöhnen und seine neue Form zu finden, und in diesen Wochen friert Justus. Gemeinsam mit dem Cousin schleppt er jeden Tag Heizöl, hustet und spuckt und schleppt. Es liegt nicht genug Schnee, um den Schlitten zu nehmen. Wenn sie Wasser holen, müssen sie die eisglatten Klippen auf und ab klettern. Sie schwitzen, sie frieren, sie husten, sie sitzen im Wohnzimmer, sehen deutsches Fernsehen, bibbern und husten um die Wette, spucken zähe Schleimbrocken in einen Plastikeimer und haben Fieber. Und jetzt gibt der Krankenpfleger ihnen tatsächlich Penicillin, allerdings erst, nachdem Justus ihm versprochen hat, sich genau wie sein Cousin untersuchen zu lassen. Nachts liegen sie zitternd und hustend auf ihren Pritschen, vollständig bekleidet, unter allem, was sie an Decken besitzen. Dann scheint das Penicillin zu wirken, und ihr Zustand bessert sich. Die Ritzen zwischen den Masonitplatten haben sich zusammengezogen, und das Haus kann die Wärme wieder halten.

Jetzt hoffe ich nur, dass das Wetter so bleibt, damit ich loskomme, sagt Emanuel.

Ja, das ist zu hoffen, sagt Justus.

Doch leider zieht erneut ein Sturm auf. Es muss der Winter sein, der sich ankündigt, früh, aber auch nicht früher als viele andere Male. Am Abend nimmt der Nordoststurm zu, sie liegen zusammen auf Emanuels großer Pritsche, um sich Decken und Körperwärme zu teilen, und hören den Sturm in den Stahlseilen und den offenen Lüftungsklappen der Baracken heulen. Die Windstöße erfassen das Haus von unten, sodass der Boden im Wohnzimmer ächzt und die Pritschen vibrieren.

Spät in der Nacht hören sie draußen Schreie oder etwas, das so ähnlich klingt. Vielleicht ist es nur der Sturm. Sie liegen und lauschen, halten den Atem an. Dann hören sie das Schreien erneut, und ohne ein Wort zu wechseln, springen sie auf, ziehen sich Regenanzüge und Stiefel an und gehen hinaus. Ein Stück die Klippen hinunter steht ein o-beiniger Mann mit Pelzmütze in einem flatternden Morgenmantel und hebt seinen Arm. Es ist ihr Nachbar, Esajas. Sie gehen zu ihm.

Nannu!, sagt Esajas und zeigt auf den Sockel seines Hauses. Ein Bär. Ich konnte ihn hören. Er ist unter das Haus gekrabbelt, um Schutz zu suchen. Jetzt macht er es sich dort gemütlich.

Emanuel und Justus laufen nach Hause, holen Lampen und Gewehre und füllen die Magazine mit großen, abgerundeten Patronen. Dann gehen sie ruhigen Schrittes um Esajas' Haus herum und leuchten in die Kelleröffnung. Rote Reflexe entlarven die Bärenaugen, doch es ist mehr als einer, es sind ganze drei. Sie laden die Gewehre durch, legen sie an die Schultern und schießen und schießen, durch die Kellerlade, Justus kniend, Emanuel stehend, so lange, bis sie sicher sind, dass die Bären nicht mehr leben. Dann bleiben sie stehen, lauschen und leuchten. Keine Regung ist zu sehen. Sie kriechen in den niedrigen Keller, wo die drei Bären dicht beieinanderliegen, und jagen jedem von ihnen eine Kugel in den Nacken. Sie untersuchen die Tiere. Wie sich herausstellt, war es eine Bärin mit zwei großen Jungen.

Am Morgen klart es auf. Sie rufen Verstärkung und schleifen die Bären ins Helle und anschließend in das Haus hinein, wo einige Frauen mit der Zerlegung und der Behandlung des Fells beginnen. Sie lachen. Noch nie haben sie einen Bären mit so vielen Einschusslöchern gesehen.

Hättest du nicht heute nach Nuuk fliegen sollen?, fragt Justus seinen Cousin. Der Flieger ist am Ende ja doch gestartet.

Das hier ist wichtiger, antwortet Emanuel. Und jetzt geht es mir schon viel besser. Das Einzige, was mir gefehlt hat, war ordentliches Fleisch und ein warmes Haus.

Ich für meinen Teil reise auch nirgendwohin, sagt Justus.

Ich bleibe hier, wie ich es schon die ganze Zeit gesagt habe. Aber der Krankenpfleger wird böse auf uns sein.

Dann lass ihn böse sein, entgegnet Emanuel. Soll er doch; solche Menschen wissen nicht, was wichtig ist.

Der Sturm

Asser sitzt in seinem Haus am Fuß der Kirche und dreht Däumchen. Es stürmt nun schon seit mehreren Wochen, abgesehen von ein- oder zweitägigen Unterbrechungen hier und da, während deren es von den Dächern tropft und die Stille drückend wirkt, dann peitscht der Regen wieder, bis das Quecksilber unter null fällt und die Insel zu einer glasierten Fläche wird, es ist die Zeit der glatten Wege und gebrochenen Knochen, schließlich regnet es erneut, und die Häuser beben in den Windböen, bis es aufklart und im Norden der Gletscher zum Vorschein kommt, zerschlissen und mintblau. Asser liegt auf dem Sofa und liest einen Roman. Der Seewetterdienst hat neue Tiefdruckgebiete gemeldet. Sowohl im Radio als auch im Fernsehen singen Frauenchöre, er hört sie durch die Wand hindurch, monotone und schleppende Stimmen, nebenan hat man den Ton aufgedreht. Sie singen die traditionellen Kirchenlieder, die ihn an seine Kindheit erinnern. Allein in einem schutzlosen Haus in einer von Eis und Dunkelheit belagerten Siedlung zu sitzen und durch die Wand zum Nachbarn einem Frauenchor zu lauschen, während man auf den Sturm wartet, ist schlimmer als der Tod.

Assers Vater hat das Doppelhaus in den Fünfzigerjahren gebaut, als die meisten Familien noch in Torfhütten lebten. Hinter der Wand wohnt eine Fängerfamilie mit drei Kindern. Das Haus liegt nur wenige Meter vom Strand entfernt.

Wenn es stürmt, schlägt das Meer gegen die Außenwand und hinterlässt Salzablagerungen, die neben der Farbe auch den Kitt wegätzen, der die Fenster in ihren Rahmen hält. Im Dezember friert das Wasser am Haus fest, sodass die gesamte Fassade nach Norden von einem Eispanzer bedeckt wird, der immerhin ein wenig isoliert. Hin und wieder lösen sich Klumpen und Schollen von Eis und rutschen mit ohrenbetäubendem Donnern vom Dach oder am Haus hinab, sie reißen Holzspäne von der Wand, die immer mehr verschleißt. Wird so ein Teil der Außenwand freigelegt, dringt klirrende Kälte ins Haus, und er muss die Wand mit Pappstücken und Steppdecken isolieren, die er von innen festnagelt.

Doch Asser liebt sein Haus. Die Kommune beschließt jedes Jahr von Neuem, es abzureißen und etwas anderes zu bauen, ein solides Reihenhaus mit Zentralheizung für vier Familien, und jedes Jahr wird das Projekt auf den Haushalt des nächsten Jahres verschoben. Deshalb sind die Verbesserungen, mit denen das Haus bedacht wird, von höchst provisorischem Charakter. Im Sommer, wenn das Eis geschmolzen ist, machen sich Asser und sein Nachbar Stefanus an die Reparaturarbeiten. Die gesamte Nordfassade ist mittlerweile ein Flickenteppich aus Masonitplatten, Dachpappe und Zinnblech, die sie über die fauligen Planken und um die Hausecken herum in Form hämmern, wo die undichten Stellen am schlimmsten sind. Jetzt, da Eis und Schnee die Wände wie eine meterdicke, dichte Kapsel umschließen, kann man das Haus problemlos warm halten. Doch über der Spüle schlägt ein Fensterhaken gegen die Wand, und der Rahmen rasselt nervös. Als Asser hinausgeht, hört er im Süden ein fernes Brüllen, es kommt von jenem Ende der Insel, das am offenen Meer liegt. Es sind die Dünungen eines

Sturms über der Dänemarkstraße. Er wird gezwungen sein, sich eine andere Unterkunft für die Nacht zu suchen.

Nebenan hört er die Nachbarsfrau rumoren. Es laufen noch immer die grönländischen Kirchenlieder, er lauscht, wie sie einige Strophen mitsingt. Der Rest der Familie ist anscheinend schon gegangen, normalerweise suchen sie bei den Eltern des Vaters Unterschlupf, wenn es stürmt. Asser weiß, dass sie nur das nötigste Inventar zu Hause aufbewahren, aus Angst, das Haus könnte während eines Orkans in Stücke gerissen werden und ins Meer rauschen. Und diese Nacht wird sicher ein Orkan kommen; das meldet jedenfalls der Seewetterdienst.

Asser lauscht der Frau. Sie geht hin und her und ist mit irgendetwas beschäftigt, vielleicht packt sie. Sie zögert den Zeitpunkt, bis sie zu den Schwiegereltern geht, so lange wie möglich hinaus, bestimmt sind sie nicht die besten Freunde, stellt Asser sich vor. Vielleicht genießt sie es auch nur, einige Stunden allein zu sein, befreit von mehreren kindlichen Plagegeistern und einem männlichen. Er kann sie oft hören, wie der Mann quengelt, wenn er seinen Willen nicht bekommt, und wie die Kinder ihr von morgens bis abends keine Ruhe lassen. Asser stört es nicht, das mit anzuhören, seiner Meinung nach klingt es einfach nach Familie und Zuhause. Von dem Mann hält er jedoch nicht viel, obwohl er Mitglied der Fängervereinigung und des Siedlungsrates ist.

Asser ist nirgends Mitglied. Er ist unverheiratet und fühlt sich wohl damit. Seine Mutter lebt noch, sie hat ein schönes Zimmer im Altenheim in der Stadt bekommen. Er sieht sie nicht besonders oft, die meiste Zeit des Jahres hält er sich, abgesehen von jenen Wochen, in denen er seinen jährlichen Ausflug unternimmt, von der Stadt fern, doch einmal wöchentlich ruft er die Mutter an, um zu hören, wie es ihr geht.

Sein Vater ist bei einem Unfall ums Leben gekommen, als Asser dreizehn Jahre alt war. Das kleine Motorboot, mit dem der Vater die Seehunde holte, die er von der Eiskante aus geschossen hatte, kenterte, und er sank lautlos auf den Meeresboden. Asser sah von der Eiskante aus alles mit an. Er konnte nichts tun. Stumm klammerte sich der Vater an das Paddel, versuchte, damit im Wasser zu rudern, doch es konnte ihn nicht an der Oberfläche halten und versank mit ihm in der Tiefe. Asser fixierte die Stelle, an der sein Vater verschwunden war. Einige Minuten vergingen, dann kam das Paddel in Sicht, es schoss wie eine Harpune an die Wasseroberfläche. Als es bis zur Eiskante getrieben war, fischte er es heraus, danach zog er das Boot herauf. Er konnte keine Hilfe holen, denn was, wenn der Vater nun wieder auftauchte, während er weg wäre, dachte er, blieb stehen und spähte auf das Wasser hinaus, bis es dunkel geworden war. Dann band er das Boot an seinen Schlitten, lenkte die Hunde nach Hause und berichtete seiner Mutter, was geschehen war.

Damals wohnten sie hier, in diesem Haus, hier ist Asser mit seinen drei Geschwistern aufgewachsen. Nach dem Tod des Vaters zogen sie in die Stadt. In der Schule gefiel es ihm gut, und sein Klassenlehrer war der Meinung, er solle studieren. Doch einige Jahre nach seiner Konfirmation begann er zu trinken und tötete im Rausch einen Mann. Die Bilder von jenem Abend sind ihm nie wieder ins Gedächtnis gekommen, nur der Anblick der Leiche am nächsten Morgen, wie sie auf dem Rücken auf seinem Sofa lag, das Gesicht und die Brust von etlichen Schrotladungen durchsiebt. Auch die Sofapolsterung war von kraterförmigen Einschusslöchern übersät, die gesamte Wand hinter dem Sofa mit verirrten Schrotkugeln gespickt. Er konnte sich an nichts erinnern, und er verstand nicht, was er sah. Er rief die Polizei und bat sie, ihn zu verhaften. Man verurteilte ihn zu fünf Jahren, er saß seine Strafe in der Haftanstalt in Nuuk ab, in vielerlei Hinsicht fünf gute Jahre, mit täglichem Freigang, einer erzwungenen Entziehungskur und einer festen Arbeit bei einem Zimmermann, doch er litt unter furchtbarem Heimweh. Als er aus der Haft entlassen wurde, hätte sein Chef ihn gern weiterbeschäftigt. Es war die Zeit des Baubooms, und in der Zimmermannszunft lag Geld, aber er lehnte ab und reiste zurück an die Ostküste, in die Siedlung. Hier brachte ihn die Kommune in der einen Hälfte seines Elternhauses unter. Seither sind fünfzehn Jahre vergangen. Jeden Sommer unternimmt er eine mehrwöchige Sauftour in die Stadt, aber den ganzen Winter über bleibt er trocken.

Asser ist der Hausmeister der Schule. Dort plant er in den nächsten Tagen Schutz zu suchen, solange es stürmt. Er packt eine Reisetasche mit Brot und Aufschnitt und etwas Robbenfleisch, das ihm der Nachbar geschenkt hat und das er in der Schulküche zubereiten möchte, dazu eine Packung Rundkornreis und ein paar Zwiebeln. Er wählt einige Romane aus seinem Regal aus und legt sie in die Tasche. Das Lesen von Romanen hat er während seines Entzugs in der Haftanstalt in Nuuk schätzen gelernt. Zeitweise liest er ein Buch am Tag, eigentlich ist er ein Allesleser. Wenn ihm der Lesestoff ausgeht, kann er auf die Schulbibliothek zurückgreifen, in der sich noch immer Bücher verstecken dürften, die es wert sind, gelesen zu werden. Er holt seinen Schlafsack und ein Kopfkissen und stopft beides zusammen mit sauberer Kleidung und Shampoo zu den Büchern in die Tasche. In der Schule gibt es ein Badezimmer, das er auch sonst benutzt. Er hält kurz inne und überlegt, dann beschließt er, dass er alles hat, um für einige Tage in Deckung zu gehen. Er knipst das Licht aus und schließt die Tür ab.

Bevor er sich auf den Weg macht, geht er zur anderen Seite des Hauses und klopft. Karina, die Nachbarin, hat einen träumerischen, hellen Schimmer in den Augen, als sie ihm öffnet. Sie betrachtet ihn einige Sekunden lang, bevor sie etwas sagt.

Tag, Asser.

Ich wollte mich nur kurz erkundigen, ob ich dich begleiten soll, wenn du gehst?, sagt er.

Wortlos geht sie ins Haus und lässt die Tür offen stehen. Er folgt ihr, schließt die Tür und geht in die Küche. Sie sieht ihn lächelnd an. Du brauchst die Schuhe nicht auszuziehen, hier ist es sowieso schmutzig.

Sie lehnt sich mit dem Hintern an die Küchenzeile und raucht eine Zigarette. Er sieht, dass es sich um eine normale Zigarette handelt, doch in der rauchgeschwängerten Luft hängen noch einige seidige Fäden eines süßlicheren Tabaks, ein würziger Duft, den er aus seiner Zeit in Nuuk kennt. Karinas Augen glänzen, ihr Mund ist feucht, die Unterlippe wirkt geschwollen.

Entschuldige bitte, sagt sie, ich merke erst jetzt, wie breit ich eigentlich bin.

Das ist schon in Ordnung, entgegnet Asser, es macht mir nichts aus. Wo hast du das denn her?

Von meiner kleinen Schwester, antwortet Karina. Sie hatte es sich in einem Kondom in den Hintern gestopft, als sie das letzte Mal in Dänemark war. Ich habe ihr geholfen, es wieder rauszuholen. Sie kichert, dann führt sie die Zigarette zum Mund und saugt an dem Filter. Sie hat es in Christiania gekauft, es ist ziemlich gut. Willst du was abhaben?

Ich glaube, ich würde es nicht vertragen.

Alle vertragen doch wohl ein bisschen Lachtabak, sagt sie, dann knickt sie kichernd ein und kippt hintenüber auf die

Arbeitsplatte, sie hat das Gesicht zu ihm gewandt und sieht ihn an, während der Rauch in dicken Schwaden aus ihrem Mund quillt.

Meinst du nicht, wir sollten langsam zu deinem Mann rübergehen?

Stefanus' Eltern haben ein so feines Gespür. Du kennst sie ja. Was für ein Gesicht würden sie deiner Meinung nach wohl machen, wenn ihre bekiffte Schwiegertochter zur Tür hereingeschlingert käme?

Ich kann dir einen Kaffee machen, schlägt er vor und geht auf sie zu, greift über sie hinweg in den Küchenschrank und holt ein Glas Nescafé heraus.

Kannst du mir nicht einfach, mich nicht einfach, sagt sie und verliert den Faden.

Was soll ich?

Sie berührt ihn, streichelt seinen Rücken und seine Hüfte, lässt ihre Finger unterhalb seiner Gürtelschnalle kreisen. Du wirkst so einsam, sagt sie. Die reinste Verschwendung von Mann, finde ich.

Jetzt hat sie ihre Beine zu sich auf die Küchenzeile gezogen, sich auf die Seite gedreht und begonnen, seine Gürtelschnalle mit ihren Fingern zu liebkosen.

So schlimm ist es auch wieder nicht, entgegnet er.

Ist es nicht langweilig, nur mit seiner eigenen Hand zusammen zu sein?, fragt sie, und ihre Hand wandert von der Gürtelschnalle abwärts und hält inne.

Man gewöhnt sich daran, antwortet er.

Ich bin auch manchmal mit meiner Hand zusammen, sagt sie und zieht vorsichtig an seinem Reißverschluss. Aber manchmal hat man doch auch Lust auf etwas anderes.

Er sieht auf sie hinab. Sie ist hübsch und schlank, hat ein niedliches, ein wenig kindliches Gesicht, sehr lebhafte Lippen, die ihre Porzellanzähne entblößen und wieder verdecken. Ein dänischer Vater oder Großvater hat ihre Haut gebleicht, einige Sommersprossen über ihre Nase verstreut und ihr diesen hellen, nebligen Schimmer in die Augen gelegt.

Findest du mich nicht hübsch?, fragt sie und tastet mit der Hand. Als ich klein war, haben die anderen Kinder immer gesagt, ich sähe aus wie eine Dänin.

Doch, du bist sehr hübsch. Du hast einen süßen Mund.

Sie zieht ihre Hand zurück und öffnet ihre Bluse, kämpft ein wenig mit den Knöpfen, holt dann eine Brust hervor und wiegt sie, sichtbar schwer und zugleich zart, in ihrer Hand. Sie rollt sich auf den Rücken, ein Becher fällt in die Spüle und dreht sich dort um die eigene Achse. Küss meine Brust, sagt sie.

Er inhaliert die süßliche, verrauchte Luft und spürt einen leichten Schwindel. Karina steht auf, lehnt sich nach vorn über die Tischplatte, knöpft ihre Hose auf und zieht sie ein Stück herunter. Er sieht ihre Brust auf der Tischplatte ruhen, die enorme violette Brustwarze, die unter ihrem Gewicht zur Seite gedrückt wird, wund und von drei Kindern zerkaut, die Spalte zwischen ihren kreideweißen Pobacken, die aus einer zerschlissenen, verwaschenen Unterhose hervorlugt.

Wir können tun, was wir wollen, sagt sie. Es wird niemand kommen. Wir sind unter uns.

Er macht einen Schritt nach vorn, beugt die Knie ein wenig, spuckt in die Hand und verteilt den Speichel auf seinem Geschlecht, das aus dem Reißverschluss ragt, dann öffnet er seine Hose ganz und lässt sie auf den Boden fallen. Als er in sie eindringt, spürt er ihre kalten Hinterbacken an der empfindlichen, dünnen Haut seiner Leiste, und dieser leichte, doppelte Kältestoß versetzt ihm den ersten, heftigen Stich der Lust. Mit der einen Hand umfasst er ihre Hüfte, mit den Fingern der anderen kämmt er ihr Haar, das grob und dick ist, kämmt und kämmt und fasst es an den Wurzeln, zieht ihren Kopf jäh nach hinten und drückt die Lippen auf ihren Mund. Sie ist hart und straff, sie verrenkt den Oberkörper halb, um seinen Kuss zu erwidern, er spürt, wie der Orgasmus ihre Scheide zusammenzieht, wie eine Faust, die sein Geschlecht umklammert, und er schließt die Augen und hört eine Schranktür zuschlagen und Glas und Porzellan klirren.

Anschließend begleitet er sie hinüber zu ihrem Mann und ihren Schwiegereltern. Es scheint, als habe sich ihr Rausch verflüchtigt. Sie sagen nichts, gehen schweigend nebeneinanderher. Der Dezemberhimmel verdunkelt sich über Stefanus' Kopf, als er seine Frau an der Tür in Empfang nimmt. Er nickt Asser zu und lächelt ihn an.

In der Schule richtet Asser sich im Lehrerzimmer ein, wo ein Sofa steht. Er dreht eine Runde, schließt die Fensterläden und kontrolliert, ob die Öltherme gleichmäßig läuft und ihr Tank gefüllt ist. Der Wind hat aufgefrischt, aber es schneit noch nicht. Die Dunkelheit ist längst hereingebrochen. Anschließend geht er in die Umkleidekabine hinüber und nimmt eine lange Dusche.

In der Küche schneidet er Robbenfleisch in kleinere Stücke, die er in einen Topf legt, wirft ein paar Handvoll Rundkornreis und drei gehackte Zwiebeln dazu und ordentlich Salz. Anschließend füllt er den Topf mit Wasser aus dem Elektrokocher auf und macht den Herd an. Während das Essen köchelt, liegt er auf dem Sofa im Lehrerzimmer und liest. Es ist ein dänischer Roman. Er gefällt ihm, vielleicht ist er aber auch einfach nur gerade in Lesestimmung und findet alles gut. So geht es ihm oft, wenn ein Sturm bevorsteht.

Ab und zu legt er das Buch beiseite, geht in die Küche und sieht nach der Suppe, rührt im Topf und reguliert die Gasflamme. Das Fleisch kommt in der brodelnden Brühe zum Vorschein, vor Speck glänzend. Der Anblick lässt ihm das Wasser im Mund zusammenlaufen. Als das Essen fertig ist, fischt er einige Fleischbrocken heraus und legt sie in eine Schale, die Suppe schöpft er in einen tiefen Teller. Die Reiskörner sind aufgegangen und haben die Suppe gebunden, sodass sie dickflüssig und nahrhaft ist, perlend vor Fett, voller Zwiebeln und kleiner Fetzen geronnenen Bluts. Er isst viel zu viel und muss sich danach hinlegen. Er liest weitere Kapitel in dem Buch.

Der Sturm hat die Siedlung nun endgültig erfasst. Doch Asser hält sich in dem Teil des Schulgebäudes auf, das vom Wind abgewandt liegt, sodass er nichts davon merkt, nur den Schnee sieht, der in einem schräg flatternden Vorhang vor den Fenstern fällt, und eine Straßenlaterne unten am Weg, die von den Windstößen durchgerüttelt wird. Als er seine Müdigkeit überwunden hat, geht er in den Werkraum hinüber. Schon lange hat er die Idee eines CD-Regals, bei dem jeder Winkel unterschiedlich groß ist und kein Regalfach gleich lang. In der Wühlkiste findet er einige Leisten und Platten, die einen guten Eindruck machen. Er beginnt mit dem Zuschneiden, erst mit der großen Kreissäge, dann mit einer feinen Laubsäge. Es kostet ihn mehrere Stunden, das Regal zu bauen, und das Ergebnis ist nicht so, wie er es sich vorgestellt hat. Aber es sieht lustig aus, besonders. Er streicht das Regal rot und stellt es zum Trocknen auf eine Zeitung. Dann schlüpft er auf dem Sofa in seinen Schlafsack und schläft ein.

Am nächsten Tag baut er im Werkraum ein Schaukelpferd. Er will es einem seiner Neffen zu Weihnachten schenken, obwohl er ansonsten nicht viel Kontakt zu der Familie hat. Der Sturm hat nun seinen Höhepunkt erreicht, das Radio meldet Böen mit Rekordgeschwindigkeit. Er liest sein Buch zu Ende und beginnt ein neues, einen Kriminalroman. Am Nachmittag geht er in die Turnhalle, zieht sich aus, springt über die Böcke, klettert an den Tauen bis zur Decke und macht an der Sprossenwand Klimmzüge. Dann spielt er ein paar Stunden lang Basketball. Im Gefängnis war er ein guter Spieler, und er hat es offenbar nicht verlernt. Am Abend ruft Fleischer, der Schuldirektor, an. Er hat Licht in den Fenstern gesehen. Asser erklärt ihm, warum er da ist. Fleischer ist nur froh darüber, dass jemand während des Sturms ein Auge auf alles wirft. Er berichtet, dass sich einer der großen Atlantikcontainer oben am Pass losgerissen habe, mehrere Hundert Meter weit geflogen sei und das meterdicke Eis des Stausees torpediert habe, wo er jetzt liege, mit einer Ecke aus dem Wasser ragend. Außerdem sei ein Haus niedergebrannt, das aber leer gestanden habe, sodass keiner zu Schaden gekommen sei. Er fragt, ob Asser sich nicht langweile, allein in der leeren Schule. Wenn er wolle, sei er eingeladen, bei ihnen zu essen oder zu übernachten.

Ich muss die Öltherme kontrollieren, entgegnet Asser.

Du kannst dich wohl darauf einstellen, noch ein Weilchen zu bleiben, sagt Fleischer. Sie sagen, dass es noch bis Montagabend andauern wird. Ich rechne damit, dass wir bis Dienstag früh geschlossen haben.

Okay, sagt Asser. Das ist in Ordnung. Ich werde schon gut auf alles aufpassen.

Am nächsten Tag muss er in die Bibliothek gehen. Er entscheidet sich für *Krieg und Frieden* von Tolstoi, das er schon lange lesen möchte. Am Anfang verwirren ihn die vielen Figuren, die langen Dialoge, die zwischen Französisch und Dänisch wechseln, die russischen Namen, doch schließlich verdichtet sich die Geschichte, und er lässt sich fesseln. Er isst Suppe mit Robbenfleisch, Roggenbrot mit Leberpastete und fette Salami, die eingefroren war, sodass er die Scheiben mit den Fingern voneinander lösen und sie auf der Verpackung ausbreiten muss, damit sie auftauen. Zum Glück braucht er kein Wasser zu holen, die Schule hat einen eigenen Anschluss. Vier- bis fünfmal am Tag kontrolliert er die Öltherme. Wenn sie ausfällt, gefrieren alle Heizungen innerhalb weniger Stunden, und die gesamte Anlage muss ausgewechselt werden. Das ist schon einmal passiert, bevor er hier angestellt war. Sämtliche Kupferrohre mussten entfernt und durch neue ersetzt werden, was ein Vermögen kostete. Aber die Therme brummt in beruhigendem Ton, und der Tank ist zu drei Vierteln gefüllt. Er legt sich nach nebenan und liest weiter, dann wärmt er etwas Suppe auf, danach spielt er Ball.

Am Dienstagmorgen öffnet die Schule wieder. Asser packt seine Sachen zusammen und lüftet, kippt den Rest der Robbensuppe weg, knotet die Mülltüten zu und stellt sie vor die Tür. Er schaltet die Therme für einige Stunden aus, zerlegt den Brenner und reinigt die Düsen. Sie springt problemlos wieder an.

Am Nachmittag geht er vor Einbruch der Dunkelheit nach Hause. Das Neueis auf dem kleinen See vor der Schule ist unter dem Schnee verschwunden. Es ist noch nicht sicher. Er muss daran denken, ein Warnschild aufzustellen, damit niemand einbricht und ertrinkt, und es Fleischer gegenüber erwähnen, damit er es den Kindern sagt. Eigentlich wäre die Kommune für das Schild zuständig, doch sie kümmert sich nie darum. Der See ist in der Mitte nicht mehr als drei, vier Meter tief, aber es sind schon einmal Menschen darin ertrunken, als sie eine Abkürzung über die trügerische Schneedecke nehmen wollten.

Am Hang hinter dem Gemeinschaftshaus ist ein Haus umgeweht. Es war noch nicht fertig gebaut, und die Fenster- und Türöffnungen klafften offen, weshalb es nicht verwunderlich ist, dass es nicht standgehalten hat. Ein Stück weiter passiert er verkohlte Balken um einen rußigen Schornstein, die einzigen Überreste des niedergebrannten Hauses. Es riecht säuerlich und angesengt nach verbranntem Inventar. Sein eigenes Haus steht noch. Draußen ist es eiskalt, aber der Ölofen heizt die Räume schnell auf. Er behält seine Jacke an, bis das Haus durchgewärmt ist.

Gegen Abend klopft es an der Tür. Es ist sein Nachbar Stefanus. Er hält etwas in der Hand.

Ich wollte mich nur dafür bedanken, sagt er, dass du Karina letztens begleitet hast.

Keine Ursache, sagt Asser. Es lag ja auf dem Weg.

Stefanus grinst etwas verlegen. War sie, ähm, hast du ihr etwas angemerkt?

Ein bisschen, antwortet Asser. Aber es war nicht weiter schlimm.

Gut, das habe ich mir gedacht. Und es kommt ja auch nicht oft vor.

Ach was, das ist völlig in Ordnung, sagt Asser. Meine Güte, das ist doch überhaupt kein Problem!

Stefanus sieht erleichtert aus. Er schiebt die gefütterte Fängermütze in den Nacken und reicht ihm die Tüte, die er in der Hand hält. Als kleiner Dank für deine Hilfe, sagt er.

Asser wirft einen Blick in die Tüte. Walfleisch, sagt er. Das sieht aber lecker aus. Danke.

Keine Ursache, entgegnet Stefanus. Karina hat es für dich geschnitten.

Asser legt sich aufs Sofa, schlägt *Krieg und Frieden* auf und stellt das Buch auf seiner Brust ab. Es hebt und senkt sich mit seinem Atem, und das lenkt ihn ab. Er legt ein Kissen dazwischen, versucht zu lesen. Hinter der Wand kann er die Familie hören, Stimmen, die sich verzweigen und wieder trennen, Karinas, Stefanus', die der Kinder, sie schimpfen, necken einander, lachen, weinen, scheppern mit Töpfen, spielen Musik.

Asser blickt in sein Buch, auf die verschwommenen Sätze. Er liest: *Graf Ilja Andrejewitsch hatte sein Amt als Adelsmarschall niedergelegt, da mit dieser Würde auch Ausgaben verbunden waren. Trotzdem war es mit seinen Finanzen noch nicht besser geworden.*

Korrespondenz I

1. Oktober

An: »Signe Waltzer« <siwal@hotmail.com>

Von: »Jesper Waltzer« <jebbe@yahoo.dk>

Hi Sis, how art thou? Vielen Dank für deinen Anruf neulich. Du warst viel zu weit weg. Aber schön, deine Stimme überhaupt zu hören. Du musst versprechen, zwischendurch immer mal wieder anzurufen. Man kann schon ein bisschen vereinsamen an einem Ort wie diesem, wo man keine Menschenseele kennt, mehrere Tausend Kilometer von Familie und Freunden entfernt.

Als ich vor ein paar Monaten ankam, hatte ich gemischte Gefühle dabei, hier zu sein. Manchmal finde ich es fantastisch, andere Male verstehe ich nicht, was ich an einem so gottverlassenen Ort zu suchen habe, ganz allein, in einer Kultur, die so fremd ist. Jedenfalls geschehen so manche Dinge, die ich überhaupt nicht fassen kann. Es gibt viele Krankheiten, auch sehr ernste, und die Verhältnisse sind natürlich nicht optimal. Ich habe gerade damit begonnen, die Kinder der Siedlung zu impfen. Ich denke schon, dass die meisten von ihnen die nötigen Impfungen bekommen, oft jedoch nicht, bevor sie ein oder sogar zwei Jahre alt sind, also viel zu spät.

Ach, aber ich will nicht traurig klingen. Das Wetter ist nur gerade ziemlich schlecht, Sturm, Schnee, Regen und Nebel in einem fortwährenden Chaos, und das lässt einen natürlich nicht unberührt. Die Menschen sind im Großen und Ganzen wirklich nett und gastfreundlich. Als einziger Krankenpfleger der Siedlung gehe ich bei ihnen ein und aus, insbesondere bei den Familien mit Kindern, von denen immer irgendeins gerade Fieber hat. Selbst die kleinste Erkältung wird hier als potenziell tödlich eingestuft, und sie können es nicht verstehen, dass ich nicht alles mit Penicillin behandle.

Jeden Morgen gehe ich gegen neun Uhr zur Arbeit. Was bedeutet, dass ich meine Gummistiefel anziehe und die zehn Schritte hinüber zur Krankenpflegestation spaziere, die direkt neben meinem Haus liegt. Die Sprechstunde endet um zwölf Uhr, aber natürlich arbeite ich weiter, bis niemand mehr im Wartezimmer sitzt. Sie kommen mit allem Möglichen, fauligen Zähnen, Gonorrhö, zerbrochenen Gebissen, Grippe. Ich habe auch schon meinen ersten Gipsverband gelegt und meine erste Platzwunde genäht. Dafür habe ich eine Krankenschwester in Thule – also 1500 km weit weg – angerufen, die ich entfernt kenne, und sie hat mir erklärt, wie ich es machen muss. Den Arzt im Krankenhaus wollte ich nicht fragen, denn wenn man sich hier bewirbt, wird ja von einem erwartet, dass man das alles beherrscht. Und das kann ich nicht von mir behaupten. Aber ich glaube, ich kann es lernen.

Mein Haus ist fantastisch! Es liegt gegenüber vom Friedhof, und unterhalb des Friedhofs liegt das Meer. Ganz einfach. Ich habe die beste Aussicht der Welt. Das heißt, alle hier in der Siedlung haben die gleiche Aussicht, aber ich bin wohl derjenige, der sie am meisten genießt. Oben im Norden sieht man einen Gletscher, der bläulich schimmert und hin

und wieder unter dumpfem Dröhnen kalbt. Auf dem Fjord ein paar Hundert Meter vor meinem Wohnzimmerfenster schwimmen Eisberge in verschiedenen Größen. Man kann das Prusten der Wale hören, wenn sie an die Oberfläche tauchen. Oft kann man sie nicht sehen, sondern nur hören. Du musst unbedingt hierherkommen und das alles einmal erleben, Sis!
Zurück zum Haus: Es hat zwei Etagen. Unten befinden sich die Küche, das Wohnzimmer, das Badezimmer und ein großer Flur mit einer Treppe, die zum ersten Stock hinaufführt. Oben gibt es zwei Schlafzimmer, von denen ich eins als Rumpelkammer verwende. Meine Sachen sind im August wohlbehalten in fünf Schiffscontainern angekommen, und ich hatte keine Probleme damit, alles unterzubringen. Opas riesiges Sofa steht im Wohnzimmer, und direkt gegenüber habe ich den großen Flachbildschirm gestellt, den ich in Dänemark bestellt habe und der mit dem Schiff geliefert wurde. Hier wohnt so ein alter Kauz, der früher am Flughafen gearbeitet hat und jetzt Satellitenkanäle einrichtet und Antennenkabel kreuz und quer durch die ganze Siedlung verlegt, für ausreichend Unterhaltung ist also gesorgt. Ich freue mich schon auf die Zeit der Dunkelheit, die ich damit verbringen werde, auf Großvaters Sofa zu liegen und Filme zu sehen. Winterdepression – nein, danke!
Oh, jetzt klingelt das Telefon. Ich muss Schluss machen. Grüß Papa und Mama und richte ihnen aus, dass sie sich endlich einen Internetanschluss zulegen sollen, damit wir uns schreiben können.
Kuss
Jebbe

10. Oktober

An: »Jesper Waltzer« <jebbe@yahoo.dk>

Von: »Signe Waltzer« <siwal@hotmail.com>

Lieber Jebbe,

vielen Dank für deine Mail, die ich gerade in einem Internetcafé in Patong Beach lese. Man muss schon sagen, dass wir beide uns im Moment so ziemlich an entgegengesetzten Enden der Welt niedergelassen haben! Aber umso besser, dass man das Internet erfunden hat. Es freut mich zu hören, dass du dich dort oben wohlfühlst. Die Probleme klingen doch nicht so ernst, als könntest du sie nicht leicht mit deiner guten Laune und deiner Energie in den Griff bekommen. Das ist das Abenteuer deines Lebens – genieß es!

Wir sind letzte Woche hier angekommen. Der kleine Ludvig leidet etwas unter der Hitze, er sieht aus wie ein gekochter Hummer. Aber er wird sich schon noch eingewöhnen, wir bleiben ja bis nach Neujahr hier. Das ist wirklich die perfekte Art, seine Elternzeit zu verbringen! Ich habe mir vorgenommen, das Rigshospital, die infektionsmedizinische Abteilung und die Weißkittel für ein paar Monate zu vergessen. Billig ist es noch dazu, billiger, als wenn wir zu Hause geblieben wären. Und die Bevölkerung ist so freundlich und serviceorientiert, man fühlt sich wie eine feine Dame. Ich hänge ein paar Bilder an, damit du einen Eindruck von diesem Ort bekommst, und von deinem Neffen, den du schändlicherweise ja noch gar nicht gesehen hast!

Rasmus lässt grüßen. Er verbringt fast den ganzen Tag damit, zu tauchen, billiges Bier zu trinken und Krimis zu lesen. Er kann sogar schon ein bisschen die Landes-

sprache sprechen. Und Männer stellen ja bekanntermaßen keine großen Ansprüche, sodass es wohl nicht mehr lange dauern wird, bis er alle Ausdrücke beherrscht, die er fürs tägliche Leben braucht. ;-)
Ich wünsche dir einen friedlichen Herbst, lieber Jebbe, und nimm dich bloß vor den wilden grönländischen Damen in Acht. Ich habe gehört, dass sie Kerle wie dich mit Haut und Haaren verschlingen.
Ich drücke dich,
Sisi

28. Oktober
An: »Signe Waltzer« <siwal@hotmail.com>
Von: »Jesper Waltzer« <jebbe@yahoo.dk>

Liebe Sis, hier ist alles in Ordnung.

Wie du bemerkt haben wirst, habe ich einige stressige Wochen hinter mir, aber das ist auch gut so. Ich habe den Eindruck, dass ich viel lerne, sowohl über mein Fach als auch über die Menschen im Allgemeinen. Wenn ich nur wenige Monate zurückdenke, an den, der ich war, bevor ich hierherkam, habe ich das Gefühl, als wäre ich jemand ganz anderes geworden. Vielleicht werde ich auch einfach nur erwachsen?
Ein paar Dinge, die ich hier erlebe, lassen den Wilden Westen harmlos erscheinen. Irgendwie ist hier alles so wirklich. Es ist schwer zu erklären. Wenn ich einmal nach Hause zurückkehre, werde ich immerhin eine Menge guter Geschichten mit im Gepäck haben. Es bleibt was für die Enkel, wie Mama sagen würde. Das Wetter war eine Zeit

lang sehr gut, was ich für lange Wanderungen über die Insel genutzt habe. Dann setze ich meinen norwegischen Rucksack (1400 Kronen) mit Kaffee und Butterbroten auf den Rücken und stapfe in meinen kanadischen Wanderstiefeln (2500 Kronen) los. Es ist ein bisschen so, als würde man wieder zu einem Jungen und dürfte die Sachen machen, von denen man damals träumte. Und noch etwas mehr.

Ich weiß nicht, ob ich dir das erzählen sollte, aber ich tue es jetzt einfach trotzdem. Du weißt ja – wes das Herz voll ist, des geht der Mund über. Und dir kann ich alles anvertrauen, Sis!

Ich habe mich verliebt!

Jetzt steht es hier also schwarz auf weiß. Aber das ist nicht das eigentliche Geständnis. Es ist nicht ganz leicht. Sie ist sehr jung. Nicht gerade sexuell unmündig, jedenfalls nicht nach dem dänischen Gesetz, das hier ja noch immer gilt. Aber es fühlt sich heikel an.

So, jetzt ist es raus.

Natürlich sind wir gezwungen, es zu verheimlichen. Ich fürchte, es könnte Folgen für meine Anstellung haben. Und sie fürchtet sich davor, was ihre Familie dazu sagen würde. Das sind sehr prinzipientreue Leute, fast wie bei uns die Innere Mission, also nicht ganz, wie du dir Grönländer vorstellen würdest. Aber wenn sie dann achtzehn wird, können wir etwas offener damit umgehen. Leider dauert es bis dahin noch eine Weile.

Ja, wir sind miteinander ins Bett gegangen. Nur damit du nicht danach fragen musst.

Sis, ich weiß genau, was du jetzt denkst, aber fang gar nicht erst damit an, mich zu bitten, es zu beenden, denn das werde ich nicht tun. Manchmal geht es mir ziemlich

schlecht, aber wenn ich glücklich bin, dann auf eine Weise, wie ich es nie zuvor war, so glücklich, wie ich es nie für möglich gehalten hätte. Ich weiß schon, dass ich wie ein verliebter Narr klinge, und das bin ich natürlich auch, aber ich glaube ganz fest daran, dass dies etwas ist, das zu erleben nur den wenigsten Menschen vergönnt ist. Und das finde ich traurig. Nimm nur einmal dich und Rasmus. Du hast selbst gesagt, dass ihr eher Freunde seid als Geliebte. Ich habe den Eindruck, dir fehlt es, das zu erleben, was ich zurzeit erlebe, und das tut mir leid für dich. Es ist so wild und beängstigend, Sis, das kannst du dir gar nicht vorstellen. Und die Tatsache, dass es irgendwie verboten ist, macht es noch abgefahrener. Es ist mir egal, was passiert. Ich werde es nie bereuen. Und du darfst mich gern daran erinnern, dass ich das einmal gesagt habe!
Puh, das musste ich einfach loswerden. Was denkst du, Sis? Nein, eigentlich weiß ich, was du denkst. Aber hass mich bitte nicht dafür, ja?
Grüß Papa und Mama, wenn du mit ihnen sprichst. Ich kann mich nicht oft dazu aufraffen, sie anzurufen. Und grüß den Typen, mit dem du zusammenlebst. Hoffentlich ertrinkt er nicht.
Ich gehe davon aus, dass du den Inhalt dieser Mail vertraulich behandelst, so handhabe ich es auch mit dem, was *du* mir schreibst.
Kuss
dein Jebbe

2. November

An: »Jesper Waltzer« <jebbe@yahoo.dk>

Von: »Signe Waltzer« <siwal@hotmail.com>

Lieber Jesper!

Danke für dein Vertrauen. Ja, natürlich ist alles, was zwischen uns gesagt wird, vertraulich. Aber ich glaube, du hast meine Beziehung zu Rasmus missverstanden. Wir lieben einander, wir haben ein Kind zusammen, und dann teilt man alles. Das wirst du verstehen, wenn du selbst einmal eine (gleichaltrige) Frau gefunden hast, mit der du eine Familie gründest. Jetzt bist du gewarnt; was du mir schreibst, schreibst du auch Rasmus.

Ich muss schon sagen, dass es mir Kummer bereitet hat, deine Mail zu lesen. So ein junges Mädchen, sie ist ja zwanzig Jahre jünger als du. Theoretisch könnte sie deine Tochter sein. Und du hast vollkommen recht: Ich sage dir hier und jetzt, dass du das Verhältnis beenden solltest, besser gestern als heute. Sonst wird es in einer Katastrophe enden. Merk dir meine Worte! Rasmus ist derselben Meinung wie ich, obwohl er es etwas leichter nimmt.

Du sagst, es wäre abgefahren? Ja, natürlich ist das abgefahren. Aber es ist auch abgefahren, eine manische Phase zu erleben, wenn man an einer Bipolaren Störung leidet, und es ist abgefahren, einen Kokainrausch zu erleben. Aber für den Rest der Welt ist es nicht abgefahren, und es ist garantiert auch nicht besonders gesund. Und im Gegensatz zu den wahren Geisteskranken oder Drogensüchtigen hast du die Möglichkeit, die Sache auf eine würdige Weise zu beenden, bevor sie schiefgeht. Wenn du es überwunden hast, und das wird früher oder später der Fall sein, dann wirst du einsehen, dass ich recht hatte.

Grüße von deiner dir immer ergebenen Schwester

Sisi

Kinder

Eines Tages sagt Eleonoras Großmutter Karla Augustussen: Geh und such dir einen Mann fürs Bett, ich will ein Enkelkind. All meine Kinder haben mich im Stich gelassen, ich fühle mich einsam und verlassen. Du bist groß genug, auch wenn du ein Zwerg bist, deine Konfirmation liegt schon vier Jahre zurück. Du machst mir nur Schande. Worauf wartest du noch, du kleiner Spatz?

Eleonora ist neunzehn Jahre alt und 136 Zentimeter groß, sie ist die Einzige von Karlas vielen Nachkommen, die noch zu Hause wohnt. Sie steht auf einem Schemel und wäscht ab. Sie dreht sich zur Großmutter um, die wuchtig in ihrem Sessel thront. Ihre zu enge Seidenunterwäsche schneidet sich in ihr Fett. Eleonora hat ihr dabei geholfen, das Haar über der Küchenspüle zu waschen, die Großmutter trägt ein Handtuch um den Kopf gewickelt. Zwischen ihren rot lackierten Fingernägeln ragt eine qualmende Zigarette hervor. Mühsam und pfeifend atmet sie durch ihren kleinen roten Mund.

Einen Mann?, fragt Eleonora.

Tu bloß nicht so, als wüsstest du nicht, was ich meine, wenn ich von einem Mann spreche, antwortet Karla. Und es gibt Männer genug, deren man sich bedienen kann. Selbst dir müsste es gelingen, dir einen zu angeln.

Ich weiß nicht, wie man das anstellt, sagt Eleonora und stapelt die Teller an ihrem Platz.

Die Großmutter streicht sich mit der Hand über die Brüste, die schwer wie Speckbeutel unter ihrem Nachthemd ruhen. Männer sind nicht stark, sagt sie und nimmt einen Zug von der Zigarette. Erlaube ihnen, dich zu küssen, dann schließt du die Augen, und der Rest geht wie von allein.

Eleonora beendet den Abwasch, räumt ein und wischt den Tisch ab. Dann klettert sie vom Schemel hinunter und stellt ihn unter den Esstisch.

Aber wie bringe ich sie dazu, mich zu küssen?

Frag deine Schwestern, sagt die Großmutter. Die können dir das genau erklären, diese verdorbenen Flittchen.

Eleonora weiß genau, wie man Kinder bekommt, sie erinnert sich noch sehr deutlich an den Sexualkundeunterricht in der Schule, den die damalige Krankenpflegerin angeregt hatte, und noch dazu hat sie bei anderen Leuten zu Hause nicht gerade wenige Pornofilme gesehen, sodass der eigentliche physische Akt kein Geheimnis für sie darstellt. Sie kann auch die richtigen Geräusche machen, wenn es sein muss. Aber sie war noch nie mit einem Mann zusammen und kann sich nur schwer vorstellen, wie man das überhaupt angeht und wie es sich anfühlt. Abgesehen davon, dass es wohl kaum besonders angenehm sein dürfte. Also geht sie zu einer ihrer großen Schwestern, Elvira, die innerhalb von fünf Jahren vier Kinder geboren hat. Elvira ist mit Enok verheiratet, der beim Kaufmann arbeitet. Er hat ein Haus oben auf dem kleinen Höhenzug gebaut, der zwischen der Kirche und der Schule liegt. Von ihrem Fenster aus hat man in der einen Richtung Aussicht auf den Flughafen, in der anderen sieht man bis zu den Bergen auf dem Festland im Westen des Fjords. Rund um das Haus liegen Enoks zwölf Hunde an den Klippen festgekettet. Sie erheben sich aus den Kuhlen, die sie in den Schnee geschmolzen haben, schütteln ihr

Winterfell und wedeln mit dem Schwanz, als Eleonora sich auf dem steilen und vereisten Weg nähert. Sie beeilt sich, die Treppen hinauf- und ins Haus hineinzukommen.

In der Küche steht Elvira und sortiert Wäsche, bei weit geöffneten Fenstern und laufendem Transistorradio, das abwechselnd den Seewetterbericht und Popmusik sendet. Ihr Gesicht erhellt sich beim Anblick der kleinen Schwester.

Ah, ich habe gerade an dich gedacht, sagt sie. Kannst du nicht ein bisschen auf die Kinder aufpassen, während ich im Laden bin? Ich muss ein paar Dinge erledigen.

Das macht Eleonora nur zu gern. Es passiert nicht oft, dass man ihr verantwortungsvolle Aufgaben überträgt. Die Kinder sind im Wohnzimmer, das kleinste in der Wiege, das mittlere im Laufstall, und die große Fünfjährige sitzt auf dem Sofa und starrt auf den Fernseher. Es gibt auch einen achtjährigen Jungen, der aber gerade in der Schule ist.

Was guckst du da?, fragt Eleonora ihre Nichte.

Trickfilme.

Was sprechen die wohl für eine Sprache?

Das Mädchen zuckt mit den Schultern.

Das ist Englisch, sagt Eleonora. *I gotcha now!*

Das bringt das Mädchen zum Lachen. Eleonora sagt noch mehr auf Englisch. Sie verstellt ihre Stimme, spricht abwechselnd in bösem und ängstlichem Tonfall: *Help me! Help me out! You're under arrest! Oh no, don't harm me, please!* Das Mädchen lacht hicksend und ein bisschen dämlich. Es blinzelt mit den Augen, als wäre es kurz vorm Einschlafen.

Dann sieht Eleonora auf den Fernseher und wird von dem Zeichentrickfilm in den Bann gezogen, sie hält die Hand der Nichte und starrt auf den Bildschirm. Einige heisere Schreie aus der Wiege holen sie in die Wirklichkeit zurück. Sie geht hin und hebt den Jungen hoch. Er wurde letzten Monat getauft, auf den Namen Harald, nach einem Onkel, der im Frühjahr gestorben ist. Er ist schwer geworden, es fällt Eleonora nicht leicht, ihn mit ihren kurzen, kräftigen Armen zu tragen, sie wankt in die Küche und legt ihn mit dem Rücken auf den Küchentisch. Sie weiß, dass Kinder in der Regel dann schreien, wenn sie Hunger haben oder die Windel nass ist. Letzteres kann am einfachsten behoben werden, also wechselt sie die Windel, so gut sie kann. Sie veranstaltet eine kleine Schweinerei, Elvira wird sicher wütend sein, aber dann soll sie eben nicht einfach so verschwinden. Sie ist nun schon seit über zwei Stunden weg. Der Junge hört nicht auf zu weinen. Eleonora durchstöbert die Schränke auf der Suche nach etwas Essbarem. Sie wirft einen Blick in den Kühlschrank. Was gibt man Kindern in diesem Alter zu essen? Sie hat keine Ahnung, außer dass sie natürlich gestillt werden. Ob ihre eigene Brust wohl groß genug ist für ein hungriges Kind? Sie befühlt die eine Brust. Es erscheint ihr nicht wahrscheinlich. Im Kühlschrank stehen ein Schluck Milch, eine Packung Roggenbrot und eine Schale Leberpastete. Sie nimmt das Essen heraus, riecht ein wenig daran, entscheidet sich dann für die Milch. Fläschchen, Fläschchen, wo ist bloß das Fläschchen? Sie kann es nicht finden. Dann muss sie eben eine Tasse nehmen.

Aus dem Augenwinkel sieht sie, dass der Junge sich mittlerweile bis zur Tischkante vorgearbeitet hat. Mit einem Satz ist sie dort und bekommt ihn im letzten Moment zu fassen. Dann trägt sie ihn ins Wohnzimmer, legt ihn auf das Sofa und bittet das Mädchen, auf ihn aufzupassen, damit er nicht herunterfällt. Der Blick der Fünfjährigen weicht nicht vom Fernseher, aber sie rückt vor, sodass der Junge in dem Zwischenraum zwischen ihr und der Sofalehne eingeschlossen ist. Wieder in der Küche, wärmt Eleonora die Milch in einem Topf auf und fügt Zucker hinzu, wie sie es schon mehrmals bei anderen beobachtet hat. Die Milch kocht über und brennt ein wenig an, aber als sie endlich einen Schluck in die Tasse gießen kann, sieht sie gut aus. Sie probiert. Die süße Milch schmeckt wunderbar.

Jetzt gibt auch der Junge im Laufstall Laut, und der Kleine auf dem Sofa plärrt misslaunig. Sie sagt zu der Fünfjährigen, dass sie ein großes Mädchen sein und ihr helfen soll. Was macht eure Mutter, wenn beide gleichzeitig schreien?, fragt sie. Das Mädchen zuckt mit den Schultern. Eleonora muss auf einen Schemel klettern, um an den Jungen im Laufstall heranzukommen. Beinahe wäre sie zu ihm hineingefallen, aber schließlich gelingt es ihr, ihn herauszuheben und zu seiner Schwester zu schleppen, die ihn klaglos auf den Schoß nimmt und mechanisch in ihren Armen wiegt. Das Mädchen erklärt Eleonora, dass er seinen Schnuller braucht, und sie geht wieder zurück und holt ihn, fischt ihn mit Mühe und Not aus dem Laufstall heraus, ohne hineinzufallen. Dann wird es ruhig, bis auf den Kleinen, der seine Milch bekommen soll, und den tönenden Fernseher.

Die Tasse eignet sich überhaupt nicht. Fast die gesamte Milch läuft an der Seite herunter und auf den Pullover des Jungen, der bald patschnass ist. Sie holt einen Teelöffel, damit geht es etwas besser. Doch dann beginnt der Junge sich zu krümmen und zu weinen, schließlich erbricht er alles, über sich und Eleonora und das Sofa. Offensichtlich hatte er doch eine ganze Menge in sich aufgenommen.

Eleonora holt einen Lappen und wischt so viel von dem Erbrochenen auf, wie sie kann. Es riecht nicht sonderlich schlimm, nicht so, wie wenn ihre Großmutter sich übergibt, nachdem sie zu fett gegessen hat. Aber der Junge ist noch immer unruhig. Sie nimmt ihn wieder auf den Schoß, zieht ihr T-Shirt hoch und lässt ihre Brustwarze über die Wange des Jungen streifen. Blitzschnell dreht er den Kopf, schnappt mit dem Mund nach ihrer Brust und saugt sich daran fest. Ein stechender Schmerz durchfährt ihren Körper, vom Rücken abwärts bis in die eine Hinterbacke, doch sie beißt sich auf die Lippen und lässt ihn weiter saugen. Dann beruhigt er sich. Und Elvira kommt nach Hause.

Was um alles in der Welt machst du da?, fragt sie, als sie das Wohnzimmer betritt.

Eleonora spürt, wie ihre Mundwinkel zucken, aber die Nichte kommt ihr zuvor, bricht in Tränen aus und sagt, dass sie nichts verkehrt gemacht hätten.

Warum habt ihr so eine Unordnung in der Küche veranstaltet?, fragt Elvira, und warum steht der Kühlschrank offen? Warum liegt mitten auf dem Küchentisch eine vollgeschissene Windel?

Das Mädchen sagt, dass nur Eleonora in der Küche gewesen sei. Sie selbst habe nichts getan, sie habe nur mit ihrem kleinen Bruder auf dem Schoß dagesessen.

Elvira hebt den Kleinen aus Eleonoras Armen. Als sich der Mund von der Brustwarze löst, ist ein nasses Ploppen zu hören.

Ich konnte das Fläschchen nicht finden, sagt sie.

Ich habe mir schon gedacht, dass man solche Dinge nicht dir überlassen sollte, sagt Elvira. Du bist ja selber noch ein Kind.

Als Eleonora das Haus verlassen hat, fällt ihr ein, dass sie ihre Schwester nicht nach der Sache mit dem Kindermachen gefragt hat.

Eleonora hat eine andere Schwester, die Elisabeth heißt. Sie wohnt neben Elvira und ist mit Marius verheiratet, der Tankwart ist. Die beiden haben ebenfalls vier Kinder.

Kannst du vielleicht ein paar Minuten auf die Kinder aufpassen?, fragt Elisabeth. Ich muss eben mal kurz in den Laden.

Wo steht das Fläschchen?, beeilt sich Eleonora zu fragen.

Die Schwester stellt es ihr hin und zeigt ihr, wie man es in der Mikrowelle erhitzt. Und weg ist sie.

Elisabeth hat nur ein Kind, das gewickelt und mit der Flasche gefüttert werden muss. Die Zweitjüngste ist vier Jahre alt, kann sich selbst anziehen und etwas holen, das sie gern essen möchte. Die beiden Ältesten sind in der Schule. Eleonora schaltet den Fernseher ein und setzt sich neben die vierjährige Else, die nach irgendeiner anderen, verstorbenen Else benannt wurde, Eleonora kann sich nicht mehr genau erinnern. Es läuft derselbe Zeichentrickkanal wie drüben bei Elvira. Eleonora ist etwas dösig, bemerkt nicht, wie das Mädchen neben ihr vom Sofa gleitet und leise in den Flur verschwindet. Kurze Zeit darauf beginnt der Kleine zu weinen. Eleonora nimmt die Flasche mit der Milch, wärmt sie in der Mikrowelle auf, lässt zwei Tropfen auf ihr Handgelenk fallen, um mit der Zunge zu fühlen, ob sie die richtige Temperatur hat. Erst als sie den Jungen auf dem Schoß hat, bemerkt sie, dass das Mädchen weg ist. Sie ruft, erhält jedoch keine Antwort. Sie geht nach oben, schleppt den Jungen mit sich, aber dort ist niemand, auch nicht in den anderen Zimmern oder auf der Toilette. Sie geht die Treppe hinunter, noch immer mit dem Säugling auf dem Arm, und ruft. Eine Nachbarin schreit ihr vom Fenster aus etwas zu. Sie hat das Mädchen in die Siedlung hinablaufen sehen. Bestimmt ist es in den Laden gegangen, denkt Eleonora und geht wieder ins Haus.

Der Kleine trinkt gierig und leert eine ganze Flasche. Eleonora sorgt dafür, dass er ein Bäuerchen macht, bevor sie ihn wieder hinlegt. Dann schläft er ein, und sie geht durchs Haus und räumt ein wenig auf, tut in Gedanken so, als sei es ihr Haus, das Kind ihr Kind, stellt sich vor, dass Marius ihr Mann ist, dass er bald zu ihr kommt und es macht, ihr ein Kind macht. Es ist sehr still im Haus. Sie setzt sich ins Wohnzimmer und sieht fern, zappt mehrmals durch alle Kanäle, bleibt bei den Nachrichten hängen. Waldbrände in Australien, Erdrutsche in Südamerika, eine Frau, die irgendeine traurige Geschichte erzählt und zu schluchzen beginnt. Dann kommt Elisabeth mit dem Mädchen zurück. Sie ist außer sich vor Wut.

Habe ich nicht gesagt, du sollst auf die Kinder aufpassen? Und wer kommt plötzlich angerannt, als ich bei der Kommunalverwaltung sitze?

Else?, fragt Eleonora.

Ja, wer sonst? Wie kannst du sie nur ohne Anziehsachen draußen rumrennen lassen? Und bist du überhaupt nicht auf die Idee gekommen, dass ihr die Hunde gefährlich werden könnten?

Sie ist einfach gegangen, ohne mir Bescheid zu sagen, verteidigt sich Eleonora.

Du bist ein hoffnungsloser Fall, sagt Elisabeth. Du wirst nie erwachsen.

Wie kommt man zu einem Mann?, fragt Eleonora, als die Schwester sich wieder beruhigt hat.

Einem Mann, wiederholt Elisabeth, warum fragst du?

Aana sagt, ich soll einen Mann finden, der mir ein Kind macht.

Du kannst doch gar keine Kinder bekommen, erwidert Elisabeth. Das ist jedenfalls zu hoffen.

Dann drückt sie ihr ein Zwanzigkronenstück in die Hand, damit sie sich etwas Schönes kaufen kann. Eleonora geht den Pfad hinunter, der sich zwischen den Holzhäusern hindurchwindet, gelangt auf den Sandweg, wirft einen verstohlenen Blick über die Schulter zum Haus der Großmutter, kann sie jedoch nicht im Fenster sehen. Sie hastet am Gemeinschaftshaus vorbei in den Laden.

Letztes Jahr hat Eleonora als Putzfrau in der Krankenpflegestation gearbeitet. Die Krankenschwester hatte sie gefragt, ob sie interessiert wäre, dort zu jobben. Jeden Tag nach der Sprechstunde sollte sie putzen, die Mülleimer leeren, spülen und Ähnliches. Und freitags die Bettwäsche aus dem Krankenzimmer waschen, bügeln und zusammenlegen. Es wären nur fünfzehn Stunden in der Woche, sagte die Krankenschwester, aber wenn sie ihre Arbeit gut machte und sie ihr gefiele, könnte sie auch in der Krankenpflegerwohnung putzen.

Ich muss erst *Aana* fragen, sagte Eleonora. Es ist nicht sicher, dass sie es mir erlaubt.

Du bist doch ein erwachsener Mensch, lachte die Krankenschwester, das kannst du doch selbst entscheiden.

Ich helfe meiner *Aana,* antwortete Eleonora, das ist mein Job.

Bei uns bekommst du einen Lohn für deine Arbeit, entgegnete die Krankenschwester, wäre das nichts?

Ich möchte ja gern. Aber ich fürchte leider, dass es sich nicht machen lässt.

Soll ich mal mit deiner *Aana* reden?

Dann wird sie böse und schlägt mich, sagte Eleonora. Sie hat sehr schwere Hände.

Die Krankenschwester betrachtete sie nachdenklich. Ja, das habe ich schon gehört. Aber jetzt werde ich mal ein Schwätzchen mit ihr halten.

Am Ende erklärte sich die Großmutter einverstanden. Die

Krankenschwester war bei ihr gewesen, als Eleonora nicht da war. Als Eleonora nach Hause kam, machte die Großmutter ein merkwürdiges Gesicht, wie erstarrt, rauchte eine Zigarette nach der anderen und würdigte Eleonora keines Blickes. Ich habe meine Erlaubnis dazu gegeben, dass du arbeiten gehst, sagte sie schließlich. Du fängst am Montag an. Aber benimm dich nicht wie ein Trottel. Denk an all die Menschen, die jeden Tag auf die Station kommen. Es ist schon schlimm genug, dass du eine Missgeburt bist.

Als Eleonora klein war und man entdeckte, dass sie nicht normal wuchs, wurde sie von einem Arzt untersucht. Sie meint auch, sich daran erinnern zu können, dass sie sich damals eine Zeit lang in Dänemark aufhielt, im Rigshospital, aber heute liegt diese Zeit für sie im Dunkeln. Das Ergebnis war jedenfalls, dass die Ärzte entschieden, sie solle Injektionen mit einem wachstumsfördernden Hormon bekommen. Zu Beginn ging sie jeden Tag hinauf zur Krankenpflegestation, um die Spritze zu bekommen, dann lernte sie, sich selbst zu spritzen. Es war nicht schwer. Sie kniff etwas Haut am Bauch zu einer Falte zwischen Daumen und Zeigefinger zusammen, dann steckte sie die Kanüle hinein und drückte den Stempel herunter. Es tat nicht weh. Sie musste jedes Mal eine andere Stelle wählen, sonst hätte sich möglicherweise unter der Haut ein Knoten gebildet und die Medizin nicht mehr gewirkt. Die Krankenschwester konnte sich vor Begeisterung kaum halten, sie hatte noch nie ein fünfjähriges Kind gesehen, das sich selbst Spritzen setzte, mitunter war es schon eine Herausforderung, das erwachsenen Menschen beizubringen.

Als der Kinderarzt sie drei Jahre später mit Maßband und Waage untersuchte und man im Krankenhaus unzählige Röntgenbilder von Armen und Beinen gemacht hatte, stellte sich heraus, dass die Medizin keine Wirkung zeigte. Dieses Kind wird nie eine annähernd normale Größe erreichen, sagte der Arzt. Sie sollte mit den Spritzen aufhören. Eleonora vermisste die Injektionen und die Kontrollen auf der Krankenpflegestation, die Waage mit den Gewichten, die auf einer Skala verschoben wurden, die trockenen, rauen Hände der Krankenschwester, die nach Rauch rochen, ihr auf den Bauch drückten, eine Lampe hielten und ihr in den Mund leuchteten. Dann machte die Schwester einen Sehtest und sagte: Dies ist wahrhaftig ein aufgewecktes Kind. Eleonora kannte bereits alle Buchstaben auf der Sehprobentafel, es war nicht nötig, die Kindertafel mit Bildern von Schwänen, Autos und Schlüsseln hervorzuholen.

Sie ist ein intelligentes Mädchen, sagte die Krankenschwester.

Sie ist sehr ungehorsam, sagte die Großmutter.

Ihr müsst sie ordentlich behandeln, sagte die Krankenschwester. Ihr schlagt sie doch wohl nicht?

Nur wenn es nötig ist, antwortete die Großmutter.

Da seufzte die Krankenschwester und sah Eleonora lange an.

Die Krankenschwester, die Eleonora den Putzjob vermittelte, war eine andere. Sie war jung und hatte drei Kinder und einen großen, bärtigen Mann. Eleonora hoffte, dass es nicht erforderlich wäre, auf die Kinder aufzupassen, wenn sie im Haus der Krankenschwester arbeitete. Dänische Kinder hatten etwas Furchterregendes an sich, fand sie.

Sie begann wie vereinbart an einem Montag. Die Arbeit war einfach. Meistens war es nicht sonderlich schmutzig, es sei denn, es hatte geregnet, und die Leute waren mit ihren Stiefeln hereingetrampelt. In der Regel reichte es, symbolisch mit einem feuchten Wischmopp über den Boden zu gehen. Bei der Arbeit war sie allein, sie machte das Radio an, summte zur Musik und nahm sich viel Zeit. Sie setzte sich auf den Bürostuhl, blätterte das Patientenverzeichnis durch und stellte sich vor, sie wäre die Krankenschwester, eine Person, die die Menschen fürchteten und respektierten, und sie hätte einen dänischen Mann mit rotem Bart und Schweißfüßen und einer Pfeife im Mund und dazu drei ungezogene Kinder, die unten in der Krankenpflegerwohnung lebten. Sie tat so, als riefe sie einen Patienten herein, einen Mann. Leg dich auf die Liege, befahl sie. Zieh dich aus. Alles?, fragte der Mann. Alles miteinander, antwortete Eleonora und ging mit einer aufgezogenen Spritze zu ihm. Sie stellte sich vor, wie sie den nackten Mann auf der Liege untersuchte, seine Muskeln mit kundiger Hand abtastete, Instrumente in seine Körperöffnungen einführte, ihm Befehle erteilte. Sie holte das Stethoskop und hörte ihr eigenes Herz und ihren Bauch ab. Sie setzte sich in den Zahnarztstuhl, ließ sich hoch- und runterfahren und leuchtete sich mit der starken Lampe ins Gesicht.

Wenn sie fertig war, ging sie zur Krankenschwester hinunter und sagte: Jetzt gehe ich nach Hause. Dann lud die Krankenschwester sie meistens zu sich ein, wo Eleonora Dosenlimonade trank und mit der Tochter puzzelte, die genauso groß war wie sie und die ganze Zeit Rücken an Rücken mit ihr vor dem Spiegel stehen wollte, sodass sie spürte, wie ihre Schulterblätter mit denen des Mädchens zusammenstießen. Eleonora sprach Dänisch mit der Krankenschwester und wurde schnell gut darin. Das Mädchen war unglaublich frech zu seiner Mutter, die jedoch nie wütend wurde. Wenn der Vater nach Hause kam, wirbelte er das Kind hoch bis unter die Decke und lachte. Halb fürchtete, halb wünschte Eleonora, dass er dasselbe mit ihr tun würde, aber er begnügte sich damit, ihr einen kurzen Blick zuzuwerfen und ihr zuzunicken.

Die Großmutter beklagte sich darüber, dass Eleonora so lange wegblieb. Wer soll mir jetzt helfen?, fragte sie. Wer soll den Boden wischen und einkaufen und Essen machen?

Kannst du das nicht selber?, fragte Eleonora.

Da verpasste ihr die Großmutter eine schallende Ohrfeige. Einige Monate später reiste die Krankenschwester zurück nach Dänemark, und die Großmutter befahl Eleonora, mit der Arbeit aufzuhören. Seitdem arbeitet sie wieder nur zu Hause, aber die Großmutter schlägt sie nicht mehr.

Eleonora geht in den Laden, um zu sehen, was sie für ihren Zwanziger kaufen kann. Draußen parken zwei Motorschlitten. Im Laden sieht sie zwei Dänen, die beim Flughafen wohnen. Der eine grüßt sie. Sie kennt ihn ein wenig. Jørgen. Er ist dicklich und hat einen filzigen Bart, in dem sich Schnee gesammelt hat, und eine rote Nase, die er am Jackenärmel abwischt.

Hallo, kleines Bonbon, sagt er und lacht.

Sie bleibt vor ihm stehen, sieht ihn unverwandt an und lächelt.

Hallo.

Das Lachen verschwindet aus Jørgens Gesicht, und er sagt nichts mehr.

Dann geht sie zur Theke und kauft eine Tüte mit Süßigkeiten, läuft aus dem Laden, an den Motorschlitten vorbei, den Hügel hinauf, an der Öltankstelle vorbei, folgt der Spur der Schlitten, die entlang des Seeufers verläuft und dann den Pass hinaufführt. Auf halbem Weg nach oben holen die beiden Schlitten sie ein. Der eine hält an, der andere verschwindet qualmend hinter dem Hügelkamm.

Spring auf, sagt Jørgen durch den Motorlärm hindurch. Wir machen einen Ausritt.

Sie springt auf, hält sich an seinem schweren Bauch fest, den sie mit ihren kurzen Armen nicht einmal zur Hälfte umfangen kann, dann findet sie jedoch eine Schlaufe und klammert sich daran. Jørgen gibt Gas, sie fliegen über den Pass, biegen vom Weg ab und sausen über die Ebene vor dem Flughafen, wo einige uralte amerikanische Lastwagen parken.

Auf seinem Zimmer in der Flughafenmesse holt Jørgen eine Flasche hervor und schenkt ihr ein Glas ein. Sie leert es in einem Zug, ohne den Inhalt zu kosten. Dann sagt er, er sei der Meinung, sie sollten sich aufs Bett legen, und als sie auf dem Rücken liegt, beugt er seinen tonnenförmigen Körper über sie, und sie spürt, wie die Hand, mit der er sich nicht auf der Matratze abstützt, zitternd über ihre Brüste fährt. Der Schnee in seinem Bart beginnt zu schmelzen und tropft auf sie herab.

Soll ich mich jetzt ausziehen?, fragt sie.

Als sie fertig sind, spürt Eleonora etwas zwischen ihren Beinen hinunterlaufen. Sie sieht nicht hin, kneift jedoch zusammen, stellt sich vor, wie sie alles wieder in sich hineinsaugt.

Jørgen liegt hinter ihr, auf der Seite, sein behaarter Arm ruht schwer auf ihrem Bauch, sein Bart kitzelt sie an der Schulter. Sie hat ihre kurzen Beine auf seinem Oberschenkel abgelegt, den er unter ihr angewinkelt hat. Sein Atem riecht säuerlich.

Du könntest zu mir ziehen, sagt er. Du bist doch kein Kind mehr. Du könntest in der Flughafenmesse arbeiten. Ich habe gehört, dass du ein cleveres Mädchen bist.

Heute Nacht kann ich gern hierbleiben, sagt sie und befühlt mit den Fingerspitzen seinen Brustkorb mit dem kräftigen, dunklen Haarwuchs. Sie spürt sein schlaffes Glied an ihren Hinterbacken. Aber morgen muss ich nach Hause, sagt sie. Ich muss meiner *Aana* helfen. Es gibt immer so viel zu erledigen.

Schüsse

Peter, der fast in den Wahnsinn getrieben wird von seiner Langeweile und der Einbildung, die grönländischen Kollegen in der Schule und die Bevölkerung des Landes im Allgemeinen hätten sich gegen ihn verschworen, zieht ein Kästchen aus der Vergessenheit unter einem Schrank im Werkraum hervor, öffnet es und sieht, dass es mit Muscheln gefüllt ist. Er steckt seine Finger hinein, die Muscheln klingeln wie alte Münzen. Unter ihnen liegt ein ungeöffneter Brief. Peter reißt ihn auf und liest: *»Dear Leifur Pálsson. Please receive this small token of our appreciation and gratitude. We have grown addicted to your photo-blog and understand that you, as ourselves, are passionately occupied with everything maritime. We would like you to have this box of assorted shells from the Gulf picked by us through the last three decades. Best regards. Elisabeth and Clovis Ray, Cocoanut Ave. Sarasota, Florida.«*

Es ist doch zum Verrücktwerden, flüstert Peter vor sich hin. Er hat von Leifur, dem Isländer, gehört, es kursieren noch immer Geschichten über ihn, und die Dänen benutzen ihn als Warnung vor dem schlimmstmöglichen Ausgang. *Es ist wie damals mit Leifur. Jetzt spiel bloß nicht den Leifur. Wenn du nicht aufpasst, wirst du noch wie Leifur enden.* Und so weiter. Der Isländer musste auf seinen Kutter springen und die Siedlung Hals über Kopf verlassen, angeblich überquerte er mutterseelenallein die Dänemarkstraße. Niemand will erzählen, worum es damals eigentlich ging, und Peter hat es aufgegeben, nachzuforschen. Jetzt ist schon über ein Jahr vergangen, seit der Isländer verschwinden musste, er wird wohl kaum wiederauftauchen, also nimmt Peter das Kästchen, lässt es in seiner Tasche verschwinden und stellt diese ins Lehrerzimmer.

Am Abend nimmt er die Tasche mit nach Hause. Er legt eine Platte von Pearl Jam auf, Best of, schraubt den Deckel von einer Flasche Koskenkorva und stellt das Kästchen auf den Tisch. Die nächsten Stunden verbringt er damit, die Hälfte des Wodkas zu trinken, das Album mehrmals von vorne bis hinten zu hören und jede einzelne Muschel zu untersuchen. Die schönsten und ausgefallensten sortiert er aus und legt sie behutsam in eine Schale. Die meisten sind flach und fächerförmig, weiß oder zart sandfarben. Einige sind geformt wie Schultüten, Miniaturkonchylien, Zwiebeltürme, Mützen, Schneckenhäuser, andere erinnern an organische Formen, buschige Polypen und klaffende Geschlechtsöffnungen, verzerrte Münder, ihre Farben und Muster variieren stark. Peter ist ausgebildeter Kunsterzieher und Werklehrer und gibt sich Mühe, die Farben zu benennen: Amethyst, Schilf, Ultramarin, Purpur, Zyan, Magenta. Mal setzen sie sich klar voneinander ab, als Punkte, Streifen, Kreise, Zickzackmuster, mal laufen sie ineinander wie Wasserfarben. Er kann sich nicht daran sattsehen. Diese Vollkommenheit! Er befühlt sie mit den Fingerspitzen, die geriffelten und glatten Flächen, die knotigen, genoppten, die messerscharfen Ränder.

Eine Collage, denkt Peter, schenkt sich nach und dreht die Musik auf, singt den Refrain mit, *Even flow, thoughts arrive like butterflies.* Eine riesengroße Platte, fantasiert er weiter, er wird am Strand Steine sammeln und im Inneren der Insel Heidekraut, außerdem ein paar trockene, knorrige Zweige des sibirischen Treibholzes, das an den Buchten auf der Ostseite angeschwemmt wird, und alles auf die Platte leimen. Er wird einen Würfel Steckschaum kaufen und ihn zuschneiden, ein Stück Natur auf der Platte formen, eine paläontologische Szenerie mit grasenden Dinosauriern, einem Fluss, der sich von den Bergen hinab bis zum Meer schlängelt, vielleicht einem Neandertalerdorf, anachronistisch oder nicht, egal! Wenn die Collage fertig ist, wird er sie an die Wand dübeln, sodass sie senkrecht hängt, wie ein architektonisches Modell, das er einmal gesehen hat, oder ein Flachrelief, und einige helle Scheinwerfer an der Decke montieren und sie auf die Installation richten. Das wird die Leute garantiert zum Staunen bringen.

Es klopft an der Tür. Verdammt! Er ist betrunken, er kann jetzt mit niemandem sprechen. Er schleicht zum Fenster und späht hinaus. Es ist Sara. Im selben Moment dreht sie den Kopf, erblickt ihn und winkt. Verdammt!

Warum schließt du die Tür ab?, fragt sie, während sie im Flur ihre Jacke auszieht.

Ich will nicht, dass ständig irgendwelche Leute reinkommen.

Sie wirft ihm einen vielsagenden Blick zu. Dann geht sie ins Wohnzimmer und macht die Musik aus. Er nimmt das Kästchen mit den Muscheln und schiebt es unter das Sofa.

Magst du ein Glas?, fragt er.

Hast du Cola?

Er holt eine Dose aus dem Kühlschrank und mixt ihr ein Glas Koskenkorva mit Cola und Eiswürfeln. Später gehen sie nach oben und schlafen miteinander. Als er in der Nacht aufwacht, ist sie gegangen. Er geht barfuß, das Glied zwischen den Beinen baumelnd, die Treppe hinunter und schließt die Tür ab. Dann stellt er sich neben die Spüle und trinkt drei

Gläser Wasser, spürt, wie die Kälte das Gift aus seinem Gehirn wäscht. Er trinkt nur selten, weiß nicht, was am Abend in ihn gefahren ist. Vom Fenster aus kann er den Sandweg sehen, der vom Laden bis zur Schule führt, einmal quer durch die Siedlung. Die Straßenlaternen werfen einen natriumgelben Schein auf den Schnee. Ein wenig schneit es auch jetzt, ein diagonaler Strom aus kleinen, harten Kristallen, der aus der unerschöpflichen Dunkelheit hinabwallt. Der nächste Sturm ist im Anmarsch. Erst Schnee, dann Sturm. So sicher wie das Amen in der Kirche. Er hat noch immer einen schweren Kopf und füllt das Glas ein viertes Mal, leert es in einem Zug. Er denkt an Sara. Er kann sich nicht einmal mehr daran erinnern, ob sie gevögelt haben, wahrscheinlich schon. Deshalb ist sie wohl auch gekommen. Um sich etwas abzuholen. Unersättlich. Er spürt, wie es bei dem Gedanken in seinem Glied zuckt. Ein einziges Mal ist er bei ihr zu Hause gewesen. Die Eltern waren sehr höflich, beinahe untertänig, der Vater, der Katechet der Siedlung, war ein kriecherischer Typ, die Brüder wirkten dagegen feindlich. Es sind drei. Sie musterten ihn von oben bis unten und fragten, wie lange er vorhabe, im Land zu bleiben. Er antwortete wahrheitsgemäß, das wisse er nicht, es hänge ja von so vielen Faktoren ab. Sie grinsten spöttisch. Das nächste Mal, als Sara ihn fragte, ob er mit zu ihr nach Hause wolle, entschuldigte er sich unter dem Vorwand, er habe keine Zeit. Wenn er ehrlich ist, wäre es ihm lieber, wenn Sara nicht mehr zu ihm käme. Man hört ja so vieles, seine dänischen Kollegen haben nicht hinter dem Berg gehalten mit Horrorgeschichten über die Eifersucht und wohin sie führen kann. Jemand hat ihm erzählt, Sara habe bereits einen Freund, aber der ist offenbar in die Stadt gegangen, und Peter weiß nicht, wer es ist, und hat Sara auch nicht danach gefragt. Wenn sie aus seinem Leben verschwände, wäre er erleichtert. Er ist nicht hierhergekommen, um sich in die gleichen Probleme zu verwickeln, die er zu Hause zurückgelassen hat.

Am nächsten Tag stürmt es, aber leider nicht genug, damit die Schule schließt. Die Stunden schleichen dahin. Sein Gehirn fühlt sich an wie ein Ballen klebrigfeuchter Baumwolle voll stechender Nadeln. Am Nachmittag steigt die Temperatur auf plus fünf Grad, es gießt in Strömen. Das ist für Dezember ganz normal, erzählen die Kollegen. Es ist Freitag. Während der Mittagspause gerät er ins Grübeln, überlegt, wie er Sara erklären soll, dass er am Wochenende lieber allein wäre. Das Modell der paläozoologischen Landschaft spukt in seinem Hinterkopf, das Neandertalerdorf, das flache Terrain, Worte wie Kambrium, Jura, Tetrapoda erklingen in seinem inneren Ohr, aber er kann sich nicht erinnern, was sie bedeuten, er muss es nachschlagen. Als die Schulglocke endlich zum letzten Mal für diese Woche läutet, bleibt er in der Schule, bis alle gegangen sind. Im Werkraum trifft er auf Asser, den Hausmeister, der gerade irgendetwas poliert, was er selbst zusammengezimmert hat.

Hast du für die Sachen da was gezahlt?, fragt er Asser.

Ich habe mit Fleischer geredet, antwortet Asser. Wenn ich freihabe, darf ich im Werkraum mit meinen eigenen Sachen arbeiten.

Das ist keine Antwort auf meine Frage, sagt Peter säuerlich.

Da geht der Hausmeister endlich nach Hause, murrend.

An der Wand lehnt noch die Masonitplatte, die Peter heute früh entdeckt und von der er den Rest des Tages leidenschaftlich geträumt hat. In einem Schrank findet er etwas Steckschaum, nicht besonders viel, aber dafür gibt es massenhaft alte Zeitungen und Tapetenkleister, aus denen man Pappmaschee herstellen kann, was mindestens genauso gut ist. Außerdem findet er ein paar Eimer mit Farbresten. Nach und nach trägt er alles nach Hause und ist ausnahmsweise froh über die dunklen Monate. Zum Glück wohnt er direkt neben der Schule, nur der Direktor wohnt näher dran, aber bei Fleischers ist niemand in den Fenstern zu sehen. Er dreht Runde für Runde um den kleinen See zwischen der Schule und seinem Haus. Es scheint verlockend, ihn direkt zu überqueren, um Zeit zu sparen, aber die Leute sagen, das Eis sei noch nicht sicher, also lässt er es lieber bleiben. Er trabt eilig hin und her, tritt seinen eigenen, festen Pfad im Schnee aus. Wenn einer seiner Kollegen auftauchen und sich erkundigen würde, was er da tut, könnte das zu Problemen führen. Aber er trifft niemanden. Nach dem dritten Gang hat er alles.

Den ganzen Abend arbeitet er an dem Modell. Als Sara gegen neun vorbeikommt und ihn fragt, ob er zum Weihnachtsbasteln im Gemeinschaftshaus mitkommen möchte, sagt er Nein. Er sei erkältet, oder kurz davor, und wolle früh ins Bett gehen.

Soll ich bei dir vorbeikommen, wenn wir fertig sind?, fragt sie.

Willst du dich denn unbedingt anstecken?

Das macht nichts, sagt sie und lächelt.

Na dann, sagt er. Dann musst du wohl kommen.

Aber als sie gegen Mitternacht an die Tür klopft, hat er die Rollläden heruntergelassen, steht mucksmäuschenstill im Flur und hält die Luft an. Dann entfernen sich ihre Schritte. Er widmet sich wieder seinem Modell.

Am nächsten Tag hat es aufgeklart, die Temperatur ist weit unter den Gefrierpunkt gesunken. Der Sandweg ist lebensgefährlich vereist. Ein Großteil des gefallenen Schnees ist inzwischen weggespült. Im Laden kauft Peter einen guten Rucksack, geht nach Hause, füllt Kaffee in eine Thermoskanne, schmiert ein paar Butterbrote und packt alles in seine Neuanschaffung. Er schlüpft in seine Überziehhose und seine Wanderschuhe. Dann wandert er aus der Siedlung hinaus, den See entlang, vorbei am Heliport und am Fußballplatz und ist zehn Minuten später mitten in der Wildnis. Er hält nach Baumaterialien für sein Modell Ausschau, rechnet aber damit, einmal die ganze Insel überqueren zu müssen, um etwas Geeignetes zu finden.

Der Schnee, der nach dem Regen noch übrig ist, hat eine steinharte Kruste gebildet, die sein Gewicht mit Leichtigkeit trägt, wie er es auch vorausgesehen hat. Der perfekte Belag, um zu wandern. Nur der Fluss ist etwas beschwerlich; um die dünne Eisschicht zu überqueren, unter der das Wasser gurgelt und gluckert, muss er auf allen vieren von Stein zu Stein krabbeln. Doch dann hat er freie Bahn bis zum ersten Berg. Er ist knapp fünfhundert Meter hoch und hat die Form eines Stetson-Hutes. Dies ist das erste Mal, dass er ernsthaft und ohne Begleitung die Siedlung verlässt, seit er hierherkam. Einige Male ist er in die Stadt gefahren, und er hat schon öfter Bootstouren unternommen, aber immer zusammen mit Menschen, mit denen er täglich zu tun hat. Die Kreppsohlen knirschen, wenn sie auf der Schneekruste abrollen. Davon abgesehen herrscht völlige Stille. Plötzlich fällt ihm auf, dass ihn das Land an jenes erinnert, das er als Modell erschaffen wollte. Steine in allen Größen, einige davon größer als Häuser, liegen darauf verstreut. Er versucht zu ergründen, wie sie hierhergewandert sein mögen, wie das Eis seinerzeit lag, welche Höhen es erreichte. An den Bergwänden sieht man keine Eisränder. Vielleicht war es ein Vulkanausbruch, der Steine von der Größe eines Panzers über die

Ebene regnen ließ. Er spürt den Boden unter seinen Füßen beben, er sieht es vor sich, einen aschschwarzen Himmel, der von Blitzen durchzuckt wird, Dinosaurier auf der panischen Flucht vor dem sicheren Tod. Er pfeift und setzt seinen Weg in Richtung des Stetsonfjelds fort. Zu seiner Linken liegt der Kraterfjeld. Viele glauben wirklich, es handle sich um einen erloschenen Vulkan. In Wirklichkeit ist der Berg über Millionen von Jahren von Wasser und Eis ausgehöhlt worden, aber das hat Peter den Leuten nicht erzählt. Man muss achtgeben, nicht zum Besserwisser zu werden, damit ist er schon mehrfach ins Fettnäpfchen getreten. Rechts von ihm ragen die schwarzen Klippen aus dem Schnee. Das Land wirkt steril und leblos und erdrückend.

Er braucht eine Stunde, um die Ebene zu überqueren. In der Mitte des Passes, am Fuß des Berges, findet er, wonach er in erster Linie gesucht hat: die Überreste einer sechshundert Jahre alten Mauer. Er hat in einem Geschichtsbuch darüber gelesen, bevor er hierhergezogen ist. Eine Rentierfalle, ein Trichter aus Stein mit einer Öffnung in der Mitte, an der Männer mit ihren Harpunen und Pfeilen und Bogen warteten. An den Hängen Frauen und Kinder, die Steine gegeneinanderschlagen und wilde Schreie ausstoßen. Tiere, die in Todesangst schnauben und brüllen. Harpunenspitzen, die wieder und wieder zustechen. Das Blut an den Felsen, der Gestank, die Jubelschreie.

Peter geht an dem Streifen von Steinen auf und ab, dem Einzigen, was von der Mauer übrig geblieben ist. Hier oben ist der Boden frei von Schnee, nur eine dünne, plastikfoliengleiche Schicht von Eis ist übrig, die unter den Schuhen bricht. Irgendwo müsste hier ein altes Eskimograb liegen. Nach einer Stunde findet er es, einen Steinhaufen, eineinhalb Meter lang, von zwei Felsen gerahmt, die mehrere

Meter hoch sind. Er hebt den schieferähnlichen Grabdeckel und sieht hinab auf einen Totenschädel und ein Skelett, das mit angezogenen Beinen gekrümmt daliegt. Als er mit der Hand hineingreift, um den Schädel zu berühren, schlägt etwas direkt über seinem Kopf in den Fels ein.

Instinktiv duckt er sich. Er hat etwas registriert, das durch die Luft surrte, wie eine Saite, die angeschlagen wird, und sein Körper weiß sofort, was es bedeutet, nur sein Gehirn braucht einige Sekunden, um zu begreifen. Dann hört er den Knall des nächsten Schusses und sieht die kleine Explosion, die das Projektil in der Felswand hinter ihm erzeugt, nur wenige Meter von seinem Kopf entfernt. Die verirrte Kugel pfeift. Er wirft sich flach auf den Boden. Rauch steigt von der Einschussstelle in der Felswand auf, es riecht versengt. Erneut fallen Schüsse. Dieses Mal schlägt die Kugel noch tiefer ein. Kleine Steinsplitter fliegen ihm ins Gesicht, aber sie sind das Einzige, was ihn trifft.

Peter hat von so etwas gehört, seine dänischen Kollegen haben darüber gemunkelt. Kugeln, die aus dem Nichts kommen, wenn man allein auf dem Meer oder in den Bergen unterwegs ist. Er liegt flach auf dem Bauch und überlegt, was er tun soll, liegen bleiben oder aufspringen und im Zickzack zurück in die Siedlung rennen. Es ist wohl besser, sich ins Offene zu bewegen, als sich in eine Ecke zu drücken. Aber es gelingt ihm nicht, seine Gedanken in die Tat umzusetzen, er bleibt regungslos liegen. Er presst sich auf die Erde, holt kaum noch Luft, horcht nach einem vierten Schuss, nach Schritten, einer Stimme, dem mörderischen Atem eines Menschen, dem Geräusch eines Bolzens, der gespannt wird und zurückschnellt. Er kneift die Augen fest zusammen, bereitet sich auf den Knall und die ewige Dunkelheit vor. Doch es vergehen Minuten, und nichts geschieht. Er öffnet das eine Auge, das nicht auf den Boden gepresst ist, und verrenkt sich, um etwas sehen zu können. Der Fels füllt das Blickfeld fast ganz aus, er sieht nur einen Zipfel der Ebene und des Passes, auf dem er vor Kurzem noch glücklich pfeifend entlanggegangen ist. Er stellt sich eine Gestalt vor, die sich triumphal vor ihm aufbaut, das Gewehr beiläufig nach unten zeigend. Doch nichts ist zu sehen.

Peter bleibt eine Zeit lang liegen, die sich wie mehrere Stunden anfühlt. Dann erreicht er einen Zustand apathischen Gleichmuts und erhebt sich steif, bürstet den Staub von seiner Kleidung und sammelt seine Sachen zusammen. Er macht sich kaum noch die Mühe, nachzusehen, wer geschossen hat, sondern stolpert über die Ebene, den Fluss, am Fußballplatz und am Heliport vorbei und nach Hause. Als er in seinem Hausflur steht, verriegelt er die Tür und geht dann ins Bad, um eine lange, dampfend heiße Dusche zu nehmen. Danach erhitzt er einen Topf mit Weihnachtsglögg, gießt einen Rest Wodka dazu und trinkt alles, mit der Bettdecke über sich auf dem Sofa sitzend.

Etwas später kommt Sara. Sie schlafen miteinander.

Am Montag habe ich Geburtstag, sagt sie.

Ach, Glückwunsch.

Leihst du mir dein Haus, damit ich feiern kann?

Feiern?

Ja, Kaffemik. Du hast so viel Platz, und hier ist es so schön ordentlich. Ich kümmere mich selbst um alles.

Wer kommt denn?

Meine Familie. Du brauchst keine Angst zu haben.

Warum sollte ich Angst haben?

Ich weiß nicht, du siehst ein bisschen ängstlich aus.

Ich habe vor nichts Angst, sagt er und blickt sie an.

Dann ist es ja gut, sagt sie, lacht und schnippt neckisch

mit dem Mittelfinger gegen sein schlaffes Glied. Du musst nichts machen. Ich schaffe das allein.

Kommen deine Brüder auch?

Natürlich kommen meine Brüder.

Tja, also, dann musst du es wohl so machen.

Stimmt etwas nicht? Du hast wieder getrunken.

Das hab ich doch gesagt. Ich bekomme eine Erkältung.

Es ist nichts Gefährliches dabei, erkältet zu sein, sagt Sara, gibt ihm einen Klaps auf den Hintern und springt aus dem Bett. Peter geht nach unten und erbricht sich in den Toiletteneimer.

Am Montag lädt Sara zum Kaffemik in Peters Haus ein. Die Besucher kommen vom frühen Nachmittag bis zum späten Abend, sie hocken auf dem Küchenfußboden, wo große Portionen Ossobuco, Rinderbraten, gekochtes Fleisch und Fisch auf Müllsäcken verteilt liegen, überall in dem kleinen Wohnzimmer sitzen sie, trinken Kaffee, mümmeln Kuchen und rauchen Zigaretten. Peter hält sich oben im Schlafzimmer auf. Er arbeitet an seinem Modell. Er denkt: Einer von denen da unten wünscht mir den Tod. Aber wenn er ein seltenes Mal hinuntergeht, um ein belegtes Roggenbrot zu essen oder ein Glas Wasser zu trinken, behandeln sie ihn freundlich, besonders Saras Brüder, sie klopfen ihm auf die Schulter, knuffen ihn scherzhaft in den Arm und machen kameradschaftliche Bemerkungen auf Grönländisch.

In den darauffolgenden Tagen arbeitet Peter am Modell. Im Großen und Ganzen ist eine Kopie der Insel entstanden. Die Idee von der paläozoologischen Landschaft, den grasenden Dinosauriern und mit Keulen bewaffneten Urzeitmenschen hat er aufgegeben. Es ist ein realistisches Projekt geworden, ein Satellitenbild von Peter und Peters Leben, geschaffen von Peter. Neben eine Bucht am einen Ende setzt er Häuschen aus der Pappe von Streichholzschachteln und malt sie blau und rot und grün an. Die Darstellung von Stetsonfjeld und Kraterfjeld ist nicht so überzeugend, wie er es sich vorgestellt hat, die Dimensionen stimmen nicht richtig, der gemalte Fluss sieht nicht aus wie ein Fluss, sondern nur wie blaue Farbe, und der Übergang zwischen den Bergen und der Ebene ist total missglückt. Doch für die Rentiermauer und das alte Grab nimmt er sich besonders viel Zeit, und sie gelingen ihm recht gut. Aus Pfeifenreinigern fertigt er zwei Figuren, die eine neben dem Grab liegend, die Hände schützend über dem Kopf, die andere ein Stück davon entfernt stehend, ein Gewehr im Anschlag. Die Pfeifenreiniger überzieht er mit einer Polsterung aus Pappmaschee, nimmt einen Pinsel und verziert die beiden Gestalten mit vielen realistischen Details. Als er damit fertig und halbwegs zufrieden ist, bringt er die Muscheln aus Florida als Rahmen an, einmal rings um den Rand.

Er lässt das Modell ruhen, bis der Leim getrocknet ist, dann trägt er es nach unten ins Wohnzimmer und lehnt es an die Wand. Er öffnet eine neue Flasche Koskenkorva und setzt sich hin, um das Modell zu betrachten. Er denkt: Morgen erzähle ich Sara, dass ich nicht mehr mit ihr zusammen sein möchte.

Latrinentanz

In gefütterten Overalls und Gummistiefeln, mit Hundefellmützen auf dem Kopf und einer wehenden Jauchefahne im Gefolge schleichen die Männer von der Fäkalienabfuhr am frühen Morgen durch die Hausflure zu den Toiletten, sie heben den Eimer aus der Halterung, tragen ihn den gleichen Weg wieder hinaus ohne einen Tropfen des braunen Safts zu vergießen, und schütten seinen Inhalt in die große Öltonne auf dem Schlitten, der draußen wartet. Der Traktor wurde aufgrund der Schneemassen bereits vor einem Monat in die Garage gestellt.

Der Schlitten wird von acht Hunden gezogen. Bis vor Kurzem war der Führerhund ein zehnjähriger Rüde namens Sorte. Für die langen Jagdtouren war er zu alt geworden und verdiente sich seinen Lebensabend, indem er für den sicheren und ruhigen Transport der randvollen Tonne durch die Siedlung bis zur Müllkippe oben auf den Klippen sorgte, wo sie entleert wurde. Doch eines Morgens vor einigen Wochen fand sein Besitzer Sorte tot auf dem Boden liegend, als er ihm das Geschirr anlegen wollte. Im Schnee hatten sich fächerförmige Flecken des Blutes ausgebreitet, das an beiden Enden aus ihm hinausgeschossen war. Dies ist das übliche Ende eines Fäkalienhundes, sie überfressen sich an dem chemikaliengesättigten Inhalt der Tonne. Sorte wurde durch eine Hündin ersetzt, die man ihres roten Fells wegen Gulerod getauft hatte. Gulerod war außer sich vor Freude über ihre Beförderung. Gleich an ihrem ersten Tag an der Spitze brachte sie das ganze Gespann dazu, mit der schlingernden, halb vollen Tonne im Schlepptau über den Fjord zu galoppieren und hinter einer Landspitze zu verschwinden. Die Hunde kehrten einer nach dem anderen in die Siedlung zurück, die durchgebissenen Leinen im Schnee hinter sich herschleifend. Gulerod, der Schlitten und die Tonne wurden nie wieder gesehen.

Die Männer von der Fäkalienabfuhr sind die Scherereien mit den Hunden gehörig leid. Sie weigern sich, wieder loszufahren, ehe sie nicht einen Motorschlitten bekommen haben, der die launenhaften Tiere ersetzen soll. Und sie wählen einen strategisch klugen Zeitpunkt, um ihre Forderungen zu verkünden, kurz vor Weihnachten. Während die Scheiße in den Tonnen steigt, behandelt die Kommune die Angelegenheit in einem Eilverfahren. Ein Motorschlitten wird bewilligt. Er steht beim Händler drüben in der Stadt und soll von dort eingeflogen werden, doch wegen des instabilen Wetters, eines mechanischen Defekts am Lasthaken des Helikopters und der bevorstehenden Feiertage kann dies frühestens einige Wochen nach Anbruch des neuen Jahres geschehen. Die Fäkalienabfuhr weigert sich, zum Hundegespann zurückzukehren. Die Einwohner fangen an, ihre Toiletteneimer vor ihren Häusern in den Schnee zu entleeren. Frei laufende Hunde stehen mit den Pfoten in den braunen Pfützen und schlabbern sie in sich hinein, bekommen Dünnpfiff, den wiederum andere Hunde in sich hineinschlabbern, und so weiter. Bei einer spontan einberufenen Volksversammlung im Gemeinschaftshaus wird eine schnelle Lösung gefordert. Wenn nichts geschieht, will man die Eimer über den Treppen der Kommunalverwaltung entleeren.

Da steht der Flughafenleiter Franzen auf, ein kleiner,

energischer Mann mit Armeehaarschnitt, und bietet an, ein Raupenfahrzeug zur Verfügung zu stellen. Der Flughafen liegt drei Kilometer entfernt, eine Enklave überwiegend dänischer Arbeitskräfte auf der anderen Seite des Passes, die kaum oder gar keinen Umgang mit der übrigen Bevölkerung pflegen. Abgesehen von Franzen selbst, der mit seiner grönländischen Frau in der Siedlung wohnt. Auch seine Tonne ist voll, und er hat zu Hause ein Verbot ausgesprochen, sie vor der Tür zu entleeren. Bei Franzens haushaltet man mit den Toilettenbesuchen; sie halten ein, solange sie können, und fahren mehrmals am Tag mit dem Motorschlitten zur Messe. Hier gibt es eine Kanalisation, was bedeutet, dass die Hinterlassenschaften durch beheizte Abflussrohre geleitet werden, die ungefähr hundert Meter von den Gebäuden entfernt enden, wo sie ihren Inhalt in den Fjord speien.

Diese Schweinerei ist ja nicht auszuhalten, schimpft Franzen auf der Versammlung im Gemeinschaftshaus. Dann müssen wir eben mit der Schneeraupe vorliebnehmen, bis der Motorschlitten eingeflogen wird. Die Leute klatschen und johlen. Dann kehren sie in ihre stinkenden Häuser zurück.

Die Männer von der Fäkalienabfuhr spazieren die Motorschlittenspur entlang bis zum Flughafen, um das Raupenfahrzeug in Augenschein zu nehmen und eine schnelle Schulung zu erhalten, wie man es bedient. Es ähnelt einem gepanzerten Militärfahrzeug auf Ketten und wird im Alltag dafür eingesetzt, die Landebahn vom Schnee zu räumen. Jetzt wird sie uns in der Bereitschaft fehlen, sagt Franzen, aber daran kann man eben nichts ändern. Ich habe jedenfalls genug von der ganzen Scheiße. Passt aber verdammt noch mal gut darauf auf!

Die Fäkalienabfuhr fährt mit der Schneeraupe zurück in

die Siedlung, die Männer sitzen obenauf, als sie durch die Schneefahnen dahinwogt. Die Kinder rennen ihr jubelnd nach, die Erwachsenen stehen unbeweglich am Rand und glotzen. Die Männer machen einer nach dem anderen eine Probefahrt, setzen zwischen den Häusern zurück, zerstäuben eine Schneewehe, nehmen spielend leicht eine steile Steigung. Das Stroboskoplicht fegt im Kreis und färbt den Schnee und die Häuser rot. Es gibt auch einen Scheinwerfer an einem Metallarm, den man vom Führerhaus aus bedienen kann. Wenn er sein Licht auf die Umstehenden wirft, heben sich ihre Konturen klar und scharf ab, wie aus der Nacht ausgeschnitten.

Es ist spät geworden und schon längst dunkel. Aber die Stimmung ist auf dem Höhepunkt, es scheint, als könne diese Maschine alles nur Denkbare bewältigen, und die Männer beschließen, sofort mit der Arbeit anzufangen.

Sie binden ihren Schlitten mit einem Seil an einen Metallbügel am Ende der Schneeraupe. Hinter dem riesigen Kettenfahrzeug sieht er aus wie ein Kinderschlitten. Ein Mann steht auf dem Schlitten und tritt auf die Bremse, damit Seil und Schlitten nicht zwischen die Glieder der Kette gewirbelt werden. Sie beginnen an jenem Ende der Stadt, das beim Stausee liegt und damit am weitesten von der Müllhalde entfernt. Die Tonne auf dem Schlitten füllt sich schnell. Zwei Männer sausen damit hinüber zur Müllhalde, einer im Führerhaus, der andere auf dem Schlitten. Vier weitere Männer holen die Toiletteneimer aus den Häusern und stellen sie am Wegesrand bereit. Jedes Mal, wenn die Schneeraupe zurückkehrt, wechseln sie die Position, damit jeder einmal die Möglichkeit bekommt, die Maschine zu testen. Die Arbeit geht schnell voran. Tonne um Tonne saust durch die Stadt und wird auf der Halde entleert, wo der Inhalt in den Fjord hinabsickert. Die Möwen schreien, die Hunde bellen und zerren an ihren Ketten. Haus für Haus wird von den Fäkalien befreit.

Als die Schneeraupe die Schule passiert, vergisst der Fahrer, um den kleinen See herumzulenken, und sie krachen in das splitternde Eis ein. Der Mann auf dem Schlitten wirft sich zur Seite und kann sich an Land retten. Vom Ufer aus sieht er, wie die Schneeraupe versinkt. Er ruft nach seinem Kollegen, meint, ihn im Führerhaus umhertaumeln zu sehen, verzweifelt mit der Tür kämpfend. Dann gelingt es ihm, sie zu öffnen, und er schwingt sich aufs Dach, wo er in der Hocke balanciert, während die Schneeraupe gurgelnd unter ihm versinkt. Als nur noch eine Ecke des Dachs aus dem Wasser ragt, stoppt sie. Sie hat den Grund erreicht. Der Mann versucht, vom Dach zu klettern, setzt vorsichtig einen Fuß auf ein nahe gelegenes Stück Eis, das sofort unter ihm nachgibt und davonschwimmt. Um das Dach des Führerhauses klafft nun ein großes, schwarzes Loch aus Wasser. Im orangeroten Stroboskoplicht, das noch viele Minuten lang rotiert, kann man sehen, wie sich der Inhalt der Tonne auf der Oberfläche ausbreitet.

Es dauert Stunden, den Mann vom Dach zu holen und in Sicherheit zu bringen. Als er wieder Boden unter den Füßen hat, ist er erschöpft und bittet um eine Zigarette, die ihm jemand anzündet und reicht. Ich gehe nach Hause, murmelt er. Ich habe genug für heute.

Die Nachricht über den Verlust der Schneeraupe macht Franzen zunächst rasend, dann lässt sie ihn verzweifeln, weshalb er eine volle Tasse gegen die Wand wirft, sodass der Kaffee in einer hellbraunen Rosette auf der Tapete explodiert. Schließlich ist er schockiert, und dieses Gefühl setzt sich fest und bleibt. Was habe ich bloß getan?, denkt er. Es gibt eine

Sturmwarnung, und Sturmböen bedeuten Niederschlag und erhöhte Bereitschaft, was auch die beiden Schneeräumfahrzeuge des Flughafens einschließt, jetzt also nur noch eines. Schlimmstenfalls wäre er gezwungen, die Landebahn für Flächenflugzeuge zu sperren, und das würde erstens große Probleme bei der Umleitung des Flugverkehrs verursachen, zweitens einen Millionenverlust für den Flughafen bedeuten, und drittens würde er, Franzen höchstpersönlich, gefeuert und verklagt, wenn man in der Führungsebene des Flughafenwesens von der eigentlichen Ursache hierfür erführe, nämlich, dass er Material an die Siedlung verliehen hat, er würde von allen Medien des Landes lächerlich gemacht und müsste obendrein für den Schadensersatz der Schneeraupe aufkommen. Er beschließt, die havarierte Maschine zu retten.

Bosse, der schwedische Maschinenmeister des Flughafens, unterstützt seine Idee. Er glaubt zu wissen, dass irgendwo noch Neoprenanzüge und Druckluftflaschen herumliegen, die irgendwann einmal ein operatives Kommando der Marine hier hinterlassen hat. Kurze Zeit später schleppt er die Anzüge und Sauerstoffflaschen in die Messe. Sie testen die Ausrüstung. Der Maschinenmeister hat einen Taucherschein aus seiner Zeit bei der schwedischen Flotte. Sie einigen sich darauf, dass er mit einigen Stahlkabeln hinabtauchen und sie mit massiven Haken an der Schneeraupe befestigen soll. Dann werden sie versuchen, das Fahrzeug mithilfe der zweiten Schneeraupe zu bergen. Das müsste sich machen lassen, darüber sind beide sich einig. Franzen öffnet eine weitere Flasche Whiskey, und sie sitzen bis tief in die Nacht und diskutieren hin und her, fertigen Skizzen an und zanken sich ein wenig über ihre Berechnungen.

Wenn das hier gut geht, bin ich dir was schuldig, sagt Franzen.

Da kannst du verdammt noch mal Gift drauf nehmen, antwortet der Maschinenmeister.

Ich meine es ernst, sagt Franzen. Ich kann dir eine Fotze besorgen, wenn du willst.

Mit Fotzen bin ich gut försorgt, antwortet Bosse, der das Schwedische und Dänische unter Alkoholeinfluss noch mehr vermischt, als er es ohnehin schon tut. Komm mir nicht mit Fotzen.

Ja, träum weiter, sagt Franzen.

Ich kann ja deine Frau knullen, schlägt Bosse vor.

Das kannst du gerne tun, wenn du Manns genug bist.

Wir werden diese verdammte Snöraupe schon herausholen, sagt der Maschinenmeister. Dafür werde ich höchstpersönlich sorgen.

Ansonsten weiß ich nicht, wie mir geschieht, sagt Franzen, und seine Knochen treten hervor, als er das Whiskeyglas umklammert. Oder den Idioten, die sie versenkt haben. Ich bringe sie um.

Der Maschinenmeister erwidert nichts.

Manchmal bekomme ich schon Lust dazu, sagt Franzen. Die hassen uns doch. Und ich hasse sie. Wenn das hier schiefgeht, habe ich nichts mehr zu verlieren. Dann nehme ich meine Kalaschnikow und knalle sie ab, gehe zur besten Öffnungszeit in den Laden, genau wie sie es in den USA tun. Mit einem unsichtbaren Gewehr peilt er imaginäre Ziele im Wohnzimmer an und macht Schussgeräusche mit den Lippen.

Jaja, sagt Bosse. Mach mal ein Nickerchen. Beruhige dich.

Fünfzehn Jahre, sagt Franzen still vor sich hin. Als ich herkam, war ich ein junger Bursche.

Ich glaube, ich geh mal die Sauerstoffflaschen kontrollieren, sagt Bosse. Wahrscheinlich müssen sie aufgefüllt werden.

Pass auf, dass du nicht so endest wie ich, brüllt Franzen hinter ihm her.

Jaja, sagt Bosse und verschwindet durch die Tür.

Am nächsten Tag fegt ein Sturm über die Insel, gefolgt von dichtem Schneefall. Franzen kann die Landebahn guten Gewissens aufgrund von schlechter Sicht sperren. Aber es kann jeden Moment aufhören zu schneien, und dann braucht er alle Geräte für die Schneeräumung.

Gemeinsam mit dem Maschinenmeister fährt er mit der zweiten Schneeraupe in die Siedlung. Sie halten vor der Schule, betrachten einen Augenblick lang die kleine Ecke des Führerhauses, die aus dem Wasser ragt, auf dem sich eine neue Schicht aus Schnee und Eis gebildet hat.

Du bist dir schon darüber im Klaren, dass das Wasser voller Scheiße ist?, fragt Franzen.

Du bist mir etwas skyldig, antwortet Bosse und lacht.

Franzen brummelt. Dann gehen sie in die Turnhalle der Schule, wo Bosse sich den Neoprenanzug, die Tauchermaske, die Sauerstoffflasche und die Schwimmflossen anzieht. Er schraubt an einem Ventil. Ein Zischen wie von einem Gaskocher entweicht.

Wie fühlt es sich an?, fragt Franzen.

Bosse atmet ein und aus, justiert die Ausrüstung, zieht einen Gurt fest, stülpt die Maske nach innen und außen und prustet durch die Nase. Er lächelt um das Mundstück herum und hebt beide Daumen. Dann stapft er nach draußen und setzt sich auf einen Schlitten.

Franzen schiebt ihn bis zum See hinunter, wo Bosse sich vorsichtig auf das Eis legt und mithilfe von Eishaken bis zur Mitte robbt. Franzen ist durch ein Seil mit ihm verbunden, das er Stück für Stück loslässt, drei Stahlkabel schleifen hinter ihm her. Sie haben es gemeinsam berechnet: die Bruchstärke der Kabel gegen die maximale Belastung, der sie ausgesetzt sind. Es ist mehr als ausreichend. Franzen hat nicht um Hilfe gebeten, und niemand hat sie ihm angeboten. Es sind keine Menschen draußen zu sehen, nur ein paar Gesichter hinter den Fenstern. Vielleicht hätten wir doch mehrere Männer gebraucht, um das alles hier im Griff zu haben, denkt er, doch im selben Moment geht ein Ruck durch das Seil, und er sieht den Maschinenmeister durch die dünne Schicht Neueis verschwinden. Franzen hält das Seil straff, kneift im Schneegestöber die Augen zusammen und ruft:

Bosse! Bosse?

Schließlich taucht zuerst der Kopf des Schweden auf, dann ein Arm, mit dem er beruhigend winkt.

Er braucht einige Minuten, um mit den Eishaken ein Loch in die Oberfläche zu hacken, damit er sich freier im Wasser bewegen kann. Dann schwimmt er zu der havarierten Maschine, bewegt sich einmal rundherum, anscheinend versucht er einzuschätzen, in welcher Richtung sie liegt. Anschließend taucht er hinab. Es gibt einen kleinen Ruck im Seil. Versunken in einem See aus Scheiße, denkt Franzen träumerisch und gibt dem Seil einige Meter Spiel, im Sommer wird es garantiert hübsch riechen, dann zieht er das Seil wieder an. So steht er lange und späht in das schwarze Loch. Es wird kalt, wenn man so still steht, der Wind pfeift durch seine Jacke hindurch, er hat zu wenig angezogen. Ich werde mich erkälten, denkt er. Dann kann er erneut Bosses Kopf sehen. Ruhig zieht er an der Schnur. Der Schwede schlägt einen Haken ins Eis, dann peitscht er mit den Schwimmflossen das Wasser auf, zieht sich weiter nach oben, klettert hastig nach draußen, in Sicherheit, und zieht die Schwimmflossen von seinen Füßen.

Beeil dich, verdammt noch mal, ruft er, bevor ich mir den Svans abfriere.

Franzen schiebt ihn in die Schule zurück, hilft ihm aus der Taucherausrüstung und packt ihn in Wolldecken. Er gießt etwas aus einer Thermoskanne in einen Becher.

Hier, sagt er. Warmer Kakao mit Rum.

Bosse schlürft das Getränk in sich hinein. Wenig später hört er auf zu zittern. Die beiden Männer lachen. Franzen knufft den Schweden scherzhaft. Der hustet und spuckt. Zum Teufel, wie ich nach Scheiße stinke, sagt er.

Nicht die Spur, antwortet Franzen. Du riechst besser als sonst.

Ich werde mich zum Teufel noch mal verkälten, schimpft Bosse. Ich habe Toalettreiniger in die Lungen bekommen.

Dann nimm dir frei, antwortet Franzen. Ich genehmige dir vierzehn Tage bezahlten Urlaub.

Jetzt müssen wir aber erst mal diese Teufelsmaschine an Land skaffen, sagt der Schwede, und dann muss ich zusehen, dass ich das Teufelsding wieder zum Leben erwecke.

Als sich beide aufgewärmt haben, gehen sie zur zweiten Schneeraupe und befestigen drei Stahlkabel an einigen Ösen weit unten an der Karosserie, damit der Schwerpunkt so tief wie möglich liegt. Der Maschinenmeister meint, es seien ungefähr dieselben Ösen, die er auch am anderen Ende verwendet habe, obwohl es schwer gewesen sei, etwas zu erkennen. Aber er sei sich sicher, dass die Konstruktion standhalte.

Franzen setzt sich ins Führerhaus und dreht den Zündschlüssel, legt den Gang ein und fährt vorsichtig los, wobei er über die Schulter blickt, bis die Stahlkabel gespannt sind wie Geigenbogen. Der Schwede signalisiert ihm, dass er weitermachen soll. Er gibt ein wenig mehr Gas, spürt, wie die Ketten sich in den Schnee graben. Er bremst.

Fahr ein kleines Stück zurück!, ruft der Maschinenmeister, und dann wieder nach vorne, ryckle daran, bis sie sich vom Boden löst. Sie wird schon halten.

Inzwischen haben sich einige Zuschauer versammelt. Franzen erkennt die Männer von der Fäkalienabfuhr wieder und wirft ihnen einen bösen Blick zu. Aber sie wirken vollkommen unberührt, stehen mit den Händen in den Taschen und Zigaretten in den Mundwinkeln da. Er sieht, dass sie das Geschehen kommentieren, auf etwas zeigen und verschwörerisch lachen. Es macht Franzen rasend. Könnt ihr nicht sehen, was ihr getan habt, oder kapiert ihr es einfach nicht? Offenbar sind sie nicht dazu in der Lage, sich schuldig oder verantwortlich zu fühlen. Ich werde nie lernen, euch zu verstehen, denkt Franzen, und ich habe verdammt noch mal auch keine Lust dazu. Verbittert gibt er Gas.

Der Plan des Maschinenmeisters scheint zu funktionieren. Mit jedem Mal, das Franzen vorfährt, gelangt er ein Stück weiter, und er hat das ulkige Gefühl, dass sich dort unten auf dem Grund etwas löst. Die Kabel haben sich durch das Eis bis zum Ufer geschnitten, die gesamte Führerkabine der anderen Schneeraupe ist nun zu sehen. Doch jedes Mal, wenn er zurückfährt, um erneut Anlauf zu nehmen, sinkt sie zur Hälfte wieder ein. Er gibt mehr Gas, fährt mit einem harten Ruck nach vorn. Er hört das laute Krachen der Kabel und Karabinerhaken, die in ihren Verankerungen rasseln, als die Belastung um einen unbekannten Faktor verstärkt wird, und denkt, es wäre schön zu wissen, ob sie das aushalten. Doch er macht weiter, er insistiert, fährt vor und spürt den Widerstand, setzt zurück, gibt Gas, fährt vor und spürt den Widerstand. Jeder Durchgang ist wie ein kleiner Frontalzusammenstoß, doch der Sicherheitsgurt umspannt ihn fest, und er drückt sich in den Sitz zurück.

Dann löst sich wirklich etwas, aber es fühlt sich nicht so an, wie es sollte, die Schneeraupe zieht schief, und er denkt gerade noch, dass sich eines der Kabel gelöst haben muss, so eine verdammte Scheiße, und blickt über die Schulter zurück und sieht, wie es aus dem Wasser geflogen kommt, wie eine grauenerregende Stahlpeitsche saust es mit dem Eisenhaken in einem eleganten Bogen durch die Luft, in der Schneeflocken wie tiefgefrorenes Blut aus der Dunkelheit ins rote Stroboskoplicht rieseln, bevor der Haken das Glasfenster des Führerhauses durchschlägt und in eine zuckerähnliche Substanz verwandelt, seinen Weg fortsetzt und Franzens rechte Schulter zerschmettert, woraufhin das Kabel gegen seinen Brustkorb zurückschnellt, die Hälfte seiner Rippen bricht und ihn bewusstlos macht. Dadurch bleibt er von dem Anblick verschont, der nun folgt. Die beiden anderen Kabel, die jetzt zu je dreiunddreißig Prozent mehr belastet sind, geben nur den Bruchteil einer Sekunde später ebenfalls nach und sausen pfeifend durch die rote, schneegeschwängerte Abendluft, treffen die Schneeraupe, verursachen jedoch keinen nennenswerten Schaden, abgesehen davon, dass die havarierte Maschine blubbernd in den See zurückgleitet. Die zweite Schneeraupe, auf deren Gaspedal der nunmehr bewusstlose Franzen mit einem Großteil seines Körpergewichts lastet, rast in wilder Fahrt am Gemeinschaftshaus vorbei in Richtung Fjord, durchbricht den hohen, vereisten Rand zwischen dem Weg und dem Abhang und schwebt über die Felsbrocken und Klippen hinweg in den Himmel.

Als sie zum Strand hinabklettern, angeführt vom fluchenden Bosse, finden sie die Schneeraupe halb zerknautscht in einer Felsspalte. Auf dem Weg nach unten hat sie einen Salto geschlagen, das Hinterteil hängt glucksend im Wasser, das Vorderteil im Trockenen. Der Wind weht stramm landeinwärts, das Meerwasser spült den hinteren Teil der Ketten. Der Maschinenmeister nähert sich der Tür zum Vorderhaus. Das Glas ist zu einer einzigen puderzuckrigen Masse zersprungen, die von Blut durchtränkt ist. Es gelingt Bosse, die Tür ein Stück zu öffnen, er sieht hinein und ruft.

Viggo?

Dann brüllt er den Menschen, die sich oben auf der Kante des Abhangs versammelt haben, zu: Lauft, zum Teufel! Holt den Krankenpfleger! Er lebt noch!

Die Feuerwehr der Siedlung befreit Franzen aus dem Führerhaus und bindet ihn auf einer Bahre fest. Auf ihrem Weg über die vereisten Steine entgleitet er ihnen mehrmals beinahe, und einmal gerät er mit dem Kopf unter Wasser. Doch Franzen beschwert sich nicht. Er liegt mit offenen Augen da, stumm und starr, aber er atmet. Dann rennen sie mit ihm hinüber zur Krankenpflegestation, wo der Krankenpfleger ihn mit blutstillenden Verbänden, warmen Decken und großen Mengen an intravenösen Flüssigkeiten stabilisiert. Am nächsten Tag wird er mit dem Hubschrauber abgeholt. Da der Flughafen wegen des Schneefalls auf unbestimmte Zeit geschlossen ist, kann er leider nicht nach Reykjavík geflogen werden, wo die nächste Spezialklinik liegt, sondern muss in dem kleinen Krankenhaus in der Stadt zusammengeflickt werden. Später erklären ihm die Ärzte, dass er eine steife Schulter haben und zehn bis fünfzehn Prozent behindert sein wird. Die Flughafenleitung beurlaubt ihn bis auf Weiteres, die Menschen lachen über ihn, die Geschichte landet in den Schlagzeilen aller Zeitungen des Landes. Er kehrt nicht in die Siedlung zurück, er wohnt im Hotel, sitzt oft allein an der Bar und trinkt, während er sich selbst im Spiegel hinter den Flaschen anstarrt.

Schon einen Tag nach dem Unglück stellen die Männer von der Fäkalienabfuhr ein neues Hundegespann zusammen, finden einen Führerhund, der psychisch stabil scheint, bauen einen dritten Schlitten und sägen den Boden aus einer dritten Öltonne. Es funktioniert gut. Sie sind froh, zum Altbewährten zurückzukehren. Am neunundzwanzigsten Dezember drehen sie ihre Runde. Die Siedlung geht mit geleerten Toiletteneimern ins neue Jahr.

Korrespondenz II

7. Januar
An: »Bezirkschefarzt Jens Jørgen Kjeldsen«
<j_jorgen@yahoo.com>
Von: »Jesper Waltzer« <jebbe@yahoo.dk>

Lieber Jens,
wie du wahrscheinlich schon bemerkt hast, ist die Telefonleitung zurzeit tot. Niemand weiß, wann Tele einen Mann hierher auf die Insel schickt, um den Mast zu reparieren. Komischerweise funktioniert aber das Internet. Ich hoffe, diese Mail erreicht dich auf der anderen Seite des Fjords.
Es geht um Asta I. (Personenkennziffer 170990-2562).
War heute gemeinsam mit ihrer Mutter in meiner Sprechstunde wg. »Schmerzen im Darm«. Vielleicht erinnerst du dich noch von deinem letzten Besuch an sie, eine Mittelohrentzündung, bei der wir eine Menge Eiter herausspülten. Ein hübsches und fröhliches Mädchen, ein wenig schüchtern, sportlich, spielt in der Fußballmannschaft der Siedlung.
Sie erinnert sich nicht daran, wann sie das letzte Mal Stuhlgang hatte, kann keine Auskunft darüber geben, ob die Konsistenz normal war, nur, dass er »unschön gerochen« habe. Urinfluss normal. Leichte Übelkeit, kein Erbrechen.

Gesichtsfarbe etwas fahl, dunkle Augenringe. Haut kalt und feucht.
Palpation des Abdomens: Kein deutlicher Schmerz, die Patientin verkrampft und hyperventiliert jedoch während der Untersuchung.
Messung des hCG-Wertes im Urin. Das Ergebnis ist positiv, worauf die Mutter sehr aufgebracht reagiert.
Das Mädchen ist fassungslos über die Nachricht der Schwangerschaft. Es hat keinen Freund und gibt an, mit niemandem geschlafen zu haben. Aufgrund seines Alters und der Schamhaftigkeit des Mädchens sehe ich von einer gynäkologischen Untersuchung ab.
Informiere beide über die Möglichkeit eines Schwangerschaftsabbruchs und dass in diesem Fall die Eltern einwilligen müssen, da das Mädchen unter achtzehn ist. Sie möchten das zu Hause besprechen und morgen wiederkommen.
Soll ich noch andere Maßnahmen ergreifen?
Grüße, Jesper

7. Januar
An: »Jesper Waltzer« <jebbe@yahoo.dk>
Von: »Bezirkschefarzt Jens Jørgen Kjeldsen« <j_jorgen@yahoo.com>

Hallo, Jesper, und ein frohes neues Jahr!
Es kann ja nur besser werden als das vergangene. Hast du etwas darüber gehört, wann sie neue Räumfahrzeuge für die Landebahn bekommen? Hier in der Stadt erfahren wir nichts, und es wird natürlich nicht besser dadurch, dass die Telefonleitung zusammengebrochen ist. Wir haben mehrere

Patienten, die dringend ausgeflogen werden müssten, u. a. den Flughafenleiter, der ja schwere innere Verletzungen erlitten hat. Das Personal hier ist das alles gehörig leid, meine Wenigkeit nicht ausgenommen.
Ach ja, jammer, jammer, auf jeden Fall sollte das Mädchen hierherkommen. Du kannst genauso gut gleich ein Ticket für den ersten Hubschrauber bestellen, die sind ja wenigstens in der Luft, was zur Folge hat, dass wir uns vor Patienten aus den Siedlungen kaum retten können, während wir selbst keine Patienten nach Nuuk oder Dänemark oder Island weiterschicken können. Aber das ist ja nicht dein Problem. Sie muss hier untersucht werden, es könnte immerhin sein, dass sie Opfer einer Vergewaltigung wurde, obwohl darauf wohl kein Verdacht besteht, oder? Filippus auf der Post kann sicher ein Ticket für dich organisieren. In der wievielten Schwangerschaftswoche ist sie? Könntest du nicht vielleicht ein bisschen nachbohren, um herauszufinden, wer der Vater ist? Je mehr Zeit vergeht, ehe jemand sie ausfragt, desto mehr Informationen gehen auch verloren, und desto schwieriger wird es, etwas aus ihr herauszubekommen. Ich kenne solche Fälle, sie enden selten glücklich. Vielleicht kannst du eine ihrer Schwestern als Dolmetscherin einsetzen, das ist garantiert besser als die Mutter. Ansonsten handelt es sich wohl um eine feine und stabile Familie, soweit ich weiß.
Wir bleiben in Kontakt. Ingunn lässt grüßen. Sie sagt, das seien die besten Walsteaks gewesen, die sie je probiert habe. Wir haben versucht, sie hier nachzukochen, nachdem wir bei dir gewesen sind – Fleisch von einem Minkwal, den man im Oktober erlegt hat –, aber sie waren nicht annähernd so gut. Hiermit hast du also eine Einladung bei uns gut, damit wir dir das Geheimnis dieser Kunst

entlocken können. Es geht nicht, dass du dich so isolierst dort draußen auf der Insel. Du wirst noch mit einem Siedlungskoller enden, das habe ich schon mehrfach erlebt, kein schöner Anblick. Natürlich weiß ich, dass du stabil bist wie ein Fels in der Brandung, diesen Eindruck haben wir jedenfalls von dir gewonnen, aber ich wollte es trotzdem erwähnt haben. Ich könnte dir Geschichten erzählen, bei denen dir die Haare zu Berge stehen würden. Aber die müssen warten. Komm zu uns, trink ein bisschen Wein, schlag über die Stränge, stell ein paar Dummheiten an und mach dich wie wir anderen hier ein bisschen zum Narren, kurzum, entspann dich ein paar Tage lang. Wir haben genug Platz hier, wir wohnen ja nur zu zweit in einem riesigen Haus. Nach unserem Besuch bei dir im November ist das wohl das Mindeste, was wir tun können.
Wir bleiben in Kontakt!
Jens

8. Januar
An: »Bezirkschefarzt Jens Jørgen Kjeldsen« <j_jorgen@yahoo.com>
Von: »Jesper Waltzer« <jebbe@yahoo.dk>

Asta war jetzt zu einem Gespräch mit ihrer großen Schwester hier, die über ihre Schwangerschaft informiert ist. Sie hält daran fest, keine Ahnung zu haben, wer der Vater ist. Die Schwester hat auch keine Idee, wer der Schuldige sein könnte. Sie hätte nicht gedacht, dass Asta sexuell aktiv ist. Ein Teil des Besuchs vergeht mit einer Streiterei der beiden Schwestern auf Grönländisch. Da meine Dolmetscherin Amalie zurzeit nicht zur Ver-

fügung steht (Urlaub), kann ich nur schwer deuten, worum es geht.
Asta meint, ihre letzte Periode habe sie im November gehabt. An das Datum erinnert sie sich nicht, aber es sei mit Sicherheit vor dem Geburtstag einer Freundin gewesen, d. h. zwischen dem 1. und 15. November. Ihren Angaben zufolge handelte es sich um eine normale Blutung. Sie menstruiert, seit sie 11 Jahre alt ist, die Blutungen waren größtenteils regelmäßig und dauerten ca. 5 Tage.
Ich frage sie ein bisschen aus, und sie scheint über sexuelle Themen gut Bescheid zu wissen. Sie ist sich darüber im Klaren, zu welchen Zeitpunkten während des Zyklus man schwanger werden kann und welche Verhütungsmittel gegen Schwangerschaft und Geschlechtskrankheiten wirksam sind. Sie wirkt jedoch sehr beklommen, und ich muss ihr das meiste aus der Nase ziehen.
Die primären Symptome, derentwegen sie ursprünglich gekommen ist, sind gleich geblieben, d. h. Übelkeit und diffuse Schmerzen »im Darm«, womit wohl eher der Unterleib gemeint ist. Sie hatte heute früh Stuhlgang – angeblich »übel riechend«.
Das Ticket in die Stadt ist bestellt. Aufgrund des Neujahrsverkehrs gibt es leider erst am 13. einen freien Platz.
Vielen Dank für die Einladung. Ich behalte sie im Hinterkopf. Gegen einen Ausflug in die Stadt hätte ich nichts einzuwenden. Momentan bin ich jedoch, wie gesagt, allein hier. Wir sehen weiter, sobald Amalie aus dem Urlaub zurückkommt.
Jesper

8. Januar
An: »Jesper Waltzer« <jebbe@yahoo.dk>
Von: »Bezirkschefarzt Jens Jørgen Kjeldsen« <j_jorgen@yahoo.com>

O. K., wir sehen sie uns an, wenn sie kommt. Hast du noch mit anderen Familienmitgliedern gesprochen?
Jens

9. Januar
An: »Bezirkschefarzt Jens Jørgen Kjeldsen« <j_jorgen@yahoo.com>
Von: »Jesper Waltzer« <jebbe@yahoo.dk>

Hallo Jens,
ich habe heute mit Astas Vater Jørgen gesprochen. Er ist völlig aufgebracht über die Schwangerschaft seiner Tochter und meint, sie müsse vergewaltigt worden sein. Bei näherer Nachfrage hat er jedoch keinen Verdacht, wer es gewesen sein könnte. Ich habe mich außerdem, soweit es die Schweigepflicht erlaubt, ein wenig umgehört, zum Beispiel beim Bezirksrichter Jakob und auf dem Sozialamt, aber es sind keine Gerüchte über amouröse Aktivitäten im Umlauf. Jakob meint, dass sie vergewaltigt worden sein könnte, während sie schlief. So etwas geschieht offenbar von Zeit zu Zeit, auch wenn es in meinen Ohren ziemlich unwahrscheinlich klingt, es sei denn, das Mädchen war volltrunken. Und meinen Informationen zufolge trinkt sie nicht.
Laut Aussage des Vaters haben die Magenschmerzen außerdem zugenommen. Ich untersuche sie zu Hause

und nehme bei der Patientin einen deutlichen Palpationsschmerz auf der rechten Seite wahr, etwas unterhalb des McBurney-Punktes, was dem rechten Eierstock oder Eileiter entspricht. Ich fordere die Familie nachdrücklich dazu auf, mich eine gynäkologische Untersuchung durchführen zu lassen, aber sie sind nicht sehr kooperationsbereit.
Müsste diese Patientin nicht evakuiert werden?
Jesper

9. Januar
An: »Jesper Waltzer« <jebbe@yahoo.dk>
Von: »Bezirkschefarzt Jens Jørgen Kjeldsen« <j_jorgen@yahoo.com>

Hallo Jesper,
sie muss sofort hierhergebracht werden. Bereite die Evakuierung vor und lass sie zu dir auf die Station transportieren, damit es nicht zu einer Ruptur kommt. Wahrscheinlich ist es schon zu spät, und das geplatzte Gefäß entleert sich in die Bauchhöhle. Sorge dafür, dass sie nüchtern bleibt und Bettruhe einhält. Wenn es geht, kannst du ihr eine Kochsalzinfusion anhängen. Du hast ja schon einmal in der Notaufnahme gearbeitet, deshalb wird das wohl kaum ein Problem für dich darstellen.
Du bekommst Amalie doch morgen schon zurück. Kannst du nicht einfach im Helikopter mitfliegen? Ich werde schon mit ihr sprechen.
Wir sehen uns. Jens

9. Januar

An: »Jesper Waltzer« <jebbe@yahoo.dk>

Von: »Bezirkschefarzt Jens Jørgen Kjeldsen«
<j_jorgen@yahoo.com>

Verdammt, der Helikopter hat einen mechanischen Defekt. Wir untersuchen ihn gerade, aber er kann heute wohl auf keinen Fall wieder starten, ehe es dunkel wird. Du musst das Mädchen auf der Station übernachten lassen und es ruhig halten und nüchtern für die OP. Wir operieren sie, sobald sie ankommt.
Viel Glück!
Jens

11. Januar

An: »Bezirkschefarzt Jens Jørgen Kjeldsen«
<j_jorgen@yahoo.com>

Von: »Jesper Waltzer« <jebbe@yahoo.dk>

Lieber Jens,
dies ist der Versuch einer genauen Darstellung aller Ereignisse, die an dem betreffenden Abend und in der Nacht passiert sind. Hoffe, es gelingt mir klar und anschaulich genug. Ich war selbst etwas erschöpft, deshalb hat es mich einige Zeit gekostet, bis ich dies niederschreiben konnte. Ich habe zwei Männer von der Feuerwehr damit beauftragt, Asta hierher auf die Krankenpflegestation zu transportieren. Kurz nach 15 Uhr brachten sie sie auf einer Bahre, und wir legten sie sofort in das Krankenbett. Sie hatte pochende Schmerzen in der rechten Seite und mittleren Palpationsschmerz. Keine Blutung, etwas weißlicher Ausfluss in

der Menstruationsbinde. Fahle und feuchte Haut. S. Observationsschema für weitere Details. Konnte den Hämoglobingehalt nicht messen, da das Gerät defekt ist. Den Augenschleimhäuten nach zu urteilen, lag zu diesem Zeitpunkt aber bereits ein gewisser Blutverlust vor.
Ich brachte die Patientin in die Trendelenburg-Lage und gab ihr eine Infusion mit Natriumchlorid mit hoher Tropfgeschwindigkeit. Nach einer Stunde Bettruhe war der Blutdruck (vgl. Schema) etwas höher und der Puls schwächer. Die Patientin war ruhiger, wirkte nicht mehr verängstigt, sondern lächelte und schien beinahe zufrieden. Zu diesem Zeitpunkt waren die Eltern und die große Schwester anwesend. Sie wollten mich unter Druck setzen, damit ich eine schnellere Evakuierung bewirkte, aber ich erklärte ihnen, dass der Helikopter nicht fliege und ich an dieser Tatsache nichts ändern könne.
Daraufhin setzte die Patientin ihre Bettruhe fort und schlief einige Stunden lang. Ich sprach mit ihrem Vater Jørgen darüber, wer der Vater des Kindes sein könnte. Er hatte einige Nachforschungen angestellt und meinte, es handele sich um einen jungen Mann, Kali J., der einige Jahre älter als Asta sei. Asta hatte mittlerweile eingeräumt, dass sie für kurze Zeit ein Paar waren. Da der Junge noch eine andere Freundin hatte, sollte das jedoch auf keinen Fall herauskommen. All das habe ich mithilfe von Amalie herausgefunden, die nun Gott sei Dank wieder auf der Arbeit ist. Wenn du mit ihr sprichst, wird sie dir sicher erzählen, dass ich überreagiert habe, als ich erfuhr, wer Asta ausgenutzt hat. Es war nicht meine Absicht, das Fenster zu zerschmettern. Aber so etwas macht mich so wütend. Ich werde schon dafür aufkommen.
Na ja, jedenfalls forderte ich den Vater nachdrücklich dazu

auf, mit Kali zu sprechen, und bot an, als eine Art Vermittler dabei zu sein. Anfangs war Jørgen nicht sehr darauf erpicht, den Jungen zu treffen, aber nachdem ich eine Zeit lang auf ihn eingeredet hatte, war er einverstanden. Also rief ich Kali an, der versprach, zu kommen, allerdings musste auch er erst dazu überredet werden.
Am späten Nachmittag taucht Kali dann auf der Station auf und verlangt, mit Asta zu sprechen. Das gestatte ich ihm nicht, u. a. weil sie gerade schläft. Stattdessen setze ich mich gemeinsam mit ihm und Jørgen ins Wartezimmer, und zu Beginn verläuft das Gespräch sehr gut. Doch dann tritt Astas Vater mit einem Mal aggressiv gegenüber Kali auf, die Situation eskaliert, und ich bin gezwungen, die beiden mit der Hilfe von Bianco, dem Bahrenträger, voneinander zu trennen. Kali verschwindet nach draußen, Jørgen ihm nach, und soweit ich hören kann, kommt es auf der Treppe zu einem Handgemenge. Doch dann kehrt Jørgen zurück, und von dem Jungen hören wir vorerst nichts mehr. Ich habe auch genug damit zu tun, Asta zu beaufsichtigen. Am späten Abend wacht sie auf und äußert, dass sie abführen müsse. Sie weigert sich, die Bettpfanne zu benutzen, weshalb ich den Toilettenstuhl zu ihr hineinschiebe. Während sie auf dem Stuhl sitzt, verliert sie das Bewusstsein und muss zurück ins Bett gehoben werden. Mittlerweile ist eine frische Vaginalblutung vorhanden, und der Blutdruck fällt (s. Schema).
Ich gebe ihr eine Albumin-Infusion, kann jedoch keinen ausreichenden Blutdruck halten. In den nächsten Stunden nimmt die Vaginalblutung zu. Sie blutet mehrere Windeln und die Matratze durch. Sie kommt nicht wieder zu sich. Atemstillstand: 3:31 Uhr. Keine Herztöne mehr wahrnehmbar: 3:37 Uhr.

Wieder tut es mir leid, falls Amalie der Auffassung sein sollte, ich hätte mich unprofessionell verhalten. Aber ich konnte meine Tränen nicht zurückhalten, und ich meine mich auch zu erinnern, Asta umklammert und irgendwas gebrüllt zu haben, sodass die Familie mich mit Gewalt von ihr wegzerren musste. Ich habe in der Notaufnahme gearbeitet und viele junge Menschen sterben sehen. Aber an einem Ort wie diesem kommen die Dinge sehr nah an einen heran.

In den vergangenen beiden Tagen war ich außerdem einem enormen Druck ausgesetzt. Während der gesamten Zeit haben die Familienangehörigen, insbesondere der Vater und die beiden Brüder, die später hinzukamen, mich bedrängt, einen Weg zu finden, um sie zu evakuieren, aber ich kann nicht erkennen, wie das hätte möglich sein sollen. Sie behaupten, dass der Hubschrauber eine Starterlaubnis nach Einbruch der Dunkelheit erhalten kann, wenn eine extreme Notsituation vorliegt. Ich habe darauf beharrt, dass ich nichts tun kann und zudem aufgrund der mangelnden Telekommunikation keine Möglichkeiten habe, mit dem Heliport oder dem wachhabenden Piloten zu sprechen. Ich meine, alles getan zu haben, was in meiner Macht stand. Doch sie sagen, dass sie uns anzeigen werden, darauf sollten wir also gefasst sein.

Nachdem Asta verstorben ist, geht schließlich irgendjemand nach unten zur Toilette und findet Kali in der Tür zum Depot hängend. Wie du dich vielleicht erinnern kannst, ist es eine schwere Eisentür mit einer selbstschließenden Hydraulik, die mit einem so ordentlichen Donnern zufällt, dass das Dach der Station bebt. Offensichtlich war Kali auf einen Schemel geklettert und hatte seinen Hals mit Absicht in den Spalt zwischen Tür und Rahmen gesteckt, woraufhin

er den Schemel unter seinen Füßen wegstieß und die Tür zufiel. Es entsteht ein furchtbares Durcheinander beim Versuch, ihn zu befreien. Als es gelingt, ist kein Puls mehr zu spüren, und alle Versuche, ihn wiederzubeleben, scheitern. Dann taucht seine Familie auf, und beinahe entsteht eine Prügelei zwischen ihr und Astas Familie.
Ich schreibe dies, während ich auf den Hubschrauber warte. Ich muss zugeben, dass es eine große Erleichterung ist, die Toten loszuwerden, die in den letzten 24 Stunden auf ihren Bahren im Medizindepot gelegen haben. Auch werde ich den Gedanken nicht los, eine Mitschuld an dem zu tragen, was geschehen ist. Vielleicht hätte ich mich einfach nicht einmischen sollen.
Sollte noch etwas offen sein, müssen wir darüber sprechen, sobald das Telefon wieder funktioniert. Es kursieren Gerüchte, dass ein Handwerker auf dem Weg ist.
Grüße, Jesper

13. Januar
An: »Jesper Waltzer« <jebbe@yahoo.dk>
Von: »Bezirkschefarzt Jens Jørgen Kjeldsen«
<j_jorgen@yahoo.com>

Lieber Jesper,
hoffentlich ist auch bei dir mittlerweile etwas Ruhe eingekehrt. Hier sieht es inzwischen schon viel besser aus, nachdem der Flughafen wieder geöffnet ist und man aus der Stadt hinaustelefonieren kann. Ob bei euch wohl auch bald alles wieder in geordneteren Bahnen läuft?
Danke für deinen Bericht. Solche Dinge passieren ständig. Vielleicht hättest du dich nicht einmischen sollen, wie du

sagst, vielleicht (wahrscheinlich) wäre es andernfalls auch schiefgegangen. Hier in diesem Gebiet müssen wir alle nach einigen Jahren lernen, mit dieser Ungewissheit zu leben. Dass du die Geschehnisse intensiver und persönlicher erlebt hast, als man das normalerweise tut, wenn man im Gesundheitswesen arbeitet, ist auch ganz natürlich. Amalie hat nichts darüber gesagt, aber ich kann es mir lebhaft vorstellen. Es ist hart für dich gewesen. Und man kann sich nicht einfach freinehmen, wenn man in einer Siedlung lebt, die Dinge kommen weiterhin auf einen zu. Deshalb ist es wichtig, dass du mit uns hier drüben in Kontakt bleibst, damit du mit jemandem darüber sprechen kannst. Wenn alles optimal funktionieren würde, würde ich dir außerdem ein paar Stunden bei einem Psychologen anbieten, damit du die Ereignisse mit ihm durchsprechen kannst. Doch wie du weißt, kann so was ewig dauern.
Wie du im Obduktionsbericht nachlesen kannst, handelte es sich ja, wie bereits angenommen, um eine Extrauteringravidität. Der Fötus saß wie eine dicke Wurst mitten im Eileiter, der sich der Länge nach aufgespalten hatte. Das Ding war sechs Zentimeter lang, was darauf hindeutet, dass Asta sich bei ihren Angaben zur letzten Periode um einen Monat verschätzt hatte. In der Bauchhöhle befanden sich gut zwei Liter Blut, und mindestens ein weiterer Liter ist vaginal ausgetreten. Mit anderen Worten, sie war vollkommen ausgeblutet. Es gab absolut nichts, was du hättest anders machen können. Es handelt sich um eine Reihe unglücklicher und tragischer Ereignisse, die zum Tod zweier Menschen geführt haben. Wenn jemand mit sich ins Gericht gehen sollte, sind es die Familien selbst, obwohl das natürlich leicht gesagt ist. Ich habe auch Astas und Kalis Eltern darauf hingewiesen, dass sie die Hilfe eines

Psychologen in Anspruch nehmen können, was in dieser Gegend jedoch wie gesagt ein eher aussichtsloses Unterfangen ist.
Den Fötus haben wir zur DNA-Probe eingeschickt, um Kalis vermeintliche Vaterschaft zu dokumentieren. Das ist reine Routine. Ich hoffe, dass jetzt keine weiteren Überraschungen bevorstehen. Oder etwa doch?
Ich für meinen Teil werde jetzt jedenfalls mit meiner wunderbaren Frau eine lange Wanderung im Blomsterdalen unternehmen. Hab mir ein paar Tage freigenommen. Lass uns einfach demnächst mal telefonieren.
Jens

20. Januar
An: »Bezirksärztin Karin Rosenkilde« <rsnkld@mail.dk>
Von: »Jesper Waltzer« <jebbe@yahoo.dk>

Evakuierungsbericht, Jørgen I. (Personenkennziffer 070660-3855)
Wird mit Kieferfraktur evakuiert. Die Zahnklinik ist informiert und wird bei der Ankunft des Patienten in der Stadt eine Untersuchung vornehmen. Der Patient wurde gestern Abend gegen Mitternacht mit mehreren blutenden Läsionen am Körper und vor allem am Kopf eingeliefert. Offensichtlich war er in eine Schlägerei verwickelt, weigert sich jedoch, den Namen des anderen Beteiligten anzugeben. Bei der Ankunft ist er nur schwer ansprechbar, kommt jedoch schnell zu sich und wirkt einigermaßen gefasst und bei klarem Verstand. Wurde vor dem Laden auf dem Boden liegend aufgefunden. War den Angaben zufolge einige Minuten lang bewusstlos. Hat im Laufe der Nacht

Symptome gezeigt, die auf eine mittlere bis schwere Gehirnerschütterung hindeuten; Übelkeit, Sehstörungen und Schwindel. Kann Angaben zu Zeit, Ort und seiner Person machen, hat allerdings eine undeutliche, nasale Aussprache aufgrund des gebrochenen Kiefers. Keine Anzeichen von Alkoholeinfluss. Vgl. im Übrigen das Observationsschema.
Platzwunde über dem rechten Auge mit sieben Stichen genäht. Die übrigen Wunden und Läsionen gereinigt und verbunden. Keine tieferen Verletzungen, insbesondere keine Stichwunden.
Kiefer des Patienten ist rechts von der Mittellinie gebrochen. Kann die Zähne nicht aufeinanderbeißen und hat starke Schmerzen. Knochen deutlich gelockert, kann nach oben und zur Seite verschoben werden. Möglicherweise liegt ein mehrfacher Bruch vor.
Unser Bezirksrichter Jakob hat eine Vernehmung des Patienten vorgenommen. Vermutlich wird er bei Ihnen weiter vernommen.
Bei dem Patienten handelt es sich um den Vater von Asta I., dem Mädchen, das vor zehn Tagen an den Folgen einer Eileiterschwangerschaft gestorben ist. Dies nur zu Ihrer Information.
Mit freundlichen Grüßen
Jesper Waltzer, Stationskrankenpfleger

25. Januar

An: »Jesper Waltzer« <jebbe@yahoo.dk>

Von: »Bezirkschefarzt Jens Jørgen Kjeldsen« <j_jorgen@yahoo.com>

Hallo Jesper,
ich bin wieder verfügbar, also ruf mich einfach an, wenn etwas ist. Die Telefone müssten ja inzwischen wieder funktionieren? Aber eigentlich ist es auch ganz gemütlich, zu mailen.
Im Anhang schicke ich dir eine Kopie der vorläufigen Krankenakte von Jørgen I. Wie du sehen kannst, haben wir ihn in Absprache mit der Zahnklinik an die kieferchirurgische Abteilung des Rigshospitals überwiesen. Wahrscheinlich ist ein kompletter Wiederaufbau des Kiefers erforderlich, möglicherweise unter Einsatz von Prothesenmaterial, und das übersteigt – was vielleicht nicht sonderlich überrascht – unsere Fähigkeiten. Mit anderen Worten: eine langwierige Geschichte. Wir werden ihn das nächste halbe Jahr nicht zu Gesicht bekommen. Aber es ist nur gut, ihn für einige Monate aus der Gegend wegzuhaben, damit bei euch keine Blutfehde ausbricht.
Wie du bestimmt schon weißt, wurde der zweite Kampfhahn inzwischen identifiziert, und zwar als Mati J., Kalis Vater. Zwischen beiden Familien herrscht eine alte Feindschaft, die mehrere Generationen zurückreicht, und die Geschichte von ihren beiden Kindern, die sich ineinander verliebt haben, hat die Gefühle keineswegs gemildert, wie man vielleicht hätte hoffen können. Der gute Mati kann sich auf eine Anklage wegen Körperverletzung gefasst machen. Ich habe mit dem Polizeidirektor gesprochen, der sagt, dass Mati seine Haftstrafe wahrscheinlich hier in

der Stadt verbüßen darf und davon verschont bleibt, an die Westküste geschickt zu werden. Aber der Fall ist jedenfalls ins Rollen gekommen. Unsere Bezirksrichterin Gerda ist dabei, Beisitzer zu finden und ein Datum festzulegen. Wie auch immer, ich werde dich weiterhin auf dem Laufenden halten.
Ingunn lässt grüßen!
Jens

27. Januar
An: »Bezirkschefarzt Jens Jørgen Kjeldsen« <j_jorgen@yahoo.com>
Von: »Jesper Waltzer« <jebbe@yahoo.dk>
Betreff: Mati J. (080760-7779)

Wird in der Nacht gegen 4:15 Uhr tot auf der Krankenpflegestation eingeliefert, nachdem man ihn im Hafen in seinem Boot gefunden hat. Mit einem großkalibrigen Jagdgewehr ins Gesicht geschossen. Die Identifikation erfolgt in erster Linie durch die Kleidung, da die Leiche vollkommen unkenntlich ist.
Zeugen geben an, den Schuss gehört und einen Lichtschein gesehen zu haben, unmittelbar bevor er gefunden wurde, und meinen, dass es sich mit Sicherheit um einen Selbstmord handele, da er schon seit längerer Zeit bedrückt gewesen sei. Zum einen wegen des Selbstmordes seines Sohnes, zum anderen wegen der Anklage wegen Körperverletzung, die gegen ihn erhoben wurde. Angeblich habe ihn die Aussicht, in die Haftanstalt nach Nuuk geschickt zu werden, völlig aus der Fassung gebracht. Soweit ich deinem letzten Brief entnehmen kann, hätte

die Möglichkeit bestanden, die Strafe vor Ort zu verbüßen. Er hat also aufgrund eines Missverständnisses Selbstmord begangen.
Die Leiche wird zur Obduktion überführt.
Gruß Jesper

30. Januar
An: »Jesper Waltzer« <jebbe@yahoo.dk>
Von: »Bezirkschefarzt Jens Jørgen Kjeldsen« <j_jorgen@yahoo.com>

Lieber Jesper,
anbei der Obduktionsbericht von Mati. Jetzt hoffe ich aber wirklich, dass auf der Insel bald ein bisschen mehr Ruhe für dich einkehrt.
Ich möchte dir vorschlagen, dass du nächste Woche Astas Vater Jørgen I. bei seiner Überführung ins Rigshospital begleitest. Ein paar Tage in einem Hotel in Kopenhagen mit einem Bummel auf der Strøget, mit verspätetem Winterschlussverkauf, würden dir doch bestimmt guttun.
Ich würde an deiner Stelle jedenfalls nicht Nein sagen.
Das Ganze ist etwas eilig, deshalb wäre ich dir für eine schnelle Rückmeldung dankbar.
Gruß Jens

1. Februar

An: »Bezirkschefarzt Jens Jørgen Kjeldsen«
<j_jorgen@yahoo.com>
Von: »Jesper Waltzer« <jebbe@yahoo.dk>

Lieber Jens,
vielen Dank für dein Angebot, die Überführung zu begleiten, aber ich glaube, ich lehne dankend ab. Mir geht es eigentlich gerade ziemlich gut hier.
Gruß Jesper

Diskutek

Vor zwei Jahren hat Salomon eine der Verwaltungsbaracken gekauft, die auf dem Grundstück mitten in der Siedlung stehen, zwei Häuser vom Gemeinschaftshaus entfernt. Weil sie abgerissen werden sollte, hat er nur fünftausend Kronen dafür gezahlt. Seit Monaten verhält er sich geheimniskrämerisch; er hat Nägel in die Wände geschlagen, einen Windfang gebaut und das Gebäude in einem klaren, blauen Farbton gestrichen, den es in der Siedlung kein zweites Mal gibt und der die Menschen erstaunt innehalten lässt. Mit dem Frachtschiff sind Kisten gekommen, die Verpackungen türmen sich vor der Baracke, aber er sorgt dafür, dass niemand herausfindet, was sich in ihrem Inneren verbirgt. Kurz nach Neujahr montiert er eine Satellitenschüssel, die das halbe Dach bedeckt, und befestigt neben der Eingangstür ein Schild, dessen blinkende Buchstaben die Worte DISKUTEK & KINO! bilden. Das Schild hat er im Internet bestellt, ein Lehrer der hiesigen Schule war ihm dabei behilflich. Es blinkt abwechselnd korallenriffgrün, lagunenblau und tropisch orange in der Winternacht und summt monoton, als korrespondiere es mit dem Nordlicht, das hoch oben über dem Dach der Baracke flackert.

Es ist ein Freitag Ende Januar, kurz nach vier. Jemand klopft an die Tür. Immer herein, es ist geöffnet!, ruft Salomon, und Asser, der Hausmeister der gegenüberliegenden Schule, bleibt im Türrahmen stehen und sieht sich um.

Du bist mein erster Kunde, sagt Salomon. Herzlich willkommen. Du darfst bestellen, was du willst, und zwar gratis.

Asser lässt sich aufs Sofa fallen. Was hast du denn anzubieten?

Leider nur Limo.

Das ist in Ordnung, ich trinke nur Limo.

Schön, antwortet Salomon und geht hinter den Tresen. Also, was wolltest du noch mal?

Eine Limo, sagt Asser. Cola, falls du welche hast. Darf man hier rauchen?

Salomon eilt mit einem Aschenbecher herbei, den er vor ihm auf die Glasfläche stellt. Er wippt den Deckel von einem Sturmfeuerzeug auf und zündet Assers Zigarette an.

Asser betrachtet den länglichen Raum, trinkt Cola und raucht. Ich muss schon sagen, sagt er, und: Wer hätte das gedacht?

Salomon legt eine CD auf. Aus einem Paar Lautsprecher an der Decke tönt Tanzmusik. Er deutet mit dem Finger, erklärt: Dort können die Leute tanzen. Er macht einige Armbewegungen über dem Kopf und schwingt seine Beine.

Uiuiui, sagt Asser lachend. John Travolta!

Von der Decke ragen einige Scheinwerfer herab. Salomon schaltet sie hinter dem Tresen ein, führt vor, wie er das gesamte Innere der Baracke in sieben Farben zum Flimmern und Pulsieren bringen kann. Dann schaltet er sie wieder aus. Es gibt auch ein Kino, sagt er. Er zieht eine Gardine zur Seite, hinter der ein Flachbildschirm an der Wand befestigt ist. Er macht den Fernseher an. Galoppierende Pferde, Staub, Schusswechsel. Nur die Stimmen klingen merkwürdig verkehrt.

Deutsch, bemerkt Salomon, das Einzige, was man ohne Vertrag empfangen kann.

Das ist doch gut, sagt Asser und sieht sich den Bildschirm von Nahem an. Der ist aber groß.

Fünfzig Zoll. Mit DVD-Spieler. Möchtest du vielleicht einen Film sehen?

Kostet das was?, fragt Asser.

Für dich nicht. Du bist mein erster Kunde. Normalerweise nehme ich fünfzig Kronen. Ich muss ja meine Investitionen wieder reinholen.

Darf ich mir das für später aufheben?

Komm einfach vorbei. Du musst nicht bezahlen. Ich habe auch Pornofilme. Er zählt die Titel auf: *Double Anal Action. Alte Schachteln frisch gebügelt. Schwarze Pipipussys.* Salomon schmückt das Gesagte mit einigen Ächz- und Stöhnlauten aus. Außerdem habe ich noch eine Spielkonsole. Die Kinder können nach der Schule hierherkommen und spielen. Zwanzig Kronen für eine Viertelstunde, fünfzig Kronen die Stunde.

Das alles muss ein Vermögen gekostet haben, bemerkt Asser. Hast du die Post überfallen?

Ich hatte ein bisschen was gespart, antwortet Salomon und geht wieder hinter den Tresen, rückt einige Gläser zurecht.

Asser probiert ein paar Tanzschritte, dann setzt er sich wieder, klappert mit den Eiswürfeln im Glas, kippt sie sich in den Mund und kaut darauf herum.

Darf es noch was sein?, fragt Salomon. Diesmal bleibt er hinter der Theke stehen.

Nein, danke, aber vielen Dank für den Drink.

Asser geht.

Du bist immer willkommen, ruft Salomon ihm hinterher. Dann nimmt er Assers Glas und wischt mit einem Lappen den Tisch ab, spült das Glas in einem Wassereimer. Es gibt kein fließend Wasser und auch keine Toilette. Hier zeigen sich die Grenzen dessen, was man auf zwanzig Quadratmetern unterbringen kann und was er sich leisten konnte. Es ist immer noch etwas Geld übrig, aber er benötigt auch eine kleine Reserve. Außerdem gehört das Geld nicht ihm, aber das hat er nicht vor zu erzählen.

Kurz nach sechs kommen vier Jugendliche zur Tür herein, zwei Mädchen und zwei Jungen. Sie sehen Salomon nicht an, sondern schleichen zum Sofa und lassen sich dort nieder. Er geht zu ihrem Tisch.

Was darf es sein?

Was gibt es denn?, fragt einer der Jungen.

Wie wäre es mit einer Limo?, schlägt Salomon vor, und Erdnüssen, oder Chips?

Was kostet das denn?

Die erste Runde ist umsonst, sagt Salomon. Danach müsst ihr bezahlen.

Er bringt ihnen Dosen und Gläser, schüttet Erdnüsse in eine Glasschale und stellt sie auf den Tisch. Dann legt er andere Musik auf und schaltet die Scheinwerfer auf der niedrigsten Stufe ein. Die Lichtflecken huschen über die Wand, es sieht aus, als drehe sich der Raum. Die Jugendlichen gaffen.

Tanzt nur, wenn ihr Lust habt.

Aber sie machen nicht den Eindruck, als wäre das der Fall.

Der Krankenpfleger betritt mit seiner Tasche auf dem Rücken den Raum. Er sieht etwas verstört aus, sein Haar ist zerzaust. Er stellt sich an den Tresen und bekommt eine Fanta.

Stress?, fragt Salomon.

Hast du Anda gesehen?, fragt Jesper.

Anda? Welchen Anda?

Na, *Anda*-Anda, antwortet Jesper gereizt. Gibt es etwa mehrere?

Nein, ich habe ihn nicht gesehen. Stimmt etwas nicht?

Das will ich nicht hoffen, sagt Jesper. Aber man weiß ja nie. Ich muss weiter. Er verschwindet und lässt sein volles Glas stehen.

Salomon verspürt eine leise Unruhe, wie immer, wenn er den Krankenpfleger auf diese Weise erlebt, in vollem Einsatz. Hauptsache, zu Hause ist nichts passiert. Aber dann hätte er wohl etwas gesagt. Sicherlich ist alles in Ordnung, oder zumindest nicht schlimmer als sonst. Er hört, dass es zu stürmen begonnen hat. Ob die Satellitenschüssel einem richtigen Orkan standhalten kann? Er sieht es schon vor sich: wie ein Windstoß sie losreißt und in die Dunkelheit emporwirbelt.

Drei Männer kommen herein. Sie sind am Kino interessiert, ob es wohl möglich sei, einen guten Film zu sehen?

Er zieht die Gardine zur Seite und schaltet den Bildschirm ein. Sie stoßen begeisterte Flüche aus.

Es kostet fünfzig Kronen, sagt Salomon.

Sie geben ihm mehrere Scheine. Etwas später kommen ihre Frauen dazu. Man merkt, dass die Abendbrotzeit beendet ist. Salomon stellt ein paar Klappstühle auf, es kommen noch mehr Gäste hinzu, jeder von ihnen zahlt fünfzig Kronen. Als der Zustrom verebbt, legt er einen Film mit Chevy Chase in den Spieler. Die Jugendlichen haben keine Kinokarten gekauft, aber er kann nicht verhindern, dass sie mitschauen. Er sollte einen Vorhang montieren, denkt er, der den Raum in zwei Hälften teilt, eine für Cafégäste und eine für diejenigen, die Filme sehen möchten. Etwas später kehrt Asser zurück, setzt sich kommentarlos auf einen Klappstuhl und sieht den Film. Das beunruhigt Salomon. Die anderen wundern sich vielleicht darüber, dass er nichts zahlt. Mitten im Film kommen noch mehr Gäste. Er ist der Meinung, dass er es sich nicht erlauben kann, Geld zu nehmen, wenn sie den Film nicht von Anfang an gesehen haben. Das hatte er nicht bedacht. Er muss feste Kinozeiten einrichten und sie auf einem Plakat ankündigen. Jetzt sind alle Klappstühle in Gebrauch. Einige der Gäste sitzen auf dem Boden, andere stehen. Er verkauft ziemlich viel Limo und Tee und Kaffee.

Als der Film zu Ende ist, bleiben die meisten sitzen und plaudern. Salomon zieht den Vorhang vor den Bildschirm.

Hast du nichts, wo dieser Schwarzenegger mitspielt?, fragt jemand.

Doch, einiges, antwortet er und zieht eine Handvoll DVDs aus dem Regal hinter der Theke.

Muss man dann ein zweites Mal Eintritt zahlen?, wollen sie wissen.

Heute nicht, antwortet er, wohl wissend, wie dumm es ist, so inkonsequent zu sein. Diejenigen, die bereits bezahlt haben, werden unweigerlich beleidigt sein. Am ersten Abend hätte er allen freien Eintritt gewähren sollen. Sie zuerst süchtig machen und dann Geld nehmen.

Sie schauen *Terminator,* und als der Film zu Ende ist, den zweiten Teil und schließlich auch das Bonusmaterial auf der DVD. Es ist spät in der Nacht, als die Letzten aufbrechen. Salomon steht in der Tür und sagt: Gute Nacht, kommt morgen wieder!

Draußen stürmt es. Salomon setzt sich und zählt sein Geld. Etwas über siebenhundert Kronen. Mit den zusätzlichen Kinokarten wäre es mehr als das Doppelte gewesen. Er zählt erneut.

Danach macht er das Licht aus, schließt ab und geht nach Hause. Er wohnt drüben am Stausee, in einem undichten und verfallenen Haus, das sein Vater nicht mehr hat fertig bauen können. Der erste Stock ist nicht bewohnbar und war es noch nie, der niedrige Keller unter dem Haus steht offen, sodass der Boden wackelt, wenn der Wind angreift, und es von dort eiskalt nach oben zieht. Seit dem Tod des Vaters sind zehn Jahre vergangen. Er hat noch einige Brüder, aber die leben an der Westküste oder in Dänemark, und er hat schon seit Jahren kein Lebenszeichen mehr von ihnen erhalten. Ein Cousin, Moses, wohnt in der Siedlung, doch er säuft, und sie haben keinen Kontakt zueinander. Bisher hat sich Salomon ein bisschen was hinzuverdient, indem er Figuren aus Rengeweih und Speckstein schnitzte und sie an den Flughafen verkaufte, im Sommer auch an Tagestouristen. In manchen Zeiten verdient man gut daran, aber auf Dauer ist es ein nervenaufreibendes und aussichtsloses Unterfangen, ganz abgesehen davon, dass es erniedrigend ist. Jetzt hat er sich mit diesem Kino-Café seinen alten Traum verwirklicht. Zum ersten Mal hat er das Gefühl, etwas Sinnvolles geschaffen zu haben.

Zu Hause liegt die Mutter auf dem Küchenfußboden, mit dem Gesicht nach unten, schnarchend. Er rollt sie auf den Rücken, hebt sie hoch und trägt sie ins Wohnzimmer, wo er sie auf das Sofa legt. Sie hat sich nass gemacht, aber glücklicherweise nichts Schlimmeres. Er zieht sie nicht aus, obwohl er die Kleidung zur Schmutzwäsche legen müsste, aber er kann sich nicht überwinden. Also packt er sie in eine Steppdecke, breitet eine Bettdecke über sie, küsst sie auf die Wange und flüstert ihr etwas ins Ohr. Sie macht eine abwehrende Geste mit der Hand und murmelt, er solle verschwinden.

Die Flasche findet er in der Küche, sie ist fast leer. Er kippt den Rest in die Spüle, beim Dunst des Alkohols verzieht er das Gesicht. Dann wirft er die Flasche in den Müll. Die Küche stinkt nach Schnaps und kaltem Urin, doch er kann das

Fenster nicht öffnen und lüften, ehe das Wetter wieder besser wird.

In seinem Zimmer holt er das Rechnungsbuch hervor und verzeichnet die Einnahmen des heutigen Abends. 736 Kronen. Er addiert es zu dem Saldo, der in der Spalte auf der rechten Seite notiert ist. 17 945 Kronen. Die Girokarte steckt zwischen den Buchseiten. Er streichelt sie, liebkost mit den Fingerspitzen die geprägte Kontonummer und das Schwarz-Weiß-Foto der Mutter. Es ist ein altes Bild, aus Zeiten, als sie noch gesund war und selbst dazu in der Lage, das Vermögen ihres verstorbenen Mannes zu verwalten.

Er kriecht in sein Bett und lauscht dem Sturm, der am Haus arbeitet, damit spielt, es Stück für Stück zerpflückt. Er kann irgendetwas gegen die Wand schlagen hören, etwas, das lose sitzt und bald wegwehen und über der Insel verschwinden wird. Freitag und Samstag sind wohl die besten Tage, denkt er, werktags wird es etwas nachlassen, aber dann kommen die Kinder nach der Schule zum Spielen. Vielleicht fünftausend Kronen die Woche, wenn alle bezahlen, zwanzigtausend im Monat. Im Sommer wird er dann genug gespart haben, um sich und seiner Mutter ein ordentliches Haus in der Siedlung zu bauen. Wenn sie so lange durchhält. Er weiß schon, wo es liegen soll, an einem Ort mit guter Aussicht, aber dennoch vor den Stürmen geschützt. Er liegt im Bett und malt es sich aus. Das Haus muss gut isoliert sein, aus allen Hähnen soll warmes Wasser fließen, ein Badezimmer mit Dusche, ein Kühlschrank in der Küche, Heizkörper in allen Zimmern, im Wohnzimmer ein Fernseher für die Mutter, Blumen in den Fenstern.

Nebenan kann er das Schnarchen und den unregelmäßigen Atem der Mutter hören. Hoffentlich macht sie sich nicht schmutzig, denkt er.

Kante

Gedion sitzt in seinem Kajak, das Gewehr gegen die Schulter gepresst. Er drückt ab, der Schaft schlägt zurück, er gleicht aus, indem er sich in die entgegengesetzte Richtung lehnt, allerdings zu sehr, und er denkt: Das hätte ich nicht tun sollen. Das Echo des Schusses hallt zwischen den Felsinseln. Er sieht die kleine, senkrechte Blutfontäne aus dem Kopf der Robbe dreißig Meter vor sich schießen, beobachtet, wie das Tier im Wasser zu kreisen beginnt, eine Art Spiegelbild Gedions, mit einem durchscheinenden Fächer von rosarotem Blut, das aus dem Einschussloch pulsiert. Die wenigen Zehntelsekunden, die ihm bleiben, um sich vor dem Sturz ins Wasser zu retten, nutzt er, um das Gewehr zu umklammern, obwohl er genau weiß, dass er es wegschleudern und auf den Grund sinken lassen und sich an dem Doppelpaddel festhalten sollte, das schräg vor ihm auf dem Bug liegt. Es ist nicht einmal ein teures Gewehr, ein uraltes Carl Gustaf, das rostig ist und die Angewohnheit hat, zu überdrehen, die Feder des Magazins ist ausgeleiert, sodass er die Kammer einzeln mit Kugeln füttern muss. Er hat längst beschlossen, ein neues zu kaufen, aber daraus ist bisher einfach noch nichts geworden. Und jetzt umklammert er das Gewehr, rudert damit in der Luft, um das Gleichgewicht wiederzuerlangen, sieht jedoch bereits den Horizont kippen und weiß, dass es zu spät ist.

Der Schneefall hatte schon eingesetzt, als er sich vor einigen Stunden von den anderen trennte. Sie wollten weiter nach Norden, um nach Bären Ausschau zu halten, er wollte lieber allein an der Eiskante sitzen und die Stille genießen. Sein Haus ist voller Frauen und Kinder, darunter seine eigenen sieben. Und auch seine älteste Tochter ist hochschwanger, das Kind kann jeden Moment kommen. Olga, seine Frau, war sauer, als er heute früh aufbrach.

Dir ist es gleichgültig, dass du Großvater wirst, sagte sie.

Nein, es ist mir nicht gleichgültig, protestierte er. Warum sagst du, dass es mir gleichgültig ist?

In ein paar Stunden ist die Geburt vielleicht in vollem Gange, sagte Olga, und dann könnte ich dich hier gut gebrauchen. Aber du machst dich einfach mit deinen Hunden aus dem Staub.

Er streichelte ihr über Hüfte und Po. Ich komme bald wieder.

Sie lag mit dem Rücken zu ihm, das Gesicht zur Wand. Er zog sie leicht an der Schulter, aber sie hielt dagegen, wollte sich nicht von seiner Hand beschwichtigen lassen, die ihre Brust liebkoste.

Willst du einfach so liegen bleiben, ohne mir einen Abschiedskuss zu geben?, fragte er.

Sie antwortete nicht, lag nur mit offenen Augen da und starrte die Wand an.

Ich bringe Fleisch nach Hause, sagte er und knetete ihre Brustwarze zwischen Daumen und Zeigefinger. Aber sie stieß seine Hand weg und zog sich die Bettdecke über den Kopf. Da stand er auf, ging hinaus, spannte seine Hunde an und fuhr in Richtung Norden.

Wann ist er das erste Mal mit Olga zusammen gewesen, 1984? Es war im August, daran kann er sich erinnern, im Gemeinschaftshaus fand eine Party statt, die Siedlung feierte ihre Fußballmädchen, die mit dem Pokal aus der Stadt zurückgekehrt waren. Damals zum ersten Mal. Gedion war achtzehn, Olga fünfzehn, sie war die Torschützenkönigin der Mannschaft, ein lebhaftes Mädchen mit kräftigen Oberschenkeln und einem langen schwarzen Zopf. Sie tanzten Polka, wirbelten einander herum, neckten sich, indem sie den anderen immer heftiger heranzogen, stampften auf den Boden, dann tanzten sie eng umschlungen. Er blickte ihr in die Augen, sie waren sanft und warmherzig. Er presste seine Nase gegen ihren steinharten Zopf und atmete einen Hauch von Seife und Kaminrauch ein. Er fragte: Soll ich dir etwas zeigen? Dann nahm er sie mit zum südlichen Ende der Siedlung, vorbei an der Fischfabrik mit den Trockengestellen, auf denen Tausende von gespaltenen Dorschen hingen und gelblich leuchteten, und den Hang hinauf, wo auf den Felsvorsprüngen große schwarze Krähenbeeren wuchsen. Sie verspeisten eine Menge Beeren, dann suchten sie sich einen Ort, wo das Moos trocken war, und legten sich hin.

Gedion hat einen Großteil seiner Kindheit auf Lagerplätzen verbracht, die Hunderte Kilometer entfernt von der nächsten Siedlung lagen. Sein Vater war Großfänger, er packte Frau, Kinder und Hunde ins Boot und fuhr mit ihnen zu einem einsamen Fjord im Süden. Hier überwinterten sie in einer Torfhütte und lebten von Fisch, Robbenfleisch und den Nahrungsrationen, die der Kaufmann ihnen gegen einen Teil des Fanges gab. Sie waren fünf Kinder. Einmal gebar die Mutter ein Kind, das starb. Es war ein Mädchen, Gedion durfte es sehen, bevor die Eltern es vergruben und einen Stein darüberlegten. Sie mussten den Eltern versprechen, nie jemandem davon zu erzählen. Wenn sie in der Stadt wohnten, tranken die Eltern heftig, sie mussten all das nachholen, was sie während der vielen Monate in der Wildnis versäumt hatten. Es kam zu Streitigkeiten und Prügeleien. Als Gedion zwölf war, wurde der Vater wegen Körperverletzung verurteilt und reiste nach Nuuk, um die Strafe zu verbüßen. Seitdem hat Gedion ihn nie wieder gesehen. Als Erwachsener hat er versucht, einige der Lagerplätze wiederzufinden, er ist Hunderte von Kilometern in einem undichten Motorboot die Küste auf und ab gefahren, in endlose Fjorde hinein und hinaus, doch vergebens. Die Mutter konnte ihm nicht genau sagen, wo die alten Fangplätze lagen. Gedion hat sich damit abfinden müssen, dass seine Kindheit verschwunden ist.

Er war bei der Geburt seines ersten Kindes dabei. Das Mädchen kam mit den Füßen zuerst auf die Welt gesprungen. Unten in der Küche saßen die Frauen Schulter an Schulter und tranken Kaffee. Als sie hörten, wie das Kind geboren worden war, lachten sie. Eine neue Fußballspielerin! Es war mitten im Winter, es stürmte, in der Küche gefror die Suppe auf dem Herd. Die Geburtshelferinnen wickelten das Kind in Handtücher und Decken. Gedion hielt es, während die Nabelschnur durchtrennt wurde. Du sollst Else heißen, flüsterte er dem Mädchen ins Ohr. Das war der Name seiner Mutter gewesen, die einige Monate zuvor gestorben war.

In den folgenden Jahren kam ein Kind nach dem anderen, und jedes neue erregte weniger Aufsehen als das vorige. Aber immer saßen die Frauen da und lachten und schlürften Kaffee, während die Geburt im Gange war. Gedion sprach mit Olga darüber, dass sie sich sterilisieren lassen könnte. Sie schlug ihm vor, er solle den Eingriff doch bei sich vornehmen lassen, aber der Gedanke gefällt ihm nicht. Und es ist ja immerhin auch üblicher, dass die Frauen es machen lassen. Die letzte Geburt ist zwei Jahre her, und jetzt spricht Olga davon, noch ein Kind zu bekommen. Es ist ein einziges

Durcheinander, findet Gedion, wenn man Kinder hat, die jünger als die eigenen Enkel sind. Doch Olga strahlt, wenn sie schwanger ist. Gedion lebt in ständiger Angst und treibt sie in den Wahnsinn mit seinen Fragen nach ihrer Menstruation. Hätte sie nicht gestern einsetzen müssen? Er schlägt ihr vor, die Pille zu nehmen, aber das möchte sie nicht. Offenbar beneidet sie ihre Tochter um die Schwangerschaft, sie verführt ihn dazu, in den unsicheren Tagen Sex zu haben, und das kann sie schrecklich gut, sie setzt Hand und Mund ein, sie ist schamlos, und er kann nicht widerstehen.

Einige Male war er ihr untreu. Es war nichts Ernstes, aber er weiß nur zu gut, dass er sich nicht immer unbedingt nett benommen hat. Das gesteht er sich ein, jetzt, da er in dem schwarzen Wasser versinkt, das bereits seine Hände und Schultern erreicht hat. Olga hatte jedes Mal davon erfahren, in einer Siedlung lässt sich nichts geheim halten, und beschlossen, so zu tun, als sei nichts, nur in ihren Augen zeigte sie etwas Härte, und den Kindern gegenüber. Es ging ihnen lange gut. Er hat ausreichend Robben geschossen, sie hat die Felle verarbeitet, das Fleisch gekocht, er hat Fisch gefangen, sie hat ihn ausgenommen und vor dem Haus zum Trocknen aufgehängt. Bei ihnen hat es immer reichlich und gut zu essen gegeben, fast täglich kommen Gäste, setzen sich auf den Küchenfußboden und bekommen etwas vorgesetzt. Die Kinder haben sich gut entwickelt, es sind Schwiegerkinder hinzugekommen, eine Schwester ist mit ihren Kindern eingezogen. Jedes Zimmer seines Hauses ist voller Kinder, sie stapeln sich, einige von ihnen sind sexuell aktiv und geben sich keine Mühe, das zu verheimlichen.

Und an diesem Morgen im Februar ist er auf die Jagd gegangen. Ein Stück draußen auf dem Eis holte er eine Kolonne mit fünf Schlitten ein und folgte ihr. Sie überquerten den

Gletscher und setzten ihren Weg in Richtung Norden fort. Er selbst bog ab und fuhr zur Eiskante. Kornelius, der älteste der Fänger, sagte, dass er später vielleicht nachkommen und ihm Gesellschaft leisten würde. Als Gedion die äußersten Inseln des Fjordes erreicht hatte, war der Schneefall stärker geworden. In den rieselnden Flocken lag eine gesegnete Stille. Er saß an der Eiskante und hielt Ausschau, während der Schnee auf seine Mütze und seine Schultern fiel. Er bürstete ihn nicht ab. Als die Robbe in einigen Hundert Metern Entfernung auftauchte, war er schneebedeckt. Er setzte sich in sein Kajak und glitt mit dem Gewehr um den Hals lautlos ins Wasser.

Gedion erinnert sich jetzt, mit dem Kopf gerade so über Wasser und den Händen fest um das Gewehr, dass der Schnee zu diesem Zeitpunkt nicht mehr senkrecht niedergegangen war, sondern in einem unbeherrschten, diagonalen Winkel. Ein Temperaturabfall oder -anstieg, irgendein unergründlicher, meteorologischer Kurzschluss in diesem Gebiet, hatte den Fall von Luftmassen an einer Gebirgswand und ihre Beschleunigung zur Folge. Die Druckwelle dieses lokalen Sturms fegte über den Schärengarten hinweg und erfasste Gedion im selben Moment, als er den Rückstoß des Gewehrs an seiner Schulter spürte. Für einen Augenblick hatte er das trügerische Gefühl von Gleichgewicht, und in dieser halben Sekunde, als er glücklich und unaufmerksam war und wusste, dass er die Robbe tödlich getroffen hatte, vereinten sich die beiden Kräfte, kippten ihn über Bord und warfen ihn ins Meer. Und erst jetzt lässt er das Gewehr los, spürt einen Stich der Trauer, als es ihm aus der Hand gleitet und auf den Grund sinkt.

Doch halb verwundert bemerkt Gedion, dass sein Körper dem Gewehr nicht folgt. Der gefütterte Overall ist wasserdicht, die Luftkissen halten ihn an der Oberfläche, was bedeutet, dass er langsam vor Kälte sterben wird und seine Lungen sich nicht unmittelbar mit eiskaltem Salzwasser füllen werden. Trotzdem kämpft er darum, das Unausweichliche hinauszuzögern, er ringt und windet sich, um zu vermeiden, dass Wasser durch die Halsöffnung in den Overall dringt. Er bekommt das Kajak zu fassen und zieht sich ein wenig hoch, doch er gelangt nicht ganz hinauf, bleibt laut stöhnend mit der Brust an das Boot gepresst liegen und treibt mit der Strömung. Er hört ein Schnaufen und erblickt in wenigen Metern Entfernung die Robbe. Sie ist noch nicht tot, sie liegt im Wasser und blutet aus der Wunde am Kopf. Sie nähert sich, und er versucht sie wegzustoßen, verliert dabei jedoch fast den Halt am Boot. Dann probiert er, das Kajak so zu manövrieren, dass die Robbe auf der anderen Seite landet. Es gelingt ihm. Aber er fürchtet sich schrecklich beim Gedanken daran, dass sie das Bewusstsein wiedererlangen und ihre Zähne in ihn hineinschlagen könne. Robben sind Raubtiere, ihre Zähne messerscharf. Er weiß genau, dass sie normalerweise keine Menschen angreifen, aber er wird die Vorstellung nicht los, wie sie angeschossen, blutend und wild vor Schmerz und Angst zum Angriff übergeht und an ihm reißt, während er wehrlos im Wasser liegt. Dann lieber ertrinken. Aber er klammert sich weiterhin an das Kajak.

Er war zu sehr mit der Robbe beschäftigt, um darauf zu achten, wo die Strömung ihn hinführte. Erst als das Kajak gegen das Eis schrammt, begreift er, dass er bis zur Eiskante getrieben ist, wo er noch vor wenigen Minuten sicher saß. Er kann seine Hunde sehen, die aufgestanden sind und mit gespitzten Ohren nach ihm Ausschau halten. Er ruft nach ihnen, sie wedeln und jaulen, doch der Schlitten liegt auf der Seite, gerade weil sie nicht von der Stelle kommen sollen, und so bleiben die Hunde, wo sie sind. Er ist verfroren und steif, hat keine Kräfte mehr, um sich hochzuziehen. Wenn er jetzt das Kajak loslässt, geht er sofort unter. Und er hat keine Lust, auf den Grund zu sinken, möchte nicht in die Dunkelheit hinab, sondern lieber hier oben sterben, in Luft und Licht, damit er gefunden und auf dem Schlitten nach Hause gefahren wird und Olga und die Kinder über ihm knien und weinend seine eisigen Wangen küssen können.

Doch die Strömung ist stark, er spürt, wie sie seine Beine im Wasser hin und her wiegt wie Tang. Früher oder später wird sie ihn unter das Eis ziehen. Das Wasser ist in den Overall eingedrungen, er fungiert nicht länger als Rettungsweste. Mit einer letzten Kraftanstrengung lässt Gedion das Kajak los und stützt sich mit seinen durchnässten Armen auf die Eiskante, und noch bevor die Strömung ihn mitreißen kann, frieren sie auf dem Eis fest. So liegt er mit dem Kopf im Nacken und sieht in den Himmel hinauf. Bald bricht die Nacht herein, doch es klart langsam auf, obwohl es noch immer stark schneit. Die Schneeflocken landen auf seinem Gesicht, aber er kann sie nicht mit der Hand entfernen. Unten in der Dunkelheit bewegt sich sein Körper in der Strömung hin und her, doch er merkt es kaum noch, die Kälte betäubt ihn zunehmend. Neben ihm im Wasser treibt die Robbe. Sie ist tot, jedenfalls hat sie aufgehört zu schnaufen. Es ärgert ihn, dass sie vergeudet ist.

Wörter

Markus ist mit einem Kanister Solaröl von der Tankstelle auf dem Weg nach Hause. Er hat eine Schnur am Griff des Kanisters befestigt und zieht ihn im Schnee hinter sich her. Wie immer, wenn er draußen unterwegs ist, hält er nach dem kleinen Mädchen mit dem runden Bauch Ausschau, das gemeinsam mit seiner fetten Großmutter neben der Kirche wohnt. Eigentlich ist der Bauch noch nicht rund, aber Markus stellt sich vor, er wäre es. Er weiß, dass das Mädchen schwanger ist, und er weiß auch, wer der Vater ist. Jørgen Baunsgård, einer der Dänen vom Flughafen. Alle wissen es, bis auf Jørgen Baunsgård selbst. Eleonora heißt das Mädchen. Eleonora. Ein Name, der sich so wunderbar leicht über die Zunge schlängelt. Markus sagt ihn häufig, wenn er allein ist. Er hat Schwierigkeiten mit Wörtern, aber nur im Beisein anderer Menschen. Wenn er allein ist, kann er eigentlich alles sagen. Eleonora.

Er wünschte, er hätte den Mut, sie anzusehen, ihrem Blick zu begegnen, etwas zu ihr zu sagen. Du bist hübsch. Wann soll das Kind kommen? Möchtest du eine Limo? Wollen wir heiraten? Aber bisher hat er immer den Kopf gesenkt, wenn sie ihm über den Weg lief, und natürlich hat er auch nicht mit ihr gesprochen. Er wirft ihr verstohlene Blicke zu, sobald sie ihm den Rücken gekehrt hat, er beobachtet sie heimlich und mit sicherem Abstand, von einer Hausecke aus, hinter einer Gardine. Er mag es, ihre kurzen Beine zu betrachten, die wie Trommelstöcke trippeln, ihr süßes Mädchengesicht, das, so stellt er sich vor, von einer träumerischen Sehnsucht nach dem werdenden Kind durchdrungen ist.

Einmal wäre er auf dem Weg aus dem Laden beinahe mit ihr zusammengestoßen. Sie gab einen erschrockenen Laut von sich, er sah ihr eine halbe Sekunde lang ins Gesicht, dann eilte er nach Hause und krümmte sich auf seinem Bett zusammen. Dem Anblick ihres Gesichts so nah zu sein, war ihm vorgekommen, wie einen Blick in ein Geheimkästchen werfen zu dürfen, dessen Schublade man vorsichtig aufzog. Ein anderes Mal lief er einige Schritte hinter ihr her, ganz leise, er ging neben ihrer Fußspur im Schnee, dann kniete er sich schnell hin und berührte einen der Abdrücke. Er nahm das Gefühl ihres Fußabdrucks an seinen Fingern mit nach Hause, hob ihn sich auf. Jetzt besaß er zwei Dinge, einen Fußabdruck und einen Blick.

Früher in der Schule nahm man Rücksicht auf Markus, was bedeutete, dass man ihn ignorierte, und seit er zwanzig Jahre alt ist, bekommt er Erwerbsunfähigkeitsrente. Jetzt ist er fünfundzwanzig. Er hat fünf große Schwestern und einen kleinen Bruder. Sie behandeln ihn freundlich herablassend. Seit er denken kann, hat er Probleme mit dem Sprechen. Wenn er etwas sagen will, kommen die Wörter viel zu schnell angestürmt, wie panische Bewohner eines brennenden Hauses, die alle auf einmal hinausstürzen und die Tür blockieren. Aus seinem Mund dringen nur unverständliche Brocken. Mit der Zeit hat er gelernt, sich mittels einsilbiger Wörter und Gesten zu verständigen. Theoretisch ist er jedoch in der Lage, alles Mögliche zu sagen, sogar die längsten und schwierigsten Silbengirlanden, allerdings ohne Stimme, mit geschlossenem Mund, straffen Lippen und zusammengebissenen Zähnen. Sonst flüchten die Wörter in Panik.

Wenn er allein ist, übt er *E-le-o-no-ra* zu sagen. Er ist dabei, es zu lernen. *Ele-ono-ra. Eleo-nora. Eleonora.* Er schreibt ihr einen Brief, einen langen Brief, seiner schriftlichen Ausdrucksweise fehlt es an nichts. Er liest sich den Brief vor, zehn, dreißig, fünfzig Mal. Die Wörter marschieren in Reih und Glied aus seinem Mund, solange er ihn verschlossen hält. Er schreibt weitere Sätze, übt sie ein. Er hält lange, fehlerfreie Monologe vor sich selbst, stumm. Nur den Namen sagt er mit offenem Mund und einer Stimme, die bereitwillig die Silben umfängt. Doch in Gesellschaft anderer bleibt Markus der Stumme. Er hält die Wörter zurück, hebt sie auf. Für Eleonora.

Zahlreiche Ärzte auf der Durchreise haben Markus untersucht. Kinderärzte, Psychiater, Neurologen, Audiologen, Hals-Nasen-Ohren-Ärzte. Sie haben Hörtests durchgeführt, doch sein Gehör ist normal, sie haben ihn mit warmen Fingern abgetastet, mit dem Gummihammer auf seine Knie- und Ellbogengelenke geklopft, ihn unter den Füßen gekitzelt, seine Gelenke gedehnt und gebeugt, mit grellen Lampen in seine Körperöffnungen geleuchtet. Weint der Junge?, haben sie gefragt. Die Eltern sehen einander an und sind sich einig darüber, dass er weinte, als er klein war, aber nicht auffallend viel. Hat er als Baby vor sich hin gebrabbelt? Ja, er brabbelte nur so drauflos; erst als er zwei Jahre alt wurde, verwandelte er sich in dieses stumme, freundlich lächelnde Kind. Lacht er? Ab und zu, und dann lacht er sehr laut. Seine Geschwister haben ihn immer damit aufgezogen. Hat er noch nie ein Wort gesagt? Doch, einmal hat er was gesagt, als er klein war, vielleicht fünf. Sogar einen ganzen Satz. Die Eltern diskutieren darüber, was genau Markus sagte, als er fünf Jahre alt war. Er habe vor dem Fernseher gesessen und einen Satz gesagt, oder etwas, das wie ein Satz geklungen habe. Aber es sei unverständlich gewesen, vielleicht in einer fremden Sprache, ob es denn wohl möglich sei, dass ein Kind plötzlich anfange, eine fremde Sprache zu sprechen? Unwahrscheinlich, meint der Arzt, aber man soll niemals nie sagen. Einige Male, sagen die Eltern, wenn er sich als Kind allein glaubte, sprach er mit sich selbst, aber das Gesagte ergab keinen Sinn. Später hat er damit aufgehört. Er ist ein merkwürdiges Kind. Was sollen wir bloß mit ihm machen?

Dem Jungen fehlt nichts, folgerten die Ärzte. Vermutlich handle es sich um eine Art Stottern, eventuell eine Form von Autismus. An Verstand mangele es ihm nicht, im Gegenteil, er sei ein kluger kleiner Kerl, bei den Untersuchungen kooperiere er bereitwillig, er habe keine Angst, suche den Blickkontakt, besitze eine lebhafte Mimik. Ein Arzt schob ihm ein Blatt Papier hin und bat ihn, seinen Namen zu schreiben. Er nahm einen Stift und schrieb sowohl Vor- als auch Nachnamen, seinen Geburtstag und die vollständige Adresse. Sehen Sie, sagte der Arzt und hob das Papier hoch. Intelligenter Junge. Die Eltern waren fassungslos.

Mehrere Ärzte haben den Eltern vorgeschlagen, Markus nach Dänemark schicken zu lassen. Ein Elternteil dürfe ihn gern begleiten, aber es könne einige Zeit dauern, vielleicht ein halbes Jahr, vielleicht länger. Man könne dort eine gründliche Diagnose stellen und ihm helfen. Ein Logopäde könne ihm vielleicht, vielleicht auch nicht, das Sprechen beibringen. Grönländisch?, wollen die Eltern wissen. Nein, zunächst einmal Dänisch, aber das Grönländische wird vielleicht folgen, wenn seine Zunge sich erst einmal gelöst hat. Doch die Eltern lehnen das Angebot ab. Es überfordert sie. Und wer weiß schon, ob es überhaupt etwas hilft. Er ist gut, so wie er ist, alle lieben ihn. Jaja, sagen die Ärzte. Gott bewahre. Auch später, als er erwachsen ist, haben Ärzte angeboten, ihn nach Dänemark reisen zu lassen, damit er gründlich untersucht wird und sprechen lernt. Aber daraus wurde nie etwas. Und niemand hat Markus persönlich gefragt.

Er selbst kann sich ausgezeichnet an den Satz erinnern, den er sagte, als er fünf Jahre alt war. Er war darüber genauso überrascht wie die Eltern. Der Satz lautete: *»May the force be with you.«* Im Laufe der Jahre haben sich andere Sätze und Wörter aufgedrängt, aber er hat sie zurückgehalten. Es ist immer etwas, das er im Fernsehen gehört hat, immer in einer fremden Sprache, für ihn ebenso unverständlich wie für den Rest der Familie, kleine Bandschleifen, die sich kontinuierlich abspulen, bis er sich zurückgezogen und sie ausgespuckt hat. Danach sind sie verschwunden. Es ist kein Sprechen, eher eine Art Schluckauf. Doch das Neue, das er erst zu schreiben und dann laut zu lesen gelernt hat, nähert sich dem echten Sprechen an. Er geht aus der Siedlung hinaus, über den Fluss, der in der Kälte dampft, er erkühnt sich, etwas mit offenem Mund zu sagen, hält Reden an Eleonora, die er niedergeschrieben hat. Er weiß nicht, ob er sie wirklich ausspricht, aber es fühlt sich so an.

Eleonora 1: Du lächelst. Ich mag Menschen, die lächeln. Wenn ich dich ansehe, bekomme ich selbst Lust zu lächeln. Dein Gesicht ist rund, und wenn du lächelst, kommt das gleichzeitig von Augen und Mund und erfüllt dein ganzes Gesicht. Das gefällt mir.

Eleonora 2: Du bist klein. Ich mag kleine Menschen. Sie sind nicht so beängstigend wie große.

Eleonora 3: In deinem Bauch ist ein Kind. Ich weiß genau, wie das Kind dorthin gekommen ist, Jørgen Baunsgård hat es in dich hineingespritzt. Wenn ich dich treffe, möchte ich meine Hand vorsichtig auf deinen Bauch legen und spüren, wie das Kind darin herumschwimmt. Wenn du möchtest, kann ich auch meinen Mund an deine Bauchdecke legen und dem Kind etwas zuflüstern.

Eleonora 4: Du bist mir ähnlich. Vielleicht weißt du nicht, dass wir uns ähnlich sind, aber so ist es.

Eleonora 5: Ich habe keine Angst vor dir. Ich habe beschlossen, eines Tages normal und verständlich mit dir zu sprechen. Und dann wirst du erfahren, dass ich dich liebe.

Markus hat viele Pflichten. Zweimal wöchentlich holt er Heizöl von der Tankstelle. Wenn er den Dreißigliterkanister vollgezapft hat, zieht er ihn nach Hause. Dort trägt er ihn hinein, untersucht, wie viel Öl übrig ist, und füllt den Tank auf. Es ist seine Aufgabe, dafür zu sorgen, dass die Öltherme niemals ausgeht.

Täglich holt er zudem Wasser von der Pumpe, die zum Glück nur zwanzig Schritte vom Haus entfernt liegt. Doch es ist eine harte Arbeit, der Wasserkanister fasst fünfzig Liter und muss den Hügel hinaufgeschleppt werden. Es wohnen viele Menschen mit Markus im Haus, die Essen machen, abwaschen, duschen oder etwas trinken müssen. Im Winter ist es nicht so schlimm, der Kanister gleitet leicht auf dem Schnee. Im Sommer nimmt Markus die Schubkarre und muss einen Umweg gehen, um auf dem Pfad zu bleiben. Am schlimmsten ist es, wenn es im Winter geregnet hat und das Eis voller scharfkantiger Steine ist. Dann kann er den Kanister weder ziehen noch die Schubkarre verwenden, sondern muss ihn Meter für Meter den Berg hinaufschleppen.

Wenn es stürmt, gehört es zu seinen Aufgaben, das Boot des Vaters zu sichern. Unten im Hafen springt er von Stein zu Stein, klettert auf dem Bollwerk umher und strafft oder lockert die Vertäuung. Hin und wieder muss er das Boot an den Kai ziehen und das Regenwasser ausschöpfen. Er beherrscht seine Arbeit gut, der Vater weiß, dass sein Boot in sicheren Händen ist. Einmal, als Markus zu einer seiner Untersuchungen ins Krankenhaus musste, sank das Boot, weil sein kleiner Bruder nicht ordentlich darauf aufgepasst hatte. Leider wurde Markus an seiner Stelle ausgeschimpft.

Markus muss auch die Hunde füttern, in der Schlittensaison jeden zweiten Tag, in der verbleibenden Zeit seltener. Die Robben, die verfüttert werden, liegen in einer Speckkiste, weich und faulig. Er zieht es vor, sie im Winter zu zerkleinern, wenn sie gefroren sind und nicht stinken. Dafür verwendet er eine Axt, platziert seinen Turnschuh auf der Robbe und hackt drauflos. Er mag das Gefühl, wenn sich das Blatt der Axt in das gefrorene Fleisch gräbt, und die krachenden Laute, wenn es die Rippen durchschlägt. Im Sommer tauen die Robben auf, und der Speck sickert aus der Kiste wie Eiter aus einer Wunde. Dann verwendet er ein Messer für das Partieren. Die Messerschneide gleitet leicht durch das weiche, verrottete Fleisch und die morschen Knochen. Der Geruch ist süßlich und stechend, das Innere der Robbe eine Suppe aus Blut und Eingeweiden. Markus hütet sich davor, Spritzer abzubekommen, den Gestank wird man nie wieder los. Er weiß auch, dass er darauf achten muss, sich nicht in den Finger zu schneiden. Von verwesten Robben bekommt man eine Blutvergiftung, der Finger vereitert und schmerzt monatelang. Wenn man Pech hat, verliert man ihn, oder er wird steif und unbrauchbar. Hat er das Fleisch in eine passende Anzahl von Teilen zerlegt und in den Eimer geworfen, trägt er ihn zu den Hunden und wirft ihnen die Stücke vor. Der Aasgeruch macht sie wild. Kaum zeigt Markus sich mit der Axt draußen, reißen sie an ihren Ketten und heulen und beben. Wenn das Fleisch durch die Luft geflogen kommt, pressen sie es mit ihren Pfoten auf den Boden und reißen Brocken davon ab, die sie im Ganzen schlucken. Die Fütterung ist innerhalb von Sekunden überstanden.

Am fünfundzwanzigsten Februar wird Markus sechsundzwanzig. Es ist ein Freitag. Er besucht eine seiner Schwestern, Johanne, die ihm Kaffee und Kuchen serviert. Evert, ihr Mann, schüttelt ihm die Hand und gratuliert ihm. Danke, sagt Markus. Das kann er sagen. Evert und Johanne ziehen ihn damit auf, dass er ein erwachsener Mann ist – wann wird er endlich eine eigene Frau und ein eigenes Haus haben?

Er lächelt und zuckt mit den Schultern.

Aber Mama und Papa würden dich sicher vermissen, wenn du ausziehen würdest, sagt Johanne.

Die Schwester hat zwei Kinder, einen Jungen und ein Mädchen. Der Junge klettert auf ihren Schoß und zerrt an ihrem Pullover. Sie zieht Pullover und BH nach oben und legt ihn an die Brust. Er grapscht mit seinen schmutzigen Fingern danach, saugt einige Male, dann sieht man das Weiße in seinen Augen, er erschlafft und schläft ein.

Markus bedankt sich und steht auf. Er geht in den Flur hinaus und schlüpft in die Stiefel.

Schönen Geburtstag!, wünschen Johanne und Evert. Musst du jetzt nach Hause und arbeiten?

Er schüttelt den Kopf, lächelt und macht eine Geste mit der einen flachen Hand über der anderen.

Du bist schon mit allem fertig?

Ja, sagt er.

Februar, graue Dämmerung mitten am Tag und leichter Schneefall. Markus spaziert die Schlittenspur entlang, die durch die Siedlung führt, und muss sich durch einen Sprung zur Seite vor dem Hundegespann mit der Fäkalientonne retten. Die Männer von der Fäkalienabfuhr kommen mit ihren schweren Stiefeln angestapft, die Peitsche knallt in der Luft, einige braune Spritzer schwappen über den Tonnenrand und hinterlassen Flecken im Schnee. Die Männer brüllen und fluchen, dann sind sie weg. Er gelangt zu Salomons Baracke mit dem Neonschild, das noch nicht eingeschaltet ist. An der Tür hängt ein Zettel mit den Titeln und Vorführzeiten der Filme, die heute Abend gezeigt werden. Nach dem Kino ist Tanz. Er sieht es immer von zu Hause aus, Lichter, die in den Fenstern flackern, rot, grün, blau. Er war noch nie dort drinnen, kann es sich nicht leisten, die Mutter verwaltet seine Rente. Aber er hätte sowieso nicht den Mut, hineinzugehen.

Markus setzt seinen Weg geradeaus zum Gemeinschaftshaus fort und kauft an der Luke eine Cola. Zu seinem Geburtstag hat die Mutter ihm ein paar Hundert Kronen seiner Pension ausgezahlt. Die Scheine stecken in seiner Hosentasche. Er holt sie hervor, vier Fünfziger, breitet sie zu einem Fächer aus und legt sie wieder zusammen. Dann bezahlt er. Er stellt sich draußen auf die Terrasse, stützt die Ellbogen auf das Geländer und trinkt Cola, sieht den Leuten nach, die unten auf dem Sandweg vorbeigehen. Dann erblickt er sie.

Sie trägt zwei volle Einkaufstüten. Es sieht anstrengend aus, sie ist zu klein, um sie auf normale Weise zu tragen, sie muss die Arme beugen, damit die Tüten nicht über den Boden schleifen. Man kann noch nicht richtig sehen, dass sie schwanger ist, aber das Tragen muss ihr besonders schwerfallen mit einem Kind im Bauch. Trotzdem sieht sie wie immer fröhlich aus. Mit ihren vollen Tüten wackelt sie vorbei. Im Gegensatz zu sonst bewegen sich ihre Beine nicht wie Trommelstöcke. Als sie näher kommt, sieht sie auf und grüßt ihn lächelnd.

Er läuft nicht davon, er geht die Terrasse hinab zu Eleonora, hält an und lächelt. Dann zeigt er auf die Tüten. Soll ich sie für dich tragen?, fragt er mit geschlossenem Mund.

Sie setzt die Tüten ab, streckt den Rücken. Das ist nett von dir, sagt sie. Aber sie sind schwer.

Er hebt die Tüten hoch.

Das ist doch gar nichts, sagt er stumm und lacht sie an.

Er setzt sich in Bewegung, sie folgt ihm. Jetzt trippeln ihre Beine wieder wie Trommelstöcke, er kann es hören. Bei dem Geräusch im Schnee muss er vor sich hin lächeln.

Hast du nicht heute Geburtstag?, fragt sie.

Er antwortet nicht, begnügt sich damit, einen Blick über die Schulter zu werfen und zu nicken. Er geht schnell in Richtung der Kirche, wo Eleonora wohnt. Hinter sich hört er ihre pfeilschnellen Schritte im Schnee. Er stellt die Tüten auf der Treppe vor dem Haus ab.

Möch-test-du-ei-ne-Li-mo-na-de?, fragt er, und die Wörter spazieren einigermaßen ruhig aus seinem Mund heraus.

Jetzt?, fragt sie und legt den Kopf ein wenig schief.

Er zuckt mit den Schultern, zeigt fragend auf sie.

Im Gemeinschaftshaus?, fragt sie.

Ja.

Ich muss *Aana* fragen. Aber ich würde gern kommen.

Okay, sagt Markus. Dann stößt er sein lärmendes Lachen aus.

Sie steht auf der Treppe und ist nun genauso groß wie er, sogar etwas größer. Er sieht zu ihr auf. Ihre Jacke ist offen, ihr Bauch schaut heraus, Markus meint zu erkennen, dass er sich bereits ein wenig wölbt. Er legt seine Hand darauf. Dort drinnen ist jemand, denkt er. Ein kleiner Astronaut, ein Tiefseetaucher mit seinem Sauerstoffschlauch. Eleonora legt ihre Hand auf seine. Eine Zeit lang stehen sie schweigend da und spüren die Hand des anderen und den Puls tief aus dem Inneren.

Ich muss jetzt gehen, sagt Eleonora. Wir sehen uns heute Abend. Um neun. Dann verschwindet sie.

Um halb neun steht Markus vor dem Gemeinschaftshaus. Dort steht er auch um halb zehn und um halb elf. Heute ist Dansemik mit Livemusik. Er kauft an der Luke Limonade, prahlt mit seinem Geld. Der Saal ist voll, er kann das Gestampfe auf dem Fußboden hören, die Rufe und das Lachen. Es schneit immer heftiger, der Schnee bedeckt seine Mütze und seinen gebeugten Rücken. Er trinkt drei Cola. Als er sich eine vierte bestellen möchte, entdeckt er, dass sein Geld weg ist. Jemand muss seine Hand in Markus' Tasche gesteckt und es genommen haben.

Brot

Marius steht jeden Morgen um halb acht auf. Er verrührt Wasser und Milchpulver und gießt es zusammen mit einigen Löffeln Zucker über einen Teller mit Haferflocken. Wenn er gegessen und eine Tasse Nescafé getrunken hat, geht er zur Arbeit in den Laden. Meistens kümmert er sich um die dazugehörige Tankstelle, füllt in allen Wetterlagen Benzin in Kanister. Besonders wenn es stürmt oder stark friert, kommen viele Kunden. Ein Teil der Häuser in der Siedlung ist undicht, und eine Therme oder ein Ölofen kann leicht zwanzig Liter Heizöl am Tag schlucken, wenn der Wind aus Nordost weht und es kalt ist.

Wenn er jetzt, im Februar, seinen Tag beginnt, ist es draußen dunkel, aber das ist eigentlich gemütlich. Die Kinder schlafen noch. Seine Frau Elisabeth sitzt in ihre Bettdecke eingehüllt unten im Wohnzimmer und sieht fern. Sie grüßen sich. Elisabeth ist sauer, das spürt er, aber er hat keine Lust, nach dem Grund zu fragen. Freitagsverdruss, das ist nichts Neues. Er wirft einen Blick auf den Kalender. Der sechsundzwanzigste Februar. In einem Monat hält das Frühjahr leise seinen Einzug, und die Tage sind bereits merklich länger geworden, seit sie um Weihnachten herum in die tiefe Dunkelheit abgetaucht waren und die Sonnenwende durchlaufen haben. Er horcht nach dem Wind. Offenbar ist es halbwegs friedlich. Ein ruhiger Tag. Bestimmt kann er es sich erlauben, die meiste Zeit im Lager seinen eigenen Dingen nachzugehen, ein bisschen Zeitung lesen, Radio hören, Zigaretten rauchen, Kaffee trinken, ein Schwätzchen mit den anderen halten.

Er steht in der Tür zum Wohnzimmer. Elisabeth sieht nicht auf, starrt weiter auf den Fernseher.

Ich gehe jetzt.

Mmh. Sie schaltet um, bleibt bei den Nachrichten hängen, die von zwei gut gekleideten, frisierten Moderatoren auf Englisch vorgelesen werden.

Hast du heute was vor?, fragt er.

Sie zuckt mit den Schultern, wechselt den Kanal.

Bist du stumm geworden?

Sie lässt die Fernbedienung sinken. Was willst du jetzt von mir hören?

Ich frage dich, ob du heute etwas vorhast.

Ich habe wohl das Übliche vor. Waschen, den Boden wischen, Essen kochen, Jens und August in die Schule schicken.

Vielleicht kommt deine kleine Schwester und hilft dir, sagt Marius.

Die ist keine große Hilfe.

Tja, sagt Marius. Ich muss jedenfalls los.

Elisabeth erwidert nichts.

Er setzt sich auf den Küchenstuhl und schlüpft in den gefütterten Overall, schließt den Reißverschluss, zieht den Klettverschluss straff um die Handgelenke und geht in den Flur, wo er Handschuhe und Fellmütze anzieht. Er knallt die Tür hinter sich zu, als er geht. Worüber ist sie sauer? Er hat nichts getan, schon lange nicht mehr. Vielleicht ist er kurz davor, etwas zu tun, aber darüber kann sie wohl kaum schon jetzt wütend sein? Wenn sie Streit will, kann sie ihn gern haben. Er wird darauf verzichten, in der Mittagspause nach Hause zu kommen. Er kann ein paar Kekse und Aufschnitt kaufen und sie drüben im Lager essen. Wenn sie anruft und fragt, wo er bleibt, wird er kurz angebunden reagieren und sagen, er sei beschäftigt. Er sieht seine Frau vor sich, in die Bettdecke gehüllt auf dem Sofa hockend, einen Fuß herausragend, die Brust unter dem Nachthemd geschwollen, während sie diese gut gekleideten Fremden anglotzt, die Nachrichten vorlesen, und kein Wort versteht. Dann schiebt er den Gedanken von sich und geht pfeifend den Pfad hinab. Die Luft ist herrlich frisch.

In der Nacht hat es geschneit, das ruhige Wetter wird kaum den ganzen Tag anhalten. Aber gerade ist es schön. Der Mond hängt über dem Gebirge drüben auf dem Festland, der Rauch steigt von den Schornsteinköpfen senkrecht in die Dunkelheit auf. Sein Haus liegt auf dem höchsten Punkt der Siedlung, der Sandweg hundertfünfzig Meter weiter unten. Als er unten angekommen ist, trifft er seinen Freund und Schwager Enok, der ebenfalls im Laden arbeitet.

Alles gut?

Ja, und bei dir?

Geht so. Und die Kinder?

Denen geht es gut. Und deinen?

Gesund und munter. Nur meine Frau ist ein bisschen sauer.

Hm, deine also auch. Freitagsverdruss.

Ja, das ist ja nichts Neues.

Und du hast nichts getan?

Nein, nur das Übliche.

Als ob sie selbst Unschuldsengel wären.

Tja, das sind sie in der Tat nicht.

Nee.

Hast du heute Abend schon was vor?

Man weiß ja nie, was los ist.

Jemand aus der Stadt soll hier ein Konzert geben.

Wer denn?

Diese beiden Brüder, wie heißen die noch mal?

Ach, die? War ziemlich lustig, als sie das letzte Mal da waren.

Ja, ziemlich wild. Ich habe gehört, dass einer von beiden anschließend in der Ausnüchterungszelle gelandet ist.

Ja, Efraim. Er war in eine Prügelei geraten. Jemand hatte seine Trommeln zertrümmert, und er hat eine gebrochene Nase kassiert.

Na, jedenfalls kommen sie heute Abend und spielen, soweit ich weiß.

Dann sehen wir uns wohl dort?

Ich weiß nicht, sagt Marius. Wenn Elisabeth sauer ist.

Aber es wäre doch lustig, mal wieder ein bisschen zu feiern, sagt Enok.

Ja, das könnten wir gut gebrauchen, sagt Marius.

Unten am Laden trennen sich ihre Wege. Enok geht hinein, er erledigt die Buchhaltung und bestellt Waren, die aus Island eingeflogen werden. Marius geht zur Tankstelle hinauf. Sie besteht aus einem kleinen Wellblechschuppen, drei Quadratmeter groß, mit drei Pumpen, eine für Solaröl, eine für Diesel und eine für Benzin. Er schabt das Eis vom Hängeschloss und verpasst ihm einen Spritzer Grafitöl. Der Schlüssel gleitet hinein, und der Bügel schwingt widerstandslos zur Seite. Er öffnet die Aluminiumtore und schiebt sie auf, klemmt sie mit ein paar Zementblöcken fest, damit sie nicht wieder zugeweht werden. Dann greift er in den kleinen Schuppen hinein und dreht an einem Schalter. Unter einem Metallgitter leuchtet ein Scheinwerfer auf, er erzeugt eine Blase aus Licht. In die Blase fällt Schnee, ein stilles Rieseln, Marius hebt sein Gesicht zu den Schneeflocken, spürt, wie sie auf der Haut kitzeln. Er holt die Schaufel hervor und räumt den Pfad bis zum Weg hinunter, bugsiert den Schnee über den Rand, den Hang zum Hafen hinab. Dann geht er wieder zur Tankstelle hoch und lehnt die Schaufel gegen die Pforte, öffnet die Pumpen, stellt die Zähler auf null und kontrolliert, ob alle Zapfhähne reibungslos funktionieren und nicht vereist sind. Es sind alte rote Pumpen, von der amerikanischen Basis geerbt, sie erinnern an eine Coca-Cola-Werbung aus den Dreißigerjahren. Sie zeigen ein paar kleine Macken, haben ihn jedoch noch nie völlig im Stich gelassen.

Ab sofort ist geöffnet, murmelt er fröhlich und läuft auf und ab, um nicht zu frieren.

Er geht zum Laden hinunter und zündet sich eine Zigarette an, steht auf der Treppe und raucht gemeinsam mit Karoline, einer der Kassiererinnen.

Freitag, sagt er.

Sie lächelt. Aus ihren Nasenlöchern strömt weißer Rauch in zwei parallelen Säulen.

Gehst du tanzen?, fragt er sie.

Vielleicht, vielleicht.

Heute ist Livemusik. Das wird bestimmt lustig.

Ja, schon gehört.

Hast du etwa keine Lust?

Doch, schon. Kommst du denn?

Ich komme, wenn du kommst.

Okay, lächelt sie. Es ist gut möglich, dass ich komme.

Schön, sagt er.

Und was ist mit deiner Frau?

Die wird sicher wieder Karten spielen.

Wer passt denn dann auf die Kinder auf?

Die Großen passen auf die Kleinen auf. Das machen sie immer so.

Dann sehen wir uns vielleicht?

Das will ich hoffen, sagt Marius.

Karoline ist ziemlich jung, in den Zwanzigern. Ein rundes Gesicht, Grübchen, kurz geschnittenes Haar. Sie hat einen schlechten Ruf, an dem Marius nicht unschuldig ist, aber er mag sie. Sie trägt zerschlissene Jeans und ein weites Holzfällerhemd, man kann ihre Brüste unter dem Stoff hüpfen sehen. Er weiß nur zu gut, wie diese Brüste sich anfühlen, er war schon an ihnen zugange. Rund und hart, nicht schwer und warm wie Elisabeths Brüste, seine Hände erinnern sich daran, an die feuchte Falte unter ihnen, die steifen und noppigen Brustwarzen, er denkt an den süßlichen Duft, den sie verströmten. Sie hat ein Kind, das sie stillt. Ihr Mann arbeitet auf einem isländischen Trawler und ist immer wieder monatelang weg. Marius war noch nie mit ihr im Bett, aber ein paarmal wäre es fast dazu gekommen. Vielleicht heute Abend? Das Bild von Elisabeth huscht wieder vor seinem geistigen Auge vorüber, in die Bettdecke eingehüllt, der herausragende Fuß, die hängenden Brüste.

Karoline lächelt ihn an und schnippt ihre Zigarette über das Treppengeländer. Tja, also, wir sehen uns, sagt sie. Dann geht sie hinein.

An der Tankstelle wartet Kundschaft. Er geht hin, bedient die Pumpen, notiert die Mengen auf einem Clipboard und sortiert die Quittungen in eine Plastiktasche ein. Mehrere von den Männern bleiben stehen, um Neuigkeiten auszutauschen. Alles in Ordnung? Die Kinder? Die Frau? Ist heute Abend was los? Das Gerücht mit den beiden Brüdern bewahrheitet sich. Sie kommen heute Nachmittag mit dem Helikopter. Sie sind Halbamateure, spielen meistens in der

Stadt, ab und zu kommen sie jedoch auch in eine der Siedlungen hinaus. Es hat schon mehrfach Probleme mit ihnen gegeben, Handgemenge und blutige Nasen, aufgeplatzte Augenbrauen und andere Wunden, aufblitzende Messer, Schießereien, zerschmetterte Fenster und eine demolierte Musikanlage. Die Stimmung ihnen gegenüber ist etwas gemischt, aber die Leute sind sich einig, dass sie rausfliegen sollen, sobald sie anfangen, Radau zu machen. Sie bekommen keine Chance.

Auch der Krankenpfleger schaut bei der Tankstelle vorbei, um Öl zu holen. Marius erzählt ihm von den beiden Brüdern und dem Dansemik am Abend. Der Krankenpfleger scheint nicht besonders glücklich darüber. Marius zieht ihn ein wenig damit auf, dass er bestimmt eine Menge zu tun haben wird. Aber das kennst du ja schon, sagt er.

Über Mittag geht Marius schließlich doch nach Hause. Er hat keine Lust, beleidigt zu sein, davon bekommt man nur schlechte Laune. Elisabeth ist in der Küche damit beschäftigt, Bettwäsche zu bügeln und zusammenzulegen. Er hilft ihr bei mehreren Laken und Bezügen. Ein Brot liegt im Ofen, die Küche ist warm und duftet. Die beiden Jüngsten sehen gemeinsam mit Elisabeths kleiner Schwester fern. Dem jungen Ding ist es gelungen, sich schwängern zu lassen, den Gerüchten zufolge von einem Dänen, der dreißig Jahre älter ist als sie. Aber das ist ihr Problem, Marius ist es vollkommen gleich. Nur kann er sich die Schwägerin schwerlich als Mutter eines Säuglings vorstellen. Sie wirkt selbst noch wie ein Kind. Er versteht nicht, welcher Teufel den Mann geritten hat. So etwas müsste verboten sein. Aber Marius hat nicht vor, sich einzumischen.

Er geht zu seiner Frau. Sie lehnt sich leicht nach hinten, stützt ihren Rücken an seinem Brustkorb ab und beugt den

Kopf, sodass eine Seite ihres Nackens hervorscheint. Er küsst sie unterhalb des Ohrs, wo sich die Gänsehaut kräuselt. Er spürt ihre Pobacken an seinem Schritt, zwei elastische und warme Ausbuchtungen, die Spalte dazwischen, und sein Geschlecht hebt sich in seiner Hose und legt sich vertraut darin zurecht. Er fasst sie an der Hüfte, drückt zu. Sie wirft einen Blick über die Schulter, ihre Dauerwellen fallen ihr ins Gesicht, sie pustet dagegen und gleichzeitig in sein Gesicht, neckend.

Mmmh, sagt er und schnuppert.

Ich hatte Lust, was zu backen, sagt sie. Die Kinder sind das gefrorene Roggenbrot so leid, es riecht schimmelig. Das Brot ist bald fertig, dann muss es ein paar Minuten stehen und abkühlen. Ich werde dir ein paar Scheiben schmieren, mit Honig.

Er küsst sie, dann setzt er sich an den Küchentisch und wartet auf das Brot. Draußen ist es hell, die Sonne scheint durch die Südfenster herein, während es gegen die Nordwestfenster schneit. Von der Küche aus kann er über den ganzen Fjord bis hinüber zum Festland sehen. Das Eis hat sich bis zu den letzten Inseln im Schärengarten ausgebreitet, schon seit Monaten ist er nicht mehr befahrbar. Hoch im Norden kann er einen Hundeschlitten auf dem Weg in die Ferne erkennen. Er nimmt das Fernglas vom Fensterbrett und setzt es an die Augen, starrt lange hindurch, um zu sehen, ob er den Schlittenfahrer identifizieren kann. Aber er ist zu weit entfernt. Elisabeth setzt ihm einen Teller mit zwei dicken Brotscheiben vor, bedeckt mit einer ordentlichen Schicht Haushaltsmargarine. Sie schmiert sich ebenfalls zwei Scheiben, holt die Marmelade und den Honig aus dem Kühlschrank und stellt sie auf den Tisch. Die Schwester kommt dazu. Sie essen schweigend.

Hast du für heute Abend was geplant?, fragt Elisabeth Marius. Eleonora räumt den Tisch ab, sucht sich einen Schemel, klettert darauf und wäscht ab.

Eher nicht. Und du?

Nee, ich habe keine Pläne.

Es hätte ja sein können, dass du gern bei Enoksens Karten spielen möchtest?

Ich glaube, ich setze dieses Mal aus. Ich verliere ja sowieso nur mein ganzes Geld. Ist heute was los?

Soweit ich weiß, nicht.

Die Leute sagen, es wäre Tanz.

Aha, sagt Marius.

Wir können ja einfach zu Hause bleiben und es uns gemütlich machen.

Ja, wenn du nicht Karten spielen gehst.

Wir machen es uns gemütlich, gucken einen Film. Das haben wir doch früher auch oft getan.

Ja, lass uns das machen. Weißt du, was heute im Fernsehen läuft?

Irgendwas gibt es doch immer zu sehen.

Ja, irgendeinen Film, sagt Marius.

Im Gemeinschaftshaus gibt es sicher wieder Krawall.

Ja, das ist ja immer so. Dafür sind wir einfach zu alt geworden.

Umso besser, dass wir einander haben, sagt Elisabeth.

Und den Fernseher, sagt Marius, sie lachen, und er nimmt ihre Hand und küsst ihre Fingerknochen.

Am Nachmittag beobachtet Marius, wie Filippus mit seinem Motorschlitten in Richtung Flughafen davonfährt, und zwar mit einem leeren Postsack, dafür aber mit zwei Passagieren zurückkehrt. Es sind die beiden Brüder, die am Abend auftreten sollen. Sie springen vom Schlitten und gehen zum Laden. Marius begrüßt sie, fragt, wo sie ihren Bassisten gelassen haben. Er kommt nicht, sagen sie, es geht ihm nicht gut. Die Brüder sehen sich zum Verwechseln ähnlich, sie haben langes, glattes Haar, schlaksige Körper und finstere, vernarbte Gesichter. Der eine hat eine gebrochene Nase und nuschelt deswegen. Beide sehen müde und verbraucht aus, ihre Augen funkeln dunkel. Sie gehen in den Laden und kommen kurze Zeit später mit zwei großen Kästen Bier und einer Halbliterflasche Schnaps für jeden heraus. Sie schrauben die Deckel von den Flaschen und werfen sie fort, neigen die Flaschenböden dem grauen Nachmittagshimmel entgegen.

Also spielt ihr heute Abend?, fragt Marius, um irgendwas zu sagen.

Jep, sagt der eine. Darauf kannst du Gift nehmen. Wenn wir einen Bassisten finden.

Wie lange bleibt ihr?

Morgen reisen wir wieder nach Hause. Es sei denn, ihr haltet uns fest. Er lacht.

Etwas später kommt Jakob, der Bezirksrichter, vorbei. Er trägt seine Amtstracht, den blauen Overall mit dem gelben Abzeichen auf der Brust. Er geht wortlos an ihnen vorbei und verschwindet im Laden. Als er wieder herauskommt, wirft er den Brüdern einen strengen Blick zu, dann geht er nach Hause.

Puh, fast wären wir verhaftet worden, sagt der eine Bruder und lacht.

Dann gehen die beiden zum Gemeinschaftshaus hinüber, um aufzubauen. Nach etwa einer Stunde kann Marius eine jaulende Gitarre, ein donnerndes Schlagzeug und ein halb ersticktes Brüllen hören. Er erkennt eine uralte Metallica-

Nummer. *Sleep my friend, and you will see that dream is my reality.*

Abends essen Marius und Elisabeth Rollbraten mit Spaghetti und Ketchup. Die Kartoffeln sind seit Dezember ausgegangen, sie wechseln zwischen Nudeln und Reis als Beilage, bis neue Vorräte im Laden eintreffen. Der Braten war nicht richtig aufgetaut, er ist rot und innen eiskalt. Marius warnt die Kinder davor, das rote Fleisch zu essen, sie könnten Magenschmerzen davon bekommen. Morgen können sie es für eine Restepfanne verwenden. Nachdem er und seine Frau alle vier Kinder ins Bett gebracht haben, sehen sie sich den Freitagsfilm an. Es ist ein alter James Bond, irgendwas mit einem gesunkenen U-Boot, Russen und einer Atombombe, an der alle interessiert sind. Marius kann den dänischen Untertexten nicht recht folgen, und er versteht nur sehr wenig Englisch. Elisabeth rutscht nervös auf dem Sofa hin und her.

Ist was?, fragt er.

Nein, nein, antwortet sie.

Du wirkst so unruhig.

Mich juckt es nur ein bisschen.

Soll ich dich kratzen?, lacht er.

Aber dann kommt die kleine Schwester wieder. Sie wirft ihre Jacke ab und betritt das Wohnzimmer. Da bin ich, sagt sie und seufzt demonstrativ, offenbar hat Elisabeth sie gebeten, zu kommen. Sie lässt sich auf dem Sofa nieder und zieht die Beine an.

Ist da unten was los?, fragt Marius sie.

Es ist Tanz, antwortet Eleonora überflüssigerweise. Man kann den Lärm aus dem Gemeinschaftshaus deutlich bis hier oben vernehmen. Sie machen Musik, sagt sie.

Sie kommentieren es nicht. Sitzen da und starren auf den Bildschirm.

Elisabeth seufzt. Ich verstehe nichts bei diesem Film.

Nein, er ist ziemlich schlecht, sagt Marius.

Sollen wir einfach ausschalten?

Willst du nichts anderes sehen?

Es kommt ja nichts.

Marius reicht Eleonora die Fernbedienung, die anfängt, durch alle Kanäle zu zappen. Willst du nach drüben und Karten spielen?, fragt sie ihre Schwester.

Ich glaube nicht, sagt Elisabeth.

Geh doch einfach rüber, sagt Marius und streichelt ihre Schulter.

Meinst du?, fragt Elisabeth.

Du bist so rastlos. Es ist lange her, dass du das letzte Mal gespielt hast. Geh rüber und gewinn ein bisschen Geld für uns.

Bist du sicher?

Grüß Sejer, falls er zu Hause ist. Sag ihm, dass ich ihn wähle.

Elisabeth geht in den Flur hinaus und zieht sich an. Es wird nicht spät, ruft sie.

Dann hören sie, wie die Tür hinter ihr zuknallt. Eleonora zappt mit der Fernbedienung, verharrt nur wenige Sekunden bei den einzelnen Kanälen.

Warst du im Gemeinschaftshaus und hast es dir angesehen?, fragt Marius.

Ja, aber ich bin gleich wieder gegangen.

Haben sie einen Bassisten gefunden?

Das habe ich nicht gesehen.

Ich kann eigentlich ganz gut Bass spielen, sagt Marius. Als ich jünger war, habe ich immer zum Tanz gespielt.

Eleonora erwidert nichts.

Gab es Tumult?, fragt Marius.

Sie haben getanzt.

Und du? Hast du nicht getanzt?

Sie sieht ihn durchdringend an. Ich habe niemanden zum Tanzen. Es sieht blöd aus, wenn man so klein ist.

Tja, sagt Marius verlegen. Das stimmt vielleicht.

Du kannst gern hingehen, sagt Eleonora. Ich pass schon auf die Kinder auf.

Ja, ich glaube, dann geh ich mal hin und gucke, ob sie sich auch ordentlich benehmen.

Sie trinken und tanzen, sagt Eleonora.

Ja, das tun sie wohl.

Er holt seine Geldbörse hervor und gibt ihr einen Hundertkronenschein.

Ist das in Ordnung?

Sie stopft den Schein in die Tasche, starrt weiter auf den Bildschirm und schaltet von einem Kanal zum anderen.

Du langweilst dich nicht, wenn du allein hier herumsitzt?, fragt er.

Nein, ich langweile mich nicht. Ich lege mich einfach schlafen.

Schön, sagt Marius. Dann schlaf gut.

Er zieht seine Turnschuhe an, nicht die schweren Stiefel, dann geht er den Hügel hinab, vorsichtig, um mit den dünnen, glatten Sohlen nicht auszugleiten. Unten am Gemeinschaftshaus sind viele Menschen versammelt, sie stehen unter dem Lichtkegel der Lampe, die über der Tür hängt. Nahezu alle haben Bierdosen in der Hand, und es liegen zerknautschte Dosen im Schnee verstreut. Er geht an den Männern vorbei, die sich ans Terrassengeländer lehnen, grüßt seinen Neffen Markus, den Sohn seiner Schwester, der dort steht und ein wenig verloren aussieht, und zahlt Eintritt an der Luke. Nein, danke, sagt er zu dem Mädchen, das ihm einen Stempel auf den Handrücken drücken möchte. Das ist nicht nötig.

Im Saal dreht sich die Discokugel an der Decke, die Leute haben sich entlang der Wände niedergelassen. Momentan tanzt niemand, die Band macht Pause, die Musiker sind nirgends zu sehen. Marius lehnt sich an die Wand und trinkt ein paar Bier. Er fragt einen Typen, ob sie einen Bassisten gefunden hätten. Er schüttelt mit dem Kopf, sie haben Mathæus gefragt, aber der war zu besoffen. Nur mit Gitarre und Schlagzeug eignet sich die Musik nicht so gut zum Tanzen. Die Stimmung ist ziemlich schlecht, sagt er, die Leute gehen wohl bald nach Hause.

Marius geht zur Bühne. Die beiden Brüder hocken nun auf dem Bühnenrand, rauchen und trinken Dosenbier. Braucht ihr immer noch einen Bassisten?, fragt er.

Er leiht sich Mathæus' Bass, stimmt ihn hinter der Bühne, übt einige Fingerläufe, schlägt mit dem Daumen der rechten Hand die Saiten an, rutscht mit der linken Hand über das Griffbrett, macht instinktiv ein paar rhythmische Bewegungen mit dem Unterleib. Er hat mehrere Jahre nicht gespielt und ist kurz davor, wieder aufzugeben. Doch dann springen die Brüder auf die Bühne, brüllen in den Saal hinein, dass sie ein drittes Bandmitglied gewonnen haben, und jetzt wird getanzt! Dann winken sie ihn herbei. Marius klettert zu ihnen hinauf.

Der Gitarrist nennt einige Titel, ob er sie kennt? Ja, sagt Marius und schlägt den Bass an, D-D-A-D, dann setzt die Gitarre kreischend ein, das Schlagzeug donnert, und sie galoppieren in halsbrecherischem Tempo davon. Unten im Saal lösen sich die Leute von ihren Sitzplätzen und strömen auf die Tanzfläche. Der Gitarrist greift zum Mikrofon und grölt irgendetwas Unverständliches hinein, während Marius den

Takt hält und zwischen den beiden Tönen wechselt, dann schleudert der Gitarrist seine Bierdose in die Luft, sie wirbelt über die Köpfe der Menschen hinweg, Bier spritzt zu allen Seiten, und hinter Marius explodiert ein Verstärker mit verzerrten Gitarrenakkorden. Sie spielen eine Polka, gehetzt, schlingernd und dissonant, das Publikum tanzt, paarweise oder allein. Am Eingang sieht er zwei Männer, die eine Prügelei anfangen, sie werden sofort übermannt und vor die Tür gesetzt. Die Wände um Marius sind mit kreisenden Lichtflecken gesprenkelt, die in dem rechteckigen Fenster unter der Decke reflektiert werden, immer mehr Menschen drängen sich durch die Tür herein, die Luft ist dick vom Rauch und von der menschlichen Wärme. Er hämmert seinen Daumen auf die dicken Basssaiten, schiebt die linke Hand auf dem Griffbrett hin und her, setzt ein und singt den Refrain mit. Zwischen den Nummern lassen sie eine Flasche kreisen, er nimmt ein paar große Schlucke, er verschmilzt mit der Band, er führt sie, sie folgen ihm. Sie spielen erneut Metallica, noch mehr alte Songs, den Soundtrack seiner Jugend. Die Tanzfläche ist ein einziges Chaos aus hüpfenden und zappelnden Körpern, wogenden Armen und wirbelndem Haar. Marius schaut auf sie hinab, er entdeckt Karoline dort unten, ihre Blicke treffen sich, sie lächelt, er stößt seinen Unterleib gegen den Gitarrenkorpus, spürt eine Erektion, beugt sich zum Mikrofon vor und brüllt mit der vollen Kraft seiner Lungen: *Master, master! Call my name, cause I'll hear you scream. Master, master!*

Fünf Stunden später wankt er nach Hause, den Hügel hinauf, der ihm vereister, glatter und steiler erscheint als sonst. Vor sich in der Dunkelheit erkennt er einen Schatten, der von rechts kommt, er spürt eine Hand in seiner. Schwankend begleiten sie einander den Hügel hinauf.

Hast du gewonnen?, fragt er.

Was glaubst du?, fragt Elisabeth.

Du hast sicher verloren. Du verlierst ja immer.

Und du bist besoffen, sagt sie. Und warst wieder mit diesem Mädchen zusammen. Also halte dich bloß zurück.

Ja, sagt er und lacht. Es war dumm von mir, aber ich konnte es nicht lassen, und außerdem hatten wir ja beide unseren Spaß. Und jetzt komm schon mit mir nach Hause.

Um fünf Uhr morgens sitzt er erschöpft am Küchentisch, trinkt Pulvermilch und isst die Honigbrote, die Elisabeth ihm geschmiert hat.

Das Opfer

Jesper versorgt einen sterbenden jungen Mann auf der Station, er leidet an den Folgen eines Schädel-Hirn-Traumas, das er sich vor einigen Tagen in einem Orkan zugezogen hat. Der Mann heißt Ivan. Er war auf dem Weg vom Laden nach Hause, erzählen sie Jesper, vornübergebeugt im Wind, mit Kaffee, Milch und Roggenbrot in seiner Einkaufstüte, als plötzlich ein Balken aus dem Sturm auftauchte und ihn traf, um kurz darauf ins Meer weiterzuwirbeln. Als seine Brüder ihn auf einem Schlitten brachten, konstatierte Jesper, dass erstens die linke Schädelhälfte eingedrückt worden und anschließend aufgrund einer Blutansammlung angeschwollen war und zweitens der Bewusstseinszustand des Patienten dennoch überraschend gut schien, dass er jedoch drittens vermutlich einer akuten neurochirurgischen Behandlung bedürfe und viertens aufgrund der Wetterlage keine Flüge gingen. Mittlerweile ist es bereits Ende Februar, der kürzeste Monat, der einem am längsten erscheint. Der Flughafen ist noch immer geschlossen.

Nach einigen Stunden wütender Raserei fällt der Patient in einen komatösen Schlaf. Dann erwacht er, ist jedoch konfus, unruhig, versucht unaufhörlich, aus seinem Bett zu steigen, wird von Familienmitgliedern mit aller Macht zurückgehalten. Mehrmals gelingt es ihm dennoch, den Boden zu betreten, wo er in einem Chaos aus vollen Windeln und blutigen Kompressen kollabiert, während er brüllend versucht, sich aus dem Zimmer hinauszukämpfen. Was hast du vor?, fragen sie ihn und halten seine Arme fest. Wo willst du hin? Er stößt ein lang gezogenes und klagendes Brüllen aus, versucht sich loszureißen. Sie heben ihn zurück ins Bett und versuchen, ihn zu beruhigen, seine Eltern und Brüder mit Zärtlichkeiten, Jesper mit immer stärkeren Injektionen.

Jesper telefoniert mit dem Arzt. Die Injektionen helfen nicht, sagt er.

Gib ihm mehr, antwortet der Arzt.

Etwas später ruft Jesper ihn erneut an.

Erhöhe die Dosis, sagt der Arzt. Mach so lange weiter, bis er sich beruhigt.

Aber bei Ivan schlägt nichts an. Als habe der fliegende Balken sämtliche Medizinrezeptoren in seinem Gehirn zerfetzt. Er hört nicht auf zu brüllen. Jesper gibt ihm eine weitere Injektion, aber aus Angst davor, ihn umzubringen, verabreicht er nicht die volle Dosis, die der Arzt angeordnet hat.

Ivans Mutter sitzt Tag und Nacht bei ihm, sie schläft auf einer Matratze am Boden.

Was ruft er?, fragt Jesper sie.

Es geht um sein kleines Mädchen, sagt sie. Er ruft es.

Seine Tochter?

Ihre Mutter ist letztes Jahr mit ihr nach Nuuk gezogen. Aber daran kann er sich anscheinend nicht mehr erinnern. Er verlangt, sie zu sehen.

Amalie berichtet Jesper von zwei Fängern, die weiter im Norden im Sturm verschollen sind. Der Arzt erzählt ihm von einer Frau, die mitten in der Stadt tot in einer Schneewehe gefunden wurde. Bei der Obduktion floss der Schnaps schmierig und dickflüssig wie Öl aus ihrem Magen. Eines der Häuser in der Siedlung ist zum zweiten Mal in diesem Winter eingestürzt. Die Hunde buddeln sich ein. Jesper sieht, wie ihre Köpfe hochschnellen und sie ihn mit halb erschrockenen Blicken ansehen, als er vorbeigeht. Einige von ihnen liegen jedoch an exponierten Plätzen, an denen der Wind zugeschlagen und den Schnee fortgeleckt hat. Ihre Besitzer finden sie am nächsten Morgen zusammengerollt und steif gefroren an ihren Ketten, die Schwänze wie Stahlkabel über ihre toten Schnauzen gekrümmt. Einige von ihnen hat der Wind mitgerissen und mit ihrem eigenen Halsband erwürgt. Jesper ruft den kommissarischen Leiter des Flughafens an, einen Kerl, der von der Westküste eingeflogen wurde, um Franzen abzulösen. Er sei es schon gehörig leid, sagt er am Telefon. Die Landebahn ist auf unbestimmte Zeit geschlossen. Die Leute von der Mannschaft besaufen sich, halten Fressgelage ab, streiten sich, schlagen wutentbrannt mit den Türen, drohen mit Selbstmord, onanieren unverblümt, pinkeln in die Waschbecken, fordern einander beim Dreibandbillard, Dart, Whist und sehen wieder und wieder dieselben Filme. Wenn sich das Wetter einmal für einen Tag beruhigt, werfen sie sich auf ihre Motorschlitten und schwärmen über den Pass. Jesper trifft sie, wenn sie ihre Schlitten vor dem Laden parken, oder drinnen zwischen den Regalreihen, wo sie verlegen lächelnd umherstreifen, ohne etwas zu kaufen. Denn dort gibt es nichts, was in der Messe nicht in rauen Mengen vorhanden wäre, und noch dazu in einer viel besseren Qualität. Dann stellen sie sich vor den Laden, rauchen eine Zigarette, lachen ein wenig, rufen den Leuten, die vorbeigehen, Kommentare zu und machen den Mädchen zweideutige Angebote, halten am Ende aber doch wieder nur untereinander ein Schwätzchen. Dann sausen sie mit leerem Sozius über den Pass zurück. Infolge des Sturms brechen die Telefonleitungen zusammen und damit auch Jespers Verbindung zur Stadt und zum Arzt. Die Sendeanlage, die dem Klima der Ostküste einen Winter lang standhalten könnte, ist noch nicht erfunden. Die Leitungen sind tot, die Fernsehgeräte zeigen das, was Jesper gerade am allerwenigsten gebrauchen kann: Schnee.

Pani!, brüllt der sterbende Mann in seinem Bett auf der Krankenpflegestation. Sein Vater, seine Onkel und Brüder halten ihn mit aller Kraft zurück. Jesper spritzt ihm eine neue Injektion und ist hin- und hergerissen zwischen der Hoffnung, dass sie ihn nicht umbringen möge, und dem Wunsch, dass sie es tut. Es geht weiter. Der Tropf, die Sonde und die Urinschläuche zerbersten, wenn er in flatternden Gewändern aus dem Bett fährt wie ein Gespenst, sie schnellen wie Gummibänder in ihren Halterungen zurück, und Blut, Urin und Mageninhalt spritzen an die Wände und auf die Umstehenden. Der zentrale Venenkatheter fliegt durch die Luft, das Bettzeug ist blutverschmiert und von Urin durchtränkt. Am Nachmittag, als die Dunkelheit hereinbricht, kommt der Patient zur Ruhe und schläft ein wenig. Jesper geht für einige Stunden nach Hause und glotzt mit leeren Augen auf den Fernseher.

Wird er sterben?, fragt ihn die Familie.

Es sieht nicht gut aus, antwortet Jesper. Ihr solltet nicht damit rechnen, dass er durchkommt.

Draußen im Wartezimmer sitzen sie und diskutieren die Angelegenheit, die Mutter und die Brüder. Sie beschließen, dass eine Nichte von Ivan, die Tochter eines älteren Bruders, die fast genauso alt ist wie seine, ihn besuchen und die Rolle von Pani spielen soll, der Tochter, nach der er ruft. Sie fragen Jesper, was er von dem Plan hält, könnte er mehr schaden als nutzen, wäre es womöglich ein Fehler?

Nein, warum nicht, antwortet er. Was auch immer ihn ein wenig beruhigt, wird ihm helfen.

Das Mädchen kommt an und wird flüsternd eingewiesen. Zögernd nähert sie sich dem Bett, während die anderen in der Tür stehen bleiben und zusehen. Eine Hand stupst sie leicht in den Rücken, sie starrt den Onkel an, die blutigen Katheter, seinen irren Blick. Ivan sieht erst durch sie hindurch, dann fokussiert er. Er tastet suchend mit den Armen, bekommt ihre Hand zu fassen und sagt mit klarer Stimme: Da bist du ja endlich. Meine Liebe, wo bist du nur gewesen?

Man hebt das Mädchen hoch und setzt es auf die Bettkante. Schneeklumpen lösen sich von seinen Stiefeln und fallen zu Boden. Ivan liegt auf der Seite und streichelt ihm den Rücken.

Du bist vielleicht groß geworden, sagt er. Man erkennt dich ja kaum wieder.

Das Mädchen baumelt mit den Beinen, die Stiefel schlagen rhythmisch gegen das Metallgitter des Bettes. Ivans Mutter legt ihm ihre Hand auf die Beine, damit es still sitzt.

Wie geht es Mama?, fragt Ivan.

Mama geht es gut.

Ist sie nett zu dir?

Ja.

Wenn sie nicht nett zu dir ist, kannst du immer zu mir kommen, das weißt du?

Ja.

Gehst du schon zur Schule?

Nein, ich werde erst im nächsten Jahr eingeschult.

Ivan lacht und tätschelt ihren Arm. Ja, natürlich, sagt er. Du bist ja noch gar nicht alt genug.

Das Mädchen sitzt erstarrt da, die Hände im Schoß. Dann versucht es, vom Bett hinabzugleiten, doch Ivan hält es fest und sieht es mit einer wiedererlangten Vertrautheit an.

Warte noch kurz, Schatz, sagt er. Ich werde doch wohl

noch ein bisschen mit dir sprechen dürfen, wo ich dich schon so lange nicht mehr gesehen habe, oder?

Doch.

Sag Mama, beginnt er. Sag, dass sie. Dass ich. Wir. Doch dann verliert er den Faden, rollt mit den Augen, stöhnt und fällt in einen tiefen Schlaf. Das Mädchen wird heruntergehoben, bleibt kurz stehen und betrachtet den Mann, dessen Tochter es die vergangenen fünfzehn Minuten gewesen ist. Dann sagt jemand, dass es jetzt gehen darf. Es entfernt sich leise.

In der Nacht zum ersten März schläft Ivan friedlich ein. Jesper richtet ihn gemeinsam mit Amalie her. Sie waschen ihn, ziehen ihm einen Anzug und blank polierte Schuhe an, kämmen sein schwarzes Haar und seine Koteletten, falten seine Hände und bitten seine Brüder, ihn ins kühle Medizindepot zu tragen. Hier wird er bis zu seiner Beerdigung liegen. Jesper geht nach Hause, vermag kaum zu glauben, dass er endlich freihat, fällt auf sein italienisches Ledersofa, kann jedoch nicht einschlafen.

Als die Kirchenglocke vier Tage später für den Toten läutet, hat sich das Wetter endlich beruhigt. Jesper geht hinaus und setzt sich mit einem Becher Kaffee auf die Treppe. Er kann sehen, dass der Sturm eine breite Schneise in das Fjordeis geschlagen hat. Das offene Wasser reicht bis zum Strand unterhalb der Kirche. Auf der Eisscholle, die sich losgerissen hat, lagen sieben Boote, die man in angemessenem Abstand von der Eiskante weggezogen hatte. Das erzählt ihm Amalie, als sie über die inzwischen reparierte Telefonleitung miteinander sprechen. Jetzt sind die Boote allem Anschein nach verloren, doch einige Fänger fahren mit ihren Motorschlitten zum höchsten Punkt der Insel und erblicken durch ihr Fernglas die Eisscholle ein paar Kilometer entfernt auf dem Meer. Mikkel lässt seinen Fischkutter zu Wasser und bringt den Fängern ihre Boote nach Hause. In dieser Woche setzt der Sturm fünf Tage lang aus. Ein Bär, der auf der Halde im Müll wühlt, wird erschossen. Man hievt ihn auf einen Schlitten und verfrachtet ihn zu Enoksens, wo ein Fest zum Zerlegen des Bären veranstaltet wird. Ivans Familie schenkt Jesper eine Tüte voll Fleisch. Er stopft es in die Gefriertruhe.

Am Freitag findet die Kommunalwahl statt. Jesper geht wählen. Es ist seine erste Wahl in Grönland. Das Wetter ist noch immer ruhig, und es wird von einer Wahlbeteiligung in Rekordhöhe berichtet. Die Wähler strömen im Gemeinschaftshaus ein und aus, Jesper steht ein paar Stunden dort und spricht mit den Menschen über das Wetter, über Grönland, über die Zukunft. Ihm fällt auf, dass sie ihn freundlich behandeln, offensichtlich sind sie erfreut darüber, dass er aktiver am Leben in der Siedlung teilnimmt.

Sejer Enoksen wird in den Gemeinderat gewählt. Jesper gratuliert ihm und erzählt, dass er ihn gewählt hat, doch Sejer tut so, als höre er nicht, was der Krankenpfleger sagt, und geht geradewegs an ihm vorbei. Jesper sieht, dass er eine Eisbärenpfote an einem Lederriemen um den Hals trägt.

Fußball

Jesper klopft an die Tür und wartet. Im Haus gegenüber wohnt Sejer Enoksen, seine Frau Sørine sieht aus dem Fenster zu Jesper herunter. Jesper winkt, sie winkt zurück. Der Frühling liegt in der Luft, denkt er, obwohl er noch nie einen grönländischen Frühling erlebt hat. Es ist eine neue Ruhe über allem, eine neue Ruhe in Jesper, nicht mehr diese ständige hektische Erwartung von Sturm und Wahnsinn, die ihn in den letzten Monaten heimgesucht hat. Die Erinnerung an das verstorbene Mädchen ist verblasst. Das Ergebnis des Vaterschaftstests hat er noch nicht erfahren und sich nicht getraut, Jens Jørgen danach zu fragen. Er hat es verdrängt.

Der Himmel ist bewölkt, doch die Wolken ruhen wie schwere Daunenbetten über dem Gletscher, anstatt wie eine Traumsequenz in einem Film davonzukullern. Er dreht sich um und klopft erneut.

Sara öffnet die Tür. Hallo, sagt sie. Da bist du ja. Ich habe dich kommen sehen.

Er folgt ihr in den Flur, küsst sie und zieht seine Schuhe aus. Bist du allein?, fragt er gedämpft.

Es ist jemand da, sagt sie. Familie. In Ordnung?

Ja, natürlich.

Sie gehen ins Wohnzimmer. Hier sitzen Saras Mutter Bathseba und ihr Onkel Gedion. Jesper begrüßt sie und setzt sich aufs Sofa, stellt seine Krankenpflegertasche auf dem Boden ab.

Kaffee, Tee?, fragt Bathseba.

Ja, gern, antwortet Jesper. Dann lachen sie, und Jesper sagt, Kaffee, bitte. Falls du welchen dahast?

Bathseba geht in die Küche, Sara setzt sich neben ihn. Sie nimmt seine Hand, spielt damit, kneift ihn neckend in die Finger.

Au, sagt er.

Entschuldigung.

Nein, es tut nicht weh.

Gedion sagt lächelnd etwas zu Sara, das Jesper nicht versteht. Sie wechseln einige Sätze in ihrer eigenen Sprache. Jesper begreift nichts davon. Er lehnt sich zurück und betrachtet das Wohnzimmer. Überall Nippes, Glockenzüge, bestickte Decken, tickende Uhren, Kerzenleuchter mit tanzenden Messingengeln, eine Wand mit Fotografien.

Musst du heute arbeiten?, fragt Sara.

Das kann man nie wissen, antwortet er. Man kann die Tasche genauso gut gleich mitnehmen, sonst muss man nur wieder nach Hause laufen und sie holen. Aber momentan scheint es ruhig zu sein. Mal sehen, wie lange.

Wollen wir spazieren gehen?

Draußen?, fragt er überrascht. Bisher hat sie sich nicht mit ihm in der Öffentlichkeit zeigen wollen.

Sie spielen Fußball auf dem Eis, sagt sie.

Solltest du da nicht dabei sein?

Heute nicht, sagt sie. Ich schwänze.

Danach können wir zu mir gehen, schlägt er vor. Ich kann uns was kochen, und wir sehen einen Film.

Sie kneift ihn in den Finger. Das können wir gern machen.

Jesper fragt Gedion, wie es seinen Händen geht. Er zeigt sie vor. Sie sind noch immer geschwollen. Die Haut schält sich, die Gelenke sind steif, er kann kaum eine Zigarette damit halten. Aber ein bisschen besser ist es schon geworden. Und die Wunden haben aufgehört zu nässen, deshalb trägt er keinen Mullverband mehr. Jesper fragt, ob er das Antibiotikum aufgebraucht hat, das sie ihm im Krankenhaus gegeben haben, er kann sich nicht erinnern, wie lange Gedion es nehmen sollte. Ja, schon vor ein paar Tagen, sagt Gedion, die Entzündung ist weg.

Du hast trotzdem Glück gehabt, sagt Jesper und untersucht die Hände.

Ja, sagt Gedion. Das stimmt wohl.

Es geschah vor einigen Monaten. Gedion kenterte mit seinem Kajak, als er im Norden auf Robbenjagd ging. Glücklicherweise trieb er zur Eiskante und konnte seine Arme darauflegen, wo sie anschließend festfroren. Niemand weiß, wie lange er eigentlich so gelegen hat, bis Kornelius, ein älterer Fänger, angefahren kam und Gedions Hundegespann, sein Kajak, sein Paddel, die tote Robbe und Gedion selbst erblickte, in dieser Reihenfolge. Kornelius zog ihn aus dem Wasser, legte ihn zusammen mit der Robbe auf den Schlitten und fuhr mit ihm zurück in die Siedlung. Auf der Krankenpflegestation herrschte Uneinigkeit zwischen Jesper und Gedions Familienmitgliedern darüber, ob man ihn mit einer Wärmflasche auf dem Bauch in Decken hüllen oder ihn nackt vor die Tür legen und mit Schnee einreiben sollte. Jesper bestand auf der Wärmflasche, die Familie auf der Schneemassage. Erst nachdem Jesper den Arzt erreicht und dieser mit der Familie gesprochen hatte, konnte er seinen Willen durchsetzen.

Gedions Weg zurück ins Leben war langwierig und mühsam. Die meiste Zeit über war er bewusstlos. Wenn er aufwachte, bekam er Schüttelfrost, der epileptischen Anfällen glich, und schrie lang gezogen und herzzerreißend vor Schmerz, als seine Körpertemperatur stieg und die Eiskristalle, die sich in seinem Gewebe gebildet hatten, auftauten. Aber er erholte sich vollständig. Die einzigen Folgeschäden der Unterkühlung sind die Hände, die noch immer wie Würste geschwollen und nicht in der Lage sind, einen Kaffeebecher oder eine Zigarette zu halten, von Gedions Hundegespann oder einem Gewehr ganz zu schweigen. Als Dank für seinen Einsatz erhält Jesper regelmäßig Plastiktüten mit Fleisch und Fisch von der Familie. Er stopft die Tüten in den Gefrierschrank, der bald voller Fleisch ist, mit dem er nichts anzufangen weiß. Ihm ist auch bewusst, dass Gedion seiner Hände wegen eigentlich einen Groll gegen ihn hegt. Er hat schon mehrmals angedeutet, dass er seine Beweglichkeit seiner Meinung nach vollständig wiedererlangt hätte, wenn er der Schneebehandlung unterzogen worden wäre, einem anerkannten und erprobten Mittel gegen Erfrierungen.

Bathseba bringt den Kaffee. Jesper nippt daran, isst einige Kekse und versucht, ein Gespräch über Krankheiten zu vermeiden. Doch es ist schwer, die Themen zu umgehen, über die die Menschen am liebsten reden möchten. Bathseba drückt sich auf den Bauch. Hier, genau hier tut es weh. Ob das wohl der Unterleib ist oder der Darm? Es ist ein dumpfer, brennender Schmerz, der sie nachts wach hält, es tut weh, wenn ihr Mann Jochum auf ihr liegt, obwohl er doch sonst so klein und schmächtig ist, und sie kann ihre Einkäufe nicht vom Laden nach Hause tragen, ohne in die Hosen zu tröpfeln. Jesper sagt, sie solle am Montag auf die Krankenpflegestation kommen und sich untersuchen lassen.

Es fließt eine Menge heraus, fährt Bathseba fort, ich bin gezwungen, Binden zu tragen. Jochum sagt, es rieche übel.

Ich werde es mir schon ansehen, sagt Jesper.

Könnte es Krebs sein?, fragt Bathseba.

Wie kommst du denn darauf?, fragt Jesper, und sie lächelt und sagt, wir Frauen tragen ja immer die Angst vorm Krebs mit uns herum.

Ich werde Frührente beantragen, sagt Gedion und zeigt wieder seine Hände vor, diese Finger sind ja zu nichts mehr zu gebrauchen. Kannst du mir dabei helfen?

Darüber musst du mit dem Arzt sprechen, sagt Jesper, es liegt nicht in meiner Hand, das zu entscheiden. Ich habe dich für den nächsten Arztbesuch eingetragen.

Wann kommt der Arzt?, fragt Bathseba.

Das wissen wir noch nicht, antwortet Jesper.

Aber ich muss Montag arbeiten, sagt sie.

Komm einfach nach der Arbeit vorbei, sagt Jesper. Ich bin sowieso die meiste Zeit des Tages auf der Station.

Sara sagt, trink mal deinen Kaffee, dann können wir spazieren gehen.

Es ist einer der ersten Märztage. Sie spazieren durch die Siedlung, Sara nimmt seine Hand, sie flechten die Finger ineinander und schwingen die Arme wie eine Schaukel zwischen sich hin und her. Jesper begreift, dass er vorgezeigt wird, er soll verstehen, dass sie es jetzt ernst meint.

Meine Mutter ist ein bisschen anstrengend, sagt sie.

Du hast doch eine nette Mutter, sagt Jesper. Sie ist eine gute Hausfrau.

Ständig spricht sie von ihrem Unterleib. Ich ertrage das nicht.

Wo ist dein Vater?, fragt Jesper.

Sie macht eine Kopfbewegung in Richtung des Ladens, wo eine Gruppe Männer steht. Jesper kommentiert es nicht.

Er war erst ein Mal mit Sara im Bett. Es geschah sehr schnell, oben in der Krankenpflegestation, im Krankenbett.

Sie hatte sich außerhalb der Öffnungszeiten an ihn gewandt, um Kopfschmerztabletten gebeten, und dabei waren sie ins Gespräch gekommen. Gemeinsam schlossen sie darauf, dass ihr Kopfschmerz vermutlich von Verspannungen im Nacken und zwischen den Schulterblättern herrührte.

Hast du keinen Freund, der dich ein bisschen massieren kann?, fragte er.

Ich habe noch nie einen Mann kennengelernt, den man dazu überreden konnte, antwortete sie.

Ich würde dich gern massieren, sagte er. Das kann ich gut.

Er bat sie, ihre Bluse auszuziehen und sich bäuchlings auf die Untersuchungsliege zu legen, mit dem Gesicht auf den Händen. Dann holte er eine Flasche mit Erdnussöl hervor und goss es in einem Strahl von ihren Lenden bis zu den Schultern. Sie stieß einen kleinen Schrei aus.

Entschuldige, sagte Jesper. Ich hätte dich warnen sollen, dass es ein bisschen kalt werden kann.

Jetzt ist es angenehm, sagte sie. Sie lag mit dem Gesicht zur Seite gewandt, die Wange auf den Händen ruhend, und sah aus, als würde sie gleich einschlafen.

Jesper konzentrierte sich darauf, wie die Muskeln zwischen seinen Fingern hindurchglitten, er tastete sich zu den harten Verspannungen vor und glättete sie mit kreisenden Bewegungen, die er kleiner und kleiner werden ließ. Dann fuhr er mit langen Strichen die großen Rückenmuskeln nach unten, achtete genau darauf, nicht ihre Brüste zu berühren, die vom Gewicht ihres Körpers zur Seite gedrückt wurden. Er bemerkte, dass sie die Augen geöffnet hatte und ihn von schräg unten ansah.

Gefällt es dir?, fragte sie.

Gefällt es *dir?,* fragte er.

Ja, aber ich friere etwas. Können wir uns nicht ins Bett legen?

Wenn du das möchtest?

Du nicht?

Doch. Natürlich.

Sie drehte sich auf der Liege um. Ihr BH hing lose über den Brüsten. Findest du mich hübsch? Meine Mutter sagt, ich sei zu kräftig.

Jesper beugte sich nach unten, hielt linkisch die Hände beiseite, um sie nicht mit dem Öl zu beschmieren, und drückte sein Gesicht an ihren Hals. Ich finde dich fantastisch, sagte er beinahe flüsternd.

Er tupfte das Öl von ihrem Rücken, dann wusch er sich die Hände draußen im Umkleideraum, wo es nach Gipsverbänden und Desinfektionsmittel roch. Anschließend ging er in den Flur und schloss die Tür ab. Als er wieder ins Krankenzimmer kam, hatte sie sich bereits nackt ins Bett gelegt, mit ihren Brüsten, die sich hoben und senkten und Frauenschweiß verströmten, in dem Bett, in dem Asta starb. Sie hob die Decke und lächelte.

Doch in den darauffolgenden Wochen trafen sie sich nur selten, verstohlen, kurz, ohne sich zu lieben. Sie trainierte fast jeden Tag mit ihrer Fußballmannschaft und war voller Schrammen, sie bat ihn um Pflaster, einen elastischen Verband, um die Desinfektion abgeschürfter Haut. Dann flitzte sie wieder davon, nicht ohne sich vorher von ihm einen Wangenkuss geben zu lassen.

Wir sehen uns.

Wann?

Bald.

Er ging nach Hause, setzte sich ans Fenster und sah zum Eis hinab, wo die Frauen Fußball spielten.

Vielleicht hatte sie einen anderen, dachte er, einen Typ, der draußen in der Dunkelheit auf sie wartete und vor Eifersucht bebte, während sie ihre Wunden versorgen ließ. Er wollte sie danach fragen, aber sie war so unverbindlich, verschwand, bevor er etwas sagen konnte, doch wenigstens seinen Kuss wollte er, darauf konnte er nicht verzichten. Die Nächte waren lang, die Stunden vor und nach Sara endlos. Heute Morgen rief sie dann an und lud ihn zu sich ein. Er wusste, dass etwas Neues angefangen hatte, die Wartezeit vorbei war. Es stimmte ihn ein wenig traurig.

Am Gemeinschaftshaus betreten sie das Festeis und gehen darauf weiter, bis sie sich auf dem Fjordeis befinden. Draußen in der Bucht trainiert die Fußballmannschaft. Zwei Haufen aus Taschen und Jacken bilden das Tor. Der Schnee ist festgetrampelt, unter ihnen bebt das Eis von den Fußballschuhen und dem Aufprall des hüpfenden Lederballs. Es spielen sowohl Männer als auch Frauen, sie haben die Mützenschirme tief in die Stirn gezogen, um die Augen vor dem tief stehenden Licht zu schützen, sie tragen Trainingsanzüge mit dem Logo des örtlichen Fußballklubs auf dem Rücken. Einige haben die langärmeligen Jacken und Trikots abgelegt und traben in T-Shirts mit aufgedruckten Nummern umher. Es herrscht Windstille, die Wolken sind nach Westen gezogen, der Himmel über dem Gletscher leuchtet eukalyptusgrün. Sara erzählt ihm, dass sich das Wetter zu dieser Jahreszeit in der Regel beruhigt, besonders um Ostern herum sei es meistens schön. Dann ziehen die Leute aufs Eis und spielen Fußball, veranstalten Hundeschlittenrennen oder stehen einfach nur da und trinken Kaffee und reden, genießen es, ein wenig von der Siedlung weg zu sein, obwohl sie nur wenige Hundert Meter entfernt liegt.

Bist du eine gute Spielerin?, fragt er.

Sie sei Torschützenkönigin, sagt sie. Als sie das letzte Mal vom Bezirksturnier zurückkehrten, habe sie den Pokal getragen.

Ja, ich bin ziemlich gut.

Die Frauen haben den Pokal geholt?, fragt er.

Jedes Jahr, sagt sie. Seit ich denken kann.

Und die Männer?

Die sind nicht gut. Sie können sich nicht dazu aufraffen, anständig zu trainieren. Im Sommer kannst du mitkommen und zuschauen, sagt sie. Wir fahren mit dem Schiff dorthin. Du kannst mich spielen sehen. Wir werden gewinnen, wie jedes Jahr. Die Menschen sitzen auf den Klippen rund um den Fußballplatz.

Wenn ich mir freinehmen kann, sagt er. Das klingt auf jeden Fall gut.

Dann gehen sie in den Laden. Sie beugen sich über die Gefriertruhe, heben Packungen mit gefrorenem Fleisch hoch und studieren es. Rollbraten, Rinderbraten, Bauchfleisch, Kalbsbug. Alle Fleischsorten sind stark reduziert, sie haben längst das Haltbarkeitsdatum überschritten, die Schnittflächen des Rinderbratens schillern grünlich, wenn man ihn pariert. Doch daran hat Jesper sich gewöhnt, er hat sogar entdeckt, dass das alte Fleisch besser schmeckt als jeder frische Braten. Sie entscheiden sich für Schweinekoteletts, die rechtzeitig bis zum Abend auftauen werden. Es sind tiefgefrorene Kartoffelscheiben gekommen, der Helikopter muss neue Lieferungen gebracht haben. Pasteurisierte Sahne gibt es auch, allerdings nur eine begrenzte Partie. *Nur 1 Päckchen pro Kunde!*, steht auf Grönländisch auf einem handgeschriebenen Pappschild, das Sara für ihn übersetzt. Sie nehmen jeder eins. Dann gehen sie zu Jesper nach Hause. Es ist die größte Wohnung, in der er je gewohnt hat, erzählt er Sara, die zum ersten Mal hier ist. Er ist in einer Wohnung in Kopenhagen aufgewachsen, gemeinsam mit seinen Eltern und seiner Schwester, mit der er ein Zimmer teilte, bis sie auszog. Später hat er in Wohnheimzimmern gewohnt, in einer Wohngemeinschaft in Hellerup und zuletzt in einer Zweizimmerwohnung in Vesterbro. Die Wohnung hat er gehalten, er hat einen Untermieter, aber er muss sich bald entscheiden, was er mit ihr macht, ob er sie aufgeben oder wieder einziehen soll. Man darf höchstens zwei Jahre lang untervermieten. Es hängt ihm bereits zum Hals heraus, darüber nachzudenken. Aber natürlich bleibt ihm für die Entscheidung noch über ein Jahr Zeit.

Sara geht in der Küche umher, während er erzählt, öffnet Schranktüren, schaut in den Kühlschrank, füllt ein Glas mit Leitungswasser und trinkt es. Sie betrachtet die Plakate an der Wand, Monet, Picasso, Miró.

Ist das Kunst?, fragt sie und lächelt über ihre eigene Frage.

Gefallen sie dir?, fragt er.

Nee.

Sie betritt das Wohnzimmer, nimmt Bücher aus dem Regal, blättert darin mit einem gedankenverlorenen Zug um den Mund, er folgt ihr und setzt seine Erzählung fort, sie hebt Dinge hoch, dreht sie zwischen den Fingern und stellt sie behutsam an ihren Platz zurück.

Darf ich den Rest auch sehen?, fragt sie.

Den ersten Stock? Ja, natürlich. Es ist nur etwas unordentlich.

Das macht nichts.

Sie steigt vor ihm die steile Treppe hinauf, und er zeigt ihr das Schlafzimmer, in dem das Bett nicht gemacht ist und die Schmutzwäsche über den Boden verteilt liegt. Sie lächelt, sagt nichts. Das andere Zimmer oben dient ihm zur

Aufbewahrung der vielen Dinge, die ihm unverzichtbar erschienen, bevor er hierherreiste. Ein Snowboard, eine elektrische Gitarre und ein Verstärker, ein Karton mit farbenfroher Goretex-Kleidung, eine Staffelei und Aquarellmalzubehör. Die Requisiten seiner Träume. Früher habe er recht viel gemalt, erzählt er, und sei gar nicht so schlecht gewesen, aber wegen seiner Ausbildung und seiner späteren Arbeit habe er nie mehr daraus gemacht. Er habe geglaubt, hier wieder mehr Zeit dafür zu haben, doch bis jetzt habe er sich hauptsächlich mit seinem Computer beschäftigt.

Können wir das mit runternehmen?, fragt sie.

Die Malsachen? Ja, warum nicht?

Während die Koteletts in der Spüle auftauen, stehen sie in der Küche und malen die Aussicht aus den Fenstern. Sara malt den Kühlschrank, das Gewürzregal, das Fenster, sie malt die Gemälde an der Wand. Dann malt Jesper Sara, er nimmt sich viel Zeit mit den Pinseln aus Marderborsten, gibt ihr Anweisungen, etwas nach links, stopp, das Kinn ein wenig senken, genau so, jetzt stillhalten. Danach zeigt er ihr das Werk. Sie bricht in Gelächter aus.

Ja, es ist nicht gut, sagt er. Ich habe vergessen, wie es geht.

Es sieht aus wie ein Mann, sagt sie.

Ein Mann? Das finde ich nicht.

Die Muskeln sind sehr dick.

Ja, sie sind ziemlich dick geworden. Das tut mir leid.

Findest du, ich habe dicke Muskeln?

Ich finde, du siehst sehr stark aus. Aber nicht wie ein Mann. Du bist eine starke, schöne Frau.

Das darfst du nicht an die Wand hängen, sagt sie.

Nein, natürlich nicht.

Dann wird sie hungrig. Er brät die Koteletts an und legt sie in eine feuerfeste Form, kippt eine Dose Tomaten und die Sahne darüber und würzt mit Salz und Pfeffer. Die gefrorenen Kartoffeln schüttet er in eine andere Form, schneidet Flöckchen gefrorener Butter ab und verteilt sie darüber. Dann stellt er alles in den Ofen. Im Wohnzimmer decken sie den Tisch, am Fenster, das aus zwei dunklen Vierecken besteht.

Die Bucht liegt chromblank im Mondschein. Unten auf dem Friedhof brennen Kerzen für die Toten, die Holzkreuze werfen lange, flackernde Schatten, und tief im Dunkeln, etwas entfernt von den Gräbern und Kreuzen, steht Lehrer Peter und sieht zu Jespers Fenstern hinauf. Er stampft mit den Füßen im Schnee, um seine gefrorenen Zehen zum Leben zu erwecken, flucht still vor sich hin, überlegt, was er tun soll. Er könnte einen Stein durchs Fenster werfen. Er könnte Jesper anrufen, sagen, er sei krank, habe Schmerzen in der Brust, und schon sein Vater sei an einem Herzinfarkt gestorben, also beeil dich! Dann würde Jesper nicht Nein sagen können. Er könnte boshafte Gerüchte in Umlauf bringen. Aber er kann natürlich auch einfach hier stehen bleiben und in der Dunkelheit leiden, durch die erleuchteten Fenster starren und sehen, wie Jesper und Sara sich an den Tisch setzen. Eigentlich möchte er das am liebsten. Er kann sehen, wie sie schwatzen und lachen, die Gläser heben und anstoßen, einander necken. Es gefällt Peter, das zu beobachten.

Jesper fragt Sara, ob ihr das Essen schmeckt. Das tut es, die Kartoffeln sind lecker, sie hat sie noch nie so gegessen, die Koteletts sind zart und saftig von dem Tomatensaft und der Sahne, sie ist gerade damit beschäftigt, die letzten Fasern von einem Knochen zu nagen. Jesper betrachtet sie. Nimm noch eins, sagt er, du kannst es gebrauchen. Er reicht ihr die Form mit den Koteletts, und sie angelt sich eins mit der Gabel heraus, schaufelt mit der Kelle ein wenig Soße darüber. Sie prosten sich zu, heben ihre Wassergläser und stoßen an.

Nach dem Essen legt Sara sich ächzend aufs Sofa und knöpft ihre Hose auf. Jesper schaltet den Fernseher ein und reicht ihr die Fernbedienung. Es ist ein Vierzig-Zoll-Flachbildschirm, den er sich im Herbst mit dem Schiff hat liefern lassen, wodurch er die Mehrwertsteuer sparte. Sara richtet die Fernbedienung auf den Bildschirm, schaltet um. Jesper räumt den Tisch ab und spült. Als er fertig ist, legt er sich neben sie. Das Sofa ist breit, das weiche, sepiafarbene italienische Leder saugt sie ein. Sie habe noch nie ein so großes Sofa gesehen, sagt sie. Jesper erzählt, dass er es von seinem Opa geerbt hat, der Architekt war.

Bestimmt warst du auf diesem Sofa mit vielen Frauen zusammen, sagt sie und streicht mit der Hand über das Leder.

Lass uns nicht darüber reden, sagt er.

Von einer, mit der du zusammen warst, weiß ich jedenfalls schon, fährt sie fort.

Was meinst du?

In einer Siedlung lässt sich nichts geheim halten, sagt sie. Denk daran.

Ich bin so froh, dass wir uns kennengelernt haben, sagt er, um von etwas anderem zu sprechen. Meine Schwester Signe hat einmal etwas gesagt, das ich damals nicht verstand. Sie sagte, eine Verliebtheit, die erwidert werde, sei wie eine Absolution für all den Mist, den man früher gebaut habe. Mittlerweile verstehe ich genau, was sie meinte.

Sara antwortet nicht. Sie antwortet nicht, dass sie auch in ihn verliebt ist. Vielleicht hat sie nicht verstanden, was er meinte. Es verunsichert ihn. Doch als sie miteinander schlafen, vergisst er es, er wogt mit Sara auf dem sepiafarbenen Erbstück und vergisst alles.

Am Montag findet die Sprechstunde wie üblich statt. Die Krankenpflegestation hat montags bis freitags von neun bis zwölf geöffnet. Das Wartezimmer ist voll, aber nicht mehr als montags üblich. Gedion kommt und klagt über seine Hände.

Ich möchte Frührente beantragen, sagt er.

Dafür ist es noch zu früh, erklärt Jesper ihm, erst musst du von einem Spezialisten untersucht werden.

Es wird doch nicht besser, sagt Gedion. Das siehst du doch.

Der Arzt meint schon, dass es besser wird, sagt Jesper. Er zeigt ihm die Überweisung für den Arztbesuch.

Gedion hält die Hände in die Luft. Es tut weh, sagt er.

Jesper gibt ihm einige Tabletten gegen Gicht.

Nach ihm ist Apollo an der Reihe, einer der Kloentleerer, der weiterhin über verschiedene Symptome klagt, die Jesper in Übereinstimmung mit dem Arzt als Angst deutet. Jesper wiederholt, was er mit dem Arzt besprochen hat, und gibt ihm noch mehr Glückspillen.

Als er gegangen ist, sagt Amalie, die Dolmetscherin, er sei wütend. Er werde so lange wiederkommen, bis er seinen Willen bekomme.

Ich habe getan, was ich kann, sagt Jesper. Was soll ich denn noch machen?

Er ruft mich abends an und beschwert sich, sagt Amalie. Ich bin ihn leid.

Später kommt Saras Mutter Bathseba. Sie hat sich freigenommen, um ihn nicht außerhalb der Öffnungszeiten zu stören.

Jesper ist kein erfahrener Gynäkologe. Er bestreicht das Spekulum mit Gel und führt es vorsichtig ein, spreizt es auseinander und beugt sich vor, um in die Vaginalöffnung zu sehen.

Tut das weh?, fragt er.

Keine Spur, sagt Bathseba.

Er dreht das Spekulum ein wenig, Amalie steht hinter ihm und rückt die Lampe zurecht. Die Falten der Scheide gleiten beiseite, er sieht, wie sich der Scheidengang öffnet, sieht den Gebärmutterhals, der zum Vorschein kommt, rund, glatt und glänzend. Es ist nicht viel Ausfluss vorhanden, und das, was er von hier aus sehen kann, scheint normal. Er bittet sie, zu husten.

Sie hustet einige Male, der Bauch bewegt sich in Wellen, und aus der Harnröhre tröpfeln ein paar dünne Spritzer Urin.

Du hast einen leichten Gebärmuttervorfall, sagt er. Vielleicht muss das operiert werden. Der Arzt sollte es sich bei Gelegenheit ansehen.

Bathseba dankt ihm überschwänglich. Nach der Stimulierung gibt die Harnblase endgültig nach, der Urin strömt munter aus ihr heraus und auf die Papierunterlage der Liege.

Jesper wirft das Spekulum in den Sterilisator, steht auf und streift sich die Gummihandschuhe von den Händen.

Mit einem kleinen Metallstab nimmt er einen Abstrich von der Scheide und der Harnröhre und untersucht ihn unter dem Mikroskop. Es gibt keine Anzeichen von Infektionen. Ansonsten fehlt dir nichts, teilt er Bathseba mit.

Sein letzter Patient ist einer der dänischen Lehrer, Peter, der letztes Jahr fast gleichzeitig mit ihm selbst in der Siedlung ankam. Er hat sich noch nie richtig mit ihm unterhalten.

Ich kann nicht besonders gut schlafen, sagt Peter. Kann man irgendein Mittel dagegen nehmen?

Wie alt bist du?

Einunddreißig.

Lebst du allein?

Ja, sagt Peter. Ich wohne in dem grünen Haus neben der Schule. Golgatha. So nennen die Leute es, weil es auf einem Hügel liegt und das Wäschegestell einem Kreuz ähnelt.

Ja, ich kenne es, sagt Jesper.

Es ist hart, nicht schlafen zu können, sagt Peter und sieht Jesper direkt an. Das geht mittlerweile schon ziemlich lange so.

Kannst du dir nicht eine Freundin suchen?, fragt Jesper. So habe ich es gemacht. Und hätte es schon lange tun sollen. Erst wenn man jemanden hat, merkt man, wie viel das eigentlich bedeutet.

Gratuliere, sagt Peter. Aber Frauen sind lästig. Grönländische Frauen, meine ich. Es ist dumm, Gefühle in sie zu investieren.

Jesper lacht und klopft ihm auf die Schulter. Tja, Schlaftabletten bekommst du jedenfalls nicht von mir. Dafür bist du viel zu jung.

Peter steht auf und geht. Jesper bleibt sitzen und hört seine schweren Schritte auf der Treppe. Was für ein humorloser Typ, denkt er.

Als keine Patienten mehr im Wartezimmer sitzen, erledigt er den Papierkram, geht in den Laden und schickt einige Blutproben nach Nuuk ins Labor, holt bei Filippus seine Post, öffnet sie auf der Station, tätigt ein paar Anrufe, aktualisiert die Stundenzettel der drei Aushilfen. Die Putzfrau kommt und beginnt, das Wartezimmer zu kehren. Er wechselt einige Worte mit ihr, erkundigt sich nach ihrer Familie. Er findet, dass sie fröhlich aussieht, sie trägt einen lustigen kleinen Zopf mitten auf dem Kopf, einen Springbrunnen aus schwarzen Haaren, mit einem rosa Gummiband befestigt, sie summt vor sich hin, während sie arbeitet.

Hast du gehört, wie das Wetter werden soll?, fragt er.

Gutes Wetter, einfach nur gut, antwortet sie.

Er beschließt, heute früh Feierabend zu machen.

Als er nach Hause kommt, wartet Sara auf ihn. Ich hab dich vermisst, sagt sie und wendet ihm das Gesicht zu, und er nimmt es zwischen die Hände und küsst sie.

Das war es, was mir im Leben gefehlt hat, sagt er.

Frühling

Sejer Enoksen weiß, dass er dies nicht tun sollte. Aber er tut es trotzdem. Er sucht die Frau auf, die drüben am Stausee wohnt, die vernarbte junge Frau, die ihn in seinen Träumen heimsucht. Justine. Jetzt ist der Augenblick gekommen, etwas dagegen zu unternehmen, denn es ist Frühling, die Tiefdruckgebiete haben sich ausgetobt, bald ist es rund um die Uhr hell, und ein verheirateter Mann kann es sich nicht länger erlauben, an die Türen unverheirateter Frauen zu klopfen. Insbesondere dann nicht, wenn ihm seine Mitbürger soeben bei der Wahl ihr Vertrauen ausgesprochen haben.

Sejer klopft den Schnee von seinen Schuhen und geht die Treppe hinauf.

Du bist es?, sagt sie. Was willst du?

Er sagt nichts, lächelt sie nur an. Dann fragt er: Darf ich reinkommen?

Sie lässt die Tür los, und er folgt ihr durch die Küche ins Wohnzimmer, wo er sich auf einen Stuhl setzt.

Möchtest du was trinken?

Ja, danke, nur ein Glas kaltes Wasser.

Etwas anderes habe ich auch gar nicht, sagt sie, geht in die Küche und gießt Wasser aus einer Milchkanne, die auf dem Boden steht, in einen Krug. Sie schenkt ihm ein und setzt sich schräg gegenüber von ihm aufs Sofa.

Sejer trinkt etwas Wasser, sieht Justine an. Sie lächeln sich zu, sie ein wenig reserviert.

Gratuliere zur Wahl, sagt sie.

Danke. Es hat mich natürlich sehr gefreut, als ich das Ergebnis gesehen habe. Und überrascht, fügt er pflichtschuldig hinzu. Er erzählt von der Konferenz in Nuuk, die er besucht hat. Dort hat er die großen Helden der Selbstverwaltung getroffen, die alten Jungs von 79, und die neuen Talente auf dem Weg nach oben, er hat in einem Hotel hoch über der Stadt gewohnt. Und Lachs zum Frühstück gegessen.

Das muss toll gewesen sein, sagt sie.

In meinem Leben passiert gerade eine Menge, sagt Sejer. Ich spüre, wie sich alles verändert, als hätte ich ein neues Kapitel aufgeschlagen.

Ich habe dich nicht gewählt, sagt sie.

Nein, damit habe ich auch nicht gerechnet. Hat das persönliche Gründe?

Ich traue dir nicht, sagt sie. Du erinnerst mich an meinen Cousin.

An Moses?, fragt er. Wir sind uns doch überhaupt nicht ähnlich.

Finde ich schon.

Entschuldige bitte, wenn ich das so sage, aber Moses ist doch ein versoffener Verlierer.

Stimmt.

Findest du, ich bin ein versoffener Verlierer? Ich rühre fast nie einen Tropfen an.

Ihr Männer seid einfach so, sagt sie und seufzt. Alle miteinander.

Na, na, na, und was ist mit dir? Lebst du etwa nicht von Sozialhilfe?

Ich habe in Roskilde studiert, sagt sie.

Er ist baff. An der Universität? Welches Fach?

Soziologie. Zwei Jahre lang.

Und warum hast du aufgehört?

Heimweh, sagt sie und zeigt mit einer ironischen Geste auf ihr kahles, ramponiertes Wohnzimmer.

Meiner Meinung nach, sagt er, bist du der größere Verlierer von uns beiden.

Warum bist du dann hier, Sejer Enoksen?

Er sieht sie an, sie erwidert seinen Blick, einige Sekunden lang mustern sie einander wortlos.

Ich weiß es nicht, sagt er schließlich. Wenn ich wüsste, warum ich hier sitze, säße ich sicherlich nicht hier.

Hast du Lust zu vögeln?, fragt sie und lächelt maliziös.

Er zuckt kurz zusammen, dann gleitet er langsam vom Sofa, fällt auf die Knie, legt seinen Kopf in Justines Schoß und schlingt die Arme um ihre Hüften. Ich habe von dir geträumt, sagt er.

Sie gibt ein paar tröstende Laute von sich und streicht dem schluchzenden Sejer übers Haar. Es ist ein wenig klebrig, er hat etwas Duftendes hineingeschmiert. Sie kann seinen heißen, stoßweisen Atem in ihrem Schritt spüren. Armer kleiner Junge, sagt sie. Komm, lass uns nach nebenan gehen.

Es geht nicht darum, dass er wirklich plant, Sørine zu verlassen. Aber in diesem Moment hat er das Bedürfnis, mit dem Gedanken zu spielen. Die Wahl hat ihm den Boden unter den Füßen weggerissen, ihn verlangt danach, Dinge auszuprobieren, von denen er vor einigen Monaten nicht einmal zu träumen gewagt hat. Und der Bürgermeister hat mit ihm über seine Zukunft gesprochen. Er hat die Möglichkeit erwähnt, dass er sich in zwei Jahren vielleicht für die Parlamentswahlen aufstellen lassen könnte. Sejer hat versprochen, darüber nachzudenken, mit seiner Familie zu reden. Sørine gegenüber hat er es allerdings noch nicht erwähnt. Er weiß, wie sie reagieren würde. Sie wäre außer sich vor Freude, würde es überall herumerzählen, den Umzug in die Stadt planen, beim Versandhaus neue Kleider bestellen, ihn unter Druck setzen, den Kontakt mit dem Bürgermeister zu pflegen.

Sie sind seit zwölf Jahren verheiratet, sie ist seine beste Freundin. Sie sind zusammen Boot gefahren, zu wochenlangen Fangtouren aufgebrochen, haben im Boot geschlafen, sich in Hütten im Schärengarten geliebt, er hat Geheimnisse mit ihr geteilt, die er nie zuvor zu erzählen gewagt hat. Doch das war, bevor die Kinder kamen. In den späteren Jahren hatte sie ihre Launen, vor allem nach der dritten Geburt, er hat das Gefühl, dass sie sich auseinandergelebt haben. Noch dazu ist die Arbeit in der Schule und im Gemeinderat anstrengend. Immerzu ist er gefragt, die Ansprüche an ihn sind sehr hoch, man erwartet von ihm, Beschlüsse zu fassen, die eine entscheidende Bedeutung für das Leben der Menschen haben. Letzte Woche war er dabei, als das Jugendamt zwei Kinder aus einer Familie nahm. Gemeinsam mit dem Bezirksrichter und einem Mitarbeiter des Amtes war er dort angerückt. Die Eltern weinten, die Kinder schrien, sie mussten sie mit Zwang entfernen. Solche Dinge nagen an einem, daran ist er nicht gewöhnt.

Später, auf seinem Weg am See entlang, begegnet er Jesper, dem Krankenpfleger, der durch die Dunkelheit marschiert, die Krankenpflegertasche auf dem Rücken baumelnd.

Na, ist die Ambulanz unterwegs?, fragt Sejer ihn. Hoffentlich nichts Ernstes?

Ich glaube nicht, antwortet Jesper. Ein Kind mit Fieber. Zurzeit ist es ruhig.

Die Leute mögen dich, sagt Sejer. Das höre ich immerzu. Sie hätten gern, dass du bleibst.

Ich auch, sagt Jesper. Aber jetzt muss ich weiter. Er verschwindet. Sejer sieht ihm nach, verwundert darüber, dass er so reserviert klang.

Sejer kommt an der Krankenpflegestation und der Krankenpflegerwohnung vorbei und geht die Treppe zum Sandweg hinab, von der aus man die Bucht und einen Teil der Siedlung überblicken kann. Er bleibt eine Weile stehen und schaut. Die Straßenbeleuchtung zieht sich wie eine gelbe Kette durch die Siedlung. Kein Mensch ist zu sehen, obwohl es erst zehn ist. Sie sitzen zu Hause, denkt er, genießen das Beisammensein mit ihren Familien. Dann geht auch er nach Hause. Sørine sitzt vor dem Fernseher und raucht.

Zieh die Schuhe aus, sagt sie. Ich habe gerade den Boden gewischt.

Justine und Jesper unterhalten sich eine halbe Stunde, dann geht er, und sie sieht sich einen Film an, ohne ihn wahrzunehmen. Sie ist rastlos, aus Sorge über das, was Jesper ihr erzählt hat, aus ungestillter Lust nach Sejers Besuch und wegen seiner Dünste, die noch an ihr haften. Wenn sie ein Bad besäße, hätte sie geduscht. Doch sie besitzt lediglich einen Schluck Wasser in einer Milchkanne, und sie hat keine Lust, sich anzuziehen und Wasser von der Pumpe heranzuschleppen. Sie ist müde, doch es ist die Müdigkeit ihres Blutes, nicht die gesunde Erschöpfung am Ende eines arbeitsreichen Tages.

Sie macht sich einen Becher Pulverkaffee, spült das Glas, aus dem Sejer getrunken hat, und späht aus dem Fenster, während das Wasser kocht. Dann setzt sie sich und sieht dänische Nachrichten. Der Staatsminister kommt aus einem Konferenzsaal, von allen Seiten werden ihm Mikrofone entgegengestreckt, es herrscht irgendeine Krise. Sie kann sich nicht ausreichend zusammenreißen, um zu verstehen, worum es geht, bemerkt nur, wie unerschütterlich und kalt der Staatsminister wirkt, seinen Gleichmut und seine kühle Ausstrahlung, den harten, starren Blick, das borstige Haar. Er erinnert ein wenig an Sejer, obwohl dessen Züge weich sind, wo die des Ministers wie gemeißelt scheinen.

Welche Konsequenzen wird es für Sejer haben, dass er mit ihr zusammen war? Das Risiko ist recht gering, sagt Jesper, bei konventionellem Beischlaf sogar minimal. Aber es besteht. Genau wie in ihrem Fall nur ein minimales Risiko bestand. Dieser Anfall von Risikoverhalten ärgert sie, es sieht ihr nicht ähnlich, nicht, seit sie sich angesteckt hat. Es geschah in der Karibik, in einem Hotelzimmer, dessen Beleuchtung in ihrer Erinnerung sicher noch greller wirkt, als sie tatsächlich war. Er war ein großer Kerl, schlank, ein Strandlöwe, vor Sonne strotzend. In Wirklichkeit war er todkrank. Seither hat sie mit niemandem geschlafen, anfangs, weil ihr elend zumute war vor Liebeskummer, später, weil ihr genauso elend zumute war vor Zorn, als sie erfuhr, was ihr zugestoßen war. Der unglückselige Tag vor einem Jahr, als ihr Kopenhagener Arzt ihr das Urteil verkündete, steht wie ein albtraumhafter Wendepunkt in ihrem Leben und wird es in der davon verbleibenden Zeit wohl auch weiterhin tun. Das war der wahre Grund, warum sie nach Hause zurückgekehrt ist. Jesper nimmt ihr einmal im Monat Blut ab. Es ist das Ergebnis der letzten Blutprobe, das ihr Sorgen macht, genau wie Jesper, auch wenn er versucht, es herunterzuspielen. Er hat mit dem Rigshospital gesprochen, dort meint man, dass sie bald mit der Kombinationstherapie beginnen müsse. Und dann führt kein Weg mehr zurück, das weiß sie.

Ihre Gedanken wandern erneut zu Sejer. Ich muss es ihm sagen, denkt sie.

Einige Tage später klingelt kurz vor Mitternacht bei Sejer das Telefon. Er steht auf und nimmt den Hörer ab, wird von Angst gepackt, als er hört, wer es ist.

Was willst du?, flüstert er.

Ich wollte dir nur etwas erzählen, sagt sie.

Du darfst mich nicht zu Hause anrufen. Das führt zu Problemen. Das begreifst du doch wohl?

Wir müssen miteinander reden.

In Ordnung, sagt er.

Können wir uns treffen?

Ja, sagt er. Sehr gerne. Er spricht laut und deutlich, wegen Sørine, die nebenan im Schlafzimmer liegt. Aber erst muss ich für einige Tage in die Stadt.

Pass auf, was du tust, sagt sie. Du weißt, dass man aufpassen muss, oder?

Jaja, flüstert er. Das wissen doch alle. Ich kann gut auf mich selbst aufpassen.

Als du mich letztens besucht hast, hast du es nicht getan.

Dich kenne ich doch, sagt er. Das ist was anderes.

Wir müssen reden, sagt sie.

Er nimmt den Unterton in ihrer Stimme nicht wahr, seine Aufmerksamkeit ist zur Hälfte bei Sørine und bei der Frage, wie viel sie von dem Gespräch mitbekommt.

Ja dann, auf Wiedersehen, sagt er laut und fährt flüsternd fort, ruf nie wieder hier an.

Wir sehen uns, sagt sie.

Wer war das?, fragt Sørine, als er zu ihr ins Bett kriecht.

Ach, weißt du, sagt er. Das war nur einer meiner Wähler.

Offenbar ist man neuerdings beliebt, sagt Sørine.

Dann schlafen sie miteinander, er nimmt sie hart, von hinten, jagt sein Glied in sie hinein, hält sie an der Schulter und an den Hüften fest, ihre Pobacken schlagen mit einem rhythmischen Klatschen gegen seine Leiste. Es ist, als habe er neue Kräfte erlangt. Und Sørine liegt und windet sich, fletscht die Zähne und jammert selig, während sie mit den Fingern das Laken von der Matratze reißt.

Am nächsten Tag nimmt Sejer den Hubschrauber in die Stadt. Er wird an Treffen mit der Fängervereinigung, dem lokalen Arbeitgeberverband und dem Bürgermeister teilnehmen. Justine ist ebenfalls an Bord des Hubschraubers. Sie blickt ihn an, er grüßt und sieht dann weg. Im Heliport der Stadt wartet jemand von der Kommune auf ihn.

Darf ich mitfahren?, fragt Justine den Fahrer, den sie offenbar kennt. Sie wirft ihre Tasche in den Kofferraum und setzt sich in den Fond. Sejer nimmt auf dem Beifahrersitz Platz. Sie fahren einen steilen Hügel hinauf, dann liegt die Stadt vor ihnen. Wo musst du hin?, fragt er sie über die Schulter hinweg. Sie sagt, sie könnten sie einfach irgendwo in der Stadt absetzen. Sie besuche eine Familie, die in der Nähe des Kinderheims wohne. Außerdem müsse sie zu einer Untersuchung ins Krankenhaus.

Bist du krank?, fragt Sejer.

Ich hoffe nicht, antwortet sie.

Sejer wird zunächst zu seinem Hotel gefahren, das hoch über der Stadt liegt, mit Aussicht auf den Fußballplatz und den Hafen. Er checkt ein, stellt sein Gepäck ins Zimmer und wirft einen Blick hinein, fühlt sich ein wenig blasiert und aufgekratzt. Doch irgendetwas nagt an ihm. Er verdrängt es. Als er wieder am Auto ist, sitzt Justine immer noch darin. In niedrigem Gang fahren sie den steilen Weg zur Brücke und die dahinterliegenden Hügel hinauf und parken auf dem Platz vor dem Rathaus, wo bereits eine Reihe Autos mit laufenden Motoren steht.

Ich rechne damit, dass wir uns in den nächsten Tagen treffen, sagt Justine. Es gibt etwas, worüber ich unbedingt mit dir sprechen muss.

Ich weiß nicht, sagt er. Ich werde bestimmt viel zu tun haben.

Sie schultert ihre Tasche und geht den Weg zum Krankenhaus hinunter. Er bleibt stehen und sieht ihr nach. Der Fahrer wirft ihm einen amüsierten Blick zu. Was macht eigentlich deine Frau, fragt er, geht es ihr gut?

Die Konferenzen gehen drei Tage lang, von morgens bis abends. Er besucht den Bürgermeister, isst bei ihm zu Abend. Hast du dich entschieden?, fragt der Bürgermeister. Nein, hat er nicht. Es eilt auch nicht, sagt der Bürgermeister, solange du nur im Laufe des Sommers herausfindest, was du willst. Sejer ist für den Aufschub dankbar.

Am letzten Abend wandert er den steilen Hügel zum Hotel hinauf, voller widerstreitender Gefühle, Freude und lauernder Ängste. Der Weg ist glatt, er ist tagsüber in der Sonne getaut und nun vereist. Außerdem ist Sejer ein wenig angeheitert. Als er mit einiger Anstrengung den Hügelkamm erreicht hat, hält er nach Justine Ausschau, halb beklommen, halb hoffnungsfroh, aber er kann sie nirgends sehen. Von seinem Zimmer aus ruft er Sørine an und erzählt ihr von den Plänen, die der Bürgermeister mit ihm hat. Er kann hören, dass sie sich freut.

Jetzt wird alles gut, sagt er.

Ich freue mich darauf, dich zu sehen, sagt sie. Das Bett ist kalt ohne dich.

Nachdem er aufgelegt hat, geht er hinunter in die Bar und bestellt sich ein Bier. Justine ist da, mit anderen, vermutlich ihrer Familie. Sie kommt zu ihm herüber.

Ich hätte nie gedacht, dass du kommen würdest, sagt sie.

Jetzt können wir reden, sagt er und lacht. War es nicht das, was du wolltest?

Doch. Aber es eilt nicht. Es ist doch gerade so gemütlich.

Sejer Enoksen sollte dies nicht tun. Aber er tut es trotzdem. Er trinkt mehrere Biere mit Justine. Jemand spielt auf dem Flügel, ein amerikanischer Gast, die klirrenden Töne hüpfen zur Decke hinauf. Sie tanzen zur Musik. Sejer streichelt Justines narbige Wangen, sie reckt ihm den Mund entgegen, der heiß duftet, und er sinkt zu ihr hinab und drückt seine Lippen auf ihre Lippen, sucht ihre Zunge mit seiner, die anderen Gäste sind ihm egal. Dann liegen sie nackt auf dem Zimmer, die Beine umeinandergeschlungen. Sejer sieht Justines Augen in der Dunkelheit funkeln.

Worüber wolltest du mit mir sprechen?, fragt er.

Und sie erzählt es ihm.

Im Helikopter nach Hause kann Sejer einige Minuten schlafen. Das metallische Geräusch der Seitentür, die aufgeschoben wird, weckt ihn mit einem Ruck, das Licht blendet ihn. Er öffnet den Sicherheitsgurt und steigt aus, überquert die Landebahn und betritt das Terminal, das voller Reisender und ihrer Familien ist. Sørine erwartet ihn. Sie küssen sich. Pfui, wie du stinkst, sagt sie und lacht. Aber du hattest wohl auch allen Grund zum Feiern.

Er sitzt hinter ihr auf dem Motorschlitten, als sie nach Hause fahren. Sie fährt rasant und selbstbewusst, sie schaukeln über die schneebedeckten Ebenen, rasen den Pass hinauf und wieder hinab zum Stausee.

Sørine deutet mit dem Finger auf etwas, und schließlich erkennt er sie. Sie sind gestern gekommen, ruft sie über die Schulter. Er bittet sie anzuhalten. Sie lässt den Gasdrehgriff los und stellt den Motor ab.

Erschöpft von der langen Reise, haben sie sich zu Tausenden auf den Hausdächern niedergelassen, deren schwarze Dachpappe von der Sonne aufgewärmt ist. Plötzlich fliegen sie hoch, bilden eine amorphe Wolke am Himmel, drehen eine Runde und lösen sich wieder zu einzelnen Individuen auf, die sich auf die Dächer setzen.

Schneeammern, sagt Sejer mit stiller Verwunderung. So früh habe ich die noch nie gesehen.

Es sind neue Zeiten angebrochen, sagt Sørine. Du weißt doch, sie sagen, dass alles dabei ist, sich zu verändern. Das Eis verschwindet, die Tiere sind verwirrt, alles gerät aus dem Gleichgewicht.

Dann startet sie den Schlitten, der einen Ruck macht und beschleunigt. Sejer klammert sich an ihr fest, um nicht herunterzufallen.

Meer

Peter verbringt seine schlaflosen Nächte damit, im Internet zu surfen, wenn er nicht gerade auf dem Friedhof steht und Sara und Jesper beobachtet. Er besitzt ein Telefonmodem, der Breitbandzugang hat die Siedlung noch nicht erreicht, das Einwählen dauert eine Ewigkeit und wird von einem elektronischen Gurgeln und Jaulen begleitet, das ihn an sein erstes Internet-Abo in den Neunzigern erinnert. Wenn die Verbindung erst einmal steht, ist der Minutenpreis enorm. Peter weiß zu gut, dass es ihn ruiniert, jede Nacht mehrere Stunden auf diese Weise zuzubringen, aber der Preis ist unwichtig im Vergleich zu der Ruhe, die er dabei erlangt. Meistens besucht er Nachrichtenportale oder Seiten über Schusswaffen. Das Netz ist unüberschaubar und labyrinthisch, doch wenn man lange genug nach dem gleichen Thema sucht, entdeckt man, dass selbst das scheinbar unendliche Internet von begrenztem und zyklischem Charakter ist, dass die Dinge ständig wiederkehren, man denselben Personen begegnet, denselben Neigungen mit ungefähr denselben Worten Ausdruck verliehen wird. Einige Diskussionsforen sind unbehaglich, er sieht Filmclips, die ihm einen Schock versetzen, und schließt die Fenster schnell wieder. Dann kehrt er doch dorthin zurück, sieht den Ausschnitt in voller Länge, einen Typen, der sich mit einem antiken Colt in den Kopf schießt, von einer hoch oben angebrachten Kamera und Tausenden von neugierigen Zuschauern auf der ganzen Welt überwacht, darunter Peter. Kein Blut, kein Geräusch, nur die reine Handlung, ein Gesicht, das stirbt, ein antiker Colt, der aus einer Hand gleitet und weich auf dem Boden landet. Peter spielt den Clip wieder und wieder ab, der Mann lebt, stirbt, lebt, stirbt. In dieser Sequenz liegt etwas Geheimnisvolles, von dem er nie genug bekommen kann.

Die Hinrichtung von Saddam Hussein sieht er unzählige Male, die flackernden, verschwommenen Bilder, vom Handy aufgenommen, begleitet von klaren, gebellten Anrufungen Allahs und des Propheten. Der Diktator selbst, in einem schwarzen Mantel, mit einem schwarzen Tuch um den Hals, der seinen Senf dazugibt. Peter erkennt seine schneidende, meckernde Stimme. Er klingt ungeduldig und gereizt, als kommandiere er ein paar faule Bedienstete herum. Die Schlinge wird um seinen Hals gelegt, angezogen, und das ist das ganze Leben, denkt Peter, vom Anziehen der Schlinge bis zu dem Moment, wenn der Boden unter einem verschwindet.

Flugzeuge, die abstürzen oder beinahe abstürzen, Jagdflieger, die sich in Feuer und flüssiges Metall auflösen und kleine Körper ausspucken, die vielleicht überleben, vielleicht auch nicht. Passagiermaschinen, die sich im letzten Moment vor der Landung auf die Seite legen und in einem Flammeninferno über den Boden taumeln. Peter sieht die angsterfüllten Passagiere hinter den Scheiben nicht, aber er hat ein Gefühl, als könne er sie sehen, fast wünscht er sich, sie sehen zu können. Im Vordergrund Menschen in Panik, weinend, schreiend – *oh my god!* –, sie laufen davon, doch einige bleiben stehen, gefangen in der Fassungslosigkeit über ihr Glück, ihr Überleben, darüber, jeden Sekundenbruchteil der Katastrophe aus nächster Nähe miterleben zu dürfen.

Ein Militärhubschrauber nähert sich ruhig und geordnet dem Asphalt, und das ist eine seiner Lieblingssequenzen, er schenkt sich einen Koskenkorva ein und trinkt gierig, beugt sich zum Bildschirm, sieht einen Mann in der Schiebetür sitzen, bereit zum Absprung, ohne das Wissen, an dem Peter sich weidet. Dann kippt der Hubschrauber nach hinten, vielleicht durch eine Windböe, vielleicht hatte der Pilot einen Niesanfall, das Heck schlägt auf dem Asphalt auf und bricht ab, die Maschine beginnt, in einer chaotischen Spirale unkontrolliert über der Landebahn zu trudeln. Die Männer springen aus allzu großer Höhe ab oder werden hinausgeschleudert, dann kracht der Hubschrauber brennend auf den Asphalt, aber die Rotoren drehen sich weiter, weshalb er hüpft und rotiert wie ein frenetischer, defekter Kreisel.

Geiseln, die um Gnade flehen, gefolgt von ihrer Hinrichtung, Nackenschüsse, Prügelorgien, begeisterte, gellende Anfeuerungsrufe, Autounfälle, Männer, die wilde Tiere provozieren und ihren Preis dafür zahlen, Männer, die von hohen Gebäuden springen, Männer, die Männer töten. Immer Männer. Frauen stellen ihre Körper zur Schau, Männer ihre physische Vernichtung. Peter will es nicht sehen, aber er kann es nicht lassen, hinzustarren, am liebsten würde er wegsehen, die Augen schließen, doch er kann sie nicht schließen, kann nicht wegsehen.

Er versucht, alles abzuschütteln, die Gewalt und Grausamkeit und die Erregung, die er dabei empfindet, sie zu verfolgen. Er geht wieder auf die Seite mit den Schusswaffen. Er sieht ein Bild von einem finnischen Gewehr, eine Sako Kaliber .222, mit einem mattblauen Lauf und einem Kolben aus Walnussholz. Ein Präzisionsgewehr, steht dort, hohe Mündungsgeschwindigkeit, elegant und gut ausbalanciert, ein lebenslanger Begleiter für den passionierten Jäger. Peter stellt sich vor, wie es wäre, das Gewehr zu halten, es gegen die Schulter zu pressen, den federnden Abzug unter seinem Zeigefinger zu spüren. Er hat gesehen, dass diese Marke im Laden in der Stadt erhältlich ist, und weiß, dass seine Seele keinen Frieden finden wird, bis er es sich gekauft hat.

Am nächsten Tag unterhält er sich mit John, einem dänischen Kollegen, der schon seit einigen Jahren in der Gegend lebt. John ist verärgert und frustriert über die Versorgungssituation in der Siedlung. Keine Kartoffeln, kein Gemüse, kein Obst, keine Milch, kein Käse, kein Bier. Das einzige erhältliche Brot ist tiefgefroren und fällt auseinander, wenn man es auftaut.

Lustig, dass du das sagst, sagt John. Ich habe selbst gerade darüber nachgedacht, einen Ausflug über den Fjord zu machen. Mir Bier und Fotzen zu Gemüte zu führen. Und Käse.

Ja, sagt Peter und erzählt von seinem Gewehr.

Wer hätte gedacht, dass man Käse so vermissen kann, sagt John.

Ja, das ist merkwürdig, antwortet Peter.

Lass uns losziehen, ein bisschen Spaß haben, sagt John.

Ja, sagt Peter. Was ist mit deinem Motorboot?

Es muss nur freigebuddelt werden. Ansonsten ist es in Ordnung.

Gut. Wann fahren wir los?

Morgen, antwortet John.

Morgen ist Mittwoch.

Dann am Samstag.

Okay, sagt Peter.

Sie gehen zum Hafen, wo Johns Boot unter einem Meter Schnee begraben liegt, den Kiel voller Eis, das sich nahezu unmöglich zerhacken lässt, ohne dass man dabei Löcher in den Boden schlägt. Zwei Tage verbringen sie damit, es freizubuddeln und aus der Kuhle zu lösen, die es während der Tauzeit in den Boden gedrückt hat. Dann kommt ein Sturm über die Berge im Nordosten gefegt und bedeckt das Boot mit einer neuen Schicht Pulverschnee, die sich jedoch leichter wieder entfernen lässt.

Die Eiskante liegt mehrere Hundert Meter weit weg. John beschimpft diejenigen, die am Kai stehen und ihnen zusehen. Warum helfen sie nicht dabei, das Boot zu ziehen?

Warte hier, sagt Peter. Er geht zu Saras Haus und fragt ihre Brüder, ob sie Zeit haben. Er gibt jedem von ihnen hundert Kronen, aber das bemerkt John glücklicherweise nicht.

John ist beeindruckt. Es ist so toll, dass du eine grönländische Freundin hast. Erfährst, wie die Menschen leben, und so weiter.

Peter erzählt nicht, dass er und Sara nicht mehr zusammen sind, dass der Krankenpfleger sie ihm ausgespannt hat und dass er möglicherweise deshalb darüber fantasiert, sich ein Gewehr zuzulegen. Er antwortet, ja, aber das ist doch ganz natürlich, wenn man nun einmal hier wohnt.

Dann ist das Boot im Wasser. Sie vertäuen es mit einem Nylonseil am Eis und springen hinein. John stößt ein Freudengeheul aus. Peter ist der Meinung, das Boot neige sich bedenklich nach rechts.

Quatsch, lacht John.

Ich finde, es hat eine Schräglage.

Pessimist.

Kann sein, aber ich finde nun einmal, dass es schräg liegt.

Sie springen wieder aufs Eis, gehen in die Hocke, recken den Hals und starren.

Siehst du, es neigt sich nach rechts.

Teufel auch!, sagt John. Du hast recht.

Sie untersuchen den Fall, entfernen die Luke vorm Kiel

und leuchten mit einer Lampe in den Hohlraum. Wie sich herausstellt, ist die rechte Seite des Kiels noch immer voller Eis, was den Schwerpunkt des Bootes verlagert hat.

Wir haben schon Freitag, sagt John. Er sitzt im Boot auf der Hinterbank und raucht eine Zigarette. Das Wasser schwappt gegen den Glasfaserrumpf.

Und?

Wir fahren doch morgen, oder?

Nicht mit dem ganzen Eis im Kiel, sagt Peter.

Nein, aber wenn es über Nacht im Wasser liegt, ist das Eis bis dahin geschmolzen.

Wie ist das Wasser überhaupt da hineingekommen?, fragt Peter.

Wasser ist doch immer da, sagt John. Meinem Boot fehlt nichts, Mann. Ich habe schon viel Schönes damit erlebt.

Hauptsache, es ist nicht undicht.

Jetzt entspann dich bitte mal. Es ist nicht undicht.

Sie richten ihre Aufmerksamkeit auf den starken Außenbordmotor, der monatelang Wind und Wetter ausgesetzt war. Immerhin hat John die Batterie und den Benzinbehälter zu Hause aufbewahrt. Doch der Motor will nicht anspringen. Jedes Mal, wenn John an der Zündung dreht, stößt er nur einige heisere Zischlaute aus dem Schwungrad aus. Sie heben den Deckel ab und studieren das Innere des Motors.

Du verstehst nicht zufälligerweise was von Motoren?, fragt John.

Mein Cousin hat eine Autowerkstatt in Brovst, sagt Peter.

Und was soll uns das helfen?, faucht John.

Ich könnte ihn anrufen.

Peter geht nach Hause, um zu telefonieren. Nach dem letzten Zusammenbruch ist die Telefonverbindung nun wieder da. Der Cousin geht sofort an sein Handy. Im Hintergrund ist Straßenlärm zu hören. Er mache gerade mit seiner Familie einen Ausflug nach Aalborg, er stehe vor dem H & M und rauche in Ruhe eine Zigarette, seine Frau und die Mädchen seien drinnen dem Shoppingwahn verfallen, erzählt er lachend.

Wasser, sagt er, nachdem Peter ihm von dem Motor erzählt hat.

Wasser?, fragt Peter.

Im Vergaser. Das blockiert die Benzinzufuhr. Ich fresse einen Besen, wenn es nicht daran liegt. Er beschreibt Peter sehr detailliert und anschaulich, wie er den Vergaser entnehmen und reinigen, die Zündkerzen herausschrauben und die Elektroden säubern kann. Peter sitzt am Küchentisch. Ausgehend von der Beschreibung des Cousins fertigt er eine Zeichnung an.

Sonst alles in Ordnung?, fragt der Cousin. Du übst dich sicher nicht in Enthaltsamkeit, hab ich recht?

Ja, ich kann nicht klagen, sagt Peter.

Wusste ich's doch!, grölt der Cousin in den Hörer. Du altes Ferkel, ich muss dich unbedingt mal ohne die Familie besuchen kommen.

Du bist auf jeden Fall willkommen, sagt Peter.

Als das Telefonat beendet ist und Peter aufgelegt hat, kommt ihm der Gedanke, dass er sich nach den anderen hätte erkundigen sollen, nach der Frau und den Mädchen und nach ihren gemeinsamen Großeltern, die noch leben. Er überlegt, noch einmal anzurufen, hebt den Hörer, legt ihn dann aber wieder auf. Er geht zu John, der immer noch hinten im Boot sitzt und raucht. Eine Stunde später gelingt es, den Motor zu starten. Er hustet beträchtlich und stößt einige stinkende Qualmwolken aus, aber nachdem er eine Viertelstunde gelaufen ist, brummt er zufrieden. John ist außer sich vor Begeisterung, er dreht sich um die eigene Achse und stößt Freudenschreie aus.

Pass auf, dass du nicht ins Wasser fällst, sagt Peter.

Morgen geben wir ordentlich Gas, sagt John. Bist du bereit?

Jaja, sagt Peter. Er denkt an Sara. Kann sie mich von Jespers Fenstern aus sehen? Begreift sie, dass ich den Fjord überqueren werde? Macht sie sich Sorgen um mich?

Bevor sie nach Hause gehen, drehen sie eine Runde auf dem offenen Wasser, das spiegelblank ist, wie Öl. John möchte Peter zeigen, wie man das Boot aufs Eis manövriert. Er fährt an die Eiskante heran, gibt dann vorsichtig Gas, der Motor heult, das Boot bäumt sich auf, die Glasfasern knirschen, und es gleitet hinauf und legt sich auf das Eis. Dann schubsen sie es erneut ins Wasser und vertäuen es mit einem langen Seil an einigen Steinen an Land, für den Fall, dass der Wind auffrischen sollte.

Doch der Samstag beginnt mit Sonnenschein und ruhigem Wetter. John und Peter treffen sich vor der Tankstelle, wo sie die Kanister mit Benzin füllen und zum Boot schleppen. Nach der gestrigen Überholung sieht es frisch und neu aus. Der Tank fasst vierzig Liter. John meint, das sei ausreichend, um den Fjord zu überqueren. Als sie im Hohlraum unter dem Kiel nachsehen, ist er voller Wasser, das sich schleimig anfühlt und faulig riecht. John holt einen Plastikbehälter hervor und beginnt zu schöpfen.

Was ist das für ein Geräusch?, fragt Peter.

Sie richten sich auf und lauschen.

Was für ein Geräusch meinst du?, fragt John.

Eine Art Donnergrollen.

Sie lauschen erneut.

Das ist nicht so schlimm, wie es klingt, sagt John und fährt fort, das geschöpfte Wasser über die Reling zu kippen.

Was ist das?, fragt Peter.

Das ist nur das Meer, sagt John. Die Dünung, die ans Ufer schlägt.

Aber es stürmt doch gar nicht?

Alte Wellen. John lacht, fängt sich aber schnell wieder. Irgendwo da draußen hat es gestürmt, vor einem Tag oder fünf Tagen, man weiß es nicht. Die Dünung verschwindet ja nicht einfach, nur weil es aufhört zu stürmen.

Ich dachte, das Meer wäre ruhig, sagt Peter.

Das ist kein Grund zur Beunruhigung. Die Dünungen sind so flach, dass man sie kaum spürt.

Und falls doch, kehren wir wohl einfach um, oder?, fragt Peter.

Natürlich, sagt John. Dann fahren wir einfach wieder nach Hause.

Mit einiger Mühe bringen sie den Motor zum Laufen. Dann gleiten sie in den Sund hinaus. Das Wasser ist noch immer ruhig, aber das Donnergrollen nähert sich rasch. Nachdem sie den halben Weg aus dem Sund hinaus zurückgelegt haben, können sie die schräg verlaufende Grenze zwischen dem ruhigen Wasser des Schärengartens und der Dünung sehen, die vom Meer heranrollt. Peter denkt an den Hubschrauber, der über der Landebahn rotiert und die kleinen Gestalten in alle Richtungen schleudert.

Ich habe mich umentschieden, sagt er. Ich möchte nach Hause. Jetzt.

John lacht und fährt weiter. Nun können sie die Unruhe in der Luft spüren, die die Dünungen mitbringen. Sie ist kalt und salzig.

Hörst du schlecht?, fragt Peter.

Hör doch auf, Mann, das ist doch noch gar nichts. John gibt Gas, das Boot beschleunigt. Denk an all die schönen Dinge im Laden, sagt er, denk an dein Gewehr, denk an all die schönen Biere.

Das wird nie im Leben gut gehen, sagt Peter resigniert und merkt bereits, wie die seitlichen Dünungen das Boot erfassen, nach unten ziehen und wieder nach oben tragen. Ich wusste, dass du nicht ganz richtig im Kopf bist. Hat man dich deshalb dort drüben gefeuert?

Ich wurde doch nicht gefeuert, sagt John.

Ich habe gehört, man hätte dich gefeuert.

Ich konnte nicht gut mit dem Inspektor. Er war ein Schwein. So ein alter Grönländer. Ich hasse den Typen einfach nur. Deshalb habe ich mich hier beworben. Er drückt den Gashebel noch weiter nach unten. Der Motor lärmt, der Boden des Bootes taucht unter rhythmischem Trommeln in die Wellenkämme, der Rumpf bebt.

Peter setzt sich, klammert sich an der Bank fest.

Denk an Fotzen, brüllt John, um den Motor zu übertönen. Sein dunkles, lockiges Haar steht waagrecht nach hinten, der Fahrtwind zerrt daran. Wir besorgen uns Fotzen, Peter, wir gehen in den *Klubben* und schleppen die heißesten Fotzen der Stadt ab.

Du bist wahnsinnig, sagt Peter, ich wusste es, aber er sagt es leise, wie zu sich selbst, er hat keine Lust zu brüllen. Das ist das letzte Mal, dass ich mit dir in einem Boot sitze, murmelt er vor sich hin.

Das Boot beißt sich durch die Wellen, die in Höhe und Länge wachsen. Sie gelangen an einen Punkt, an dem ihnen klar wird, dass es vermutlich gefährlicher ist, das Boot zwischen den Wellen hindurchzumanövrieren, als einen geraden Kurs zu halten, so gut es geht. Das Boot schlingert seitwärts gegen den Fuß einer Welle, der Motor brüllt, als die Schraube aus dem Wasser auftaucht, Peter ist wieder aufgestanden, er klammert sich an das Glasfaseroberteil, John an sein Steuer. Sie werden in einem anhaltenden Vakuum in die Tiefe gezogen und verlieren die Berge auf dem Festland außer Sicht und damit jegliche Peilmarke; einige Minuten lang ruhen sie an einem Nullpunkt, der von Wasser umschlossen ist, dann werden sie mit einer Kraft nach oben geschleudert, die sie in die Knie zwingt. Als sie den Kamm der Welle erreichen, treten sie in einen neuen Zustand ein, das Gegenstück des Tiefenzustands, mit einer guten Aussicht zu allen Seiten, unter anderem auf einen Eisberg, auf den sie zusteuern oder der auf sie zusteuert. Dann erhaschen sie die Bugwelle einer langen Dünung und reiten darauf wie zwei arktische Surfer, in Regenanzügen und mit Eisklumpen im Haar. John hat den Gashebel maximal nach unten gedrückt, und es sieht fast so aus, als könnten sie mit der Dünung mithalten, sie bleiben einige Sekunden hinter ihrem Kamm hängen, spüren, wie der Wind ihnen schärfer ins Gesicht schlägt und die Geschwindigkeit unkontrolliert ansteigt, sie hören, wie die Eisklumpen unter dem Kiel vorbeirasseln, sie wissen, dass sie erledigt sind, wenn sie über das Ende der Welle hinausfliegen, doch dann werden sie wieder nach hinten und in die Tiefe gesogen. Als sie den nächsten Wellenkamm erreichen, haben sie den Eisberg weit hinter sich gelassen.

Peter will seine Augen schließen, aber er kann nicht. Es ist, als müsste man den richtigen Zeitpunkt wählen, um sie zu schließen, doch dieser Zeitpunkt tritt nicht ein. Eine Art Ruhe breitet sich in ihm aus. Er wird hochgeschleudert und nach unten gesogen. Er hält die Augen weit aufgesperrt. Er möchte sehen. Zu einem gewissen Grad ist er imstande, das

Meer und das Schlingern des Bootes zu kontrollieren, allein indem er sie anstarrt. Träumerisch sieht er John an, der sich ans Steuer klammert, nach vorne gebeugt. Er hat die Füße zwischen zwei Sitze geklemmt, sein Mund ist weit geöffnet, als würde er brüllen, doch es dringt kein Laut heraus.

Das Festland nähert sich. Peter gleitet aus seinem Traumzustand heraus und sucht die Küste mit den Augen ab. Er erkennt die Einfahrt zum Kong Oscars Havn. Auf beiden Seiten kocht das Meer, es steigt und schlägt schäumend gegen die Klippen, die vor Eis glänzen. Es gelingt John, eine Welle einzuholen und auf ihr durch die Brandung zu reiten. Dann sind sie drinnen. Es ist überstanden. Sie fahren in ruhigen Gewässern. Nach mehreren Hundert Metern kommt das Fjordeis in Sicht. John drosselt den Motor, das Boot legt sich tiefer ins Wasser, gleitet in gemächlichem Tempo voran. Dann sind sie da. John gibt Gas, das Boot bäumt sich auf, knirscht, sie liegen auf dem Eis.

Ohne ein Wort zu wechseln, ziehen sie das Boot ein paar Meter von der Eiskante weg. Dann spazieren sie durch die Stadt. In der Auslage des Bäckers gibt es frisch gebackene Plunder, Kringel und Puddingteilchen. Sie kaufen eine ganze Tüte, stellen sich an einen der Resopaltische, stopfen das Gebäck in sich hinein und trinken schwarzen Kaffee aus Plastikbechern.

Wahnsinn, sagt John. Es sind seine ersten Worte.

Ja, sagt Peter.

Das hätte leicht schiefgehen können, sagt John.

Wie kommen wir nach Hause?, fragt Peter.

Erst mal brauche ich jetzt ein warmes Bett, sagt John. Ich kenne einen der Lehrer von der Schule hier, wir können zu ihm gehen.

John redet nicht mehr von Bier und Fotzen, und Peter

fragt nicht danach. Er spaziert einige Runden durch die Stadt, isst fünf Bananen mit brauner Schale, kauft ein Glas Oliven und ein Kilo abgelagerten Käse. Jedes Mal, wenn er zu ihrer Unterkunft zurückkehrt, hockt John da und starrt auf den Fernseher oder liegt auf dem Sofa, mit dem Gesicht zur Lehne.

Hast du dir dein Gewehr gekauft?, fragt John.

Nee, es schien mir doch ein bisschen teuer.

Was sollst du auch mit einem Gewehr anfangen, sagt John. Als Lehrer.

Es stürmt ziemlich stark, sagt Peter. Sollten wir nicht lieber nach dem Boot sehen?

Aber John seufzt nur und dreht sich wieder zur Wand.

Am Montag darauf fliegen sie mit dem Hubschrauber zurück in die Siedlung. Sie fliegen tief über die Stelle hinweg, an der Johns Boot vertäut liegt. Das Meer hat bereits mehrere Meter vom Eis weggefressen. Das Boot hängt einen Meter über der Kante, das Heck ist zur Hälfte mit Wasser gefüllt. Peter schielt zu John hinüber, aber der starrt geradeaus.

Fieber

Amalie steigt die Treppe hoch, die zu den drei Häusern auf der Spitze der Klippen führt. Sie zählt ihre Schritte. Als sie die hundertste der insgesamt hundertsiebenunddreißig Stufen erreicht hat, hält sie inne und lehnt sich über das Geländer, um nun, da sie schon so weit gekommen ist, die Aussicht zu genießen. Sie klettert nicht mehr so häufig hier hoch, die Gicht setzt den eigenen Entfaltungsmöglichkeiten Grenzen, außerdem wiegt sie zwanzig Kilo zu viel, raucht zehn Zigaretten am Tag und ist generell eher träge. Doch umso schöner, schließlich hier zu stehen, denkt sie und ist eigentlich ganz zufrieden damit, dass die Arbeit einen mitunter an Orte und zu Tätigkeiten zwingt, die man sonst vermieden hätte.

Jesper hat sich ein paar Tage freigenommen und ist mit seiner Freundin Sara in die Stadt gereist. Amalie hat Bereitschaftsdienst. Normalerweise ist das keine große Aufgabe; Kopfschmerztabletten verteilen, nach ein paar Kindern sehen. Jesper hat ihr vor seiner Abreise ausführliche Anweisungen gegeben, und sie hat ihm geduldig zugehört. Obwohl sie das alles längst weiß. Als Jesper ankam, war sie schon seit dreißig Jahren hier, und sie wird auch noch hier sein, wenn er eines Tages verschwindet. Wie sie alle verschwinden. Tatsächlich hat Amalie Jesper letzten Sommer eingearbeitet, als er neu war, ehe Grönland ihm seine Unschuld nahm; damals war er ganz Ohr, aber das hat er anscheinend vergessen. Diese Dänen, seufzt sie vor sich hin, man zeigt ihnen ein Rad, und schon glauben sie, sie hätten es erfunden. Davon abgesehen ist Jesper in Ordnung, sie arbeiten gut zusammen auf der Krankenpflegestation. Und jetzt, da er sich endlich eine anständige Freundin gesucht hat, kann er vielleicht auch hinter sich lassen, was letzten Winter geschah.

Amalie überkommt eine plötzliche Unruhe dabei, allein zu sein. Es kann so vieles passieren, manchmal gehen Wahnsinn und Unheil wie ein Lauffeuer durch die Siedlung, und dann gibt es einem Sicherheit, zu zweit zu sein. Amalie schüttelt die Nervosität ab, mitsamt dem Verlangen, eine Zigarette aus der Tasche zu fischen und anzuzünden. Es ist noch nicht Zeit für die Zigarettenpause.

Von hier aus hat sie jedes einzelne Haus der Siedlung im Blick, auch ihr eigenes neben der Schule. Sie ist mit Fleischer, dem Schuldirektor, verheiratet, der wie sie selbst von der Westküste stammt. Ihr Haus ist geräumig und solide, eines der größten hier. Sie kann sehen, das sich die Azalee auf der Fensterbank rötlich färbt, wahrscheinlich braucht sie Wasser, denkt sie und freut sich darauf, nach Hause zu kommen, im Sessel zu versinken, die Beine hochzulegen, mit den Zehen zu wackeln. Eine Zigarette anzustecken. Sie sieht, wie die Menschen den Sandweg entlanggehen, die schwangere Eleonora, die eine Tüte schleppt, einen der Lehrer und ihre eigene Tochter, die einen Schlitten hinter sich herzieht, auf dem Amalies Enkelin sitzt. Die Menschen haben etwas Rührendes an sich, wenn man sie aus dieser Perspektive von oben betrachtet. Auf der Treppe vor ihrem Haus steht jemand und klopft an die Tür, wer kann das sein? Rote Jacke, weiße Mütze. Kathrine, die Waschfrau der Schule. Fleischer öffnet die Tür, sie wechseln ein paar Worte, dann geht Kathrine wieder davon. Was mag sie nur wollen?

Amalie geht über die Klippen, zu dem Haus, zu dem man sie gerufen hat. Die Familie hat fünf Kinder, von denen zwei unter hohem Fieber leiden und das dritte sich an einer Kanne kochend heißen Tees verbrüht hat. Letzteres ist allerdings schon vor einer Woche geschehen, und glücklicherweise hat Jesper sich noch darum kümmern können. Doch die Verbände des Kindes, eines dreijährigen Mädchens, müssen täglich gewechselt, die Wunde muss mit Salzwasser gereinigt und mit antibakterieller Salbe bestrichen werden. Es macht einige Umstände, solche Dinge bei den Menschen zu Hause zu erledigen, es wäre besser, wenn sie auf die Station kämen. Aber Jesper hat eine Theorie, die besagt, dass sich das Infektionsrisiko verringert, wenn die Menschen in ihrer eigenen Umgebung bleiben. Außerdem tut ihm die Mutter leid, die mit den kranken Kindern überfordert ist. Das Mädchen schreit wie am Spieß, als Amalie die Wunden versorgen will, die einen Oberarm und einen Teil des Rückens bedecken, es ist ein Kampf, und die Mutter ist keine große Hilfe. Dann sieht Amalie nach den zwei Kranken, doch sie sind genauso starr vor Schreck wie ihre Schwester, und es ist unmöglich, ihre Lungen abzuhören.

Ihnen fehlt nichts, sagt Amalie. Sie sind nur erkältet.

Sie sind oft krank, klagt die Mutter, es ist gerade mal einen Monat her, dass sie das letzte Mal Fieber hatten.

So ist es nun mal, wenn man viele Kinder hat, sagt Amalie. Sie stecken einander ununterbrochen an. Und das Haus ist alt und kalt und in einer exponierten Lage, noch dazu rieche ich, dass ihr raucht. Ihr tragt selbst dazu bei, dass eure Kinder krank werden.

Müssten sie denn nicht Penicillin bekommen?, will die Mutter wissen.

Man soll Kindern nicht ständig Penicillin geben, sagt

Amalie. Das ist nicht gesund. Sie müssen lernen, aus eigener Kraft gesund zu werden.

Sie sieht, dass die Mutter das nicht gern hört. Penicillin, Penicillin, der ewige Kehrreim. Die meisten verstehen noch nicht einmal den Unterschied zwischen Krebs und einer Infektion, aber alle sind felsenfest davon überzeugt, dass Penicillin alles heilen kann. Das sagt sie auch der Mutter, was diese nicht gerade freundlicher stimmt.

Wann kommt unser Krankenpfleger zurück?, fragt sie.

Nach Ostern. Er macht Ferien. Du musst dich mit mir zufriedengeben.

Sie reicht ihr einige Paracetamol-Zäpfchen für die kranken Kinder und macht ein ziemliches Aufheben darum, ihr zu erklären, wie und wann sie verabreicht werden sollen.

Sie weiß nur zu gut, dass sie eigentlich bleiben und mit der Mutter sprechen, ihr etwas über Kinder und Fieber erklären, sie beruhigen sollte. Aber sie verspürt eine starke Aversion gegenüber der Frau und ihren Kindern, außerdem wartet noch mehr Arbeit auf sie, und sie möchte bald nach Hause. Die Beine hochlegen, mit den Zehen wackeln, eine Zigarette anzünden, sich einen Kaffee einschenken. So lautet das Mantra, das in ihrem inneren Ohr erklingt. In einer halben Stunde bin ich zu Hause, denkt sie.

Sie klettert auf der Seite, wo keine Treppe ist, die Klippen hinab. Das ist ein halsbrecherisches Manöver für eine alte Frau, macht aber einen Heidenspaß. Die letzten Meter rutscht sie auf dem Hosenboden. Mit blendender Laune geht sie den Weg entlang. Ihre nächste Patientin Agnethe wohnt am Stausee, in einem Fertighaus, dessen Zustand in einem Niemandsland zwischen Rohbau und Ruine liegt. Ihr Mann starb vor einigen Jahren, bevor er seine Arbeit beenden konnte, und nur das Erdgeschoss ist bewohnbar. Der

Sturm reißt jedes Jahr einige Häuser mit, und es ist ein Rätsel, wie ausgerechnet dieses stehen bleiben konnte.

Die alte Frau sitzt mit einer Zweiliterflasche Cola und einem halb vollen Glas auf dem Sofa. Sie trägt ein Nachthemd, hat sich in eine Decke gewickelt und die Beine angezogen, vom eiskalten Boden weg. Der Fernseher läuft mit gedämpftem Ton, eine Verfolgungsjagd mit Autos, eine Karambolage, Flammen, Schusswechsel, plötzliches Blutspritzen.

Ich huste, sagt Agnethe.

Mehr als sonst?, fragt Amalie, hebt ihren Spucknapf hoch, hält ihn gegen das Fenster und studiert ihn. Es ist ein Einmachglas, das seinen festen Platz unter dem Tisch hat. Der Inhalt ist gräulich, dickflüssig, er füllt das Glas zur Hälfte.

Es sind Klumpen darin, sagt Agnethe mit einer etwas weinerlichen Stimme. Das ist sonst nicht so. Ich bekomme es nicht aus mir heraus.

Hast du Fieber? Amalie legt ihre Handwurzel seitlich an Agnethes Stirn. Nein, sie ist eher kühl, was nicht unbedingt besser sein muss als glühwarm. Sie fordert die Alte auf, sich hinzulegen. Dann streift sie sich Gummihandschuhe über, zieht ihr die schmutzige und stinkende Unterwäsche aus und steckt ihr ein Thermometer in den Anus. Sie hebt ihren Arm und wirft einen Blick auf die Armbanduhr, folgt dem Sekundenzeiger mit den Augen. Danach schweigen sie eine Minute lang.

Wo steckt dein Sohn?, fragt sie.

Salomon ist in seinem Kiosk, sagt die Frau mit piepsiger Stimme.

Stimmt ja. Amalie lacht. Die *Diskutek*. Verdient er was damit?

Er ist sehr tüchtig, sagt Agnethe. Arbeitet bis spät in die Nacht hinein. Er spart.

Dann kann er ja vielleicht bald ein neues Haus für sich und seine alte Mutter kaufen, sagt Amalie.

Thorvald hat das Haus gebaut, sagt die Alte. Mich wird es ja wohl auch noch überdauern.

Amalie zieht das Thermometer heraus, kneift das weitsichtigere Auge zusammen und betrachtet es. 36,7, sagt sie. Du hast kein Fieber.

Gott sei Dank. Ich dachte schon, ich wäre krank. Es fühlt sich so an.

Amalie bittet sie, liegen zu bleiben, und packt den Blutdruckmesser aus. Der Blutdruck ist sehr niedrig, der Puls schwach und unregelmäßig.

Sie holt auch das Stethoskop hervor und hört die Lungen ab. In den letzten Jahren hat sie schon unzählige Male diese Lungen abgehört, die immer schwächer werden und ein Hort für regelmäßige Entzündungen sind. Es überrascht sie nicht, dass sie rasseln und pfeifen. Doch unter den üblichen Geräuschen ist auch etwas Neues, das sie nie zuvor gehört hat. Eine Art Rumoren, das bei jedem Ausatmen wahrnehmbar ist. Das klingt nicht gut, denkt sie. Ich muss zusehen, dass ich endlich mit dem Rauchen aufhöre.

Sie packt das Stethoskop weg. Trinkst du zurzeit?, fragt sie.

Ich trinke nie, nicht das Geringste, versichert Agnethe, wo sollte ich das denn herbekommen?

Ich weiß, dass du dich hemmungslos volllaufen lässt, sobald du jemanden dazu überreden kannst, dir was zu kaufen, sagt Amalie. Wenn du so weitermachst, wirst du daran sterben.

Agnethe setzt sich mit Mühe auf, schaukelt ihren Körper einige Male vor und zurück, hustet, greift nach dem Einmachglas und seilt einen Schleimfaden ab. Ich trinke fast nie, sagt sie mit weinerlicher Stimme. Ich komme ja gar nicht mehr bis zum Laden.

Das sage ich doch, wahrscheinlich kauft dein Sohn es für dich, sagt Amalie, aber dann lässt sie sie verdampfen, ihre Wut über die blinde Dummheit, die diese unwissenden Menschen in den Tod treibt wie die Lemminge. Einst hat sie geglaubt, sie könne die Leute erziehen, aber das ist schon mehrere Jahrzehnte her. Ich gebe dir sicherheitshalber ein bisschen Penicillin, sagt sie. Und dann spreche ich mit dem Arzt und frage ihn, ob er dich ein paar Wochen einweisen kann, damit du etwas Ordentliches zu essen kriegst und zu Kräften kommst. Wenn du das möchtest?

Die Frau dankt ihr überschwänglich. Sie möchte nur zu gern in die Stadt, sie hat Familie dort, man bekommt jeden Tag warmes Essen, die Zimmer des Krankenhauses sind beheizt, das Bettzeug ist sauber und weich, es sind Menschen da, mit denen man reden kann, der Pfarrer kommt zu Besuch.

Aber dann rührst du keinen Tropfen an, bis du wegfährst, warnt Amalie. Wenn du nicht mit dem Trinken aufhörst, erzähle ich es dem Doktor. Und sieh zu, dass du gewaschen wirst, du stinkst.

Sie verlässt die todkranke Frau im todgeweihten Haus am See und ist gerade auf dem Weg zurück in die Siedlung, als ein Junge auf sie zugerannt kommt. Es ist der große Bruder der Mädchen in dem Haus auf den Klippen, eine seiner kranken Schwestern hat Krämpfe. Amalie rennt hinter ihm her, krabbelt auf allen vieren die Klippen hinauf, stößt sich die Knie, bricht sich einen Fingernagel ab, ihr wird schwarz vor Augen, und sie muss sich während des Aufstiegs mehrmals hinsetzen und verschnaufen.

Als sie das Haus betritt, sind die Kinder immerhin lebendig. Der Krampfanfall, falls es einer war, scheint überstanden. Die Mädchen schreien ohrenbetäubend, die Mutter geht mit der Kleinsten auf dem Arm auf und ab, das Mädchen mit den Brandwunden zerrt an ihr und möchte hochgehoben werden, Nummer drei liegt, alle viere von sich gestreckt, auf dem Boden, nackt bis auf eine Stoffwindel und ein Unterhemd, ein schwabbeliges und bleiches Mädchen, umgeben von einigen Töpfen und Topfdeckeln, gegen die es mit einem Holzlöffel geschlagen hat. Sein Hemd ist von Spucke und Rotz durchnässt. Es weint lang gezogen und kläglich.

Die Mutter ist beunruhigt und wütend. Ich habe doch gesagt, dass sie krank sind, sagt sie. Du musst ihnen was geben, sonst rufe ich selbst den Arzt an.

Amalie setzt sich prustend auf einen Stuhl. Sie reißt ein Stück von einer Toilettenrolle ab und tupft sich die Stirn, seufzt und hält sich die Brust. Die Frau setzt ihren kontinuierlichen Redeschwall fort.

Das sind nur Fieberkrämpfe, sagt Amalie, als sie sich wieder erholt hat. Das bekommen die meisten Kinder irgendwann einmal. Du musst aufhören, so hysterisch zu sein, du jagst deinen Kindern bloß Angst ein.

Das macht die Frau nur noch wütender, sie fängt an zu kreischen, während sie das Kind auf ihrem Arm mit heftigen Bewegungen hin und her schaukelt. Daraufhin schreit es noch lauter, und die anderen beiden halten mit. Aber Amalie bleibt standhaft. Sie weigert sich, Kindern, die nur ein bisschen Fieber haben, Penicillin zu geben. Das darf ich überhaupt nicht, sagt sie, das hat der Arzt mir verboten. Stattdessen hilft sie der Mutter, den beiden Fieberkindern je ein Zäpfchen zu verpassen, und bleibt sitzen, bis sie sich beruhigt haben. Es ist ein merkwürdiges Haus, ein großes

Zimmer und sonst nichts, mit Fenstern in allen Himmelsrichtungen. Die Toilette liegt in einem eiskalten Anbau, in den man nur über die Außentreppe gelangt. Das Inventar besteht aus einem Sofa und einem Sofatisch, übersät mit Brandlöchern, außerdem stehen einige Betten an den Wänden, ungemacht, Decken und Kopfkissen ohne Bezüge, das ist alles. Einige Plakate an den Wänden zeigen religiöse Motive, Der Erlöser mit Glorienschein, Der gute Hirte, Die Kreuzigung. Eine alte, gerahmte Fotografie des jungen Regentenpaares in voller Montur, sie lächeln herab auf diejenigen, die offenbar zu den demütigsten Untertanen der Reichsgemeinschaft zählen. Und zu allen Seiten eine fantastische Aussicht.

Gib ihnen die Zäpfchen viermal am Tag, sagt sie. Sie senken das Fieber, dann bekommen die Kinder keine Krämpfe.

Und wenn es wieder passiert, fragt die Frau, was soll ich dann tun? Ich habe kein Telefon.

Kannst du nicht deinen Mann nach mir schicken?

Mein Mann ist müde, wenn er von der Jagd nach Hause kommt. Ich kann ihn nicht losschicken, er ist kein Kind der Stadt.

Amalie seufzt. Ich komme schon und sehe heute Abend noch mal nach euch. Aber jetzt möchte ich dich daran erinnern, ihnen regelmäßig die Zäpfchen zu geben.

Zum Glück gibt es auf dieser Seite der Klippen eine Treppe. Sie humpelt Stufe für Stufe nach unten, hat schon genug von der schönen Aussicht, will nur nach Hause; das ist das Einzige, woran sie denken kann. Die Beine hoch, eine Tasse Kaffee, eine Zigarette, spüren, wie sich das Nikotin im Blut verteilt. Heute ist kein Tag, um mit dem Rauchen aufzuhören.

Doch vor der Krankenpflegestation wartet bereits ein

Mann und winkt ihr zu. Er hat ein Tuch um die Hand gewickelt, anscheinend ist er verletzt. Ein anderer Mann steht neben ihm, es sieht aus, als würde er ihn stützen oder ihn trösten. Sie tut so, als habe sie die beiden nicht gesehen, und setzt ihren Abstieg in schnellerem Tempo fort. Sicher ist es nur eine Schramme, nichts, dem Seifenwasser und Pflaster nicht Abhilfe schaffen könnten. Aber sie weiß, dass es keinen Zweck hat, in einer Siedlung kann man sich nicht verstecken, sie kann genauso gut rübergehen und es gleich hinter sich bringen, solange sie sich noch auf den Beinen halten kann. Und dann nach Hause, Beine hoch, Kaffee, Zigarette.

Die Männer entpuppen sich als die beiden Cousins, Emanuel und Justus. Ersterer ist zu Schaden gekommen, und es handelt sich nicht um ein Tuch, sondern zwei Tücher, die um zwei Dinge gewickelt sind, eins um eine Hand, die nachblutet, das andere um einen abgetrennten Daumen.

Oh mein Gott, du Idiot!, entfährt es Amalie. Wie hast du das denn angestellt?

Es war die Kreissäge unten in der Werkstatt, stöhnt Emanuel. Ich habe es kaum gespürt, ich dachte, es wäre nur eine kleine Fleischwunde. Erst Justus hat entdeckt, dass der Finger abgesägt war, er traf ihn im Gesicht.

Justus tritt vor und legt das Päckchen mit dem abgetrennten Finger auf den Tisch. Dann zieht er sich leise zurück und setzt sich ins Wartezimmer.

Vorsichtig packt Amalie die Hand aus. Die Blutung wird sofort stärker. Sie schließt den Verband wieder, holt Mullbinden und sterile Tücher und packt die Hand ein, so gut sie kann. Dann zieht sie einige Millimeter eines Betäubungsmittels in eine Spritze und injiziert sie unterhalb der Amputationsstelle in die Hand, mehr oder weniger blind durch die Gazeschichten. Schon nach wenigen Minuten ist der Verband durchgeblutet. Das Blut tropft immer schneller aus der eingepackten Hand in eine Stahlschale, die sie daruntergestellt hat. Doch die örtliche Betäubung scheint zu wirken, Emanuel entspannt sich ein wenig. Amalie entfernt den Verband erneut, packt Schicht für Schicht von Tüchern, Klebeband und Gaze stramm um die Hand und bittet Emanuel, den Arm über den Kopf zu heben. Das scheint die Blutung zu stoppen. Doch Emanuel klagt darüber, dass sein Arm müde wird, wenn er ihn permanent in die Luft hält, und sie holt eine Armschlinge und bindet seine Hand am Regal fest.

Bleib, wo du bist, sagt sie. Ich muss mit dem Arzt sprechen.

Was ist mit meinem Finger?, fragt Emanuel.

Den kannst du an deine Hunde verfüttern, sagt sie.

Ich habe keine Hunde.

Man kann einen Finger nicht wieder annähen, sagt Amalie. Ab sofort hast du neun Finger.

Sie ruft im Krankenhaus an, doch der Arzt ist beschäftigt. Sie bittet einen seiner Mitarbeiter, ihm auszurichten, dass er zurückrufen soll, und erklärt, was geschehen ist. Es ist dringend, sagt sie. Dann legt sie auf und wartet. Emanuel sitzt mit dem Arm am Regal festgebunden. Er bittet darum, rauchen zu dürfen. Sein Cousin bringt die Zigaretten, steckt ihm eine an. Amalie zündet sich ebenfalls eine an, nimmt einen tiefen Zug und spürt, wie sich ihr Körper und ihre Nerven augenblicklich beruhigen.

Ich huste, sagt Justus. Schon fast den ganzen Winter. Ich brauche Medizin, möglicherweise Penicillin?

Du bist mir ein Clown, sagt Amalie, du solltest schon längst im Krankenhaus sein.

Das war nicht ich, sagt Justus. Das war Emanuel. Der Cousin stimmt ihm zu.

Ihr hättet beide schon längst fort sein sollen, sagt Amalie.

Es geht uns schon besser, sagt Emanuel. Ich bin wieder gesund. Er klopft sich auf den Brustkorb. Dann bekommt er einen Hustenanfall. Sein Cousin stimmt ein. Sie husten im Chor. Amalie weicht etwas zurück.

Du kannst deinen Cousin in die Stadt begleiten, sagt Amalie zu Justus, dann könnt ihr euch beide untersuchen lassen.

Dieser Vorschlag scheint den Cousins zu gefallen.

Das Telefon klingelt. Der Arzt nimmt die Sache in die Hand, es ist einer der festen, einer, der sie kennt. Wir schicken einen Hubschrauber, sagt er. Spritz ihm einen Milliliter Morphin, intramuskulär.

Im Giftschrank findet sie eine Morphiumampulle und bricht sie auf, zieht den Inhalt in die Spritze und injiziert ihn in Emanuels Oberschenkelmuskel. Zehn Minuten später klingelt das Telefon erneut, diesmal mit einem unheilvollen Ton, den sie nur zu gut kennt. Es ist der Sekretär des Krankenhauses. Der Hubschrauber ist nicht in der Stadt, im Süden läuft eine Suchaktion, er trifft frühestens morgen Vormittag ein. Deshalb muss der Patient mit dem normalen Linienhubschrauber kommen.

Amalie wird wütend. Mit dem Linienflug, seid ihr von allen guten Geistern verlassen? Dem Mann wurde der Finger amputiert.

Was erwarten Sie von mir?, sagt der Sekretär. Der Hubschrauber fliegt nun einmal nicht.

Lassen Sie mich noch mal Jens Jørgen sprechen, sagt sie. Nach einigen Minuten kommt der Arzt ans Telefon. Er stimmt Amalie zu, dass der Patient evakuiert werden muss, aber leider stehe der Hubschrauber eben nicht zur Verfügung.

Jetzt kommt der Junge von den Klippen in die Praxis gestürzt, ohne anzuklopfen. Er hat schreckgeweitete Augen und plappert irgendetwas Unverständliches. Amalie macht eine abwehrende Handbewegung. Sei gefälligst still!, brüllt sie. Daraufhin hält er den Mund.

Organisieren Sie ein Schiff, sagt sie zum Arzt und merkt, wie eine Woge in ihr aufsteigt, aus Weinen, Wut und Hass auf diese idiotische Welt, die sich ihr von allen Seiten aufdrängt, wo das Einzige, was sie jetzt brauchte, eine Zigarette, ein Kaffee und ein bisschen Ruhe ist. Wollen Sie nicht so nett sein und ein Boot schicken?, fragt sie, kurz davor, in Tränen auszubrechen. Ich bin allein hier draußen, die ganze Siedlung ist außer Rand und Band.

Würde es denn nicht schneller gehen, wenn Sie selbst jemanden fänden, der ihn mit seinem Boot transportieren kann?

Sie zwingt sich zur Ruhe. Doch, das scheint ihr auch sinnvoll, aber sie ist darauf angewiesen, dass er auf der Stelle die Kosten genehmigt, die dabei entstehen.

Rufen Sie mich an, sobald Sie eine Lösung gefunden haben, sagt der Arzt.

Sie legt auf, und ihr fällt ein, dass sie ihn auf die alte Frau hätte ansprechen sollen, Agnethe mit dem niedrigen Blutdruck und dem unheimlichen Rumoren in den Lungen. Sie hätte auch erwähnen müssen, dass sie beabsichtigt, Justus gemeinsam mit seinem Cousin zu schicken. Aber das muss warten. Eins nach dem anderen.

Emanuel sieht blass aus und lässt den Kopf hängen. Er bittet sie, den Arm vom Regal loszubinden, damit er sich ins Bett legen kann. Ihm ist flau und schwindelig. Nun drängt sich der Junge wieder auf, er weint, der Schwester gehe es schlechter, die Mutter habe gesagt, sie solle sofort kommen.

Jaja, sagt Amalie, siehst du denn nicht, dass ich zu tun habe?

Erst muss sie Emanuel ins Bett bringen, bevor er umkippt. Die Blutung scheint gestoppt, zumindest ist der Verband noch nicht durchnässt, sodass sie den Arm lediglich auf seinen Bauch legt und ihn ermahnt, ihn in dieser Position zu belassen. Noch bevor sie ihren Satz beendet hat, ist er eingeschlafen. Dann ruft sie den Vorsitzenden der Fängervereinigung an, diskutiert mit ihm die Möglichkeit, jemanden anzuheuern, der Emanuel, eventuell auch Justus, zum Festland transportieren kann.

Fünftausend Kronen, sagt er, damit musst du mindestens rechnen.

Ich brauche jetzt sofort ein Boot, sagt sie. Koste es, was es wolle. Das Krankenhaus zahlt.

Dann erteilt sie Justus die Anweisung, bei seinem Cousin zu wachen, insbesondere darauf zu achten, dass der Arm nicht nach unten rutscht, während sie wieder zu den kranken Kindern geht.

Im Haus oben auf den Klippen ist die Lage unverändert, abgesehen davon, dass die Mutter erzählt, die Tochter habe einen neuen Krampfanfall gehabt und immer noch Fieber. Als Amalie sie auszieht und die Windel öffnet, liegt das Zäpfchen darin, bleich und länglich. Es ist herausgefallen. Sie gibt ihr ein neues, presst die Pobacken des Mädchens eine halbe Ewigkeit zusammen, damit es nicht wieder denselben Weg nimmt. Dann verpasst sie ihm ein Klistier mit Stesolid gegen die Krämpfe, etwas, das sie nicht tun sollte, und hofft, dass Jesper nichts davon erfährt. Doch es wird Kind und Mutter für die nächsten Stunden friedlich stimmen, sodass es sowohl zu ihrem Vorteil ist als auch zu dem aller anderen. Dann bricht sie ein weiteres Prinzip und mischt für zwei der Mädchen eine Penicillin-Mixtur zusammen, um die Mutter zufriedenzustellen. Du hast gewonnen, sagt sie und gibt ihr die Flaschen. Danach rennt sie erneut die Treppen hinab und in die Station hinein, wo sie ans läutende Telefon geht.

Es geht um meine Enkelin Eleonora, sagt eine Frauenstimme. Sie blutet.

Sie braucht einige Sekunden, um die Stimme zu erkennen, dann begreift sie, wer es ist. Karla Augustussen, die fetteste Matrone der Siedlung. Amalie gibt sich Mühe, ihr mit ruhiger Stimme zu antworten. Wo blutet sie?

Sie ist doch schwanger, sagt Karla. Was glaubst du wohl, wo sie blutet?

Jetzt erinnert sie sich, das kleine Mädchen, das von dem alten Bock vom Flughafen geschwängert wurde, im letzten Herbst, nein, es war wohl eher im Dezember. Sie kann höchstens in der fünfzehnten oder sechzehnten Woche sein. Das ist kein Grund zur Nervosität, sagt sie zu Karla. Es ist ganz normal. Sie braucht nur etwas Ruhe.

Mir wäre es lieber, wenn du vorbeikommen und sie dir ansehen würdest, sagt Karla.

Sag ihr, dass sie Ruhe braucht, sagt Amalie. Ich habe vorhin gesehen, wie sie eine schwere Einkaufstüte geschleppt hat. Sie sollte sich hinlegen. Ich komme später und sehe nach ihr, aber vorerst wird nichts daraus.

Als sie den Hörer aufgeknallt hat, weiß sie, dass sie sich etwas diplomatischer hätte ausdrücken sollen. Eine Person wie Karla sollte man sich nicht zum Feind machen.

Dann ruft der Fängervorsitzende an. In einer halben Stunde, sagt er. Macht euch bereit. Aber es wird zehntausend kosten.

Zehntausend?

Mikkel wird fahren. Er sagt, er bekäme sonst auch immer zehntausend.

Er sollte sich schämen, sagt Amalie.

Soll ich ihn etwa anrufen und ihm das ausrichten?, fragt der andere.

Nein, um Gottes willen, sag ihm, er soll das Boot startklar machen.

Wer wird ihn bezahlen?

Er muss sich ans Krankenhaus wenden, dann überweisen sie ihm das Geld.

Sie ist kurz davor, sich beim Gedanken an den Gesichtsausdruck des Sekretärs zu amüsieren, wenn er mit dem Preis konfrontiert wird. Aber das ist immer noch billiger, als einen Hubschrauber zu chartern, also haben sie keinen Grund zu klagen.

Sie geht zu den Cousins und sagt Justus, dass er warme Kleidung und einen Schlitten holen soll, um Emanuel zur Eiskante zu transportieren.

Was ist mit mir?, fragt Justus. Soll ich mitfahren?

Ja, du fährst mit. Begleite ihn einfach ins Krankenhaus, dann müssen sie dich schon aufnehmen.

Justus stürmt davon.

Endlich ein paar Minuten Ruhe. Sie kickt die Stiefel von den Füßen und legt die Beine auf die Untersuchungsliege, lehnt sich im gepolsterten Bürostuhl zurück. Das Telefon klingelt. Sie zuckt zusammen, nimmt den Hörer aber nicht ab. Nur zehn Minuten, denkt sie. Es klingelt erneut, dann ist es wieder still. Ich bin einfach zu alt geworden für all das hier, denkt sie. Sechzig Jahre, ich könnte in Rente gehen, wenn ich wollte. Ein altes Gestell wie ich, das auf den Klippen balanciert und Leib und Leben riskiert. Aber die Bezahlung ist nicht schlecht und Fleischer knauserig, sodass sie lieber nicht auf ihr eigenes Einkommen verzichten möchte. Und meistens, wenn Jesper da ist, geht die Arbeit leicht von der Hand. Man sollte dabei nur nicht sich selbst überlassen sein. Die Leute sitzen einem im Nacken, und es lässt sich nicht vermeiden, sie allein dadurch zu beleidigen, dass man seine Arbeit gewissenhaft und korrekt ausführt. Manche sprechen bis heute nicht mehr mit ihr, wegen Dingen, die zwanzig Jahre zurückliegen.

Amalie kommt nicht aus der Gegend. Sie ist in einer Siedlung im Nordwesten Grönlands geboren und aufgewachsen, als älteste von drei Töchtern, mit einer grönländischen Mutter und einem dänischen Vater, einem Zimmermann. Obwohl er der einzige Däne in der Siedlung war, lernte er die Sprache nie und konnte sich sogar mit seiner eigenen Familie nur mittels einsilbiger Brocken verständigen. Amalie war noch jung, als er einen Schlaganfall erlitt und anschließend so lange gegen sich selbst Schach spielte, bis er in völliger Isolation starb. Dennoch hatte der Vater einen so großen Platz in ihrem Leben eingenommen, dass er eine Leere hinterließ. Ihr wurde bewusst, dass sie ihn vermisste.

Später zog sie nach Nuuk und ließ sich zur Pflegeassistentin ausbilden, fand Arbeit im Krankenhaus und verliebte sich in einen Patienten. Fleischer. Nach einigen Jahren in der Hauptstadt bewarb er sich an der Küste, und so landeten sie hier. Das ist jetzt dreißig Jahre und mehr als hundert Geburten und mindestens genauso viele Todesfälle her. Die Geburten zählt sie, alles andere versucht sie zu vergessen.

Die Zigarette ist runtergebrannt. Sie muss sich also schon wieder eine angezündet haben, aus reinem Reflex. Das Telefon klingelt. Es ist Fleischer. Wo bleibst du?, fragt er in klagendem Tonfall.

Ich habe viel zu tun, die Leute drehen durch.

Aber du kommst doch wohl bald nach Hause?

Ich komme, wenn ich mit meiner Arbeit fertig bin.

Kathrine möchte mit dir sprechen. Sie war vor einigen Stunden hier. Es geht um ihre Tochter.

Ich kann nicht mehr, Fleischer. Ich ertrinke in Arbeit.

Nein, nein, sagt er, es hat nichts mit einer Krankheit zu tun. Sie ist der Meinung, du wärst zu hart zu ihr gewesen.

Zu Kathrine?

Zu ihrer Tochter.

Amalie stöhnt. Eigentlich überrascht sie das nicht. Die Tochter ist ein unreifes, achtzehnjähriges Mädchen und hat ein Kind, das zwei Jahre alt ist. Aber sie hat das Kind schon mehrmals allein gelassen, um Karten spielen zu gehen, und ist erst spät in der Nacht heimgekehrt. Man konnte es in dem verlassenen Haus weinen hören. Amalie hat sie gewarnt. Eigentlich hätte sie direkt zur Kommune gehen sollen. Der Vorfall hätte ausgereicht, um der Familie das Kind wegzunehmen.

Was hast du ihr gesagt?

Was sollte ich schon sagen? Dass du nicht zu Hause bist.

Fleischer, du hättest wenigstens auf ihre Vorwürfe reagieren können. Du weißt doch, dass das eine Problemfamilie ist.

Ich wollte mich nicht in deine Arbeit einmischen, sagt er. Aber jetzt habe ich es ja ausgerichtet. Er legt hastig auf.

Amalie flucht. Dann steckt sie sich eine neue Zigarette an.

Es wird bereits dunkel, als sie Emanuel an Bord des Bootes hieven und die Cousins endlich hinter der Landspitze verschwinden. Mikkels Boot ist ein dreißig Fuß langer Kutter mit einer Kajüte und einem starken Motor. Außerdem hat sich der Fjord beruhigt, sagt man, sodass sie wohl eine ruhige Überfahrt haben werden. Dennoch kommt Amalie nicht zur Ruhe, als sie der Schlittenspur zurück in die Siedlung folgt. Sie weiß, dass sie so schnell nicht nach Hause gehen kann. Sie muss noch einige Hausbesuche machen bei Leuten, die angerufen haben, während sie auf der Station gewartet hat. Oben links liegen die Kirche und das Haus von Karla Augustussen. Sie hat kurz mit sich zu kämpfen, dann biegt sie ab und erklimmt das Festeis.

Das Mädchen hat nur leichte Blutungen, aber das Blut ist da, ein langer, dunkler Fleck in der Binde. Sie tastet den Bauch ab. In der Mitte tut es weh, was zum Teil aber auch daran liegt, dass Eleonora die Bauchmuskeln anspannt. Sicherheitshalber zieht sie Gummihandschuhe über und betastet mit zwei Fingern von innen die Scheide, während die Großmutter Kommentare und gute Ratschläge von sich gibt. Ihrer Meinung nach müsste das Mädchen sofort ins Krankenhaus.

Der Hubschrauber fliegt nicht, teilt Amalie ihr mit.

Aber Emanuel und Justus hast du gerade in Mikkels Boot weggeschickt?, sagt Karla.

Amalie sieht sie an. Willst du deine schwangere Enkelin mit einem Boot über den Fjord schicken?

Was weiß ich?, sagt Karla. Ich bin keine Krankenschwester. Was ist, wenn sie verblutet?

Der Arzt lässt niemanden evakuieren, der möglicherweise, möglicherweise nicht, im vierten Monat eine Fehlgeburt erleidet. Du kannst ihn gern anrufen und fragen.

Was dumm dahergesagt war, denn genau das könnte Karla durchaus einfallen, mit dem kleinen Zusatz, dass sie, Amalie, ihr zu dem Anruf geraten hat.

Sie zieht den Handschuh heraus, betrachtet das Blut darauf. Es ist erdbeerfarben, schmierig. Kein gutes Zeichen, denn das bedeutet, dass es sich schon seit einiger Zeit in der Gebärmutter gestaut hat.

Aber du kannst sie doch wohl auf der Station aufnehmen?, fragt Karla.

Ich bin allein, sagt Amalie. Ich kann keine Patienten aufnehmen.

Ich bin alt und müde, wendet Karla ein. Ich kann mich nicht auch noch um kranke Menschen kümmern.

Sie ist nicht krank, sagt Amalie, nur überanstrengt. Sie muss sich hinlegen und ausruhen. Und sie darf nichts tragen. Wenn sie das Kind verliert, muss sie nächste Woche eine Ausschabung vornehmen lassen.

Und wer soll jetzt das Wasser holen?, seufzt Karla.

Wie wäre es, wenn du deinen Mann darum bittest, sagt Amalie. Der hängt ja sowieso den ganzen Tag vorm Laden herum. Dann packt sie ihre Tasche und geht.

Auf jeden überstandenen Hausbesuch folgen drei neue, jedes Mal, wenn sie das Haus verlässt, bleibt etwas zurück, was sie früher oder später einholen wird. Es stellt sich heraus, dass sie den Kloentleerern versprochen hat, sie heute gegen Wundstarrkrampf und Hepatitis zu impfen, was in regelmäßigen Abständen passieren muss. Normalerweise erledigt das der Krankenpfleger, aber diese Aufgabe trägt zu einem gewissen Status und Wohlwollen bei, deshalb hat sie sich ihrer diesmal angenommen. Sie sitzen im Wartezimmer, als sie zur Station zurückkehrt, die Putzfrau hat sie hereingelassen, sie nuckeln an ihren Zigaretten und Pfeifen, verpesten die Luft mit Tabakrauch und Kloakengestank.

Warum kommt ihr jetzt erst?, schimpft sie sie aus. Ihr seid doch wohl groß genug, um die Uhr zu lesen?

Du hattest gesagt, wir könnten einfach nach der Arbeit vorbeikommen, entgegnet einer von ihnen.

Das stimmt leider, jetzt erinnert sie sich. Sie muss lernen, nicht immer zu allen so nett zu sein. Das überlässt sie lieber Jesper. Aber es ist trotz allem schnell überstanden. Ein Pikser in den Hintern, eins, zwei, drei, und dann ab ins Wartezimmer und fünfzehn Minuten sitzen bleiben, um sicherzugehen, dass niemand allergisch reagiert. In der Zwischenzeit notiert sie, was sie bisher erledigt hat, eine Gedankenstütze für den nächsten Tag, wenn sie alles in die Krankenakten übertragen muss. Die Kinder von den Klippen – der bloße Gedanke an sie verursacht ihr Übelkeit, die sie jedoch mit einer Zigarette betäubt, der letzten im Päckchen–, das Mädchen mit den Brandwunden, die Fieberkinder, Krämpfe um soundso viel Uhr, Zäpfchen, Penicillin, Stesolidklistier. Letzteres löscht sie, hofft, dass Jesper nichts davon erfahren wird, und wenn, ist es ihr auch egal. Alle verbergen etwas, von dem andere lieber nichts erfahren sollten. Nach den kranken Kindern war Agnethe an der Reihe. Ihr fällt ein, dass sie mit dem Arzt über sie hätte sprechen sollen und sie untersucht werden müsste. Aber noch nicht jetzt. Sie kann bis morgen warten. Dann die zwei Cousins, ein ganz schönes Geschreibsel. Und Eleonora, die vielleicht eine Fehlgeburt erleidet. Amalie hat das Gefühl, eine Siedlung voller Hängepartien hinterlassen zu haben.

Sie stellt ihre Liste der Krankenbesuche fertig, dann geht sie nach Hause, betritt ihr geliebtes Wohnzimmer. Die Dunkelheit presst sich gegen die Fenster, sie setzt sich in den Sessel, legt die Beine hoch, wackelt mit den Zehen, zündet sich eine Zigarette an. Fleischer kommt herein, er hat eine Tasse Kaffee für sie dabei, beugt sich zu ihr hinunter und gibt ihr einen Kuss auf die Wange.

Hattest du einen schönen Tag?

Nee. Aber danke der Nachfrage.

Dann klingelt das Telefon. Es ist das Krankenhaus, der Sekretär, der ins Büro gerufen wurde, um mit Mikkel zu sprechen, der dort steht und sein Geld einfordert. Der Sekretär ist außer sich vor Wut über die Evakuierung, den Wahnsinnspreis, den Amalie offenbar abgesegnet hat, und dass dem Cousin des Unglücksraben gesagt wurde, er könne ebenfalls kommen. Sie zahlen Mikkel fünftausend, keine einzige Krone mehr. Nun kann sie also einer jahrelangen Feindschaft mit Mikkel entgegensehen.

Manchmal, sagt sie zu Fleischer, hätte ich Lust, unsere Sachen zu packen und wegzuziehen. Wegziehen, fragt Fleischer erschrocken, aber wo willst du denn hin?

Nuuk, sagt sie. Das wir einmal unser Zuhause genannt haben, wie du dich vielleicht erinnerst. Ich könnte ohne Weiteres eine Arbeit im Krankenhaus bekommen, ich kann gut und gern noch ein paar Jahre weitermachen. Du könntest in einer der Schulen arbeiten. Wir könnten uns eine schöne Wohnung in Nuussuaq suchen, wir haben doch beide Familie dort.

Ich könnte niemals zurück an die Westküste ziehen, sagt er. Ich habe hier Wurzeln geschlagen. Ich glaube, ich würde eingehen, wenn ich in Nuuk wohnen müsste.

Ja, seufzt sie, das stimmt wahrscheinlich.

Sie wird erneut gerufen, noch mehr kranke Kinder, es muss eine Epidemie im Anflug sein, weitere Fieberkrämpfe, hustende Alte, Durchfall, Erbrechen, trüber Urin, eitrige Finger, Schleiersehen, Schwindel, Nasenbluten, Platzwunden, die genäht werden müssen, Blut und Rotz und Tränen, die gurgelnd im Metallwaschbecken der Station verschwinden, sie eilt weiter, legt eine verschlungene Fährte durch die Siedlung, vor und zurück, auf und ab, aus und ein, kreuzt ihre eigene Spur, weiß nicht mehr, wo sie ist, wie viel Uhr es ist, verwechselt Häuser, vergisst Anrufe, kehrt aus Versehen an denselben Ort zurück, wird von Angehörigen angeblich

Sterbenskranker gerufen, muss zurück auf die Station, um mehr Penicillin, Schmerztabletten, Beruhigungsmittel zu holen. Wenn man der gesamten Siedlung einen Schuss vor den Bug verpassen würde, in Form einer vernünftigen Auswahl vorbeugender und einschläfernder Präparate, sie in die Wasserversorgung kippen, in den Kaffee geben würde, dann hätte man vielleicht ein wenig Ruhe, doch die Telefonleitungen glühen, die Ansteckung findet auf elektronischem Wege statt, Kranke rufen bei noch nicht Erkrankten an, Krankheiten führen zu neuen Krankheiten, Angst wird zu Panikattacken, und je mehr Patienten sie untersucht, desto mehr andere spüren die Todesangst in ihrem Blut aufsteigen und schicken ihre Angehörigen in alle Richtungen aus, um sie zu rufen, das Geräusch rennender Stiefel verfolgt sie durch die Dunkelheit, nirgends kann sie sich verstecken, der Schweiß rinnt, das Herz pocht in ihrer Brust, sie setzt sich auf die Treppe, die zu den Klippen hinaufführt, jetzt leidet das andere Mädchen unter Krämpfen, sie knöpft Jacke und Oberteil auf, erlaubt sich ein paar Züge an der Zigarette, spürt jedoch den eisigen Schweiß auf ihrer Brust und bekommt einen Hustenanfall, fährt hoch und setzt ihren Weg über die Klippen fort, in die Dunkelheit.

Schließlich wankt sie mitten in der Nacht den Weg entlang, der am Stausee vorbeiführt, und sieht bei der alten Agnethe Licht brennen. Mittlerweile bewegt sie sich wie ferngesteuert, schon seit mehreren Stunden, und so geht sie hinüber, kann genauso gut vorbeischauen, wenn sie schon einmal an diesem entfernten Ende der Siedlung ist.

Niemand reagiert auf ihr Klopfen, also geht sie hinein, ruft: Hallo!, doch noch immer antwortet niemand. Endlich ein wenig Ruhe, das Haus ist so still, der Fernseher flimmert dort drinnen stumm vor sich hin, deutscher Porno, zwei

Frauen, die einander küssen, Zähne, die zwischen Lippen aufblitzen, Zungen, die sich biegen, Hände, die fummeln. Sie zieht ihre Jacke und ihre Stiefel aus, stellt die Tasche ab.

Agnethe?, flüstert sie und schleicht zur Wohnzimmertür.

Sie liegt auf dem Sofa, zusammengekauert, die Knie angezogen, im selben Nachthemd, ein Arm und eine Hand ruhen auf ihrem Gesicht, der andere Arm hängt an der Seite herab, die Handfläche nach oben, im Ausholen erstarrt, wie eine Geste der Verwunderung oder Gastfreundschaft. Bitte, nimm Platz, mein Freund. Auf dem Boden unter dem Tisch, in Reichweite, liegen das Spuckglas und eine Schnapsflasche, beide umgefallen. Ihr Inhalt hat sich auf dem Teppich ausgebreitet. Amalie setzt sich auf den Rand des Sofas, legt ihre Hand auf Agnethes Brustkorb, lässt sie mehrere Minuten dort ruhen.

Diese Stille, so gesegnet.

Und sie kann es nicht lassen, die letzten Reserven von Moral und Widerstandskraft sind aufgebraucht, sie legt sich ans andere Ende des Sofas, rafft sich nicht mal mehr auf, um die sich hektisch aneinanderreibenden Frauen auszuschalten, schiebt das erstarrte Bein der Alten etwas zur Seite, zieht ein besticktes Kissen unter ihre Wange. Ihre Armbanduhr tickt. Ein Hund heult. Der Fernseher verbreitet einen schwachen, statischen Lärm. Das ist alles, was sie hört. Dann schläft sie ein.

Extraktion

Jochum sitzt im Wartezimmer der Krankenpflegestation.

Der Krankenpfleger erscheint in der Tür. Geht es um Sara?, fragt er.

Jochum versteht nicht, was er meint. Nein, sagt er, meiner Tochter geht es gut. Sie wohnt jetzt in der Stadt.

Ja, das weiß ich schon, sagt Jesper reserviert. Aber wir haben geschlossen. Ist es sehr wichtig?

Mein Zahn, sagt Jochum, zieht mit dem gekrümmten kleinen Finger seinen Mund zur Seite, reißt ihn auf und zeigt hinein. Er ist faul. Er muss gezogen werden.

Jesper bittet ihn ins Sprechzimmer. Der Katechet setzt sich auf den Stuhl, sperrt den Mund auf, der Lampe entgegen, die der Krankenpfleger auf ihn richtet. Jesper wühlt mit einem Holzspatel in Jochums Mund herum.

Versuch mal, deine Zunge da wegzunehmen, sagt der Krankenpfleger und stupst sie mit dem Spatel an. Sonst kann ich ja nichts sehen.

Jochum gibt einen bekräftigenden Laut von sich und versucht, die Zunge ruhig zu halten. Doch sie ist zappelig und unberechenbar, schlägt verspielt nach dem Spatel, folgt ihm auf Schritt und Tritt und taucht wieder und wieder in den faulen Zahn hinein, der sie magisch anzieht.

Jesper zieht den Spatel heraus und lehnt sich auf seinem Stuhl zurück. Ich kann nichts machen, wenn du nicht diese Zunge da weghältst.

Dumme Zunge, sagt Jochum und lacht entschuldigend.

Und dann ist da noch diese grelle Lampe, Jochum sieht, wie sich ihr Arm von der Decke herunterbiegt, das Licht brennt auf seinen verkaterten Kopf und schickt bündelweise zuckende Blitze in sein Gehirn. Er öffnet den Mund so weit wie möglich, zieht seine Wangen nach hinten. Es schmerzt in seinen Mundwinkeln, der Kiefer zittert. Die Zunge hat sich inzwischen beruhigt. Doch sobald sich der Spatel zwischen den Zähnen zeigt, wird sie wieder lüstern und schlägt danach.

Der Krankenpfleger seufzt. Dann bin ich wohl gezwungen, sie zu befestigen. Er holt ein Gazetuch und wickelt es um die Zunge, zieht mit Daumen und Zeigefinger kräftig daran und hält sie fest. Jetzt kann der Spatel seine Arbeit mit dem verfaulten Zahn und dem umliegenden Zahnfleisch ungestört fortsetzen.

Er muss gezogen werden, sagt Jesper, nachdem er seine Untersuchung beendet hat. Du musst in die Stadt reisen und es dort machen lassen. Leider kommt das Krankenhaus nicht für die Reise auf, wenn es um die Zähne geht.

Nein, sagt Jochum.

Nein was?, fragt der Krankenpfleger.

Nicht in die Stadt.

Warum nicht in die Stadt?

Du wirst ihn ziehen, Doktor.

Ich bin weder Doktor, noch bin ich Zahnarzt. So etwas darf ich gar nicht.

Du hast einem von Barselajs Hunden einen Zahn gezogen, sagt Jochum. Das habe ich mit eigenen Augen gesehen.

Bist du etwa ein Hund?

Wuff!, antwortet Jochum.

Der Krankenpfleger lächelt. Das wird schmerzhaft.

Jochum lacht. Das macht nichts.

Der Krankenpfleger packt die Zunge erneut und stochert mit dem Spatel im Zahn. Er sitzt ziemlich fest, sagt er. Ich weiß nicht, ob ich die richtigen Instrumente hier habe, um so einen herauszuziehen.

Früher einmal, sagt Jochum, als er seine Zunge wiederbekommt, haben wir faule Zähne einfach mit einem Holzpflock und einem Hammer versenkt.

Das muss wehgetan haben.

Man lachte einfach, dann war es nicht so schlimm. Lachen war in alten Zeiten eine Betäubung.

Momentan gibt es jedenfalls nicht viel Grund zum Lachen, meint Jesper.

Bitte?

Wir können ja mal schauen, ob wir etwas finden, das ein wenig moderner ist, sagt der Krankenpfleger und seufzt.

Gemeinsam gehen sie nach nebenan, in die Zahnklinik, wo der Bezirkszahnarzt einige wenige Wochen im Jahr während seiner Besuche in den Siedlungen residiert. Jesper durchwühlt ein paar Glasschränke, entnimmt verschiedene Instrumente und hält sie prüfend ins Licht. Jochum blickt auf ein Instrument, schüttelt den Kopf. Der Krankenpfleger holt ein anderes hervor, Jochum schüttelt den Kopf.

Was hältst du von diesem hier?, fragt der Krankenpfleger und zeigt ihm eine spitze Zange. Ihre Greifbacken sind flach wie Entenschnäbel und schräg geriffelt. Die Zange wird mit einem quer verlaufenden Bolzen, der durch Schraubzwingen mit den Griffen verbunden ist, geöffnet und geschlossen. Er testet sie an der Tischplatte, dreht an den Schraubzwingen, bis die Zange festgestellt ist. Jochum sieht ihm über die Schulter.

Probier mal, sagt Jesper.

Jochum nimmt die Zange, zerrt und zieht, bekommt sie aber nicht auseinander. Die ist gut, sagt er. Nimm die.

Jochum setzt seine Brille ab und klettert auf den Zahnarztstuhl. Jesper fummelt eine Zeit lang an dem hydraulischen Hebe- und Senkmechanismus des Stuhls herum. Dann platziert er Jochum so auf dem Stuhl, dass die Beine höher liegen als der Kopf. Liegst du gut?, fragt er.

Besser als in meinem eigenen Bett, antwortet Jochum.

Und du bist dir ganz sicher, dass ich dir diesen Zahn ziehen soll?

Ich kann nicht in die Stadt fahren, sagt Jochum. Dort läuft ein Mann herum, der sagt, dass er mich töten will.

Okay. Mund auf!

Jesper hat sich Handschuhe angezogen. Jetzt wühlt er in Jochums Mund, seine Gummifinger jagen die zügellose Zunge, die vorschnellt, zurückweicht, vorschnellt. Dann bekommt er sie zu fassen, hält sie eisern fest, während er eine örtliche Betäubung in das Zahnfleisch spritzt. Er beugt sich mit ernstem Gesicht über Jochum, zieht an der gazeumwickelten Zunge. Jochum versucht zu schlucken, er spürt, wie der Speichel in seiner Kehle ansteigt, und will dem Krankenpfleger etwas sagen, bringt aber nur Stöhnen, Husten und Prusten hervor.

Jetzt halt doch bitte mal still, sagt Jesper. Dann positioniert er die Zange und lässt die Zunge los. Jochum schluckt.

Ich muss die Zange erst festschrauben, sagt Jesper. Versuch, deine Zunge in der Zwischenzeit still zu halten, sonst ziehe ich sie noch mit raus.

Die Schmerzen sind verschwunden, das muss die Spritze sein, denkt Jochum. Es ist ein fantastisches Gefühl, zum ersten Mal seit Monaten schmerzfrei zu sein. Er sieht dankbar zum Krankenpfleger hoch, der mit einem merkwürdigen

Zug um den Mund auf ihn hinabblickt. Er muss daran denken, dass Jesper für kurze Zeit mit seiner Tochter zusammen war. Aber dann ist sie ja in die Stadt gezogen. Ob er über das Ende der Beziehung traurig ist?, denkt Jochum. Oder vielleicht wütend?

Bist du bereit?, fragt der Krankenpfleger.

Jochum nickt. Die Zange ragt senkrecht und unbeweglich aus seinem Mund heraus und nickt mit.

Jesper greift die Zange und zieht. Doch Jochums Kinn und sein Kopf gehen mit.

Du musst dagegenhalten, sagt der Krankenpfleger. Sonst hat es natürlich keinen Sinn.

Jochum versucht, sich dagegenzustemmen, doch jedes Mal, wenn der Krankenpfleger zieht, folgt er unweigerlich nach. Er kann es nicht lassen.

Der Krankenpfleger ist rot im Gesicht, sein Mund wirkt verzerrt und angespannt. Er nimmt ein Stück Küchenrolle und tupft sich die Stirn. Tut es weh?, fragt er.

Jochum schüttelt den Kopf. Die Zange schüttelt mit.

Ich fasse es nicht, wie die Zahnärzte das schaffen, sagt Jesper. Er versucht, Jochums Kiefer unten zu halten, indem er zwei Finger in seinem Mund vergräbt und nach unten Druck ausübt, während er die Zange nach oben zieht. Jetzt tut es weh. Jochum hat ein Gefühl, als würde sein ganzer Kiefer gespalten oder zerschlagen. Der Schmerz strahlt in alle Richtungen aus, in den Kopf hinauf, über den Hals, in die Schultern. Er packt Jespers Handgelenk.

Was ist denn jetzt? Der Krankenpfleger hält inne.

Jochum gibt einige Laute von sich.

Tut es weh?

Jochum nickt.

Aber du hast doch eine örtliche Betäubung bekommen.

Jochum stößt weitere Laute aus.

Tja, dann brauchst du wohl noch etwas mehr. Der Krankenpfleger holt Spritze und Ampulle, zieht eine Dosis auf und verpasst Jochum mehrere Injektionen ins Zahnfleisch, die der überhaupt nicht spürt. Doch der andere, tiefe Schmerz sitzt noch immer im Knochen und grummelt. Jochum hat Angst davor, dass er zurückkehrt. Einen solchen Schmerz hat er noch nie zuvor gespürt. Wie ein eiserner Speer, der senkrecht durch den Körper gestoßen wird. Sein Herz schlägt schwer, seine Handflächen brennen, er merkt, wie kalter Schweiß unter seinem Haar hervortropft.

Dann legt der Krankenpfleger erneut los, er zieht und zieht, stöhnt und zieht, er hält den Kiefer fest, drückt ihn nach unten und die Zange nach oben, Jochum sieht, wie sich Jespers Mund unnatürlich verzerrt, wie die Zähne glänzen, die Augen blitzen, und er zappelt mit den Beinen, dann schreit er. Es ist ein kurzer, bellender Schrei, der den Krankenpfleger sofort dazu veranlasst, innezuhalten.

Das geht so offensichtlich nicht, sagt er.

Jochum schüttelt vorsichtig den Kopf.

Ich werde wohl gezwungen sein, den Zahnarzt anzurufen, sagt Jesper. Vielleicht kann er mir erzählen, wie ich diesen Zahn rausbekomme.

Jochum antwortet nicht. Er liegt einfach nur da und schluckt seinen blutigen Speichel, doch das Echo des schwindelerregenden Schmerzes hallt wie ein Orgelpunkt in seinem Kopf.

Jesper geht nach nebenan. Jochum hört, wie er ein längeres Gespräch mit jemandem führt. Einige Minuten später kehrt er zurück.

Der Zahnarzt sagt, dass ich den Zahn hin und her bewegen muss, um ihn zu lockern, man kann einen fest sitzenden Backenzahn nicht auf geradem Wege herausziehen, sagt er. Aber ich soll aufpassen, dass die Wurzel nicht drinbleibt. Wenn das der Fall wäre, müsstest du in die Stadt fahren und sie rausoperieren lassen.

Jochum blickt ihn an. Er würde dem Krankenpfleger gern irgendetwas sagen, zur Aufmunterung, weil er so müde, niedergeschlagen und blass aussieht. Ich bin dabei, könnte er sagen, wir stehen das zusammen durch, leg einfach los, reiß die Scheiße raus, ich vertraue dir. Er hat plötzlich Mitleid mit Jesper, der jeden Tag allein und ohne Freunde auf der Krankenpflegestation sitzt und überlegt, was er hier eigentlich macht. Wir freuen uns, dass wir dich haben, könnte er sagen, wir finden alle, dass du deine Arbeit gut machst, obwohl du dir anfangs einige Dummheiten erlaubt hast. So was passiert, du bist nicht der Einzige, es war nicht deine Schuld, dass es so gekommen ist. Er könnte auch etwas über Sara sagen, etwas Einfühlsames darüber, dass es eine Schande sei, dass die Beziehung in die Brüche gegangen ist. Es würde ihn keine Überwindung kosten, das zu sagen, als Katechet und Seelsorger der Siedlung ist er es gewohnt, die Menschen zu trösten. Doch Jochum bringt kein einziges Wort über die Lippen, weil seine Zunge sich tot stellt, der Schmerz hält seinen Kiefer in einem fischartigen Gaffen gefangen, die Kehle ist voller Speichel und Blut, das er portionsweise schluckt. Außerdem ragt die Zange noch immer aus seinem Mund heraus.

Aber zuerst gebe ich dir ein Schmerzmittel, sagt der Krankenpfleger.

Jochum zieht bejahend die Augenbrauen hoch.

Er bekommt eine Spritze in den Oberschenkel und starrt an die Decke, spürt jedoch keine Wirkung. Die Deckenbemalung ist wunderschön, auch wenn sie einfach nur weiß ist, das hat er vorher nie bemerkt. Es muss am Schmerz und an der Todesangst liegen. All diese Details und Nuancen, in einer vollkommen gewöhnlichen Schicht weißen Anstrichs vereint, Wellen, Wirbel, Schnörkel, Muster, die zusammenfließen und konzentrisch pulsieren; wenn er die Hand heben und sie anfassen würde, versänke sie darin wie in einem Wasserloch. Die Muster flackern, drehen und verschieben sich, nehmen neue Formen an, Spiralen und Kreise, nur weiche Formen, keine scharfen Kanten. Die Sonne steht dicht am Fenster, das Licht knistert statisch im Zimmer, er hört eine ferne Radiostation durch die steigenden und fallenden Interferenzgeräusche, eine Stimme, die Stimme seines Vaters, ein Gebet, schließlich das Glaubensbekenntnis. Lasset uns gemeinsam unseren christlichen Glauben bekennen, leiert der Vater und sieht ihn an. Jochum fährt zusammen mit ihm fort: Wir entsagen dem Teufel und allen seinen Werken und all seinem Wesen. Der Vater blickt ihn prüfend an, Jochum spricht weiter, mit der Stimme des Vaters wie einer Basslinie unter seiner eigenen: Wir glauben an Gott, den Vater, den Allmächtigen, den Schöpfer des Himmels und der Erde. Dann gerät er ins Stocken, nicht weil er sich nicht an das Glaubensbekenntnis erinnern kann, sondern weil er nicht will. Der Vater leiert in gedämpftem Ton weiter.

Jochum schreit.

Na, na, sagt der Krankenpfleger und taucht in seinem Blickfeld auf. Fast scheint es, als lache er. Tut es weh?

Jochum nickt. Es geht ihm gut, aber er würde diesen Zustand gern beibehalten. Und er hat Angst, dass die Stimme des Vaters zurückkehrt.

Dann werde ich dir wohl etwas mehr geben müssen, sagt Jesper.

Jochum nickt. Dann spürt er einen Stich im Oberschenkel,

und alles verschwindet, die Decke, die Sonne, die Stimme des Vaters.

Na, das hat wohl gewirkt, hört er die Stimme des Krankenpflegers von irgendwoher durchdringen. Die Weißheit, in der er gelegen und geplanscht hat, wird wie ein Laken weggerissen, ein Arm und eine Hand erscheinen in seinem Blickfeld. Die Hand greift die Metallstange, die aus seinem Mund ragt. Die Fettpolster der Hand werden durch das Metall zusammengepresst. Dann dreht die Hand langsam die Zange. Jochum spürt, wie sich etwas einen Weg in ihn hineinbahnt, eine Hand, die sich durch ihn hindurchschlängelt und tief in seinem Inneren festkrallt und etwas herausdreht. Die Hand ruckelt hin und her, und Jochums Innenleben folgt, er verwandelt sich in warme Zuckerstangenmasse, in rot-weiße Querstreifen, die sich um die eigene Achse drehen und zu Spiralen werden. Dann gibt etwas nach, es fühlt sich an wie ein Glucksen in der Tiefe, und Jochum wird aus Jochum hinausgezogen, ein feuchtes, zappelndes Etwas.

Er schreit zum dritten Mal, ein lang gezogener, abfallender Schrei.

Eine Stimme sagt etwas, aber er will sie nicht hören, schließt seine Augen, um nichts zu sehen. Lächelnd lauscht er etwas anderem, einem Wasserrauschen, einem Bach im Frühling oder vielleicht dem Meer im Herbst, Wasser, das gegen Klippen schlägt und zurückgesogen wird. Er spürt die Hand des Krankenpflegers, die ihm fest ins Gesicht schlägt, er hört die Stimme, die wiederholt ruft, bemerkt die plötzliche Panik darin, doch er reagiert nicht, er lauscht dem Wasser, das donnert und braust. Es ist die schönste Musik, die er in seinem ganzen Leben gehört hat.

Grab

Palu läuft an der Seitenlinie auf und ab und folgt dem Ball mit den Augen, er ist Schiedsrichter und Trainer in einer Person. Er versucht, die fünfzehn Frauen unter Kontrolle zu bekommen, die sich in zwei Mannschaften aufgeteilt haben und nun gegeneinander spielen. Sie haben im letzten Jahr den Bezirkspokal gewonnen, genau wie im vorletzten Jahr. Palu hat sich zum Ziel gesetzt, dass sie ihn auch in diesem Jahr gewinnen. Es ist schwer, eine stabile Mannschaft aufzubauen. Ständig fallen Spielerinnen weg, sie ziehen um, bekommen Kinder, sterben. Aber in diesem Jahr hat er ein tolles Team, die Stimmung ist auf dem Höhepunkt, die Moral intakt, mehrere der Mädchen sind gut, ein paar von ihnen haben richtig Klasse, und das Spieltempo während des Trainings ist hoch.

Palu muss ständig die Richtung wechseln, um dem Spiel folgen zu können. Mit seinem schweren Bauch fällt ihm das nicht ganz leicht, es verschleißt die Knie, aber die Stollen seiner Fußballschuhe greifen gut auf dem Eis, das im Laufe des Nachmittags immer matschiger wird. Sein Mund ist fest um die Schiedsrichterpfeife geschlossen, er verwendet sie häufig, pfeift, anstatt Kommandos zu rufen, und meistens sind die Mädchen clever genug, um zu verstehen, was er ihnen mitteilen möchte.

Das Eis über der Bucht, das sie als Fußballplatz nutzen, bis der Hartplatz in der Mitte der Insel schneefrei ist, schwitzt in der Frühlingssonne. Die Sonne ist am Himmel festgenagelt, sie wandert nicht länger wie ein angeschnittener Ball tief über den Schärengarten, sondern schwingt sich nach ganz oben, lässt die niedrigen Berge im Süden hinter sich und taucht die Siedlung in ein anhaltendes Blitzlicht. Palu spürt, wie die Sonne im Nacken sticht, er schützt seine Augen mit einer Sonnenbrille. Die meisten Mädchen tragen Kappen, die sie tief in die Stirn gezogen haben. Das ist ein Problem, wenn sie hohe Bälle annehmen müssen, aber immer noch besser, als wenn sie aufgrund von Schneeblindheit ausfielen.

Palu bläst in die Pfeife, die Mädchen stellen sich auf und beginnen ein neues Spiel. Mikkeline dribbelt zögernd, erblickt Emma, die angestürmt kommt, und lupft den Ball in die Mitte, wo Else, die vor zwei Monaten einen Jungen geboren hat, ihn mit der Brust annimmt, zwei Ballkontakte hat, einer gegnerischen Spielerin ausweicht, indem sie eine Drehung um die eigene Achse macht und ihn nach rechts spielt, doch Nikoline geht dazwischen, beschleunigt in die andere Richtung und zeigt eine fantastische Ballbeherrschung, wie Palu bemerkt, der Ball rollt einige Meter vor ihr, und sie trifft ihn mit einem sauberen Schuss. Das Leder nimmt Fahrt auf, segelt über die Spielerinnen in Richtung der beiden Verkehrshütchen, die das Tor darstellen, doch Karoline, die Kassiererin aus dem Laden, hat ihre Mütze vom Kopf gerissen, kippt ihren Oberkörper vor und köpft den Ball, der Zusammenstoß zwischen Leder und Stirn hallt durch die gesamte Bucht, sie stößt ihn in einem harten, flachen Bogen vom Tor weg, während sie selbst mit leicht gespreizten Beinen bombenfest auf dem Boden steht.

Palu nimmt die Pfeife aus dem Mund und will Karoline für diese Aktion ein Lob zurufen, doch er muss den Ball im

Auge behalten und Julie, die Mannschaftsjüngste, die nun eine geschickte Grätsche hinlegt: Sie lehnt sich gelassen nach hinten und pflügt mit dem ausgestreckten Bein voran eine Furche in den Schnee, ihr langer Zopf schlängelt sich hinter ihr in der Luft, dann dreht sie ihren Fußballschuh in einem eleganten Halbkreis und schickt den Ball in einer spitzen und unberechenbaren Krümmung über die Gegenspielerinnen hinweg, deren Köpfe in einer Kettenreaktion nach oben schießen, doch vergebens. Der Ball landet zwischen den orangefarbenen Kegeln und wird vom losen Schnee außerhalb des Feldes gebremst, wo er sich um die eigene Achse dreht.

Tor!

Palu pfeift, wischt sich mit dem Ärmel seines Pullovers die Stirn, läuft mit dröhnenden Schritten hinüber und holt den Ball, wirft ihn Justine zu, die einen Anstoß macht. Dann ist der Ball wieder im Spiel.

Ferdinand steht oben auf dem Friedhof und stützt sich auf seine Schaufel. Er liebt es, den Mädchen beim Spiel zuzusehen, wie sie sich schlitternd in den Kampf um den Ball begeben, sodass der Schnee in hohem Bogen von ihren Fußballschuhen stiebt. Es gibt einige heftige Zusammenstöße, fast kann er die Erschütterungen bis hier oben spüren, stellt sich vor, dass er den Dunst von Frauenschweiß riechen kann, der durch die windstille Luft schwebt, die heute im Schatten minus fünf Grad kalt ist. Doch Ferdinand steht nicht im Schatten und schwitzt genauso wie die Mädchen. Er nimmt seine Sonnenbrille ab und wischt sich mit dem Handrücken über die Stirn.

Diesmal soll die alte Agnethe unter die Erde gebracht werden. Das heißt, zunächst schafft er lediglich Platz für ihren Sarg. Erst im Sommer, wenn der Boden nicht mehr gefriert, kann sie endgültig ihre letzte Ruhe finden. Bis es so weit ist, wird sie in einem Sarg liegen, der teilweise mit Steinen bedeckt wird, damit sich Hunde und Bären nicht daran vergreifen.

Ferdinand weiß, dass er ein außerordentlich hässlicher Mann ist. Die Leute sagen, sein Gesicht ähnele jenen Masken, die noch immer geschnitzt und an Touristen und Dänen verkauft werden. Das Dreieck aus Augen, Nase, Mund ist flach und schmal, die Stirn nach vorn gewölbt, die Augenbrauen sind zusammengewachsen, schnurgerade, wie mit dem Lineal gezogen, nur an den Enden machen sie einen betrübten Knick nach unten. Sein Kinn ist spitz und fliehend zugleich. Er ist dünn wie ein Bleistift. Ferdinand fertigt selbst Figuren und Masken, eine hässlicher als die andere; schnitzt sie aus dem Elfenbein des Buckelwals, aus Narwalzähnen oder Rentierhorn und verdient sich auf diese Weise im Sommerhalbjahr ein Zubrot. Wenn die Menschen ihn fragen, wo er seine Ideen herholt, zeigt er auf sein Gesicht. Dann lachen sie.

Ferdinand sieht einen Mann auf sich zukommen und erkennt schließlich Salomon, den Sohn der Toten. Man sagt, dass ihn der Tod der Mutter sehr trifft, seither ist seine Diskothek geschlossen. Die Dolmetscherin von der Krankenpflegestation, Fleischers Frau, hatte sie am frühen Morgen gefunden, als sie ihr einen Krankenbesuch abstatten wollte. Ferdinand hat gehört, dass Amalie auf direktem Weg zur Diskothek gegangen sei, wo sie Salomon schlafend auf dem Sofa vorgefunden habe. Es herrscht allgemein Einigkeit darüber, dass er seine Mutter in diesem kranken Zustand nicht hätte allein lassen dürfen, und Ferdinand, dessen Eltern schon lange tot sind, muss zugeben, dass er derselben Meinung ist.

Er greift nach dem Spaten, widmet sich der Arbeit und

fährt fort, ein sargförmiges Viereck im harten Schnee freizuschaufeln.

Salomon grüßt Ferdinand, als er am Friedhof vorbeigeht, doch der Totengräber ignoriert ihn. Mit gebeugtem Rücken steht er in der Vertiefung, die er aushebt, sie reicht ihm bis zur Gürtellinie, er hebt perfekte Kuben aus Schnee auf die Schaufel und setzt sie sorgfältig an der Kante des Grabplatzes ab. Salomon geht weiter in Richtung des Ladens, wo er mit dem Verwalter verabredet ist, der ihm versprochen hat, ihn beim Verkauf des Hauses seiner Mutter und der Anschaffung einer neuen Wohnung zu beraten. Unterhalb der Kirche sollen im Sommer einige alte Häuser abgerissen und neue Reihenhäuser gebaut werden, mit vier Etagenwohnungen pro Haus, in denen es Zentralheizung, fließend Wasser und einen Anschluss für Fernseher und Telefon in der Wand geben soll. Und Aussicht auf den Fjord. Dort könnte er sich gut vorstellen zu leben.

Seit die Mutter gestorben ist, hat er in der Diskothek gewohnt, auf dem Sofa geschlafen und im Waschhaus um die Ecke geduscht. Zu Hause hält er es nicht aus, das wäre so, als wachte er über die Leiche der Mutter, obwohl sie erst auf der Krankenpflegestation und später in der Kapelle aufbewahrt wurde. Gerade kommt er von einem kurzen Besuch in dem verlassenen Haus zurück, hat etwas Kleidung, alte Formulare und Papiere geholt sowie den Kaufbrief, den mitzubringen der Ladenverwalter ihn gebeten hat. Wenn es nicht unbedingt sein muss, wird er nie wieder einen Fuß in dieses Haus setzen, hat er beschlossen.

Der Ladenverwalter heißt Barselaj. Er bittet Salomon in sein Büro und bietet ihm Kaffee an. Salomon stellt den Kleidersack mit seinen Habseligkeiten ab und legt den Umschlag mit den Papieren auf den Tisch. Der Verwalter greift danach und öffnet ihn. Er blättert die Papiere durch. Ja, sagt er. Sieht doch tadellos aus.

Sie sprechen eine halbe Stunde über Salomons Pläne und Wünsche. Barselaj gibt ihm einige Formulare, die er für die Bewerbung um eine neue Wohnung benötigt, und zeigt ihm, wie er sie ausfüllen muss, kopiert auch die persönlichen Papiere und legt sie dazu. Jetzt ist fast alles erledigt, Salomon muss die Sachen nur noch in einen Umschlag stecken und verschicken. Ob er das schafft? Ja, das tut er.

Barselaj ist Salomons Onkel und außerdem sein Patenonkel. Sein Neffe hat es nicht leicht gehabt, er möchte ihm gern ein wenig auf die Beine helfen, jetzt, wo er allein ist. Die neuen Wohnungen sollen im Herbst fertig werden, sagt er, ich werde auf jeden Fall ein gutes Wort für dich einlegen. Man hat ja doch einen gewissen Einfluss. Ich kann dir fast schon garantieren, dass du eine der Wohnungen dort oben bekommst. Aber was wird aus dem alten Haus?

Ich weiß es nicht, sagt Salomon.

Man sollte es wohl abreißen lassen, oder?, fragt Barselaj. Es hält sich ja kaum noch aufrecht. Man kann fast von Glück reden, dass deine Mutter gestorben ist, bevor es über ihr zusammengestürzt ist.

Salomon starrt auf die Tischplatte.

In der Zwischenzeit könntest du ja bei uns wohnen, schlägt der Verwalter vor. Wir haben genug Platz.

Danke, sagt Salomon. Aber ich kann in meiner Baracke wohnen.

Barselaj nickt. Dort hast du es ja auch gemütlich, wie ich höre. Und kannst tanzen und Filme gucken.

Salomon steht ein wenig abrupt auf. Er dankt dem Onkel für die Hilfe und geht, ohne seinen Kaffee auszutrinken.

Im Vorzimmer bittet er Filippus um einen A4-Umschlag.

Er schreibt die Adresse mit Blockbuchstaben darauf, dann gibt er Filippus den Brief zurück, der ihn frankiert.

Es tut mir leid, was ich von deiner Mutter gehört habe, sagt Filippus. Sie war eine nette alte Dame.

Danke, sagt Salomon. Verschickst du den Brief für mich?

Ich nehme ihn heute noch im Postsack mit, sagt Filippus.

Filippus hat heute einen ruhigen Tag. Bis zur Auszahlung der Löhne dauert es noch lange, und die Urlaubssaison hat noch nicht begonnen. Doch in einem Monat wird es mit der Ruhe vorbei sein, also nutzt er die Gelegenheit, die Dinge gemächlich anzugehen. Neuerdings hat man auf der Post, die gleichzeitig eine Bank ist, einen Internetzugang eingerichtet. Er hat den Computer so platziert, dass die Leute ihm nicht über die Schulter gucken können, wenn er im Netz surft. Nackte Damen schaut er sich nicht an, das interessiert ihn nicht, und seine Lust, sich nackte Jungen anzusehen, verbannt er in seine nächtlichen Fantasien. Außerdem hat der PC eine Funktion, mit der man erkennen kann, welche Seiten er besucht hat. Man kann sie ausstellen, aber mit so etwas anzufangen traut er sich gar nicht erst. Zudem ist das, was er sich ansieht, nicht geheim, sondern höchstens etwas heikel. Filippus schaut sich gerade nach einem neuen Job um.

Am liebsten würde er in die Hauptstadt, aber wo soll man anfangen zu suchen? Er hat eine normale Büroausbildung, vermutet aber, dass er Probleme hätte, in einem hektischen Büro bei einer staatlichen oder privaten Firma in der Großstadt zurechtzukommen. Sonne, die durch Rollläden fällt, grüne Pflanzen in großen Kübeln, summende Computer, schöne Sekretärinnen auf hohen Absätzen. Es fällt ihm schwer, sich in dieser Umgebung zu sehen. Es geht nicht nur um die Sache mit den Computern, sondern auch um die Langsamkeit, die sich eines Menschen bemächtigt, der fünfzehn Jahre lang in einer kleinen Post in einer Siedlung an der Ostküste stationiert war. Er googelt sich vorsichtig voran, betrachtet Bilder von Büros mit ihren blitzenden Möbeln und smarten Mitarbeitern. Filippus hat einen kleinen runden Oberkörper mit hundertfüßerartigen Armen und Beinen, an deren Enden große Hände und Füße sitzen. Es ist ein Körper, dessen Einzelteile nicht richtig zusammenpassen. Und sein Gemüt, das schwärmerisch und voller Sehnsucht ist, passt nicht zum Körper und noch viel weniger an diesen Ort. Wenn er unter Menschen ist, die ihn nicht kennen, braucht er immer viel Zeit, das Gefühl zu überwinden, dass sie ihn anstarren und hinter seinem Rücken kichern.

Nuuk ist wohl unrealistisch, denkt er und seufzt. Eine kleinere Stadt an der Küste vielleicht, aber an der Westküste, wohlgemerkt, wo er ursprünglich herkommt. Irgendeine öffentliche Einrichtung, die einen Sekretär braucht, seinetwegen kann es alles Mögliche sein. Er sucht bei Krankenhäusern, Altenheimen, Kommunalbehörden, Schulen. Einige von ihnen haben Fotos von ihren Angestellten ins Netz gestellt, und was er hier findet, ist nicht ganz so abschreckend, wie er es sich ausgemalt hat, Angestellte, die zu dick sind, deren Haare aussehen, als seien sie von Familienmitgliedern geschnitten worden, deren Brillen altmodisch wirken und deren dümmliches Fotogrinsen eine beruhigende Wirkung auf ihn ausstrahlt. Er notiert einige Telefonnummern und Namen auf einem Blatt Papier, faltet es zusammen und steckt es in seine Brusttasche. Dann schließt er die Internetseite und unterdrückt einen Anflug schlechten Gewissens.

Er hat Kundschaft. Es ist der Krankenpfleger. Er muss schon eine Weile dort gestanden und gewartet haben, ohne einen Ton von sich zu geben. Filippus geht zum Schalter und nimmt eine Bestellung von Briefmarken für die Krankenpflegestation entgegen. Er holt die Mappe mit den Marken hervor, legt ein Lineal über die Perforierung und reißt die gewünschte Anzahl ab.

Willkommen zu Hause, sagt Filippus. Hattest du einen schönen Urlaub in der Stadt?

Danke der Nachfrage, sagt Jesper. Es geht.

Filippus spürt, dass er nicht weiter fragen sollte, und gibt ihm das Briefmarkenheftchen zusammen mit einer Quittung. Die Leute sind bestimmt froh, dich wiederzuhaben, sagt er.

Jesper lächelt, antwortet jedoch nicht. Er steckt die Marken in seine Krankenpflegertasche und verlässt die Post.

Er muss ein paar Hausbesuche machen, aber lediglich Nachkontrollen. Amalie hat sich freigenommen, die Schlüssel dagelassen und gesagt, dass sie sich nicht sicher sei, ob sie jemals wiederkommen werde. Es war wohl ein wenig hart für sie, allein zu sein. Eigentlich genießt er es. Wenn keine Dolmetscherin da ist, kommen weniger Patienten zur Station, und er beschäftigt sich hauptsächlich mit Zeitunglesen und dem Schachprogramm auf dem PC. Sara ist auch nicht mehr da. Er versteht noch immer nicht ganz, warum sie verschwand. Im *Klubben* war ein Exfreund von ihr aufgetaucht. Jesper hatte immer schon das Gefühl gehabt, dass man sich von diesem Ort fernhalten sollte, allein der Name kam ihm bedenklich vor. Aber sie waren dort hingegangen, zu dem Haus am Ende einer dunklen Kluft am Fluss, und Sara hatte blendende Laune gehabt, sie hatten getanzt und sich mitten auf der Tanzfläche geküsst. Dann hatte sie ihm einen Typen namens Jonas vorgestellt, der ihm gegenüber überschwänglich freundlich war, Bier spendierte und gemütlich mit ihnen plauderte. Jesper bemerkte nicht, dass etwas nicht stimmte, erst anschließend, im Hotel, als Sara erzählte, wer er war, und Jesper danach die kalte Schulter zeigte. Am nächsten Morgen war sie weg, kehrte aber einige Stunden später zurück, verschlossen und kühl. Er fragte sie, was los sei, ob sie ihren Exfreund vermisse. Wenn es so wäre, würde er es akzeptieren, aber er ziehe es vor, wenn sie ehrlich zu ihm sei. Sie wollte nicht darüber reden. Aber sie redete viel am Telefon, lang gezogene Gespräche, die im Badezimmer widerhallten, gefolgt von noch mehr Verschlossenheit und Kälte. Jesper fuhr allein nach Hause.

Er folgt der braun gesprenkelten Motorschlittenspur in Richtung Halde, biegt dann aber links ab und schaut bei Enoksens vorbei. Sejer hat ihn angerufen, er möchte reden, und Jesper weiß nur zu genau, worüber. Doch als er dort ankommt und sie auf dem Sofa sitzen und Sørine Kaffee und Kekse bringt, wird doch wieder nichts daraus.

Wolltest du nicht mit mir über etwas sprechen?, fragt Jesper, als Sørine in der Küche ist.

Es war nichts Wichtiges, sagt Sejer. Wir reden ein anderes Mal.

Draußen kommt Olafur Gudbjørnsson die Schlittenspur vom Müllplatz her entlanggelaufen. Seit der Fischer Leifur sich aus dem Staub gemacht hat, ist er der einzige isländische Einschlag in der Siedlung. Olafur ist ausgebildeter Pilot und besitzt eine Blockhütte, die zugleich als Touristeninformation und als Unterkunft für Urlauber dient, die bereit sind, ein Vermögen für rein gar nichts zu bezahlen. Das räumt er sogar ein, zumindest sich selbst gegenüber. Er wohnt in Island, ist aber heute Vormittag mit seiner Gulfstream hierhergeflogen, um das Haus zu inspizieren, bevor die Saison beginnt. Der Flug dauert nur wenige Stunden, es sind zwei völlig verschiedene Welten, die so dicht beieinanderliegen, und Olafurs Meinung nach ist diese Route ein Knüller. Er arbeitet intensiv daran, diese Tatsache auch den ausländischen Touristen näherzubringen, die mit harter, inflationsfreier Währung zahlen.

Olafur geht am Gemeinschaftshaus vorüber und hält dort inne, wo das Festeis endet, zündet sich eine Zigarette an, inhaliert den würzigen Rauch, der in der reinen arktischen Luft milder schmeckt als in seinem Büro in Reykjavík, und beobachtet die Fußballmädels. Er lächelt in sich hinein. Mit vieren von ihnen war er bereits zusammen. Sie sind starke Frauen, man kann sie nehmen und anschließend bitten zu gehen, und sie tun es, ohne zu murren. Vorbildlich, wenn man ihn fragt. Olafur verspürt einen tiefen Respekt vor der grönländischen Frau, das erzählt er seinen isländischen Freunden immer wieder. Er hätte nichts dagegen, eine zu heiraten. Seine bereits etablierten ehelichen Verpflichtungen zu Hause hindern ihn jedoch daran, diesen Schritt zu gehen. Doch er genießt es, hierherzukommen, und das Frühjahr ist die beste Jahreszeit in diesen Breitengraden.

Olafur sieht den Mädchen bei ihrem Spiel zu. Heute Abend werde ich mit einer von euch zusammen sein, denkt er und zieht an seiner Zigarette. Vielleicht mit dem Mädchen, das jetzt zum Elfmeter antritt.

Justine legt den Ball auf die Elfmetermarke, scharrt mit der Schuhspitze ein wenig den Schnee darunter weg. Sie steht still und stützt ihre Hände auf die Hüfte, fühlt sich durch und durch entspannt, völlig gesund, weiß aber, dass dies eine Illusion ist. Ihr Körper brummt nur so vor Proteasehemmern. Dennoch ist die Müdigkeit, die sie früher im Jahr gespürt hat, wie weggeblasen. Sie entfernt sich sieben Schritte und dreht sich um, sieht die Torfrau an. Das Mädchen im Tor, Elisabeth, die Frau des Tankwarts, hat eine leicht gekrümmte Haltung eingenommen, federt auf den gebeugten Beinen, wippt elastisch vor und zurück, streckt die Hände mit den groben Keeperhandschuhen von sich. Justine steht unbeweglich, schaut prüfend und mit einer neu gewonnenen Lebenserfahrung, die vielleicht von der Wirkung der Medizin auf ihre Gehirnrinde herrührt, vielleicht aber auch von der Todesgewissheit, die sie überallhin verfolgt. Sie spürt, wie ihr Haar sich im Wind bewegt. Dann nimmt sie Anlauf, schwingt den Fußballschuh, hört den akustischen Schlag des Lederballs über der Bucht hallen. Elisabeth wirft sich zur Seite, aber zur falschen, in die Richtung, die Justine vorausgeahnt hat, und der Ball geht hinein.

Tor!

Justine spaziert aus dem Strafraum hinaus. Sie merkt, wie das Dopamin ihr Gehirn belohnt, das es glücklich in sich aufsaugt. Diese Augenblicke, in denen ihr alles egal ist, sie alles vergisst – den Typ im Hotelzimmer in der Karibik, sein enormes, ansteckendes Geschlecht, das sich in sie hineinbohrte, erst in den Mund, dann unten, die Sprechstunde des Kopenhagener Arztes, das Urteil, die lange Reihe von Blutproben, die Angst, den Todestrieb –, sind ihr einziges Ziel bei diesem Spiel.

Palu pfeift, rennt los und holt den Ball, der weit hinter der Torlinie gelandet ist, kehrt dröhnenden Schrittes zurück und legt den Ball auf die Elfmetermarke.

Die Nächste! Nikoline!

Oben auf dem Friedhof steht Ferdinand auf seinen Spaten gestützt und beobachtet sie mit einem kleinen Lächeln auf seinem hässlichen Gesicht. Der Platz für Agnethes Sarg ist fertig. Gleich wird sie gebracht.

Treiben

Stefanus hört die Kirchenglocke, diesen bimmelnden Leuchtturm inmitten der Siedlung, der zu läuten beginnt, wenn ein Fänger bei Nebel nicht von der See zurückgekehrt ist. Doch er kann sich nicht davon leiten lassen, das Benzin ist ihm ausgegangen. Er liegt mit seinem Boot auf einer Eisscholle inmitten des Schwarms von Schollen, die sich jedes Jahr aus dem Nordpolbecken lösen und in südlicher Richtung die Küste entlangtreiben. Er befindet sich einige Kilometer südlich der Siedlung und hat seinen Gaskocher angeworfen, um Kaffee zu brühen und sich aufzuwärmen. Es ist ein kaltes Erlebnis, im Seenebel festzusitzen. Am Vormittag ist Stefanus bei Sonnenschein und klarem Wetter aufgebrochen. Er hat seine Frau Karina zum Abschied geküsst und sie ermahnt, keine Dummheiten zu machen. Dann ist er aufs Meer hinausgefahren und hat erfolgreich gejagt. Bis auf wenige Meter näherte er sich einer Mützenrobbe auf einer Eisscholle, die ihn zwar anfauchte, aber zu träge war, um ins Wasser zu flüchten, sodass er sie aus nächster Nähe mit einem einzigen Schuss töten konnte. Zweihundert Kilo Fleisch, genug, um seine Hunde mehrere Wochen lang zu ernähren. Später schoss er im Wasser zwei winterfette Ringelrobben. Die Leber der einen hat er bereits herausgeschnitten, im Meerwasser gereinigt und zur Hälfte verspeist.

Doch als er anschließend nach Hause fahren wollte, bemerkte er, dass seine Insel nun tiefer im Wasser lag. Im Jagdfieber hatte er Ort und Zeit vergessen, war zu weit hinausgetrieben, zwischen verschiedenen Eisschollen hin und her gesprungen oder hatte mit dem Fernglas vor den Augen am Boden gekauert und sich von der Strömung davontreiben lassen. Deshalb hatte er mit drei Dingen zu kämpfen, um nach Hause zu gelangen: der Strömung, dem Eis und seinem schwindenden Benzinvorrat. Die Sonne war untergegangen, der kalte Seenebel hatte sich mit der trockenen Luft vom Festland vermengt und ausgebreitet. Dann hörte Stefanus die Feuersirenen, ein wildes und unheimliches Geräusch in der Dämmerung, doch es machte ihn glücklich. Stefanus und Karina wohnen direkt neben dem Sirenenmast. Es war beinahe, als hätte seine Frau nach ihm gerufen. Er nahm Kurs auf das Sirenengeheul, musste jedoch ständig den Eisschollen ausweichen oder zwischen ihnen hindurchmanövrieren, eine Fahrt, die mehr Benzin verbrauchte, als sie ihn voranbrachte. Als die Kirchenglocken zu läuten begannen und er wusste, dass er sich nur noch wenige Meter südlich der Insel befand, hustete der Motor und gab schließlich ganz seinen Geist auf. Er versuchte zu paddeln, obwohl das im Treibeis sinnlos war. Mit seinem Gewehr feuerte er drei aufeinanderfolgende Salven ab, die wegen des Glockengeläuts ungehört verhallten. Am Ende gelang es ihm, den Motor wieder so weit in Gang zu bringen, dass er das Boot auf eine Eisscholle steuern konnte. Nun liegt er hier, dem Eis, dem Nebel und den von Norden kommenden Wirbelstürmen ausgesetzt. Die Eisscholle dreht sich langsam um die eigene Achse, die Kirchenglocke tönt mal vom einen, mal vom anderen Ende her. Kurz darauf verliert sie sich in der zunehmenden Dunkelheit.

Das Wasser kocht. Er gießt etwas davon in einen Becher, fügt ein wenig Nescafé und Zucker hinzu und rührt um. Der

Kaffee spendet Wärme, der Zucker hat eine beruhigende Wirkung. Überall um ihn herum zuckt das Eis, es knirscht, knackt, ächzt, bricht unter schneidenden Lauten. Er horcht nach Motorengeräuschen, dort draußen müssen noch andere unterwegs sein. Das Gewehr liegt neben ihm, zum Abfeuern bereit, falls er etwas hört, aber da ist nichts, selbst die Kirchenglocken sind endgültig verstummt. Die Strömung muss stark sein in dieser Nacht.

Es ist ein langer Tag auf dem Meer gewesen, die Sonne hat mit überwältigender Kraft gebrannt und Stefanus' Gesichtshaut in Leder verwandelt. Jetzt einzuschlafen, wäre töricht, das Einzige, was schwieriger zu finden ist als ein Mann in einem Boot, ist ein schlafender Mann in einem Boot. Stefanus blinzelt, wirft seinen Kopf hin und her, schlägt sich auf die Wangen, reibt sich mit dem Schnee von der Eisscholle das Gesicht ab, trinkt mehr Kaffee. Aber der Schlaf überkommt ihn genau wie der Nebel, mit beiden lässt sich nicht verhandeln. Er hält den Metallbecher als Warnsignal in den Händen. Sobald er eindöst, fällt der Becher scheppernd auf den Boden des Bootes, dann schreckt Stefanus hoch, nimmt ihn erneut in die Hand. Er steht auf, um sich zu bewegen, er springt hinaus auf die Eisscholle und pinkelt, trabt ein wenig hin und her, umrundet die Eisscholle. Das dauert lange, so lange, dass er sich sorgt, versehentlich auf eine andere Scholle geraten zu sein, doch dann entdeckt er sein Boot wieder, vertrauenerweckend und heimelig, den Bug keck nach vorn gerichtet. Jetzt ist er wacher. Es wird schon gut gehen, er muss nur Geduld haben, dann wird ein Boot auftauchen oder der Helikopter ihn suchen, ihn in die Kabine hinaufziehen, sie werden ihm Kaffee anbieten und ihn nach Hause fliegen. Zu Karina. Ihre Sorge wird sie dazu bringen, ihn zu lieben.

Fleisch hat er genügend, vielleicht sollte er eine der Ringelrobben partieren und sich mit etwas Meerwasser eine Portion Robbenfleisch kochen. Gesalzenes, dunkles Fleisch; beim Gedanken daran läuft ihm das Wasser im Mund zusammen. Aber es dauert fast eine Stunde, bis Robbenfleisch weich gekocht ist, und er muss sparsam mit dem Gas umgehen.

Er schwingt seine Beine über die Reling und macht es sich wieder im Boot bequem, lehnt sich ans Steuer und schläft sofort ein, träumt jedoch, dass er noch wach ist und nach Motorengeräuschen horcht. Der Kaffeebecher liegt auf den Planken.

Stefanus träumt von seiner Frau Karina. Er weiß genau, was sie mit Asser treibt, dem Typen, der auf der anderen Seite der Wand wohnt, die das Haus teilt. Könntest du nicht bitte damit aufhören?, fragt er Asser. Der andere zaudert. Solche Dinge sind natürlich schwer, sagt er, wenn man auf einer Seite was ändert, muss sich auch auf der anderen Seite was tun. Das weiß ich schon, sagt Stefanus, aber wenn ich dich nun einmal darum bitte? Für mich ist das nicht besonders lustig. So was ist wohl für niemanden lustig, sagt Asser, aber was muss, das muss, daran können wir nun einmal nichts ändern.

Karina, sagt Stefanus, könntest du nicht bitte aufhören mit dem, was du mit Asser treibst? Es macht mich traurig. Ich weiß noch nicht mal, ob meine Kinder überhaupt meine Kinder sind. Doch Karina antwortet nicht, sie wendet ihm den Rücken zu und richtet ihr langes Haar.

Stefanus berührt seine Frau, er streicht über die störrische Behaarung, fährt ihre Schamlippen hinab, die zur Seite gleiten und seinen Finger umschließen, sieht ihren genussvoll verzerrten Mund, ihre flatternden Augenlider. Er berührt

Karina und betrachtet sie dabei. Karina sieht hinter ihre geschlossenen Lider, und was sie dort sieht, bringt sie zum Lächeln. Sieh mich an, sagt Stefanus, mich, deinen Mann. Ich bin direkt hier. Doch sie treibt weg, schwimmt auf dem Laken davon, sein Glied löst sich aus ihrem Schoß, und er spürt, wie ihr Körper seinen Händen entgleitet. Bitte bleib bei mir, sagt er, doch sie ist weg. Er bleibt nackt auf einem riesigen, weißen Laken zurück.

Stefanus treibt mit einer Durchschnittsgeschwindigkeit von einem halben Knoten pro Stunde von seiner geliebten Karina weg. Er träumt erneut von ihr, auf eine sehr nüchterne und realistische Weise, sieht sie in verschiedenen Alltagssituationen, mit dem Kleinsten auf dem Arm, beim Abwasch, doch wenn sie sich umdreht und zu ihm spricht, kann er nicht hören, was sie sagt. Er träumt in Farbe, aber ohne Ton. Es ging ihnen gut zusammen, trotz Karinas Seitensprüngen, die meiste Zeit haben sie ein ruhiges und anständiges Leben geführt, mit Arbeit und Geburten. Karina ist gut darin, Kinder zu gebären, sie hat sie immer in der Siedlung geboren, ohne die Hilfe eines Arztes, allerhöchstens mit einem verängstigten Krankenpfleger an ihrer Seite. Sie biegt ihre Beine zurück und stützt sich mit den Händen in den Kniekehlen ab, dann presst sie das Kind heraus. Längere Zeit zufrieden, ja sogar glücklich, von Ruhe erfüllt, wirkte Karina nur während der Schwangerschaften und in den ersten Monaten nach der Geburt. Stefanus ist sich relativ sicher, dass zwei der Kinder von ihm sind, beim dritten und jüngsten, einem Mädchen, ist er es nicht, das Kind ist ziemlich hell. Vielleicht ist es Assers Tochter, wahrscheinlicher aber ist einer der Dänen, die am Flughafen arbeiten, der Vater.

Stefanus träumt, dass er einen langen Korridor mit grünen, phosphoreszierenden Wänden entlanggeht. Der Boden ist zu einer Seite hin abschüssig und verrutscht noch dazu bei jedem Schritt. Es fällt Stefanus schwer, nicht zu stolpern, aber er ist gezwungen, weiterzugehen, denn am Ende des Ganges wartet eine Person, die zu treffen er Karina versprochen hat. Doch immer, wenn er glaubt, am Ende des Korridors angelangt zu sein, macht dieser einen Knick, und hinter der Ecke beginnt ein neuer Gang. Stefanus läuft und läuft.

Während er in seinem Boot sitzt und von seiner untreuen Frau und einem schiefen, endlosen Korridor träumt, bewegt sich die Eisscholle mit rund zwanzig Kilometern pro Tag nach Süden. Gegen vier Uhr morgens lichtet sich der Nebel. Das ist gut für Stefanus, denn seine Körpertemperatur sinkt, und der Gaskocher ist ausgegangen. Ein Abwind über dem Inlandeis hat den Nebel auseinandergerissen, doch er treibt auch die Eisschollen voneinander weg. Wenn er wach wäre und in der Dunkelheit sehen könnte, würde er merken, dass die Eisscholle ihre Geschwindigkeit erhöht und ihren Kurs in eine südöstliche Richtung geändert hat, sodass sie nun von der Küste weg aufs offene Meer hinaustreibt. Noch dazu dreht sie sich so sehr im Kreis, dass das Meer sie in absehbarer Zeit in Eisbrei verwandelt haben wird.

Doch von alledem bemerkt Stefanus nichts, er schläft tief, mit einem kleinen Lächeln auf dem Gesicht. Über seinem Kopf kreisen die Sternbilder.

Sprechstunde

Jesper empfängt seine Patientinnen spät, nach Sonnenuntergang, sie schleichen sich um die Straßenlaterne herum, der Schnee dämpft ihre Schritte. Erst wenn sie den Windfang betreten haben, kann er sie hören. Das Klackern von Fußballschuhen, das Trippeln von Stiefeletten, das Knirschen von Turnschuhen, dann ein fragendes Klopfen an der Tür. Und Jesper steht zur Verfügung, dafür wird er bezahlt, er weist niemanden ab. Jetzt, im Frühjahr, entstehen Epidemien von Hautabschürfungen, verstauchten Knöcheln, schmerzenden Kniegelenken und überanstrengten Muskeln. Und die Klinik wurde in die Krankenpflegerwohnung verlegt, die Öffnungszeiten in die dunklen Stunden, Diagnose und Behandlung auf Jespers sepiafarbenes Loungesofa im Wohnzimmer, wo er im Winter, vor einer Ewigkeit, die sich wie ein ganzes Leben anfühlt, mit dem Mädchen schlief, das starb, und später mit Sara, die ihn verließ. Jetzt sind sie fort, eine ferne und schuldbehaftete Erinnerung, verdrängt von einer Armee versehrter Frauen.

Es ist auffällig, wie sehr sie sich mit einem Mal für ihn interessieren. Er vermutet, dass es mit der Jahreszeit zusammenhängt. Alles hat seine Saison. Der Schmerz, den Sara hinterließ, als sie in der Stadt blieb und sich nicht einmal verabschiedete. Der tiefere Schmerz über die andere, vom Winter, sie, an die er nicht denken mag, die sich jedoch von Zeit zu Zeit regt, ein zappelndes, knochenbleiches Gespenst, das sich am Rande seines Blickfeldes festgesetzt hat. Doch seine Gäste schlagen es in die Flucht.

Sie kommen der Reihe nach. Er empfängt sie, ohne sich über die plötzliche Paarungslust zu wundern, streift ihre Lippen bereits im Flur mit seinen, nimmt sie an die Hand und führt sie zu seinem Sofa. Junge Mädchen, siebenfache Mütter, Dünne, Dicke, Heiße, Kühle, Reinliche und Schmutzfinken. In den ruhigen Stunden, wenn er auf der Station sitzt und in die Luft starrt, philosophiert er über diese Frauen. Sie bestätigen alle Vorurteile und machen sie gleichzeitig zunichte. Wie sollte man das zu Hause erklären? Der Schwester schreibt er keine E-Mails mehr, mit den Eltern hat er schon seit Monaten nicht gesprochen.

Die Mehrzahl seiner Gäste spielt in der Fußballmannschaft der Siedlung, die jeden Tag unten auf dem Eis trainiert. Tagsüber schwitzen sie in der Frühlingssonne, ihre Fußballschuhe treten Löcher ins matschige Eis, sie foulen einander grob, teilen Blutgrätschen und Pferdeküsse aus, pflügen Furchen in den Schnee, sodass er in hohem Bogen in alle Richtungen spritzt, und ihre Zöpfe wirbeln wie schwere Taue hinter ihnen durch die Luft. Abends und nachts liegen sie nackt und nach Schweiß duftend auf Jespers riesigem Sofa. Er streicht mit der Hand über die zarte Frauenhaut. Starke und weich geklopfte Muskeln spielen unter seinen Händen, häufig stöhnen die Frauen vor Schmerz. Er öffnet ihre Zöpfe und Pferdeschwänze, knöpft auf, streift ab, zieht an Gummibändern, löst Schnallen; Haut wird entblößt, ein Duft von Weiblichkeit steigt auf und macht ihn benommen, und er küsst jeden einzelnen Abdruck von Gummibünden, jeden Bluterguss, jede Schramme und jedes geschwollene Gelenk. Manche Nächte sind wortreich, andere vergleichsweise stumm. Einige Frauen verschwinden, bevor es hell wird, andere bleiben bei ihm. Sie drehen sich um und schlafen weiter, wenn er strotzend vor postkoitalem Elan aufspringt, Haferbrei mit Milchpulver isst und sich auf den Weg zur Arbeit macht beziehungsweise die zehn Schritte hinauf zur Krankenpflegestation zurücklegt.

Amalie ist wieder da. Nachdem sie einige Tage freigenommen hatte, hielt sie es nicht mehr aus. Sie wirft ihm einen vielsagenden Blick zu. Na, man hat wohl eine gute Nacht gehabt?

Eine wunderbare Nacht, sagt er und setzt den Kaffee auf. Und selbst?

In meinem Alter hat man nie wunderbare Nächte, sagt sie und steckt sich eine Zigarette an. Sie hatten eigentlich vereinbart, dass nur draußen geraucht wird und in Ausnahmefällen im Wartezimmer, wo große Plakate vor der schädlichen Wirkung des Tabaks warnen. Doch an manchen Tagen trotzt Amalie dem Verbot, und Jesper sagt nichts dazu, wedelt nur demonstrativ mit der Hand vor der Nase und setzt sich hin, um die Patientenblätter durchzusehen. Kurz darauf bringt sie ihm den Kaffee und krault seinen Kopf.

Es ist schön, dich glücklich zu sehen, sagt sie.

Das muss am Licht liegen, sagt Jesper. Man merkt schon, dass man ein bisschen sonderbar wird, wenn es so lange ausbleibt.

Im Winter habe ich mir Sorgen um dich gemacht, sagt Amalie. Nach allem, was passiert war. Ich hatte überlegt, dass ich gern mit dir darüber sprechen würde.

Jetzt geht es mir gut, sagt Jesper in entschiedenem Ton. Aber danke für deine Fürsorge.

Und Sara?, fragt Amalie. Was ist mit ihr?

Keine Ahnung. Ich habe keine Lust, darüber zu sprechen.

Amalie bleibt sitzen und betrachtet ihn, während er die

Patientenblätter für die zehn bis zwanzig Patienten des Tages vorbereitet. Dann steht sie auf und ruft den ersten herein. Er setzt sich auf den Stuhl gegenüber von Jesper und erklärt sein Problem. Amalie übersetzt. Es ist ein normaler Tag, an dem nichts Unvorhergesehenes geschieht. Ein Patient folgt auf den nächsten, sie rufen vier bis sechs in der Stunde auf, viel Gerede, ein Sehtest, eine Blutabnahme, Auffüllen von Medizin, mehr Gerede, Blättern in alten Krankenakten, einige Telefonate mit dem Krankenhaus, der Kommune, der Dialyseabteilung des Rigshospitals, eine Krankschreibung, eine gynäkologische Untersuchung, eine rektale Exploration, ein wenig Klopfen auf Knie, Absaugen von strohgelber Flüssigkeit aus einem Gelenk, eine chirurgische Warzenentfernung, Blicke in Ohren und Hälse, Wiegen von Neugeborenen, mehr Gerede, und dann ist der Letzte gegangen. Amalie füllt die Krankenpflegertasche auf und sagt, ich übernehme die Wacht schon, du hast ja Wichtigeres zu tun. Dann geht Jesper nach Hause, und mitunter liegt noch immer eine Frau unter der Decke auf seinem Sofa.

In eine von ihnen verguckt er sich. Er verlässt sie am Morgen und fragt, wirst du hier sein, wenn ich nach Hause komme? Wohl wissend, dass die Frage ein Ungleichgewicht in der Beziehung verursacht. Er sollte etwas von der Brutalität dieser Frauen lernen, sich abhärten wie sie, die Vergangenheit hinter sich lassen, auf die Zukunft pfeifen, dem Leben mit derselben kaltblütigen Sorglosigkeit begegnen. Aber es ist schwer, Härte zu zeigen, wenn man liebt. Und jetzt liebt man. Emma heißt sie.

Sie ist die Tochter des Ladenverwalters, eine gedrungene Frau von fünfundzwanzig Jahren. Runde Schultern, dralle Brüste, dunkle Augen mit einem verträumten Schimmern. Was, wie er bald herausfindet, daran liegt, dass sie sehr kurzsichtig ist. Sie hat eine Brille, minus fünf auf beiden Seiten, aber sie trägt sie nie. Das sei unpraktisch, wenn man Fußball spiele, und sie sei eine gute Spielerin, sagt sie und lächelt. Wenn sie sich auf das Spiel vorbereitet, knotet sie sich ein Handtuch stramm um die Brüste, damit sie nicht auf eine für sie und die Zuschauer irritierende Weise hüpfen. Das lange Haar flicht sie zu einem steinharten Zopf. Dann ist sie bereit. Jesper sieht ihr vom Fenster aus beim Spielen zu. Wenn sie abends zu ihm kommt, zeigt sie ihm stolz ihre Schäden. Und Jesper küsst sie und reibt sie mit einer kühlenden Salbe ein.

Er bereitet ein Omelett für Emma. Er hat tonnenweise gefrorene Eier, verschiedene Fleischsorten, geriebenen Käse und Butter im Gefrierschrank sowie diverse Konserven in den Schränken. Während Emma auf dem sepiafarbenen Loungesofa liegt, Sockenflusen zwischen ihren Zehen herauspult und eine deutsche Ratesendung im Fernsehen sieht, öffnet er eine Packung Bacon und verteilt die fettigen Streifen in einer mit Backpapier ausgelegten Bratpfanne, die er in den Ofen schiebt. Während sich der Speck unter dem Grill zusammenkräuselt, verrührt Jesper in einer Schale die Eimasse, streut Salz und Pfeffer darüber, gibt einige Teelöffel Wasser hinzu und schlägt sie, bis sie luftig wird. Die zweite Pfanne ist brennend heiß, die Butter flitzt darin umher. Er gießt das Ei hinein, kippt die Pfanne vor und zurück und verteilt die Masse gleichmäßig. Mit einem Holzspatel bewaffnet beobachtet er, wie sie stockt und sich zusammenzieht. Ein wenig von der angebrannten Butter gelangt nach oben und setzt sich in Form von kleinen Fettseen auf der gelben Oberfläche ab, die mit Pfefferkörnern übersät ist. Er lupft die Kante ein Stück nach oben, betrachtet die Unterseite, gibt dem Omelett eine weitere Minute. Dann faltet er es zweimal, zu einem Viertelkreis, lässt es ruhen und aufgehen, während er den Bacon aus dem Ofen nimmt, die knisternden Streifen vom Backpapier löst und auf einen Teller legt, wo sie schnell abkühlen und hart und knusprig werden. Er hebt das Omelett auf einen Teller und fischt eine Handvoll Cocktailwürstchen aus einer Dose, wirft sie in die Pfanne und brät sie mit der Resthitze. Zwischen Ei, Würstchen und Speck drapiert er einen Klecks Aprikosenmarmelade, dann verteilt er die Bratreste darüber und trägt das Ganze hinüber zu Emma. Sie zerreißt das Omelett mit der Gabel und stopft sich den Mund mit Bacon voll, zerkaut ihn knirschend, zieht die Würstchen durch die Marmelade. Jesper sieht ihr gern beim Essen zu, wie der Mund sich um die Bissen schließt und drauf loskaut, die Zunge hinausschnellt und über die Lippen fährt. Emma blickt ihn einige Male scheel an, während sie isst, kneift ihre Augen kurzsichtig zusammen. Anschließend legt sie sich hin, und Jesper legt sich auf sie, packt ihre starken Fesseln, zieht sie nach oben und zur Seite, damit er in sie hineinkommt. Sie zappelt, sie ist stark, wenn sie wollte, könnte sie mit ihrer Ferse seinen Kiefer zertrümmern, aber er hält sie fest, insistiert, und sie beruhigt sich. Er lässt die Fesseln los, beugt sich über sie, wippt unrhythmisch, aber schnell das Becken vor und zurück, sieht, wie sich ihre rosafarbenen Fersen in den sepiafarbenen Bezug stemmen, während sie ihr Gesicht zur Seite dreht und ihm ihren Unterleib entgegendrückt.

Dann kommt sie eines Tages nicht mehr zu ihm, ohne Vorwarnung. Wie Sara, die ihn verließ. Wie Asta, die starb. Das Schweigen, das er bereits voraussetzt und nicht länger infrage stellt. Der Mangel an Erklärungen. In gewisser Weise der einfachste Weg. Aber dann holt der Schmerz ihn ein und erwischt ihn kalt. Er hatte es doch noch nicht verwunden. Er beobachtet Emma vom Fenster aus, er quält sich. Nie wirft sie auch nur einen Blick zu ihm hoch. Dann scheint ihm, als würde der Schmerz davongleiten, wie ein Schleier, den man beiseitezieht, leichter und schneller als zuletzt, und er empfängt die nächsten Gäste.

Und sie kommen, verheiratete Frauen mit Brüsten, an denen sie gerade noch ihre Kinder gesäugt haben, große Schulmädchen mit Rotznasen und Pickeln, er strebt Sündenvergebung durch Sündhaftigkeit an, und sie kommen, schleichend oder trampelnd, gehen direkt zur Sache oder klagen über rätselhafte Symptome, Schwindel, plötzliche Übelkeit, Schmerzen in Magen, Ohr, Bein. Sie führen ihre Hände an die Stirn, taumeln, er zieht sie mit sich aufs Sofa. Dann ist auch die Neue fort, hinterlässt eine Leere und Stille, ein schwaches Echo von Schmerz, das schließlich verschwindet.

Nikoline ist achtzehn Jahre alt, und der vierunddreißigjährige Jesper spürt die wohlbekannte lustvolle Scham bei dem, was er mit ihr anstellt. Aber ihr junger Körper strahlt einen zu großen Liebreiz aus, als dass er widerstehen könnte. Die spitzen Brüste ziehen sich wie verschreckte Tiere zusammen, wenn er sie berührt; noppige Gänsehaut huscht in Wellen über ihre Oberschenkel und den ganzen Körper. Dennoch zieht sie die Beine hoch, öffnet sich und lässt ihn mit dem Finger fühlen, erst außen, den kleinen, büschelartigen Kringel auf ihrem Venushügel, dann tiefer drinnen, und sie spuckt in ihre Hand und befeuchtet sich selbst, damit er leichter eindringen kann. Sie hat kein leidenschaftliches Temperament, möchte es gern so schnell wie möglich hinter sich bringen, für sie ist der Beischlaf der natürliche Höhepunkt eines regelmäßigen hygienischen Rituals, nichts, was man ausdehnen sollte, eine schnelle Abwicklung, ein kurzes, gereiztes Wimmern gefolgt von eiligem Abwischen mit Toilettenpapier, damit sie im Leben weiterkommen kann.

Nikoline ist die Tochter des Schuldirektors, Amalies Stieftochter. Sie wurde außerehelich geboren, das Ergebnis einer Fortbildung, die Fleischer besuchte, sie wohnt bei ihrer Mutter an der Westküste und ist nun für einige Monate zu Besuch beim Vater. Sie nimmt eine Auszeit, irgendwas muss dort im Westen geschehen sein, mit einem Jungen, auch sie hat etwas, das sie verdrängen muss. Das haben sie gemein, sie und Jesper. Bald geht es mit dem Gymnasium weiter, dann mit der Universität in Kopenhagen. In einigen Jahren werde sie nach Nuuk zurückkehren, sagt sie, wo sie plane, Karriere zu machen.

Was ist mit einer Familie?, fragt Jesper. Kindern?

Sie lacht höhnisch. Mann und Kinder? Dafür habe ich überhaupt keine Zeit. Und jetzt hör auf, mich zu befummeln, geh mit deinem Kopf weg, du zerquetschst mich noch, hau ab und wasch deinen Schwanz, ich will Nachrichten gucken.

Er brät ein Omelett für Nikoline, es ist sein Abschiedsgeschenk, bevor sie ihn verlässt. Er mischt geriebenen Mozzarella unter die Eimasse, damit sie extra fettig und dickflüssig wird und ein wenig säuerlich schmeckt. Bevor das Ei stockt, breitet er einige Scheiben Schinken darüber, beobachtet, wie sie versinken und untergehen, drückt sie zusätzlich mit dem Spatel hinein. Er toastet ein Stück Weißbrot, schneidet mit dem Käsehobel dünne Scheiben gefrorener Butter ab und serviert ihr das Essen im Wohnzimmer. Sie schlafen noch einmal miteinander, dann geht sie.

Noch eine verlorene Liebe, die jeden Nachmittag auf dem Eis Ball spielt. Er spürt den Splitter, bemerkt die knochenbleiche Gestalt am Rande seines Blickfeldes, er dachte, sie sei verschwunden, doch nun ist sie wieder da.

Karina, eine verheiratete Frau, sucht ihn eines Abends auf, als die Kirchenglocke Stunde um Stunde läutet. Sie ist Jesper aufgefallen, sie ist eine Schönheit, ein wenig verlebt, aber umso anziehender, er hat von ihr fantasiert. Was kann ich für dich tun?, fragt er.

Doch sie macht sich Sorgen um ihren Mann, aus diesem Grund ist sie gekommen, was auch immer Jesper ihrer Meinung nach in dieser Angelegenheit ausrichten kann. Stefanus ist nicht von der Jagd zurückgekehrt, er ist gestern aufgebrochen, und sie haben die halbe Nacht die Glocken geläutet.

Jesper sagt ein paar tröstende Worte, aber viel kann er nicht tun. Lass uns hoffen, dass er gesund und munter wieder nach Hause kommt.

Etwas kann er schließlich doch tun, denn Karina hält das Alleinsein nicht aus, die Kinder sind drüben bei den Schwiegereltern, und ihr Nachbar Asser, der ihr für gewöhnlich Gesellschaft leistet, macht eine Sauftour in die Stadt. Sie verbringen die Nacht miteinander. Der nächste Tag ist ein Samstag, und Jesper muss nicht zur Arbeit. Karina tätigt ein paar Anrufe, aber es gibt nichts Neues. Der Mann ist weg. Sie liegen auf dem frisch gemachten Sofa und sehen fern. Karina ist abweisend und schweigsam, hat aber offenbar trotzdem nicht vor, nach Hause zu gehen.

Möchtest du ein Omelett?, fragt Jesper.

Nein, danke, ich hab keinen Hunger.

Jesper geht trotzdem in die Küche, um sich zu beschäftigen, er steht nackt an der Arbeitsplatte und sucht sich neue Zutaten zusammen, gefrorene Crème fraîche, die er ein paar Minuten in der Mikrowelle auftauen lässt, einen Löffel grüner Pfefferkörner, Paprikastreifen, geräucherte Kipper. Er streut den geriebenen Käse über das Omelett und grillt es einige Minuten im Ofen.

Karina möchte nichts, aber als er es ihr vorsetzt, isst sie dennoch gierig.

Wenn mein Mann nicht zurückkommt, ziehe ich bei dir ein, sagt sie.

Aha, sagt Jesper. Warum nicht? Aber was ist mit deinen Kindern?

Die Kinder können bei ihren Großeltern wohnen, da sind sie sowieso die meiste Zeit.

Sie ziehen sich aus und legen sich aufs Sofa, kugeln ein wenig herum und kichern.

Meinst du nicht, dass Stefanus wiederauftaucht?, fragt sie. Ich wäre traurig, wenn er verschwunden bliebe.

Doch, sagt Jesper. Sie werden den Hubschrauber schicken und ihn holen. So was passiert doch ständig.

Ja, sagt sie, ich bin mir sicher, dass sie ihn finden.

Dann schlafen sie miteinander.

Am Nachmittag geht sie nach Hause, und er hört nichts mehr von ihr. Stefanus taucht nicht wieder auf.

Also tröstet er sich mit der kleinen Schwester des Katecheten, Saras Tante. Kathrine ist sieben Jahre älter als er und sieht auch nicht gerade jung aus für ihr Alter, außerdem ist sie verheiratet, und es heißt, ihr Mann sei sehr eifersüchtig, was Kathrine bestätigt, als er sie fragt.

Schrecklich eifersüchtig, sagt sie und leckt das Baconfett von ihren Fingern. Wenn er wüsste, was ich hier mache, würde er nach Hause rennen und sein Gewehr holen. Sie greift an Jespers Hosenstall, in dem es schmerzhaft spannt, öffnet ihn und holt das abstehende Ding heraus, gibt einige anerkennende Laute von sich, und beim bloßen Anblick ihres Mundes, der es küsst, ihrer Zunge, die hervorschnellt, schäumt er fast über. Mein Mann ist nicht normal, sagt sie, er kann es einfach nicht ertragen, wenn seine Frau sich amüsiert.

Der besagte Mann steht in diesem Moment vor dem Haus. Kathrine hebt den Kopf, sie hat ihn rufen hören, und jetzt hört auch Jesper es, eine gebrochene, klagende Stimme. Sie schleicht zur Tür, löscht das Licht. Jesper stellt sich neben sie, noch immer strotzend und nach Kathrines Lippen und Zunge lechzend. Jetzt, wo er sieht, wie das Licht ausgeht, weiß er doch auf jeden Fall, dass du hier bist, sagt er.

Dann erblicken sie ihn. Er steht unten am Kiesweg und schaut zum Fenster hinauf. Er sieht eher unglücklich als mörderisch aus, findet Jesper.

Er kann uns nicht sehen, sagt Kathrine.

Bist du sicher?

Wir sollten uns lieber verstecken, sagt sie.

Sie kehren zum Sofa zurück, und Jesper nimmt sie, liebt ihren müden, nicht mehr jungen Körper, während ihr Mann draußen steht und ruft. Jesper betäubt Schmerz, indem er Schmerz bereitet. Sie ziehen sich aus. Kathrine legt sich auf den Rücken, und Jesper hebt sich über sie, berührt sie unten, und sie lässt die Beine zur Seite fallen.

Nimm mich hart, sagt sie.

Er taucht hinab, nimmt eine Brust in den Mund und beißt zu. Sie schreit.

Hart genug?, fragt er.

Mach weiter, stöhnt sie.

Und er nimmt sie, rotiert, stößt, pumpt, beißt. Er ist mit einer Frau zusammen und versucht, sie glücklich zu machen. Kathrine hat sich zurückgelehnt, ihr Brustkorb bäumt sich auf, ihr grau meliertes Haar liegt wie ein Fächer ausgebreitet, ihr Gesicht glüht. Ihre Brüste tanzen, schwingende Hautlappen, die Brustwarzen zwei wild umherkullernde Augen. Jesper gibt den Takt vor. Er spürt, wie sich etwas in ihm löst, etwas Schweres und Unabwendbares, vielleicht das Gespenst, das zappelt, doch obwohl Kathrine zufrieden aussieht, ist sie noch nicht glücklich, sie ist eine erfahrene Frau, die man lange und sorgsam lieben muss.

Jesper stöhnt. Ich weiß nicht, wie lange ich mich noch zurückhalten kann.

Denk an was anderes, raunzt sie.

Und so denkt er an alles, was er vermisst, alles, was er in diesem Land nicht bekommt, an Pasta, Pesto, Pita, Pizza, Parma, Penne, Peperoni, Pickels, er denkt an Bananen, Birnen, Blaubeeren, Blumenkohl, und während Kathrine brüllt, ihn anfeuert und flucht und schreit, mach weiter!, mach weiter!, so laut, dass es wahrscheinlich nicht nur der Mann vor der Tür, sondern der Großteil der Siedlung hören kann, klopft, stößt, bohrt er und denkt an Fasan, Feta, Feigen, Feldsalat, Fenchel, Himbeeren, Honig, Hornhecht, Hummer, und jetzt lächelt Kathrine voller Anerkennung, also denkt er Raps, Radieschen, Reis, Rohrzucker, Rum, Lachs, Lamm, Limonen, Linsen, und dann denkt er Burgunder, Bordeaux, Barbaresco, Barolo, Rioja, Retsina. Ja, johlt Kathrine, ja, ja! Und er denkt Kaffee, Kapern, Kaninchen, Kerbel, Kiwi, Kümmel, Kürbis, Krebs, und endlich erstarrt die Frau unter ihm, er sieht, wie sich die großen Sehnen ihres Halses wie Kabel unter ihrer bleichen und müden Haut spannen, wie ein Beben sich vom Unterleib nach oben in ihren Brustkorb fortpflanzt, der sich hebt, ihren Kopf, der nach hinten fällt, ihren Mund, der sich öffnet, die Zähne, die darin glänzen, die Augenlider, die zittern, und er macht weiter, selbst als sie schreit, Kefir, Molke, Vollmilch, Kondensmilch, Buttermilch,

Dickmilch, Acidophilus, Sahne, Schmand, Joghurt, Quark, und er denkt an Asta, er kann nicht anders, selbst in diesem allumfassenden Beischlaf sucht sie ihn heim, Asta, denkt er, Asta, meine Liebste, und jetzt ist er es, der schreit, er spürt, wie die Tränen strömen, er heult hemmungslos, macht aber dennoch weiter, bis er über Kathrines Brust zusammensackt und das letzte Milchprodukt in seinen Ohren dröhnt: Crème fraîche, Crème fraîche, Crème fraîche.

Am nächsten Tag trifft Jesper Kathrines Mann im Laden. Der Mann erstarrt, als er ihn sieht, dann dreht er sich um und verschwindet zur Tür hinaus. Einer der Mitarbeiter, Enok, kommt vorbei und wirft Jesper einen ironischen Blick zu.

Es wird noch böse enden, sagt Amalie. Alle wissen doch, was du treibst. In einer Siedlung lässt sich nichts geheim halten.

Ich habe keine Angst vor ihrem Mann, sagt Jesper. Er kann machen, was er will.

Um dich mache ich mir ja auch keine Sorgen, kanzelt sie ihn ab. Sondern um Kathrine.

Jesper beginnt, abends die Tür abzuschließen. Kathrine kommt, jetzt ist sie es, die draußen steht und ruft, aber er lässt sie nicht herein. Er steht in der dunklen Küche und beobachtet sie. Ob sie ihn sehen kann? Jesper steht vollkommen still. Sie kann es, denn jetzt hebt sie die Hand und winkt, macht auf dem Absatz kehrt und geht triumphierenden Schrittes davon.

Am nächsten Tag muss er einige Krankenbesuche erledigen. Ein paar Fieberkinder, nichts Ernstes. Als er zur Krankenpflegestation zurückkehrt, steht dort ein junges Mädchen, das sich das äußere Glied des rechten Zeigefingers in einer schweren Tür abgetrennt hat. Dies ist offenbar die

Saison der Amputationen. Jesper konferiert am Telefon mit dem Arzt.

Du musst versuchen, dich selbst darum zu kümmern, sagt Jens Jørgen. Wenn es komplett schiefgeht, kannst du sie ja nächste Woche mal vorbeischicken.

Jesper legt den Hörer mit dem unangenehmen Gefühl auf, dass der Arzt ziemlich förmlich klang. Ob er Gerüchte über seine Eskapaden gehört hat?, überlegt er. Oder über Asta? Ist es der Vaterschaftstest?

Jens Jørgens Anweisungen folgend, spritzt er eine örtliche Betäubung in den Finger des Mädchens, führt die Kanüle an der Fingerwurzel ein und sieht, wie die Flüssigkeit den Finger anschwellen und die Haut bleich werden lässt. Das Mädchen stöhnt vor Schmerz. Nach ein paar Minuten kann er sie mit der Kanüle piken, ohne dass sie etwas spürt. Dann trennt er mit einer Zange einen halben Zentimeter des Fingerknochens ab. Anschließend näht er die Ränder des Fingerstumpfs über dem verkürzten Knochen wieder zusammen. Er hat Digitalfotos von dem Finger vor und nach der Operation gemacht und mailt sie an das Krankenhaus. Fünfzehn Minuten später ruft der Arzt an.

Das sieht doch gut aus, sagt er.

Und was soll ich sonst noch machen?, fragt Jesper.

Gib ihr ein Antibiotikum, sagt der Arzt. Dann legt er auf.

Er wickelt den Finger in Gaze, gibt dem Mädchen Penicillin und Schmerztabletten und Anweisungen, wie es sich in den nächsten Tagen verhalten soll. Kein Fußball, kein Abwasch, nicht zu viel Aktivität, die Hand ruhig halten.

Das Mädchen sieht ihn an, es lächelt.

Jesper lächelt zurück.

Wie alt bist du eigentlich?, fragt er.

Fünfzehn, ich bin mit Asta in eine Klasse gegangen.

Aha, sagt er und spürt, wie das Gespenst zappelt. Dann wiederholt er, was er bereits über den Finger gesagt hat, und erhebt sich schnell aus dem Bürostuhl.

Darf ich noch was sagen?, fragt das Mädchen.

Was denn?

Ich habe eine Nachricht, von Sara.

Von Sara? Der Splitter regt sich, versetzt ihm einen Stich. Jetzt erkennt er das Mädchen. Es ist Saras kleine Schwester. Sie hat die gleichen wachsamen Augen, das gleiche Lächeln, mit einem grausamen Zug, etwas Sarkastischem, oder bildet er sich das nur ein, kann es am Schmerz in ihrem amputierten Finger liegen? Er riecht, dass sie nach dem heutigen Training noch nicht geduscht hat. Auf der Brust ihres rot-weiß gestreiften Fußballtrikots steht die Zahl 5.

Sara ist hier, sagt das Mädchen. Sie würde dich vielleicht gern besuchen.

Sara, Sara, sagt Jesper. Was für eine Sara meinst du eigentlich?

Sara, meine große Schwester. Ich glaube, sie mag dich.

Im Augenblick, sagt Jesper, kann ich mich beim besten Willen nicht an irgendeine Sara erinnern.

Saras Schwester sieht ihn an und bricht in Gelächter aus. Du bist lustig, sagt sie.

Ja, entgegnet er, das sagen viele.

Jesper begleitet sie nach draußen, hilft ihr beim Anziehen von Jacke und Schuhen, bindet die Schnürsenkel ihrer Fußballschuhe. Sie sind nass von Schnee und Matsch. Draußen ist es inzwischen dunkel geworden. Als er mit dem Schlüssel in der Tür steht und gerade abschließen will, hört er Schritte im Schnee, ein Knirschen von Damenstiefeln, ein unterdrücktes Lachen. Dort steht das Mädchen, aber neben ihm versteckt sich noch eine Person hinter der Ecke.

Sara, Sara, sagt er laut vor sich hin, wer war das bloß noch?

Dann wirft er das Schlüsselbund in die Luft und fängt es wieder auf, wirft und fängt. Anschließend geht er die Treppe hinab, pfeifend. Er tut so, als sehe er den Schatten nicht, der dort steht und auf ihn gewartet hat, tut, als rieche er den schmerzlich bekannten Duft ihres Deodorants nicht, geht um die Ecke und nach Hause, schließt die Tür hinter sich zu und lässt sich auf das kolossale sepiafarbene Loungesofa fallen. Im Fernsehen läuft Golf.

Korrespondenz III

Krankenhaus, den 5. Juli

Lieber Jesper,
zusammen mit der Ware wollte ich dir gern ein paar Worte mit auf den Weg schicken. Ich hoffe, du kannst die Geräte gebrauchen. Wir fanden, es sei an der Zeit, dass du ein neues Hämoglobin-Messgerät und ein besseres Mikroskop bekommst. Mit dabei sind auch Objektträger, Methylenblau und was sonst noch so dazugehört. Wenn etwas fehlt, ruf Carsten im Labor an oder Helle in der Apotheke. Das Mikroskop ist richtig gut, ich habe es selbst getestet. Die Gonokokken zeichnen sich gestochen scharf unter dem Objektiv ab. Die Gipsbandagen sind von einer neuen, schnell trocknenden Sorte. Man muss sie mit sehr flinker Hand umlegen, aber sie sind wirklich stabil. Wir verwenden sie schon seit einem Jahr, also frag uns einfach, falls sie dir Probleme bereiten.
Wie geht es dir denn sonst so? Man hört ja zurzeit nicht viel von dir. Ja, wir haben alle unsere eigenen Kreise, die dazu tendieren, immer kleiner zu werden, bis man sich am Ende gar nicht mehr bewegt. Hast du was von Sara gehört? Ich sehe sie fast jeden Tag. Sie hat einen Job im Laden gefunden, oben in der Konfektionsabteilung. Es ist ärgerlich, dass sie nie eine ordentliche Ausbildung absol-

viert hat, dazu wäre sie ja durchaus in der Lage gewesen. Es gibt so viele junge Menschen hier, denen es an Herausforderungen fehlt, so viel Energie, die sich aufstaut und kein natürliches Ventil findet.
Was ist eigentlich mit euch passiert? Es geht mich ja nichts an, aber man kann nicht umhin, an dich zu denken, wenn du dort draußen allein vor dich hin pusselst. Ihr habt so gut zusammengepasst, das sagt Ingunn auch. Und sie war in dich verliebt, das konnte ein Blinder mit dem Krückstock sehen. Aber die Frauen hier oben können für einen Dänen schon schwierig sein. Sie sind es gewohnt, die Hosen anzuhaben, und zu viel Gefühlsduselei und Liebe können sie nicht ertragen. Ja, wie gesagt habe ich keine Ahnung, was mit euch schiefgelaufen ist, aber es ist vermutlich nicht deine Schuld. Die Unvereinbarkeit der Gemüter, sagt dir diese Redensart etwas? Das ist etwas, was ich häufig bei gemischten Paaren beobachtet habe. Wenn du möchtest, kann ich gern mal mit ihr reden, aber es gibt natürlich keine Garantie dafür, dass es helfen wird. Wenn du möchtest, dass ich mich nicht einmische, dann halte ich mich natürlich daran. *Sag was!*
Hier oben ist es mittlerweile fast schneefrei. Der Fußballplatz ist trocken, und das Training ist in vollem Gange. Nachmittags hängt der Staub über dem Platz. Gut, dass wir nicht an diesem Ende der Stadt wohnen. Hier bei uns ist die Luft klar und frisch, und wir können draußen Wäsche aufhängen, ohne dass sie einstaubt. Sara spielt jetzt übrigens für unsere Mannschaft. Letztes Jahr war sie ja Torschützenkönigin bei euch, so gesehen ist sie ein Gewinn für uns. Aber ich würde liebend gern auf sie verzichten, wenn ihr beide dafür wieder zusammenfändet. Der Mann ist nicht fürs Alleinsein geschaffen.

Ich habe ein wenig nachgedacht. Wie wäre es, wenn du in die Stadt kämst und mal ein Jahr lang hier im Krankenhaus arbeiten würdest? Es würde dir gefallen, man lernt vieles, mit dem man in einer heimischen Klinik nie in Berührung käme, und schon gar nicht in einer Siedlung. Und das Leben in der Stadt ist ja in vielerlei Hinsicht einfacher als in den Siedlungen, du hättest freie Tage, an denen du tun und lassen könntest, was du willst, die Läden haben ein größeres Sortiment. Es leben mehr Dänen hier. Und das bedeutet tatsächlich etwas, ob man es nun zugeben möchte oder nicht, man spricht es nur nicht gern aus. Aber ich habe ja Ingunn, ich habe Glück. An dem Hang über dem Laden steht eine Dienstwohnung leer, drei Zimmer, tipptopp-modern, mit einer schönen Aussicht über den Fjord. Geradezu perfekt für dich. Na ja, überleg es dir mal.
Ich habe viel zu tun, aber das ist natürlich keine große Neuigkeit. Ingunn geht es genauso. Wir sind ein gutes Team, aber wir haben viel zu selten gleichzeitig frei. Wenn das mal der Fall ist und das Wetter obendrein schön, wandern wir ins Blomsterdalen hinauf und suchen uns ein geschütztes Plätzchen, wo wir dann ein römisches Picknick mit Brot und Käse und Würstchen und Wein machen. Am Wochenende werden wir den Polhemsfjeld besteigen, du weißt schon, den spitzen Gipfel auf der anderen Seite des Fjordes. Wir haben einen Typen namens Tobias als »Sherpa« angeheuert. Es ist schon eine anspruchsvolle Wanderung, ich bin etwas nervös, weil ich ja nun auch nicht mehr der Jüngste bin (aber sag das bloß nicht Ingunn, dieser norwegischen Bergziege). Man kann nur auf schlechtes Wetter hoffen, dann werden wir gezwungen sein, uns mit häuslicher Gemütlich-

keit – einem Film, gutem Essen und einer Flasche Wein – zufriedenzugeben.
Ich hoffe, bei dir da draußen auf der Nebelinsel ist alles in Ordnung. Gib doch mal hin und wieder einen Mucks von dir, damit wir wissen, dass du frohen Mutes bist. Ich hoffe doch, dass du mich als Freund ansiehst? Das tue ich zumindest. Wir können gern abseits des Protokolls miteinander telefonieren, wenn bei dir Bedarf besteht. Ich hab schon ein paarmal angerufen, aber du bist nicht ans Telefon gegangen, du warst wohl gerade draußen unterwegs. Du kannst deine Briefe gern per Mail schicken, so wie im Winter, als die Telefone ausgefallen waren. Ich habe jetzt einen eigenen PC im Büro, und niemand außer mir liest das, was auf meiner Yahoo-Adresse ankommt. Der normale Postweg ist ja ungefähr so zuverlässig wie die Wettervorhersage, und mit dem Telefon ist es auch nicht viel besser. Aber ich hoffe doch, dass dich diese Sendung mit dem nächsten Schiff erreicht.
So, jetzt muss ich aber Schluss machen.
Jens

7. Juli
An: »Bezirkschefarzt Jens Jørgen Kjeldsen« <j_jorgen@yahoo.com>
Von: »Jesper Waltzer« <jebbe@yahoo.dk>

Lieber Jens,
vielen Dank für deinen Brief. Hier draußen läuft alles gut. Nach dem harten Winter sind die Menschen ein bisschen zur Ruhe gekommen. Ich vermute, dass knapp ein Drittel der Bevölkerung zu ihren Sommerhütten in den Schären

hinausgefahren ist. Sie kommen lediglich hierher, um im Laden einzukaufen oder ein Tütchen Kopfschmerztabletten bei mir oder Amalie abzuholen. Es ist schon seit mehreren Monaten nichts Dramatisches mehr passiert. Eine ausgerenkte Schulter habe ich wieder an Ort und Stelle gebracht, worauf ich ziemlich stolz bin. Und dann ist da noch Emanuel, der immer schwächlicher wird. Mit seinem Lungenkrebs muss er viel durchmachen und bekommt hohe Dosen an Schmerzmittel. Ich gebe ihm so viel, wie nötig ist, um seine Schmerzen zu stillen, du hattest ja gesagt, dass ich das darf. Seinem Cousin Justus geht es auch nicht sonderlich gut, er hustet und spuckt grünen Schleim und sieht überhaupt nicht gesund aus. Trotzdem sind sie jeden Tag vor dem Laden anzutreffen. Sie sind aus einem besonderen Stoff gemacht, diese Siedlungsleute. Ein Däne würde sich hinlegen und auf sein Ende warten. Emanuel klagt lediglich über seinen amputierten Daumen. Wie ich höre, ist er mit Justus in der Stadt einen trinken gegangen, kaum dass ihr ihn zusammengeflickt hattet. Als ich selbst zu Besuch war, habe ich sie jedenfalls bei Wind und Wetter draußen stehen und trinken sehen.
Ansonsten gibt es gerade nichts Besonderes. Ich habe einige »Problemkinder«, aber über die berichte ich ein anderes Mal gesammelt.
Über dein Angebot werde ich auf jeden Fall nachdenken.
Jesper

7. Juli

An: »Jesper Waltzer« <jebbe@yahoo.dk>
Von: »Bezirkschefarzt Jens Jørgen Kjeldsen« <j_jorgen@yahoo.com>

Hallo Jesper, so kann es auf keinen Fall weitergehen mit diesen beiden Trotteln, das endet noch damit, dass sie irgendwo im Freien herumliegen und sterben. Das kann ich nicht verantworten. Schick sie beide hierher. Emanuel muss zur palliativen Pflege aufgenommen werden, er wird den Sommer nicht durchstehen, dem Tumor nach zu urteilen, den wir auf dem Röntgenbild seiner Lunge gesehen haben. Ich würde ihn am liebsten ins Rigshospital schicken, wo er sich einer Bestrahlung oder einer Chemo unterziehen könnte, aber damit würde er sich niemals einverstanden erklären. Justus müssen wir endlich gründlich untersuchen. Ich glaube, dass er TB hat, es wäre doch zu bizarr, wenn er ebenfalls Krebs hätte, aber die TB könnte ja auch eine Begleiterscheinung von Bronchialkarz. sein, das sieht man häufig. Zwing sie hierher, du hast meinen Segen, dir irgendwas auszudenken. Solche Dummköpfe!
Schreib eine Liste mit den »Problemkindern«, dann finden wir für jedes von ihnen eine Lösung. Du solltest nicht versuchen, dich allein durch alles hindurchzuwurschteln. Denk bitte daran, dass es erlaubt ist, um Hilfe zu bitten! Hallo?!
Amalie sagt, dass du dich ein bisschen zurückgezogen hättest. Sie ist dir gegenüber nicht illoyal, das solltest du nicht glauben, sie macht sich einfach nur Sorgen. Davon abgesehen sagt sie, du seist einer der besten Krankenpfleger, mit denen sie je zusammengearbeitet habe. Nur

zu deiner Information kann ich hinzufügen, dass ich ganz ihrer Meinung bin. Du brauchst dich nicht zu schämen, wenn du ein paar Probleme hast, so ganz ohne Familie und gute Freunde in einer Siedlung. Und dann diese Damen, die einem das Leben ganz schön vermiesen können. Das ist völlig normal. Wir Dänen sind, wie du ja selbst sagst, nicht aus dem gleichen Stoff gemacht wie sie. Ich möchte dich nochmals eindringlich dazu auffordern, mein Angebot anzunehmen und ein Arbeitsjahr hier im Krankenhaus zu absolvieren. Es würde dir guttun. Ich hoffe, du verstehst das alles so, wie es gemeint war.
Aber schick mir erst mal die Liste, dann fangen wir damit an.
Grüße, Jens (und Ingunn)

Krankenpflegestation, den 10. Juli

Hallo Jens,
anbei eine vorläufige Liste von Patienten mit Problemen, bei denen ich nicht weiterkomme:

Boas U.
Hat am vergangenen Sonntag getrocknetes Robbenfleisch gegessen, das sich in der Speiseröhre festsetzte. Ich habe ihm eine Injektion Pethidin und Stesolid gegeben, damit er sich entspannt, und versucht, das Fleischstück mit einer Sonde in den Magen hinabzudrücken, ohne Erfolg. Habe die Speiseröhre anschließend mit Speiseöl und Wasser gespült, ebenfalls ergebnislos. Seither kann er überhaupt nicht mehr schlucken. Selbst der Speichel kommt wieder hoch. Ich habe ihn durch die Sonde mit diversen Suppen

ernährt und ihn an einen Tropf mit Kochsalzlösung gehängt. Er liegt jetzt schon seit drei Tagen auf der Station. Möglicherweise verbirgt sich ein anderes Problem dahinter als das getrocknete Fleisch, das lediglich die Symptome von etwas Ernsterem zutage fördert.

Martine S.
Ältere, schwer alkoholisierte Frau, die unter einem chronisch schuppenden Ekzem an Händen, Armen und am Steißbein leidet. Außerdem nässendes Ekzem an beiden Schienbeinen. Wickelt die betroffenen Stellen selbst mit feuchten Tüchern ein und verwendet die verschiedenen Salben, die ich ihr gebe. Sie weigert sich, das Ekzem zu zeigen, und in der Regel verhält sie sich querulantisch und aggressiv. Soweit ich erkennen konnte, sind auch die Kopfhaut und die Nägel befallen. Es sieht aus wie ein schwerer Fall von Psoriasis, verschlimmert durch Alkoholmissbrauch und allgemeine Verwahrlosung. Man riecht, dass die Wunden infiziert sind, ein süßlicher Geruch, und die Verbände sind ständig durchnässt. Aber wie gesagt lässt sie niemanden in ihre Nähe. Schlägt nach mir. Riecht nach Brennspiritus, den man günstig im Laden kaufen kann. Körperpflege nicht vorhanden.
Sozialverhalten: Wie gesagt schwer alkoholisiert, insbesondere, seit der Sohn im letzten Jahr Suizid begangen hat. Überhaupt die Problemfamilie der Siedlung. Eine Tochter lebt angeblich verarmt in Kopenhagen, eine weitere ist HIV-positiv und wohnt hier in der Siedlung (Justine S.), ist davon abgesehen aber das normalste Familienmitglied. Martines Mann Isak steht jeden Tag vor dem Laden und säuft. In regelmäßigen Abständen verprügelt er sie und wirft sie aus dem Haus, woraufhin sie sich an mich wendet

und um Erlaubnis bittet, in der Krankenpflegestation übernachten zu dürfen. Was ich ihr meiner Meinung nach nicht verweigern kann, obwohl sie einen fürchterlichen Dreck macht und die Putzfrau sich beschwert. Wegen ihrer Trunkenheit möchte niemand sie bei sich aufnehmen. Die meiste Zeit torkelt sie ziellos durch die Siedlung. Früher oder später wird irgendjemand sie tot auffinden.
Die Kommune hat versucht, sie anderweitig unterzubringen, jedoch erfolglos, da sie die Zusammenarbeit verweigert. Wurde von allen aufgegeben. Bin sie ein wenig leid. Irgendwelche Vorschläge?

Karina B.
Bittet mich, den Zustand ihres Hauses zu prüfen, das sie von der Kommune mietet. Sie ist damit unzufrieden und meint, es sei gesundheitsschädlich, darin zu leben. Karina wohnt dort gemeinsam mit ihren drei Kindern, Thomas (8), Henrik (7) und Emma Agathe (3). Sie ist die Witwe von Stefanus, der vor einigen Wochen auf dem Meer verschwand und vermutlich ums Leben kam.
1. Stock: Wg. undichter Stellen und Zug unbewohnt. Die meisten Fensterscheiben zerbrochen oder rissig. Der Schornstein ist verwittert und löst sich bei der kleinsten Berührung auf. Die Decke biegt sich nach unten und sieht aus, als würde sie jeden Moment einstürzen. Allein aufgrund des Zustands im ersten Stock müsste das Haus abgerissen werden.
Erdgeschoss: Ca. die Hälfte aller Fensterscheiben fehlt und wurde durch Plastiktüten, Pappe, Masonit, Steppdecken etc. ersetzt. Die Fensterrahmen wurden mit Klebeband und verschiedenen Kleidungsstücken isoliert. An der Decke Wasserflecken. Bei Regenwetter tropft es viel und

nach Schneestürmen, wenn sich der erste Stock über Tage hinweg mit Schnee füllt. Feuchtigkeit unter den Fenstern, an den Wänden, in der Nähe von elektrischen Leitungen. Risiko für Folgekatastrophen (natürlich ist kein FI-Schalter vorhanden). Mehrere Steckdosen sind nicht mehr in Gebrauch, weil es an ihnen bereits Kurzschlüsse gegeben hat. Einige der Wandplatten im Flur haben sich gelöst und werden früher oder später ganz abfallen – mit zusätzlicher Kälte, Feuchtigkeit und Zug als Folge. Die Haustür lässt sich nicht schließen, weshalb der Flur im Winter die meiste Zeit voller Schnee liegt. Ein Schlafzimmer ist nicht in Gebrauch, weil dort die Hälfte der Außenwand fehlt und Schnee und Regen damit freien Zugang haben. Karina schläft gemeinsam mit den Kindern auf einer Matratze auf dem Fußboden im Wohnzimmer, wo trotz allem eine gewisse häusliche Gemütlichkeit herrscht, es im Winter jedoch eiskalt ist, bei Regen feucht und bei Sturm zugig. Wenn es stürmt, wagen sie es nicht, sich länger im Haus aufzuhalten, sondern übernachten bei Familie und Freunden.

Es handelt sich um ein Doppelhaus, das in zwei Wohnungen aufgeteilt wurde. Nebenan wohnt Asser K., der sich derzeit nicht in der Siedlung aufhält. Diesen Teil des Hauses habe ich nicht inspiziert, er scheint jedoch in einem etwas besseren Zustand zu sein.

Fazit: Ein schlechter Witz von einem Haus, gesundheitsschädlich und als menschliche Unterkunft ungeeignet. Kann wohl kaum renoviert werden. Ich möchte dich bitten, dich an den Vermittlungsausschuss der Kommune zu wenden und ihn dazu aufzufordern, Karina und ihre Kinder umzusiedeln, bevor das Haus auseinanderfällt / in Brand gerät.

Sivert K.
Ist in der Nacht zum Samstag auf dem Weg vom Tanz nach Hause gestürzt, wobei eine Schnapsflasche, die er in der Innentasche transportierte, zerborsten ist und möglicherweise seine rechte Lunge durchbohrt hat. Er hat sich eine fünf Zentimeter lange Schnittwunde an der rechten Seite der Brust zugezogen. Klagt jetzt über Husten und Schmerzen, die synchron zum Atmen auftreten. Fordert Schmerzmittel. Holt »schief« Luft, vor allem in den linken Lungenflügel.
Nimmst du diesen Patienten zum Röntgen an?

Apollo M.
Hat nach eigenen Angaben vor einem Monat vier Stunden lang das Bewusstsein verloren, jedoch ohne dass mich jemand hinzurief. Deshalb kann ich den Bericht nicht bestätigen. Stehe dem Wahrheitsgehalt der Information eher skeptisch gegenüber.
Allerdings liegt er seit der »Ohnmacht« mit Schwindel und Kopfschmerzen im Bett. Er hat einige beruhigende Tabletten (Apozepam) genommen, die seine Mutter übrig hatte, und meint, sie hätten gewirkt. Meint auch, ein Flimmern vor den Augen zu sehen. Außerdem Übelkeit und tägliches Erbrechen (was ich nicht mit eigenen Augen gesehen habe). Er wirkt apathisch und initiativlos, ohne dass ich beurteilen könnte, ob das an einer Krankheit, einem durch den Sturz verursachten Trauma oder persönlicher Disposition, um nicht zu sagen, Faulheit liegt. Hat sich angeblich nicht den Kopf gestoßen, jedenfalls nicht kürzlich. Arbeitet bei der Fäkalienabfuhr und hat nach dem Unfall mit der Schneeraupe Probleme mit Angstzuständen gehabt. Langzeitkrankschreibung. Wünscht einen Kranken-

hausaufenthalt, was ich ihm versprochen habe an dich weiterzugeben.

So, das waren fürs Erste die Krankheitsfälle der Siedlung, oder zumindest eine Auswahl davon. Grüß Ingunn!
Jesper

11. Juli
An: »Jesper Waltzer« <jebbe@yahoo.dk>
Von: »Bezirkschefarzt Jens Jørgen Kjeldsen« <j_jorgen@yahoo.com>

Hej Jesper,
wir nehmen sie alle auf, außer Karina natürlich. Sie hätten eigentlich etwas früher hierhergeschickt werden müssen. Wie ich schon mal gesagt habe, ist es keineswegs so gedacht, dass du dort draußen komplett allein zurechtkommen sollst; als Krankenpfleger bist du dafür überhaupt nicht kompetent genug. Was Karina und ihr Haus betrifft, habe ich das Sozialamt angerufen und ein paar Minuten lang in den Hörer gebrüllt. Offenbar hat es gewirkt. Jedenfalls versprechen sie, die Familie sofort woanders unterzubringen. Das wäre ein gefundenes Fressen für die Presse, vor allem, wenn jemand stirbt oder ernsthaft zu Schaden kommt.
Unser Sekretariat kümmert sich um die verschiedenen Tickets, und noch eine letzte Sache: Du fährst mit. Du kannst vorübergehend im Gästezimmer des Krankenhauses wohnen oder bei uns – was dir lieber ist. Deine Anstellung im Krankenhaus beginnt am 15. August, weshalb du über einen Monat Urlaub hast.

Achtung: Dies ist nicht länger als Angebot zu verstehen. Aber darüber sprechen wir, sobald du hier bist. Es gibt wohl einiges zu bereden über die Ereignisse des letzten Winters.

Beste Grüße, dein Freund Jens

Gelächter

Ein Glasfaserboot kreuzt im Zickzack zwischen den Eisschollen südlich der Siedlung. Im Boot sitzen die beiden Freunde Christoffer und Enok. Enok, der im Laden arbeitet, hält das Steuer, das Boot gehört ihm. Christoffer ist vor einigen Monaten hierhergekommen. Er ist Lehrer an der Schule und wohnt in Peters Haus. Das Haus wechselt nun schon zum dritten Mal innerhalb eines Jahres den Mieter, was Christoffer ein wenig beunruhigt. Ob ein Fluch darauf liegt? Er hat von dem Kunsterzieher Peter gehört, der seltsam geworden ist. Irgendwie hing es mit einem Mädchen zusammen, und später ist er mit den Kollegen in Konflikt geraten. Zuletzt zog er um und arbeitete an einer Schule an der Westküste, doch anscheinend hat man ihn dort gefeuert.

Christoffer hat sein Lehramtsstudium in Dänemark absolviert. Er hatte nicht eine Sekunde an Grönland gedacht, ehe er das Angebot einer Stelle hier in der Siedlung erhielt. Jetzt, nachdem wenige Unterrichtswochen und die Hälfte der Sommerferien vergangen sind, hat er das Gefühl, die Siedlung sei der einzig wahre Ort für ihn. Und Enok hat ihn sofort unter seine Fittiche genommen; seit er angekommen ist, sind sie jede Woche mehrmals gemeinsam mit dem Boot hinausgefahren.

Enok lotst das Boot geschickt zwischen Schollen und Eisbergen hindurch. Christoffer steht mit dem Fernglas in der Hand an die Reling gelehnt, die ihm bis zur Mitte der Oberschenkel reicht, und späht aufs Meer hinaus. Das Meereis erstreckt sich bis zum Horizont. Jedes Mal, wenn das Boot gegen das Eis stößt, senkt Christoffer das Fernglas und macht einen Schritt zurück, beugt die Knie ein wenig. Er hat nie schwimmen gelernt. Nicht dass das in diesem rabenschwarzen und bodenlosen Meer einen Unterschied machte, wo die Strömung ihn innerhalb weniger Sekunden unter das Eis ziehen und die Kälte ihm sogar noch schneller den Garaus machen würde.

Detaillierte und lebhafte Vorstellungen vom Tod durch Ertrinken quälen ihn wie ein Alb, merkwürdigerweise jedoch nie auf dem Meer. Sie suchen ihn an allen anderen Orten heim. Im Bett, mitten in der Nacht. Im Laden, während er das Wechselgeld zählt. Oder im Unterricht, wenn er vom Golfstrom berichtet, der die Küstenregionen aufwärmt und bewohnbar macht, wenn er mit der hoffnungslosen Aufgabe kämpft, diesen schmuddeligen und stinkenden Kindern mit den Mondsichelaugen und der wettergegerbten Haut auf einem höheren Niveau etwas über Ursache und Wirkung zu vermitteln. Ein Erlebnis von – und dann überkommt es ihn, dieses akute Erstickungsgefühl, der krampfartig zitternde Kehlkopf, ein Empfinden von Wasser, das sich über dem Mund schließt. Die schläfrigen Kinder wachen auf, tauschen über ihren Pulten vielsagende Blicke, ziehen die Schultern bis zu den Ohren hoch und kichern. Jetzt ist der Däne wieder seltsam.

Nicht dass er abergläubisch wäre. Aber er muss sich immer wieder fragen, ob man eine Erinnerung an etwas haben kann, das noch nicht geschehen ist. Einmal hat er einen Film darüber gesehen, der ihn faszinierte. Parallele Welten, in denen alles gleichzeitig geschieht, Vergangenheit, Zukunft, die ganze Weltgeschichte in kleinen Karussellen, die sich bis ins Unendliche um die eigene Achse drehen. Und einige wenige Auserwählte besitzen die Gabe, zwischen den verschiedenen Welten hin und her zu surfen, sowohl mental als auch physisch. Gehört er zu jenen Auserwählten? Erlebt er sein eigenes künftiges Ertrinken, oder ist es ein paralleler Doppelgänger, der sein Leben lassen muss? Oder sind sie ein und dieselbe Person? Ist er bereits tot, und dieser neue, merkwürdige Ort dient nur als Kulisse für einen Zustand der Metamorphose, in dem er festhängt wie ein Hamster in seinem Laufrad? Ihm wird schwindelig. Er geht hinaus auf die Toilette.

Es hilft, zu onanieren. Zumindest beruhigt es die Nerven und vertreibt die Krise. Leider lassen die Umstände diese Lösung nur selten zu. Einmal eilte er mitten in einer Unterrichtsstunde auf die Personaltoilette und verschaffte sich Linderung, mit einer Heftigkeit, die an Selbstverstümmelung grenzte, aber ein gewisses Gleichgewicht wiederherstellte. Er kehrte in das Klassenzimmer zurück, dunkelrot und vor Hormonen dampfend, und fühlte sich von den wissenden Blicken allzu erfahrener Kinder verfolgt.

Eine andere Möglichkeit, die Angst zu vertreiben, ist, wie er herausgefunden hat, das Bootfahren. Zwar setzt er sich damit genau der Gefahr aus, vor der ihn die höheren Mächte möglicherweise zu warnen versuchen, aber er hat beschlossen, das zu ignorieren. Er nutzt jede Gelegenheit, um sich auf den Weg zu machen, und jetzt im Sommer, wenn die Schule geschlossen ist, hat er eine Menge Zeit. Wenn er mit dem Boot unterwegs ist, fühlt er sich beinahe normal. Außerdem kann er so Zeit mit Enok verbringen.

Christoffer setzt das Fernglas an und stützt sich mit den Oberschenkeln an der Reling ab. Er hält nach Hundehaufen Ausschau. Das hat Enok ihm beigebracht. Er solle einen Hundehaufen auf einer Eisscholle finden, und wenn sie dann näher kämen, würde sich der Haufen in eine Robbe verwandelt haben. Enok lachte, als er das sagte. Er sagte es immer wieder und amüsierte sich mit jedem Mal mehr darüber. Christoffer lachte auch. Vor allem aus Höflichkeit, denn ehrlich gesagt fiel es ihm schwer, zu erkennen, was so ungeheuer komisch daran sein sollte. Die Menschen hier oben haben nicht denselben Humor wie bei ihm zu Hause, hat Christoffer schnell herausgefunden. Vor allem Ironie verstehen sie nicht. Beim Gebrauch von Ironie sollte man Vorsicht walten lassen, das hat er im Lehrerzimmer deutlich erfahren, wo er bereits einige Male durch Äußerungen in Ungnade gefallen ist. Insbesondere den Lehrer, der Religion, Grönländisch und Geografie unterrichtet, Sejer Enoksen, hat er einmal damit beleidigt. Seither spricht er nicht mehr mit ihm. Das findet Christoffer lästig. Offenbar nehmen die Leute hier alles wörtlich.

Als er zu Beginn des Frühjahrs auf der Insel ankam, fiel ihm sofort auf, dass Enok anders war als die anderen Männer der Siedlung. Er war zuvorkommender und neugierig, ohne frech oder aufdringlich zu wirken wie diejenigen, die ihm etwas verkaufen oder Geld von ihm leihen wollten. Einige Wochen lang beäugten sie sich gegenseitig aus der Ferne. Enok grüßte Christoffer stets und lächelte auf eine ulkige Weise, als teilten sie irgendetwas miteinander, obwohl sie noch kein einziges Wort gewechselt hatten. Dann fragte Christoffer ihn, welchen Kompass er empfehlen könne, für Wanderungen über die Insel. Enok zeigte ihm die verschiedenen Modelle, die es im Laden gab, schloss die Vitrine auf und holte sie heraus, führte vor, wie sie funktionierten. Ich bin ja überhaupt nicht mit der Gegend vertraut, sagte Christoffer. Ich werde sie dir zeigen, sagte Enok und kam ihn eines Abends mit einem Stapel Seekarten besuchen, die er auf dem Esstisch im Wohnzimmer ausbreitete. Christoffer machte Essen, Frikadellen. Enok aß acht Stück. Ich wollte morgen einen Ausflug auf dem Fjord machen, sagte er.

Christoffer erwiderte nichts.

Auf dem Eis liegt eine Menge Hundefutter herum.

Hundefutter?

Robben. Sie liegen dort und wechseln ihr Fell. Gutes Hundefutter. Wir nennen sie Schlafrobben.

Schlafrobben, sagte Christoffer.

Willst du mit mir kommen und Robben schießen?

Ich habe ein Problem mit Wasser, sagte Christoffer.

Das macht nichts, sagte Enok. Ich habe ein Boot.

Christoffer hat sein Studium letzten Sommer abgeschlossen. Es hat ihm nicht viel abverlangt. Er besaß schon immer die Fähigkeit, sich Wissen ganzheitlich anzueignen, nur selten musste er die Seminare durch Lernen aufbereiten. Die Examen forderten nur einen geringfügig größeren Einsatz. Es war ein Durchmarsch.

Die Probleme stellten sich erst ein, als er fertig war. Wie von einem fremden Planeten gefallen fand er sich plötzlich in einem Klassenzimmer im Nordwesten Kopenhagens wieder, wo neunzig Prozent der Kinder aus Migrantenfamilien stammten. Als ihm zum ersten Mal Schläge angedroht wurden, kündigte er. Dann fand er eine Stelle an einer Privatschule in Christianshavn und war glücklich. Die Kinder waren anständig, und selbst die ungezogenen Kinder waren auf eine zwar anstrengende, aber dennoch beruhigend dänische Weise ungezogen. Trotzdem nistete sich allmählich eine Unsicherheit in ihm ein, und er begriff, welch schrecklichen Fehler er begangen hatte: Er hatte das Falsche studiert.

Er hatte Kinder noch nie gemocht, den Geruch von Kindern, den Anblick von Kindern und ganz besonders den Klang von Kindern, doch aus Gründen, die ihm mittlerweile nicht mehr nachvollziehbar erscheinen, hatte er das nie als Problem angesehen. Er hatte gedacht, dass es ihm helfen würde, das Ganze nüchterner und objektiver zu betrachten, dass er der erhabene, distanzierte Lehrertypus wäre, den er aus seiner eigenen Schulzeit kannte und dem er stets eine enorme Bewunderung entgegengebracht hatte. Doch wie sich herausstellte, fehlte ihm die Fähigkeit, mit Kindern zu kommunizieren, er sprach langsam und deutlich zu ihnen, die Augen voller Angst und das Herz im Hals pulsierend, er fühlte sich nackt, wenn er vor der Klasse stand. In dem Moment, in dem er den Fuß in ein Klassenzimmer setzte und sich fünfundzwanzig Augenpaare auf ihn richteten, fühlte er sich wie gelähmt. Und die Kinder, die einem schwachen Lehrer schnell auf die Schliche kamen, machten ihm die Stunden zur Hölle. Seine Kollegen bemerkten ebenso schnell, wie es um ihn stand, und mieden ihn wie einen Ansteckungsherd.

Er hatte nur wenige Freunde. Geborgenheit empfand er hauptsächlich bei seiner Familie in Westjütland, bei der er sich gleichzeitig allerdings auch bedrückt und fremd fühlte. Sie waren streng religiös, gehörten zur Gemeinschaft der Inneren Mission. Er war keiner von ihnen. Das signalisierte er mit seinem gesamten Wesen, mit der Art, wie er die Kaffeetasse hielt, aß, las, sich anzog. Sie machten ihm deutlich, was sie davon hielten, nicht auf eine brutale, sondern auf freundlich-scherzhafte Weise. Es war immer eine Erleichterung, wieder nach Kopenhagen zurückzukehren, in seine kleine Wohnung in der Rothesgade, zum Café am Platz, wo er am Fenster seinen Caffè Latte trank und die Leute beobachtete, die draußen vorbeiliefen.

Ein seltenes Mal ging er mit einem ehemaligen Schulkameraden aus, später mit einem Kollegen. Wenn er dann etwas trank, wenige Biere genügten, wurde er immer von einer peinlichen Redseligkeit erfasst und vertraute ihnen dies und jenes an, obwohl er genau wusste, dass sie kein bisschen Lust hatten, sich derlei Dinge anzuhören. Wie er mit Schrecken feststellte, wenn er die Sache rückblickend im grellen Licht des verkaterten Aufwachens betrachtete, endete es jedes Mal damit, dass er sich als einen echten Freund bezeichnete. Auch die Mädchen erfuhren, dass er ein echter Freund sei. Er hatte keine versteckten Absichten, keine schlimmen Hintergedanken, sie konnten sich durch und durch sicher bei ihm fühlen. Er war keiner von denen. Er respektierte die Frauen. Möchtest du denn gar keine richtige Freundin haben?, fragten sie und lächelten. Schon, aber das Wichtigste für ihn war, dass sie Freunde sein konnten. Er war ein echter Freund. Sie lächelten und sagten, wie schön, dass es Männer wie dich gibt. Dann machten sie sich aus dem Staub, und er blieb mit einem Lächeln auf dem Gesicht sitzen, das im Laufe des Abends erstarb. Wenn er anschließend einige Stunden geschlafen hatte, hätte er am liebsten seinen Kopf gegen die Wand geschlagen. Wann würde er endlich lernen, den Mund zu halten? Wann würde er einsehen, dass die Zeit der echten Freundschaften und der einfühlsamen Männer vorbei war?

Schließlich kam er hierher. In ein nacktes, baumloses und eintöniges Land, in dem das Meer schäumte, der salzige Wind die Farbe von den Hauswänden leckte und die Siedlung acht Monate im Jahr von Eis und Schnee belagert war. Die Leute empfingen ihn freundlich, luden ihn zu Geburtstagen, Konfirmationen und Beerdigungen ein. Er hat auf Sofas gesessen, Tee mit Kondensmilch und Kandiszucker getrunken, mit Bratfett bestrichenen Rosinenkuchen gegessen, furzende und sabbernde Kleinkinder auf seinem Schoß sitzen gehabt. Er hat Schülerfeste und Elternabende organisiert, lange Gespräche mit Eltern, Kollegen, Gemeinderatsabgeordneten, dem Sozialdienstleiter und dem Krankenpfleger geführt. Personen, die ihm übergeordnet waren, holten ihn auf dem Kiesweg vor dem Laden ein und baten ihn um Rat. Ab und zu dachte er an die Wohnung in der Rothesgade, das Café auf dem Platz, die Schatten der Häuser, die über die Bodenplatten wanderten, und ihm wurde bewusst, dass er nicht dorthin zurückkehren wollte.

Vielleicht, denkt Christoffer, ist Grönland mein eigentliches Zuhause. Vielleicht ist ein Fehler passiert, als man mich aus dem All fischte, eine Verflechtung kosmischer Energien, vielleicht läuft hier auf Grönland ein Typ herum, der in Wirklichkeit ich ist und der sich genauso heimatlos fühlt wie ich früher, weil er eigentlich in einem Gemeindehaus in Thyborøn sitzen und Kirchenlieder singen müsste, oder in einem Café in Østerbro Caffè Latte trinken.

Doch er besucht selten Feste, hält sich vom freitäglichen Dansemik im Gemeinschaftshaus fern und schlägt alle Einladungen, die auch nur im Geringsten nach Ausschweifung riechen, mit einer langen Reihe von Ausreden aus. Außerhalb seiner eigenen vier Wände rührt er keinen Alkohol an. Bis auf Weiteres ist er sicher.

Und dann trifft er sich mit Enok.

An einem Abend trinken sie ein leichtes Bier zum Essen. Sie reden und kichern, gießen neues Bier in die Gläser und prosten sich zu.

Enok betrachtet seinen Freund. Stimmt etwas nicht?, fragt er. Bist du traurig?

Christoffer beugt sich vor. Er legt das Besteck zur Seite,

obwohl er noch nicht aufgegessen hat. Enok, sagt er. Ich bin ein echter Freund.

Enok sieht ihn fragend an.

Ein richtiger Freund, beginnt Christoffer und weiß, dass er sich bereits aufs Glatteis begeben hat, aber er kann es nicht lassen, noch weiter auszuholen. Einer, der dich nicht im Stich lässt oder hinter deinem Rücken schlecht über dich spricht. Ein echter Freund.

Enok blickt ihn an. Dann strahlt er. So wie Familie?

Ja, vielleicht. Das könnte man so sagen.

Sie essen schweigend weiter. Christoffer hat Rollbraten mit Pflaumen, Kartoffeln und brauner Soße gemacht, richtig altmodisches, dänisches Essen, das Enok liebt, wie er weiß. Enok sieht von seinem Teller auf und lächelt. Sein Kinn glänzt vor Fett. Echter Freund, sagt er.

Echter Freund, wiederholt Christoffer.

Herrliches Essen, sagt Enok und seufzt. Mein Bauch ist satt, aber mein Mund ist hungrig.

Und anschließend holt sie Christoffer ein, die Reue, das Bedauern, und er verflucht sich, weil er wegen ein paar Dünnbieren die Selbstkontrolle verloren hat. Irgendwas stimmt nicht mit mir, denkt er, ich lerne es nie. Jetzt werde ich zum Gespött der Siedlung, und daran trägt niemand anders die Schuld als ich selbst.

Doch so kommt es nicht. Im Gegenteil, die Worte werden zu einem geheimen Zeichen zwischen ihnen. Echter Freund, sagt Enok, wenn sie sich im Laden oder irgendwo in der Siedlung begegnen. Und Christoffer wiederholt es. Dann lachen sie.

In der ersten Zeit haben sich die ansässigen Dänen ihm gegenüber sehr kameradschaftlich verhalten. Es gibt nicht viele von ihnen, ein paar Lehrer, den Flughafenleiter, einen alten Handwerker und den Krankenpfleger, der einen netten Eindruck macht, aber offenbar genug zu tun hat. Sie behandelten ihn wie einen der Ihrigen, einen Flüchtling unter Flüchtlingen. Ein einziges Mal wurde er zu einem Fest eingeladen, doch es wurde ein schrecklicher Abend, an dem er als Einziger nüchtern blieb und sich mit angestrengtem Lächeln Andeutungen über Junggesellen und Vergnügungsangebote bei Dunkelheit anhören musste. Er flüchtete schon nach wenigen Stunden, und seither lehnt er solche Arrangements dankend ab.

Er weiß, dass sie untereinander über ihn sprechen und sich lustig machen. Wenn er ihnen über den Weg läuft, machen sie zweideutige Bemerkungen wie: Da haben wir ja Hansen (sein voller Name lautet Christoffer Valdemar Bovbjerg-Hansen), schönes Wetter, Hansen (mitten in einem Nordoststurm), oder: Und, Hansen, kommst du voran? Oder sie ignorieren ihn einfach.

Aber die Feindseligkeit passt ihm ausgezeichnet. Die dummen Sprüche sind ihre Niederlage und seine Rache. Er ist keiner von ihnen. Er ist nicht so auf sie angewiesen wie sie auf ihn. Und das wissen sie. Er hat seine eigenen Dinge, seine eigenen Kreise, seine Arbeit, die ihm gefällt. Und seinen Freund.

Enok hat einen weiteren Freund, seinen Schwager Marius, den Tankwärter. Marius weiß, dass Christoffer und Enok befreundet sind, das spürt man deutlich, denn er ist immer ausgesprochen höflich, wenn Christoffer kommt und Solaröl für seine Heizanlage holt oder Benzin für Enoks Boot. Mitunter geschieht es, dass Enok angeschlendert kommt, seine Hand auf Christoffers Schulter legt und sagt, mein echter Freund. Dann grinst Marius übers ganze Gesicht.

In diesem Sommer fahren Enok und Christoffer mehrmals in der Woche auf den Fjord hinaus, bei Regen, Sonne und Schnee. Sie pilken Kabeljau und Seewölfe, manchmal auch Rotbarsch, schießen ein paar Vögel, obwohl es noch nicht erlaubt ist, und ab und zu erlegt Enok eine Robbe, um Futter für seine vierzehn Hunde zu beschaffen.

Manchmal entfernen sie sich so weit, dass die gezackte Küstenlinie am Horizont oder in den Nebelbänken hinter ihnen verschwindet. Das Einzige, was sie um sich herum erkennen können, sind die von Norden kommenden Eisschollen, die in einem ewig kreisenden Schwarm nach Süden ziehen. Durch die Strömung kollidieren sie, zermahlen einander unter lang gezogenem Knacken und lautem Krachen. Mitunter ballt sich das Eis zusammen oder ändert seine Richtung, von unsichtbaren Kräften davongezogen, das Wasser aufschäumend. Dann ist es lebensgefährlich, im Meer zu bleiben, Enok lenkt das Boot auf eine Eisscholle, und Christoffer springt mit dem Tauwerk von Deck und entrollt die Leinen, während er zur Mitte der Scholle geht, den Eispickel ins Eis schlägt und das Tau daranknotet. Enok folgt nach und untersucht, ob das Boot sicher vertäut ist. Sie setzen sich an eine windgeschützte Stelle hinter einen Eisberg, manchmal auch darauf, je nach Windverhältnissen, trinken Kaffee und reden und spähen über das Eis, bis die Turbulenzen überstanden sind. Anschließend schubsen sie das Boot wieder ins Wasser und fahren weiter.

Mitunter überrascht sie der Nebel und lockt sie in gottverlassene Fjorde mit schwarzen Felswänden und unsichtbaren Gletschern, die ächzen und stöhnen. Manchmal gelangen sie nicht am selben Tag nach Hause und müssen im Freien übernachten. Dann ankern sie in einer Bucht, ziehen die Plane über das Boot und legen sich aneinandergeschmiegt auf den Planken schlafen.

Siehst du irgendwelche Hundehaufen?, fragt Enok.

Noch nicht.

Christoffer hält das Fernglas vor die Augen und starrt und starrt. Enok gibt Gas und klemmt sich mit dem Boot zwischen zwei Eisschollen. Es knackt im Glasfaserrumpf. Enok sieht Christoffer an und lacht. Dann weicht das Eis. Sie gleiten in einen eisfreien Bereich von der Größe eines Fußballplatzes. Das Wasser ist schwarz und glatt. Kein Lüftchen weht.

Enok stellt den Motor ab. Das Boot treibt noch einige Meter, bevor es zur Ruhe kommt. Das Wasser gluckert unter dem Kiel. Enok nimmt sein Gewehr und schiebt eine Patrone in die Kammer. Er zieht den Bolzen ein wenig zurück, damit das Gewehr nicht zu früh losgeht, und legt es aufs Vorderdeck. Anschließend holt er seinen Eispickel hervor, trommelt damit auf die Reling und pfeift gleichzeitig. Von Zeit zu Zeit macht er eine Pause und späht mit hochgezogenen Augenbrauen und einem leichten Lächeln um den Mund über das Wasser. Dann beginnt er erneut zu trommeln und zu pfeifen.

Nur dreißig Meter vom Boot entfernt taucht ein Robbenkopf aus dem Wasser und betrachtet sie mit glänzenden Augen. Enok greift nach seinem Gewehr, schiebt den Bolzen an seinen Platz, zielt einige Sekunden lang und schießt. Die Robbe macht einen Seufzer. Sie dreht sich langsam im Wasser, der Tod hat ihren Schwerpunkt verschoben, dann hört die Bewegung auf, und sie schwimmt mit dem gelblich weiß schimmernden Bauch nach oben auf der Stelle. Wenige Minuten später hängt sie neben dem Außenbordmotor über der Achterreling. Sie zieht einen Blutstreifen im Wasser hinter sich her, als sie ihre Fahrt fortsetzen.

Soll ich weiter durch das Fernglas gucken?, fragt Christoffer.

Enok zuckt mit den Schultern. Du selbst, sagt er. Was bedeutet: Das bleibt dir überlassen.

Christoffer setzt sich neben die Robbe und legt eine Hand auf ihre Seite. Sie ist noch immer warm, fast meint er, ein letztes Zittern in den Muskelfasern zwischen den Rippen zu spüren. Ihr Pelz ist am Rücken schwarz, geht an den Flanken in Grau über und am Bauch in einen buttergelben Glanz. Als er die Hand zurückzieht, sind seine Finger mit klebrigen Haaren bedeckt.

Enok dreht sich um und ruft: Pass auf!

Christoffer zuckt zusammen und starrt den Freund erschrocken an. Doch Enok krümmt sich und lacht mit offenem Mund. Er lacht so sehr, dass er sich setzen und sich den Bauch halten muss. Als Christoffer den Scherz begreift, lacht er ebenfalls. Immer wieder zeigt Enok auf die Robbe und sagt: Pass auf! Dann fängt er wieder an zu lachen.

He, he, lacht Christoffer.

Sie gelangen an eine große Eisscholle, auf der mehrere Motorboote liegen. Bei fast allen von ihnen hängen Robben über der Reling, und Blut tropft auf das Eis. Enok lenkt sein Boot neben die anderen Boote auf die Scholle. Christoffer springt heraus, schlägt den Eispickel ins Eis und vertäut das Boot, mit einem Knoten, den Enok ihm beigebracht hat. Enok geht schnurstracks an ihm vorüber, ohne die Vertäuung zu kontrollieren.

Die Eisscholle misst mindestens hundert Meter im Quadrat. Durch die Unterströmung dreht sie sich fast unmerklich im Kreis, was man an der Bewegung der Berge auf dem Festland erkennen kann. In der Mitte der Scholle befindet sich ein kleiner Eisberg. An seinem Fuß sitzen dreißig bis vierzig Fänger aus der gesamten Region, trinken Kaffee und rauchen. Sie lauschen einem Mann, der auf einem Eisklumpen sitzt und eine Geschichte erzählt. Enok und Christoffer setzen sich zwischen die anderen. Niemand nimmt von ihnen Notiz. Sie sind von der Erzählung des Mannes gebannt. Christoffer versteht nur einzelne Wörter und Phrasen. Er zündet sich eine Zigarette an, etwas, das er sich in Enoks Gesellschaft angewöhnt hat, lehnt sich gegen den Eisberg und starrt träumend auf die blauen Berge auf dem Festland. Von Zeit zu Zeit geht ein Gelächter durch die Versammlung.

An der Eiskante kommen zwei Boote in Sicht. Die Motoren brüllen, dann recken sie ihre Nase in die Luft und setzen mit einem Schlag, der die ganze Scholle erschüttert, mit dem Kiel auf dem Eis auf. Vier Männer in robusten, blutverschmierten Stiefeln kommen auf sie zugelaufen. Christoffer erkennt einen von ihnen als Marius.

Marius lässt sich neben Enok nieder. Der alte Mann hat seine Geschichte beendet. Die Männer plaudern über dies und jenes. Einer von ihnen hat am Vormittag im Norden ein Walross gesehen. Es hat mich angefaucht, erzählt er, ich bekam eine solche Angst, dass ich so schnell ich konnte davongefahren bin. Er lacht nicht, während er seine Geschichte zum Besten gibt, sondern schneidet Grimassen und unterstreicht das Beschriebene mit schnellen, präzisen Gesten. Erst als er seine Pointe beendet hat, bricht er in schallendes Gelächter aus. Die anderen Männer stimmen ein. Alle lachen. Offenbar können sie sich die Situation lebhaft vorstellen. Christoffer lacht auch, obwohl er sich nicht sicher ist, ob er die Geschichte verstanden hat.

Dann erzählt Enok, wie er Christoffer mit der toten Robbe erschreckt hat. Pass auf!, ruft er, hält die Hände mit gespreizten Fingern hoch und imitiert Christoffers erschrockenen Gesichtsausdruck. Das ist die Pointe seiner Geschichte. Enok wiederholt sie mehrmals. Pass auf! Jedes Mal brüllen die Männer vor Lachen. Christoffer lacht mit. Sein Gesicht fühlt sich schon ganz steif an vom vielen Lachen.

Wenig später brechen die Männer auf und fahren davon, jeder in seine Richtung. Marius springt in Enoks Boot und fährt mit ihnen. Er kann sich noch immer kaum halten wegen der Geschichte über die Robbe. Jedes Mal, wenn Christoffer den Ansatz einer Bewegung macht, brüllt er: Pass auf!, und lacht.

Sie kreuzen noch einige Zeit durchs Eis. Enok schießt zwei Robben, die auf einer Eisscholle liegen. Hundehaufen, sagt er fröhlich zu Christoffer und reicht ihm das Fernglas. Und tatsächlich, von Weitem sehen sie haargenau so aus.

Pass auf!, quäkt Marius, als Christoffer die Robben ins Boot zieht.

Als sie sich dem südlichen Ende der Insel nähern, bittet Christoffer darum, an Land abgesetzt zu werden. Er klopft sich auf den Bauch, um zu demonstrieren, dass sein Bedürfnis nicht vom Boot aus erledigt werden kann.

Bum-bum!, sagt Marius und platzt vor Lachen.

Christoffer springt von Bord, und während er über dem Wasserspiegel in der Luft hängt, in der Sekunde, bevor er das Wasser berührt, weiß er, dass er zu schnell war, nur wenige, allerdings entscheidende Sekunden, das Boot ist zu weit vom Land entfernt, und unter ihm befindet sich nur noch der Abgrund. Jetzt passiert es, denkt er, beinahe erleichtert, und spürt, wie ihn die nasse Kleidung nach unten zieht, wie das Wasser sich über dem Mund schließt, und während er dem Boden der Bodenlosigkeit entgegenwirbelt, denkt er, dass dies sicher in den Zeitungen stehen, vielleicht sogar in den Nachrichten gesendet werden wird.

Doch dann steht er da, das Wasser reicht ihm bis zum Schritt, er ist nass, aber nicht ertrunken.

Mein Freund, sagt Enok, was machst du denn da?

Marius starrt ihn an, ausnahmsweise ruhig, aber er steht kurz vor einem kolossalen Lachanfall.

Christoffer kraxelt die steile Böschung hinauf und geht in Richtung Nordwesten. Als er ein Stück entfernt ist, hört er Enok nach ihm rufen. Seine Stimme verliert sich schnell in der Ebene. Christoffer dreht sich nicht um. Er stapft in seinen nassen Sachen davon, über Moos und Heide, er klettert über Klippen, rutscht Böschungen hinab, überquert platschend einen reißenden Fluss. Drei Stunden später kommt er zu Hause an, klatschnass, schwitzend, schmutzig und vollkommen erschöpft. Die Tränen des Zorns sind längst getrocknet und haben salzige Streifen auf seinen Wangen hinterlassen.

Korrespondenz IV

Krankenpflegestation, den 15. Juli

Krankenhaus, Sekretariat
Bezirkschefarzt Jens Jørgen Kjeldsen
Stationsschwester Ingunn Kjeldsen

Hiermit kündige ich meine Anstellung als Stationskrankenpfleger zum 1. August. Ich bin mir bewusst, dass ich aufgrund der kurzfristigen Kündigung keinen Anspruch auf die Erstattung von Reise- und Umzugskosten nach Dänemark habe, und übernehme alles Diesbezügliche selbst. Es tut mir leid, diese Arbeitsstelle, die ich sehr mochte, und meine Kollegen, mit denen ich gut zusammengearbeitet habe, zu verlassen. Da ich nicht den Eindruck habe, dass meiner fachlichen Kompetenz das nötige Vertrauen entgegengebracht wird, sehe ich jedoch keine andere Lösung. Ich bitte darum, jede Form der Kommunikation in Zukunft schriftlich stattfinden zu lassen.

Mit freundl. Grüßen Jesper Waltzer

Finale

Asser geht den steilen Weg zum Hotel hinauf. Auf halbem Weg hält er an, schwankt ein wenig, nimmt sich dann aber zusammen, öffnet seinen Reißverschluss und lässt den Urin auf den Asphalt plätschern, während er die Aussicht über die Stadt genießt. Die Berge glühen in der Abendsonne, die Hügel fallen giftgrün zum Fjord ab, übersät mit Bier- und Coladosen, Kakaopäckchen, Pizzakartons, vergessenen Schuhen, Sitzunterlagen, Babywindeln und Zigarettenstummeln. Asser kann keinen einzigen Menschen sehen, nicht ein Zeichen von Leben, abgesehen von einem Taxi, das auf den insgesamt fünf Kilometer langen, überwiegend steilen Straßen durch die Stadt gondelt. In dieser Stadt befindet man sich entweder auf dem Weg nach oben oder nach unten. Für Asser gilt Ersteres, und der Rausch steigt in ihm hoch wie in einer Flasche, die sich gluckernd füllt. Zwei Monate lang hat er gesoffen, sein Geld geht langsam zur Neige. Doch einen letzten Abend oben im Hotel kann er sich noch leisten. Morgen muss er sich entscheiden, ob er sich Geld leihen und weitertrinken oder nach Hause zurückfahren soll. Die Schule fängt in einer Woche an. Noch immer stehen in der Bibliothek Bücher, die er nicht gelesen hat.

Sobald die Sonne hinter dem Sømandsfjeld untergeht, wird es kühl, selten mehr als fünf Grad jetzt im August. Der Nachtfrost wird nicht mehr lange auf sich warten lassen, genau wie die Herbststürme, bald werden sie die Hinterlassenschaften der Menschen ins Meer blasen, wo sie für immer verschwinden, und dann folgt der Schnee und verwischt die letzten Spuren der sommerlichen Ausschweifungen. Doch noch bleibt etwas Zeit, der Sommer siecht dahin, ist aber noch nicht am Ende.

Asser schließt den Reißverschluss und setzt seinen Weg nach oben fort. In seinen Wadenmuskeln zieht es, wenn er geht, der Weg wird steiler und steiler, die kühle Abendluft mischt sich mit den Alkoholdämpfen seines Atems. Er hat eine Halbliterflasche Schnaps geleert, sie angesetzt, in sich hineinlaufen lassen und anschließend weggeworfen. Das ist eine Viertelstunde her, der Rausch nimmt noch immer zu.

Dann hat er sein Ziel erreicht. Ihm ist ein wenig schwindelig, aber er reißt sich zusammen, um nicht hinausgeworfen zu werden, sobald er seinen Fuß über die Schwelle gesetzt hat. Er öffnet die Tür und geht hinein, ohne sich nach Bekannten umzusehen, peilt die Bar an, setzt sich auf einen der hohen Stühle und bestellt ein Bier. Mogens, der Barkeeper, ein alter Kauz mit weißem Backenbart und Boxernase, fixiert ihn einige Sekunden lang, dann öffnet er eine Flasche und stellt sie vor ihn hin. Asser setzt sie an den Mund, kippt sie, wird eins mit ihr, und das Vergessen rinnt ihm eiskalt die Kehle hinunter.

Mogens stellt einige gebrauchte Gläser in das Gestell und schiebt es durch die Luke zur Tellerwäscherin, ruft ihr zu, dass er wieder saubere braucht. Er wirft einen Blick auf die Uhr. Er wohnt seit fünfzig Jahren in der Gegend, er versteht, was die Leute reden, spricht selbst aber kein Wort ihrer Sprache. Und das ist ein unausweichliches Prinzip!

Letzte Runde, letzte Runde! Danach schließen wir! Mogens läutet wie wild die Schiffsglocke, die seiner Legende zufolge von dem fabelhaften Schiff S/S Soundso stammt, auf dem er in jungen Jahren Kap Hoorn umsegelt hat. Die Gäste stürmen zur Bar, sie kaufen so viele Flaschen, wie sie tragen können, und jeder weiß, dass der letzte Gast frühestens in eineinhalb Stunden vor die Tür gesetzt wird.

Mogens studiert seine Klientel, die alles andere als homogen ist. Jeder, der sich halbwegs anständig benimmt, ist willkommen. Die Menschen finden sich ein, um nach der Arbeit in Ruhe ein paar Bier zu trinken, um zu reden, um einen Partner des gleichen oder anderen Geschlechts zu finden, oder einfach nur, um sich zu besaufen, zu uraltem dänischen Pop von der Kassette, Mogens' bevorzugter Musik, bei einer schönen Aussicht durch die Panoramafenster, die erst kurz vor Mitternacht verschwindet.

An diesem Abend sind Gäste des Hotels da, einige Holländer. Sie sind von einer Expedition zurückgekehrt, die ein tragisches Ende nahm. Eine Teilnehmerin, eine junge Frau, stürzte aus vergleichsweise geringer Höhe an eine unzugängliche Stelle. Als die Rettungsmannschaften sechs Stunden später zu dem Felsvorsprung vordrangen, auf dem sie lag, war sie mausetot. Der Expeditionsleiter hat ihre Familie in Utrecht telefonisch informiert. Sie sitzen abseits, vermeiden es, die anderen Gäste anzusehen. Früher am Abend waren sie schweigsam und introvertiert, jetzt streiten sie sich lauthals oder huldigen der Toten mit kläffenden Stimmen, das ist schwer auszumachen – Mogens versteht kein Holländisch.

Sejer Enoksen sitzt ein paar Tische weiter mit Kollegen von der Kommunalverwaltung beisammen. Er tut so, als amüsierte er sich köstlich, und trinkt nicht wenig, obwohl er weiß, dass er es besser bleiben lassen sollte. Alkohol schwächt das Immunsystem des Körpers, und momentan brauchte er wohl so viel Immunabwehr, wie sich nur aufbringen ließe. Er weiß, dass er jetzt, da er in der Stadt ist, die Gelegenheit nutzen sollte, sich im Krankenhaus testen zu lassen, mit einem Arzt zu sprechen, sein Herz auszuschütten. Aber er weiß auch, dass er es nicht tun wird. Schon für sich genommen wirkt der Test furchterregend, auf beängstigende Weise greifbarer als sein eher abstraktes Resultat. Also trinkt er, um Folgendes zu vergessen: A. den ständig nagenden Gedanken an den Test, B. den Grund dafür, dass er sich überhaupt testen lassen muss, C. die gesundheitlichen Folgeschäden des Alkoholkonsums und D. den Übertragungsherd. Er muss immerzu an sie denken, an Justine und den eisigen Schrecken, der in ihn fuhr, als er sie das letzte Mal getroffen hat, hier im Hotel, nur wenige Meter von dem Platz entfernt, an dem er jetzt sitzt, und sie es ihm gesagt hat. Dann schliefen sie miteinander, diesmal mit Kondom, und er empfand einen unbegreiflichen, aber mindestens genauso überwältigenden Trost dabei, es zu tun.

Sie ist in der Stadt, nimmt an dem Fußballturnier teil, er hat sie flüchtig gesehen. Er weiß, wo sie sich aufhält, es ist eine kleine Stadt. Er musste sie besuchen, er hat das Gefühl, sie könnte ihm etwas Entscheidendes mitteilen, etwas, das diesen Fluch aufheben würde, diese fürchterliche Mischung aus Ansteckungsgefahr und Verliebtheit, der sie ihn aussetzt. Seit jenem Tag im Frühjahr, an dem er mit seinem neuen Wissen hinten auf dem Motorschlitten saß, hat er nicht mehr mit seiner Frau geschlafen. Und Sørine ist rasend vor Wut. Sie ist sich sicher, dass er eine andere hat, dass er sie verlassen wird. Anstelle einer Antwort schweigt er.

Und dann der Bürgermeister. Er erwartet in nächster Zeit eine klare Antwort, ob Sejer sich für die Parlamentswahlen aufstellen lässt. Er habe gute Chancen, sagt der Bürgermeister, er solle sich nur bald entscheiden. Sejer hat sich ein Wochenende Bedenkzeit erbeten, am Montag wird er schon Bescheid geben. Aber in diesem Moment ist er damit völlig überfordert. Also nimmt er eine neue Flasche, hält sein Glas schräg und füllt es auf, betrachtet die Strudel aus Bier und Schaum.

Und Sejer freut sich mit den Fröhlichen, lacht über ihre Geschichten, trägt selbst einige Anekdoten bei, die ihm der Bürgermeister im Vertrauen erzählt hat und über die er lieber Stillschweigen wahren sollte. Aber sie machen die Menschen glücklich, wie jeder Klatsch aus erster Hand. Danach lautet der Plan, hinunter in den *Klubben* zu gehen, der nicht vor drei Uhr schließt, und sich dort erst richtig zu amüsieren, um den Abschluss einer anstrengenden Woche zu feiern. In der Stadt wimmelt es von Besuchern aus der ganzen Region, die herbeigeströmt sind, um als Spieler oder Zuschauer an dem Fußballturnier teilzunehmen. Im *Klubben* wird es proppevoll werden, sie sollten zusehen, dass sie dorthin kommen, sonst kriegen sie keinen Fuß mehr hinein. Aber sie bleiben sitzen, sie haben sich in den Monaten, die seit der Wahl vergangen sind, kennengelernt und zusammengefunden. Und beim alten Mogens fühlt man sich immer gut aufgehoben.

Prost!, sagt einer der Kollegen, sie stoßen mit ihren Gläsern an, und Sejer stimmt ein. Auf die Zukunft, auf die Unabhängigkeit. Auf Grönland!

Prost, zum Teufel, sagt Franzen.

Er sitzt gemeinsam mit Bosse an einem kleinen Tisch in einer Ecke hinter den Holländern. Der Schwede ist in der Stadt, um an einem Erste-Hilfe-Kurs für Angestellte des Flughafenwesens teilzunehmen. Am nächsten Tag muss er in aller Frühe mit dem Helikopter zurückfliegen und wäre am liebsten schon längst im Bett. Aber er konnte schlecht Nein sagen, als sein alter Freund anrief und ihn einladen wollte.

Nee, du, sagt Franzen, was Besseres hätte mir gar nicht passieren können. Erst als die Beurlaubung anfing, ist mir aufgegangen, dass ich das schon längst hätte tun sollen.

Bosse sagt nichts dazu. Schon den ganzen Abend hat er sich mindestens fünfzig Variationen über dasselbe Thema anhören müssen. Dass sein Freund und früherer Chef froh sei, auf eine untergeordnete Position auf dem kleinen Heliport der Stadt versetzt worden zu sein. Die Sache mit den beiden Schneeraupen, die unten in der Siedlung havarierten, wurde vertuscht, es gab kein rechtliches Nachspiel und keine Schadensersatzansprüche, was zum Teil auch auf seinem, Bosses, schriftlichen Bericht – in fehlerfreiem Dänisch! – an die Flughafenleitung beruht. Franzen weiß, was er dem Freund schuldig ist. Aber darüber verlieren sie kein Wort. Dennoch zahlt Franzen die Biere, die fünfzig Kronen die Flasche kosten, und Bosse protestiert nicht.

Ich kann nachts wieder schlafen, sagt Franzen. Mein Magengeschwür ist auf dem Rückzug. Und meine Frau glücklich. Wir haben ein schönes Haus gefunden.

Und deine Schulter?

Die Schulter?, sagt Franzen. Scheiß auf die Schulter. Sie wird nie wieder so wie vorher. Wie du weißt, hat alles seinen Preis. Und in meinem rechten Ohr pfeift es, aber das sind ja trotz allem Lappalien.

Ja, du siehst auch viel glücklicher und zufriedener aus, lügt Bosse und nippt an seinem Bier.

Ich gehe jeden Morgen zur Arbeit, fährt Franzen fort, und wenn ich nachmittags nach Hause komme, habe ich frei. Ich kann tun und lassen, was ich will, zum Beispiel mit meinem besten Freund ein Pils trinken gehen.

Gönn dir einen Schnaps, Viggo, sagt Bosse und denkt, wenn ich dein bester Freund bin, dann ist es schlecht um dich bestellt.

Am nächsten Tag findet das Finale der Männer statt. Die Berge bohren sich in den blassblauen Himmel, der Fjord ist spiegelglatt, die Stadt liegt windgeschützt, kein Lüftchen weht, und in der Sonne steigt die Temperatur am Nachmittag auf achtzehn Grad an. Seit Monaten hat es nicht geregnet, nicht das kleinste Wölkchen hat sich am Himmel gezeigt, die Sonne ist jeden Tag ungehindert die Berge emporgewandert. Die Menschen sehnen sich bereits wieder nach der Ruhe, die einem nur Eis und Finsternis geben können.

Auf den Felsbrocken rund um den Hartplatz und dem Abhang, der im Winter als Slalomhügel dient, sitzen mehrere Hundert Zuschauer, ein großer Teil der rund dreitausend Bewohner dieser Region. Die Menschen sind sonnengebräunt, nubisch dunkel, jedenfalls die Körperteile, die aus der Kleidung herausschauen. Wenn sie die Hemdsärmel hochkrempeln oder T-Shirts tragen, sieht es aus, als habe man afrikanische Hände an schwabbelnde, bleiche Arme geschraubt. Sonnenbrillen und Mützen sind ein notwendiger Teil der Kleidung, sie schützen die Netzhäute davor, wegzukokeln wie brennendes Zelluloid.

Die Zuschauer kochen über dem Gaskocher Fisch, machen Würstchen heiß, essen frisches Brot aus der Bäckerei, Grillhähnchen, Schweinebraten und Frikadellen von der Delikatessentheke des Ladens, einige trinken perlenden Freixenet, andere Dosenbier, die meisten begnügen sich so früh am Tag mit Kaffee aus der Thermoskanne und Limonade. Der Laden ist gut bestückt, seit die Versorgungsschiffe die Ostküste jetzt im Sommer wieder anfahren. Eines von ihnen liegt gerade im Hafen, die *Kista Arctica,* ein rotes, für Fahrten im Eismeer verstärktes Schiff mit einem kolossalen Lastkran. Es wirkt wie falsch skaliert in diesem Sommerbild mit kleinen Holzhäuschen, die über grüne Hügel verstreut liegen. Die Mannschaft döst zunächst auf Deck, dann fordern die Männer einander heraus, sich vor den Augen der gesamten Ortschaft auszuziehen und ins eiskalte Wasser zu springen. Sie schwimmen einige Meter an der Seite des Schiffes entlang, während die Kameraden oben stehen und sie anfeuern, dann erklimmen sie blitzschnell die Leiter und rennen prustend in ihre Kajüten. Doch an Land nimmt niemand ihren Auftritt wahr.

In der Siedlung auf der anderen Seite des Fjords sitzt Amalie und wartet auf den Linienflug aus Sødre Strømfjord. Ein neue Krankenpflegerin ist auf dem Weg, als Ersatz für Jesper, der vor einigen Wochen in aller Hast verschwand. Sie hegt ihm gegenüber gemischte Gefühle, er hatte etwas Liebenswertes, aber in der Zeit der Dunkelheit drehte er durch, und als das Licht wiederkam, wurde es noch schlimmer. Sie wagt sich nicht vorzustellen, wie es mit ihm weitergegangen wäre, wenn er noch einen Winter auf der Station verbracht hätte. Diese alleinstehenden dänischen Männer, denkt sie mit einem Seufzer, einerseits sympathisch und gleichzeitig unmöglich. Die Neue, die unterwegs ist, eine vierzigjährige Frau, bringt ihren Mann und ihr Kind mit. Diese Konstellation funktioniert in der Regel am besten. Diese Frauen wollen innerhalb von zwei Monaten alles verändern, sind über einige Dinge zutiefst entrüstet, von anderen enorm begeistert, sie machen dramatische Gesten und sind laut; von der arktischen Luft und ihrer eigenen moralischen Überlegenheit berauscht, wühlen sie in alten Konflikten, kommandieren und regieren und sind kaum auszuhalten. Viele kommen hierher, weil sie Probleme mit ihrem Mann haben; sie meinen, sie könnten sich in einen Flieger setzen und ihnen davonreisen und eine grönländische Siedlung biete die ultimative Lösung. Doch so ist es nicht. Die Probleme lauern bereits in der Siedlung, sobald sie den Flughafen verlassen haben. Der Mann amüsiert sich, die Frau arbeitet. Das endet immer in Intrigen, Tränen, endlosem Streiten und Scheidungsandrohungen. Doch einen Koller, wie die alleinstehenden Männer, bekommen sie nie.

Amalie ist nicht gerade glücklich darüber, was mit Jesper geschah. Sie ist es gewesen, die an Jens Jørgen schrieb und darum bat, ihn in die Stadt versetzen zu lassen. Mit Jespers Reaktion hätte sie nie gerechnet. Zuerst wurde er wütend, dann brach er zusammen. Am Tag seiner Abreise weinte er leise, aber anhaltend. Sie ließ ihn sich an ihrer Schulter ausweinen, dann brachte sie ihn zum Flughafen und winkte zum Abschied. Als er weg war, stieß sie einen Seufzer der Erleichterung aus. Es war notwendig gewesen, aber nicht besonders lustig. Amalie überlegt, wie es ihm wohl inzwischen geht.

Jetzt hört sie das schwache Brummen des Linienflugzeugs, das von Süden kommend tief über die Insel fliegt. Sie blickt rechtzeitig hinaus, um es hinter den Hügelkämmen auf der anderen Seite des Stausees verschwinden zu sehen. Einige Sekunden verstreichen, dann ertönt das Brüllen der Motoren, als das Flugzeug abbremst.

Sie sieht auf ihre Armbanduhr. Sie hat eine Verabredung mit dem Postmann, der sie mit seinem Jeep zum Flughafen mitnehmen soll. Er müsste schon längst da sein, denkt sie und geht hinaus.

Filippus hat diesen Moment lange geplant, und jetzt ist der Tag gekommen. Die Taschen sind gepackt, die Zahlenkolonnen ausgeglichen, der Brief an den Ladenverwalter ist geschrieben und auf seinem Schreibtisch hinterlegt. *Tut mir leid. Ein Krankheitsfall in der Familie. Leb wohl.*

Zum letzten Mal zeigt er sich in diesem Büro, in dem er fünfzehn Jahre lang vor sich hin gearbeitet hat. Und er vergießt nicht eine Träne darüber. Das liegt sowohl an den Demütigungen und Niederlagen, die er in diesem Raum erlitten hat, als auch an dem Umstand, dass der Inhalt des armierten Eisenschranks ein Defizit von mehreren Tausend Kronen aufweist. Das Risiko, dass es entdeckt wird, ist nicht besonders hoch. Mehrere Jahre hindurch hat er jede Woche ein wenig beiseitegelegt und die Zahlen im Rechnungsbuch manipuliert, damit sie stimmen. Um den Diebstahl aufzudecken, brauchte es schon einen versierten Rechnungsprüfer, und so etwas gibt es in dieser Gegend nicht. Doch das ist nicht das Einzige, was er getan hat. Er war schlau, er hat sich diskret bereichert und den Schaden auf viele Schultern verteilt. Immer, wenn Menschen zu ihm kamen, um ihre Euros zu wechseln, die Einnahmen aus dem Verkauf der Knochenfiguren oder anderen Kunsthandwerks an die Tagestouristen, hat er ein bisschen falsch gerechnet und zehn Prozent daraufgeschlagen, nicht mehr und nicht weniger, fast eine Art Wechselgebühr, die er für sich beiseiteschaffte. Niemand hat etwas davon bemerkt, niemanden hat es traurig gemacht. Die Definition eines perfekten Verbrechens.

Filippus' Zukunftspläne sind klar, aber nicht gerade atemberaubend. Er kehrt in seine Kindheitssiedlung am innersten Zipfel eines Fjordes südlich der Diskobucht zurück. Dort will er ein kleines Haus kaufen und dann so gut er kann von seinen Ersparnissen leben. Was er machen soll, wenn sie aufgebraucht sind, weiß er noch nicht, aber das wird sich schon zeigen. Vielleicht wird er sich auf einen der Jobs bewerben, die er im Internet gesehen hat. Das Wichtigste ist erst einmal, von diesem Ort wegzukommen.

Als er den Hügel bei der Krankenpflegestation hinauffährt, sieht er eine kugelförmige Frau auf sich zurennen, die hektisch mit den Armen rudert. Amalie. Das hatte er völlig vergessen. Er mag Amalie gern, sie stammt wie er selbst aus Westgrönland, sie sprechen dieselbe Sprache. Er bremst den Jeep, sie springt hinein.

Das wurde aber auch Zeit, sagt sie. Dann sieht sie ihn an. Du siehst aus, als wärst du auf dem Weg zu deiner eigenen Hochzeit. Holst du auch Gäste ab?

Nein, sagt er glücklich. Ich fahre weg, für immer.

Aber wo willst du denn hin?

Nach Hause, erwidert er. Weit weg. Und nennt den Namen seiner Siedlung.

Aber wer soll uns dann zurückfahren?, fragt Amalie.

Keine Ahnung, sagt Filippus und bricht in Gelächter aus.

Drüben in der Stadt verfolgt Apollo das Endspiel der Männer. Es sieht so aus, als würde die Mannschaft aus der Stadt gewinnen, was keine große Überraschung wäre. Sie führen fünf zu zwei über die Zweitbesten, eine Mannschaft aus einer Siedlung im Norden. Das Spiel wirkt etwas halbherzig, die Rollen sind bereits verteilt, die Verlierenden wissen, dass sie verlieren, die Gewinner sind es gewohnt, zu gewinnen. Der Lederball hüpft matt und ziellos umher; wenn ein Fußballschuh ihn trifft, steigt er pfeifend in die Höhe, landet jedoch häufig außerhalb des Spielfelds und kullert den Abhang hinunter, dicht gefolgt von einer Kinderschar. Der Pokal ist zu keiner Zeit in Gefahr, er bleibt in der Stadt. Auch dem Publikum ist es mehr oder weniger gleichgültig, denn jeder ist mit jedem verwandt, es wird immer Cousins, Cousinen, Neffen oder Nichten in der Siegermannschaft geben, egal, woher sie kommt. Mit dem Finale der Frauen morgen ist es anders. Es zu verfolgen ist immer spannend und nervenaufreibend. Die Fußballmädchen aus Apollos Siedlung kämpfen stets mit einem unversöhnlichen Geist, der die Gegnerinnen einschüchtert. Morgen wird auf dem staubigen Hartplatz Blut fließen. Apollo würde das Spiel gern sehen, aber er ist todmüde und glaubt nicht, dass er sich dazu aufraffen kann.

Er geht hinunter zum Krankenhaus, er hat keine Lust, das Spiel der Männer zu Ende zu sehen. Sein Herz ist noch immer nicht in Ordnung, meint er, und jetzt hat er endlich einen Termin beim Arzt bekommen. Er läuft den Strandvej entlang zum Krankenhaus und meldet sich an der Rezeption. Ein dänischer Krankenpfleger führt ihn ins Labor, wo man ihm Blut abnimmt. Dann sitzt er im Wartezimmer und blättert in alten Nummern einer Ärztezeitschrift, bis der Arzt kommt und ihn aufruft.

Er schildert dem Arzt seinen Fall, die Schneeraupe, die auf den Boden des kleinen Sees sank, wie er sich im letzten Moment retten konnte und einige Stunden lang auf dem Dach saß und fror, bevor er an Land kam, die Zigarette, die er rauchte, obwohl er eigentlich Nichtraucher ist, und wie er anschließend nach Hause ging. Seither hat er Herzprobleme, sagt er und klopft sich mit der Hand auf die Brust. Vor einigen Monaten wurde er ohnmächtig, seitdem fühlt er sich erschöpft.

Der Arzt misst seinen Blutdruck, leuchtet ihm in die Augen, betastet seinen Hals und seine Achselhöhlen. Das tut etwas weh, doch Apollo sagt nichts. Lassen Sie die Hosen runter, sagt der Arzt, auch die Unterhosen, was Apollo Unbehagen bereitet, da auch eine Dolmetscherin anwesend ist. Aber er folgt der Anweisung. Der Arzt kneift mit den Fingern in seine Hoden. Apollo stöhnt.

Tut das hier weh?, fragt der Arzt, sieht ihn an und drückt zu.

Apollo ächzt.

Legen Sie sich auf die Liege, sagt der Arzt, und ziehen Sie sich aus.

Apollo ist der Meinung, die Dolmetscherin könnte sich ruhig ein bisschen zurückziehen, er spricht nicht schlecht Dänisch und empfindet es als Erniedrigung, sich befummeln zu lassen, während eine Frau dabei zusieht. Aber er tut, was man ihm sagt. Der Arzt bohrt seinen Daumen in die linke Bauchseite.

Ah!, klagt Apollo.

Tut das hier weh?

Oh!, stöhnt er.

Tut es weh?, fragt die Dolmetscherin. Der Arzt fragt, ob es wehtut.

Ich sage doch, dass es wehtut, sagt Apollo. Uh!

Das übersetzt die Dolmetscherin dem Arzt. Der Arzt stößt einen Finger tief in Apollos Enddarm hinein und wühlt eine Ewigkeit darin herum. Apollo beißt den Schmerz in sich hinein und konzentriert sich darauf, nicht abzuführen.

Gut, sagt der Arzt, studiert den Gummifinger, der kurz zuvor in Apollo steckte, schält die Hände aus den Handschuhen und wirft sie in einen Eimer. Wir müssen weitere Proben nehmen. Sie können sich wieder ankleiden.

Apollo erhebt sich von der Liege und zieht Hose und Hemd an. Wo ist die Toilette?, fragt er. Die Dolmetscherin zeigt es ihm.

Als er den Toilettenbesuch beendet hat, muss er nebenan weitere Blutproben abgeben. Es fühlt sich an, als hätte der Arzt seinen After geweitet, die Seitenwände reiben glitschig aneinander, beim Gehen muss er rhythmisch furzen und hinterlässt einen Schweif aus Darmwinden auf dem Korridor. Dann kommt eine Frau und bittet ihn, ihr zu folgen. Apollo kennt sie, wie heißt sie noch, ach ja, Thala. Wir sind miteinander verwandt, sagt er und versucht, ihr die familiäre Verbindung zu erläutern, was ziemlich kompliziert ist.

Er folgt ihr in einen dunklen Raum mit einer hohen Liege und schwerer Ausrüstung, die von der Decke hängt. Stillhalten, sagt Thala, die ihn so postiert hat, dass seine Brust gegen eine kalte Platte gepresst wird. Sie dirigiert den großen Apparat, der sich in einer Gleitschiene an der Decke bewegen lässt. Apollo steht mit dem Gesicht zur Wand, hat aber das Gefühl, das Instrument starre ihn von hinten an.

Ist das ein Röntgengerät?, fragt er. Tut es eigentlich weh, wenn die Strahlen durch einen hindurchgehen?

Aber sie ist schon in einem kleinen Kämmerchen verschwunden. Sie erscheint in der Tür, mit einer dicken Schürze vor dem Bauch. Du sollst still stehen und aufhören zu reden, sagt sie. Jetzt muss ich noch eins machen.

Entschuldigung. Das war mir nicht klar.

Dann sind die Röntgenaufnahmen fertig. Sie werden sofort entwickelt und von einer Maschine ausgespuckt wie Fotokopien, und Thala nimmt sie und hängt sie an einen Leuchtschirm.

Sind das meine Lungen?, fragt Apollo.

Sie zeigt sie ihm, deutet auch auf andere Organe. Lungen, Herz, Rippen, Speiseröhre.

Ist alles in Ordnung?, fragt er.

Dazu kann ich nichts sagen. Der Arzt wird sie sich ansehen.

Sie plaudern über familiäre Dinge. Apollo erklärt ihr die präzise Bezeichnung ihrer Verwandtschaftsbeziehung. Sie haben einen gemeinsamen Urgroßvater, Thala ist seine Halbgroßcousine.

Das Wort kannte ich überhaupt nicht, sagt sie.

Es ist ein altes Wort, sagt er. Die Leute vergessen die alten Wörter. Ich finde das sehr schade. Aber wir in den Siedlungen können sie uns vielleicht besser merken.

Sie fragt ihn, was er hat. Er wiederholt seinen Bericht über die Schneeraupe und das kalte Wasser, die Zigarette, die Ohnmacht. Seiner Meinung nach könnte die Zigarette schuld sein an seinen Problemen. Er hatte ja noch nie zuvor geraucht. Auf der Krankenpflegestation hängen große Plakate, die vor dem Rauchen warnen. Aber ich bin froh, dass man mich endlich gründlich untersucht hat. Das war an der Zeit.

Es ist bestimmt nichts Ernstes, sagt Thala.

Nein, aber ich war den ganzen Winter über nervös. Ich habe mich nicht gesund gefühlt.

Thala bringt ihn zurück ins Wartezimmer. Es kann eine Weile dauern, sagt sie. Der Arzt ist etwas im Stress, bei all den Menschen, die sich gerade in der Stadt aufhalten.

Er fragt, ob er der Station einen Besuch abstatten darf. Dort liegt jemand aus der Siedlung.

Nimm diese Plastiküberzieher, sagt sie und gibt ihm ein Paar, das er über die Schuhe stülpen kann.

Auf der Station läuft er ein wenig hin und her, bis er das Zimmer findet, in dem die beiden Cousins liegen. Als er sie sieht, wünscht er, er wäre nicht hingegangen. Justus fällt ihm beinahe um den Hals, so sehr freut er sich über den Besuch aus der Siedlung. Emanuel liegt in seinem Krankenbett. Seine Nase ragt spitz nach oben wie eine Walfinne, er ist offenbar bewusstlos und schnappt in unregelmäßigen Abständen nach Luft. Apollo erkennt Justus kaum wieder. Seine Wangen sind gräulich-bleich, die Haut spannt über den Gesichtsknochen, das Gebiss ragt so weit vor, als wolle der Schädel aus seinem Mund hinauskriechen.

Justus holt einen Stuhl für Apollo. Er setzt sich an Emanuels Bett, der Cousin stellt sich auf die andere Seite.

Man hat uns erlaubt, auf demselben Zimmer zu liegen, sagt Justus und bekommt einen Hustenanfall. Er tupft sich den Mund mit einer Serviette ab, auf die er einen schnellen Blick wirft, bevor er sie wieder in die Tasche steckt. Das war großes Glück. Wir sind es ja gewohnt, nebeneinander zu schlafen. Wir bekommen drei Mal am Tag Essen und nachmittags Kaffee und Kuchen.

Isst Emanuel denn überhaupt etwas?, fragt Apollo.

Zurzeit nicht so viel. Meistens schläft er.

Was hat er denn?

Das ist schwer zu sagen, antwortet Justus in einem Tonfall, als sei er persönlich für die Untersuchungen verantwortlich gewesen. Irgend so eine Entzündung. Wir bekommen massenweise Medikamente, beide. Der Arzt sagt, dass wir bald nach Hause können. Er bekommt einen neuen Hustenanfall, geht zu seinem Nachttisch und räuspert sich lange über einem Spucknapf. Das liegt an der Medizin, sagt er und schenkt Apollo ein groteskes Lächeln. Es ist eine Art starkes Penicillin. Reinigt den Körper von allem Schlechten. Man hustet eine Menge, und rot pinkeln muss man auch davon.

Dein Cousin sieht nicht so aus, als käme er bald nach Hause, sagt Apollo aufgebracht.

Doch, doch, beharrt Justus, das sagt der Arzt. Die Pillen müssen nur anfangen zu wirken.

Kannst du denn nicht sehen, dass Emanuel im Sterben liegt?, sagt Apollo.

Darauf antwortet Justus nicht. Apollo steht auf, sie stehen rechts und links von Emanuels Bett, an den Rahmen gelehnt. Die Hand des Sterbenden, die mit dem amputierten Finger, führt ein Eigenleben, schnellt hoch in die Luft und fällt wieder runter, hoch und runter, hoch und runter.

Und du?, fragt Justus. Er sieht müde aus.

Nein, mir geht es gut, sagt Apollo. Ich bin nur zu Besuch.

Draußen auf dem Gang trifft Apollo Jesper, der eine weiße Uniform trägt und ein Tablett mit Medizingläsern in den Händen hält. Jesper bleibt stehen und grüßt.

Ach, du bist jetzt hier?, sagt Apollo. Dann bist du also doch nicht nach Dänemark zurückgefahren?

Nein, ich habe mich besonnen, antwortet Jesper und lächelt.

Ich hätte dich fast nicht erkannt, sagt Apollo. Du siehst aus wie eine richtige Krankenschwester.

Ich bin eine richtige Krankenschwester, erwidert Jesper.

Darf ich mal nachsehen?, fragt Apollo und tut so, als würde er an der Uniform ziehen, um in den Ausschnitt hineinzuspähen.

Bei Männern heißt das eben Krankenpfleger, sagt Jesper.

Apollo genießt es, Jesper erzählen zu können, dass seine Symptome, über die er den ganzen Winter geklagt hat, nun endlich ernst genommen werden. Er wiederholt seine Litanei erneut, wohl wissend, dass Jesper sie nicht mehr hören kann. Die Schneeraupe, das eiskalte Wasser, die Zigarette, die Ohnmacht.

Also, ich muss weiter, sagt Jesper. Aber gut, dass du gründlich untersucht wirst. Dann eilt er mit seinem Tablett davon.

Ich habe gerade mit dem Rigshospital telefoniert, sagt der Arzt, als Apollo ihm gegenüber Platz nimmt. Sie würden Sie gern sofort sehen.

Dänemark?, fragt Apollo.

Kopenhagen. Sie müssen gründlich untersucht werden.

Stimmt etwas nicht?

Das wollen wir nicht hoffen, sagt der Arzt. Nur zur Sicherheit, ja? Sie haben doch wohl nichts gegen einen Ausflug nach Dänemark?, fragt er fröhlich.

Ich bin noch nie da gewesen.

Na, dann ist es mal an der Zeit.

Wann soll ich fahren?

Wir bestellen ein Ticket für nächste Woche, sagt der Arzt.

Ich habe Familie. Was soll ich ihnen denn sagen, wie lange ich in Dänemark sein werde?

Hoffentlich nicht besonders lange. Aber darüber können wir jetzt natürlich noch nichts sagen. Sie bekommen ein schönes Gästezimmer hier im Krankenhaus, wo Sie auf die Abreise warten können.

Ich habe hier Familie, bei der ich wohnen kann, sagt Apollo.

Sie sollten lieber im Krankenhaus wohnen, sagt der Arzt. Wir hätten Sie gern unter Beobachtung, verstehen Sie.

Apollo wünschte, die Dolmetscherin wäre hier. Er versteht, was der Arzt ihm sagt, aber er vernimmt etwas unter der Oberfläche, das er nicht zu deuten weiß. Er hätte gern mehr gefragt, aber wie soll man fragen, wenn man nicht weiß, was man nicht versteht?

Eine Pflegehelferin begleitet ihn in den Gästeflügel und gibt ihm den Schlüssel zu einem der Zimmer, einen Stapel Bettwäsche und ein Faltblatt mit Informationen, unter anderem über die Essenszeiten im Krankenhaus. Zu seiner Freude entdeckt er, dass er einen Fernseher auf dem Zimmer hat. Er probiert die Fernbedienung aus. Es gibt mehrere Kanäle. Er lässt sich aufs Bett fallen. Die Matratze ist weich und umfängt seinen erschöpften Körper. Er ist kurz vorm Einschlafen. Doch dann reckt er sich nach dem Telefon, das auf dem

Nachttisch steht, und wählt die Nummer seiner Frau. Er lächelt in sich hinein. Dänemark. Das wird sie sicher überraschen.

Jens Jørgen spricht in sein Diktiergerät. Zwar haben die Ärzte am Krankenhaus keine eigenen Sekretärinnen, und er schreibt seine Aktennotizen selbst, aber er genießt die nüchterne Schönheit, die die Sätze annehmen, sobald er sie diktiert. *Patient hat ein massiv verändertes Blutbild – Punkt.* Er leiert eine lange Reihe von Ergebnissen der Blutproben herunter, während er in den Papieren blättert, und schiebt den Pausenknopf des Diktiergeräts vor und zurück. *Auf dem Röntgenbild keine sichtbaren Metastasen. Punkt. Allgemeinzustand des Patienten gut – Komma – Ernährungszustand überdurchschnittlich gut – Punkt. Einzige Beschwerde Herzklopfen – Komma – Müdigkeit und diffuses Unwohlsein – Komma – das seit Januar andauert – Punkt. Patient arbeitet bei der Fäkalienabfuhr und kommt täglich mit giftigen Chemikalien in Kontakt – Punkt. Überweisung ins Rigshospital – Komma – hämatologische Abteilung – Komma – nach Absprache mit Oberarzt Helge Grønbæk wegen Verdachts auf akute Leukämie – Punkt.*

Eleonora liegt auf der Entbindungsstation. Das Kind wurde einen Monat vor dem Termin per Kaiserschnitt geholt. Sie hatte leichte Blutungen und häufig Vorwehen, und Amalie hatte darum gebeten, sie im Krankenhaus aufzunehmen, zur Entlastung, da ihr zu Hause viel zu viel Arbeit aufgebürdet wurde. Ihre Großmutter Karla hatte bis zuletzt gekämpft, sie bei sich behalten zu dürfen, und Amalie stark unter Druck gesetzt. Doch nachdem der Arzt sie angerufen und ein langes Gespräch mit ihr geführt hatte, gab sie endlich nach.

Es ist ein gut geratener Junge, der die komplizierte Schwangerschaft offenbar unbeschadet überstanden hat.

Und er nimmt kräftig zu. Eleonoras Drüsen produzieren eine fett- und nährstoffreiche Milch, und jedes Mal, wenn der Junge sich festsaugt und zu nuckeln beginnt, spürt sie einen stechenden Schmerz bis in die Gebärmutter, die sich zusammenzieht.

Aber da ist etwas, sagt der Arzt, setzt sich auf die Bettkante und legt die dicke Akte, ihre medizinische Biografie, auf den Nachttisch. Es scheint, als habe er eine Hüftdysplasie. Wir sind uns nicht ganz sicher, wir sind ja hier nicht spezialisiert. Er erklärt Eleonora die Krankheit und dass sie im Rigshospital behandelt werden muss, man ist bereits dabei, etwas mit dem dortigen Kinderorthopäden zu vereinbaren.

Ist das gefährlich?, fragt Eleonora.

Überhaupt nicht, beruhigt sie der Arzt. Die Beine müssen geschient, eventuell auch eingegipst werden. Es ist keineswegs so, dass er stirbt, wenn Sie eine Behandlung ablehnen. Aber sie ist die Voraussetzung dafür, dass er eines Tages normal gehen kann. Sie müssen sich auf einen langen Aufenthalt in Dänemark gefasst machen, vielleicht mehrere Monate, in denen Sie Ihre Familie nicht sehen. Wie wäre das für Sie?

Och, sagt Eleonora.

Manchmal ist eine Operation notwendig, fährt der Arzt fort. Theoretisch kann das bis zu einem Jahr dauern.

Schön, sagt Eleonora.

Vielleicht können Sie eine Ausbildung machen, während Sie dort sind, sagt Jens Jørgen. Das machen viele.

Aber erst mal liegt sie im Wochenbett. Zunächst hat sie daran gezweifelt, ob sie mit diesen kleinen Brüsten überhaupt stillen kann. Mittlerweile sind sie allerdings nicht mehr klein, sondern auf die dreifache Größe angewachsen und steinhart, die Milch rinnt aus ihnen heraus, sobald das Kind in der Wiege einen Ton von sich gibt. Schon einen Tag nach dem Kaiserschnitt hat Eleonora zum ersten Mal das Bett verlassen. Jetzt spürt sie nichts mehr, abgesehen von einem Jucken an der Narbe, aber der Arzt hat ihr verboten, daran zu kratzen. Das Schönste, was sie sich vorstellen kann, ist am Waschbecken ein Papiertuch mit Desinfektionsalkohol aus dem Spender zu befeuchten und die Narbe damit abzutupfen. Das brennt so herrlich. Sie hat die Erlaubnis bekommen, das Krankenhaus zu verlassen, sie leiht sich einen der Kinderwagen der Abteilung und geht mit dem Kind in der Stadt spazieren.

Hast du einen kleinen Bruder bekommen?, fragen die Leute sie.

Nein, sagt Eleonora, das ist mein Sohn. Es macht ihr Spaß zu sehen, wie verlegen die Leute werden.

Als einem der letzten Menschen in der Kommune ist schließlich auch Jørgen Baunsgård aufgegangen, dass er Vater geworden ist. Jemand hat es ihm in der Mannschaftsmesse am Flughafen erzählt.

Ich habe gehört, dass du Vater geworden bist, du alter Bock.

Ich bin auf keinen Fall Vater geworden, antwortet er. Ich war schon seit Monaten mit niemandem mehr im Bett.

Seit ungefähr neun Monaten nicht mehr?

Nachdem er begriffen hatte, dass möglicherweise doch er der Vater sein könnte, nahm er den ersten Helikopter in die Stadt.

Kleines Bonbon, sagt er, als er auf einem Stuhl neben ihrem Bett Platz genommen hat. Wie geht es dir?

Eleonora antwortet, ihr gehe es gut, und Jørgen kann sehen, dass sie die Wahrheit sagt, denn sie strahlt über das ganze Gesicht.

Und dem kleinen Jungen?, will Jørgen wissen.

Hier, sagt sie und drückt ihm das Kind in die Arme, das in eine Bettdecke gewickelt ist.

Oh mein Gott, sagt Jørgen. Er wiegt ja so gut wie nichts.

Eleonora erzählt, dass alles ganz normal sei, sie aber ins Rigshospital müssten. Ansonsten, sagt sie, ist alles in Ordnung mit ihm.

Jørgen erzählt, dass er drei erwachsene Kinder in Dänemark hat. Was sie wohl dazu sagen, dass sie einen kleinen Eskimobruder bekommen haben?, sagt er und amüsiert sich lauthals bei dem Gedanken.

Jørgen bleibt den ganzen Nachmittag über sitzen. Er kann sich gar nicht mehr losreißen von diesem jüngsten Spross am Baunsgård'schen Stammbaum. Dann bittet ihn jemand zu gehen, damit sich Mutter und Kind ein wenig ausruhen können.

Wie soll er denn heißen?, fragt er Eleonora.

Kannst du dir nicht einen Namen für ihn ausdenken?, fragt sie. Du bist doch der Vater.

Meinst du wirklich? Jørgen kratzt sich am Bart. Dann werde ich sehr gründlich überlegen, sagt er.

Als er am nächsten Tag wiederkommt, hat er all seine Kinder in Dänemark angerufen. Vor Begeisterung überwältigt sind sie nicht von der Nachricht, aber sie werden sich wohl daran gewöhnen, sagt er. Und er hat einige Namensvorschläge. Oscar. Emil. Alexander. David. Viktor. Such dir den aus, der dir am besten gefällt.

Eleonora bittet ihn, sie aufzuschreiben. Bis zur Taufe dauert es noch lange, sie haben ausreichend Zeit.

Jørgen hat sich heute, am Sonntag, in seinen feinsten Zwirn geworfen, einen gestreiften, eng anliegenden Anzug, weißes Hemd, blauer Schlips, er hat sich etwas ins Haar geknetet, das es in ölig glänzenden, vanilleduftenden Wellen nach hinten fallen lässt. Der Bart ist getrimmt und gekämmt, die Nasenhaare sind gestutzt, die Zähne gebürstet. Jørgen hat Blumen aus dem Laden mitgebracht, er durchstöbert die Station auf der Suche nach einer Vase, kehrt nach kurzer Zeit mit einer zurück und stellt die Blumen auf den Nachttisch. Dann beugt er sich zu Eleonora und flüstert ihr etwas ins rechte Ohr. Als er sich wieder aufrichtet, hat er einen roten Kopf und weitet den Krawattenknoten.

Nein, sagt Eleonora, dazu habe ich keine Lust.

Okay, sagt Jørgen hastig und fährt sich mit der Hand durch Haar und Bart. Jetzt habe ich aber gefragt. Du kannst es dir ja überlegen, kleines Bonbon.

Danke für das Angebot, sagt Eleonora, aber ich habe einen Freund.

Ach, sagt Jørgen. Wer ist es denn?

Er heißt Markus. Er schreibt mir Briefe.

Aha. Dann werdet ihr vielleicht bald heiraten?

Keine Ahnung. Darüber haben wir noch nicht gesprochen.

Jørgen entfährt ein irritiertes, brummendes Lachen. Wenn das so ist, kannst du doch aber stattdessen genauso gut mit mir zusammen sein?

Ich mag dich, sagt Eleonora, aber ich finde, du bist zu alt. Ich bin doch erst zwanzig. Außerdem bist du viel zu groß für mich.

Jørgen bleibt stehen und sieht aus, als hätte er noch eine Menge auf dem Herzen, unter anderem, dass er ihr offenbar nicht zu alt und groß war, um sich von ihm schwängern zu lassen, vermutet Eleonora. Aber er sagt nichts. Darf man ihn hochnehmen?, fragt er. Er nimmt den Jungen aus der Wiege, geht mit ihm auf der Station umher und präsentiert ihn Personal und Patienten.

Eleonora öffnet ihre Nachttischschublade und holt den Stapel mit Umschlägen hervor, wählt einen von ihnen und faltet den Brief auseinander. *»Liebe Eleonora.«* Sie liest den ganzen Stapel. Dann sortiert sie die Briefumschläge und legt sie in die Schublade zurück.

Sie springt aus dem Bett und geht zum Schwesternzimmer. Jesper steht am Medizinschrank und füllt Medikamente um.

Er sieht sie lächelnd an. Was gibt es denn, Eleonoramädchen?

Könnte ich bitte einen Kugelschreiber und etwas Schreibpapier haben?

Er holt einen Block und einen Stift und gibt sie ihr.

Ich muss nämlich einen wichtigen Brief schreiben.

Schön, sagt Jesper. Sag Bescheid, wenn ich dir irgendwie behilflich sein kann.

Du könntest ihn mitnehmen und für mich einwerfen, sagt Eleonora.

Es ist Jespers erste Woche im Krankenhaus, dies ist seine erste Wochenendschicht. Der Alltagstrott hat sich schon eingeschlichen, so langweilig und beruhigend, wie er es in der Siedlung zu keiner Zeit erlebt hat. Dort hatte man nie den Eindruck, freizuhaben, gleichzeitig aber auch nicht das Gefühl, auf der Arbeit zu sein. Hier sind diese beiden Zustände klarer definiert und voneinander abgegrenzt. Er hat eine Angestelltenwohnung auf dem Bergkamm hinter dem neuen Ladenkomplex bekommen. Es ist eine moderne Dreizimmerwohnung über zwei Etagen, ein bisschen wie ein Penthouse, findet er, nicht das Schlechteste für seinen Geschmack. Die Miete ist gepfeffert, aber es sieht so aus, als würde er gut verdienen, wenn er erst einmal die Zuschläge für diverse Bereitschaftsdienste und Überstunden bekommt.

Insgesamt rechnet er damit, am Ende mehr rauszubekommen als bei der Arbeit auf der Krankenpflegestation.

Wenn er am Fenster sitzt und seine Aussicht genießt, sieht er mitunter Sara, die den Parkplatz vor dem Laden überquert. Sie arbeitet immer noch in der Konfektionsabteilung. Einmal geht er hinein, um ihr Hallo zu sagen. Sie hat sich kaum verändert, trägt aber sehr modische Kleidung.

Das wird von einem erwartet, wenn man hier arbeitet, erklärt sie, und außerdem bekommt man ja Prozente. Wie geht es dir?

Danke, gut, und dir? Spielst du noch Fußball?

Nein, dieses Jahr habe ich keine Lust. Alles nur Verlierer hier.

Sie reden einige Minuten, dann kommt Kundschaft für sie. Sie laufen sich häufig über den Weg, das lässt sich in einer so kleinen Stadt nicht vermeiden. Dann nickt Jesper ihr zu, und sie grüßt zurück. Einmal steht er in der Kassenschlange im Supermarkt direkt hinter ihr, ohne dass sie ihn bemerkt. Er erkennt ihr Deodorant wieder. Er genießt es einfach nur, dort zu stehen und ihren hellen Hals zu betrachten, der sich von ihren runden Schultern aus nach oben biegt, und ihren vertrauten Duft zu riechen.

Es war Ingunn, die ihn anrief, nachdem seine Kündigung eingetroffen war. Zunächst wollte er nicht mit ihr sprechen, wollte am liebsten einfach wieder auflegen, seine Sachen packen und aus der Gegend verschwinden, bevor die lauernde Katastrophe, die er vorausahnte, ihn endgültig einholen würde. Dennoch blieb er sitzen und lauschte ihrer fröhlichen norwegischen Stimme, die einfach drauflosplauderte. Sie redeten über das Wetter, das bevorstehende Fußballturnier, über Emanuel und Justus, denen es von Tag zu Tag schlechter ging. Nach und nach sickerte die Angst aus ihm heraus.

Dann sagte sie übergangslos: Jens Jørgen ist manchmal ein bisschen voreilig. Aber es war auf keinen Fall seine Absicht, dich zu desavouieren. Es tut ihm furchtbar leid, was er da ins Rollen gebracht hat.

Jesper horchte nach Untertönen in ihrer Stimme, dem Widerhall eines Wissens um den wahren Grund seiner Kündigung. Das zappelnde Gespenst. Aber wenn sie etwas wusste, konnte sie es unglaublich gut verbergen. Es ist genauso meine Schuld, sagte er heiser. Es gibt nichts, was Jens Jørgen leidtun müsste. Ich war es. Ich war nicht ich selbst. Der Winter. Krankheit und Tod. Es war ein einziger Albtraum. Ihr müsst mir verzeihen.

Sie sprachen über eine Stunde lang miteinander. Am Ende einigten sie sich darauf, dass er bei ihnen vorbeikommen und ein unverbindliches Gespräch mit ihnen führen würde. Er wohnte einige Tage bei ihnen, sie bedienten ihn von vorn bis hinten, bereiteten üppige Mahlzeiten, zeigten ihm das Krankenhaus und machten ihn mit dem Personal bekannt, Jens Jørgen lud ihn in den *Klubben* ein, und anschließend, um zwei Uhr nachts, machten sie einen Spaziergang im Blomsterdalen. Als sie in der Heide weit oben auf dem Bergkamm saßen, mit Aussicht über die Stadt, den Fjord und den spitzen Polhemsfjeld, sagte Jens Jørgen: Ach ja, kannst du dich noch an das Mädchen vom Winter erinnern, mit der Eileiterschwangerschaft? Asta, oder wie sie hieß?

Einige Sekunden verstrichen. Ja, sagte Jesper schließlich. Ich kann mich gut an sie erinnern.

Wir haben ja einen DNA-Test vom Embryo genommen.

Ja, das hattest du erzählt.

Es besteht kein Zweifel daran, dass Kali, ihr Freund, der Vater des Kindes war. Ich dachte, das interessiert dich vielleicht?

Jesper schluckte. Er traute sich nicht, etwas zu antworten. Jens Jørgen klopfte ihm auf die Schulter. Sie blieben eine Weile sitzen, ohne etwas zu sagen, zwischen hohen Seggenhalmen, die im Wind zitterten, der von der Dänemarkstraße herwehte. Dann standen sie auf und gingen schweigend zurück in die Stadt.

Am darauffolgenden Montag schrieb Jesper einen formalen Antrag auf Versetzung ins Krankenhaus und zog seine Kündigung zurück. Jetzt ist er wieder ganz in Weiß, sein Leben geht so ähnlich weiter wie vor gut einem Jahr, mit der Ausnahme, dass er damals noch nicht in Grönland war. Manchmal vermisst er Dänemark, den Strand, die Bäume, das Caféleben, einige Freunde, mit denen er versäumt hat Kontakt zu halten. Er schreibt ihnen, entschuldigt sich dafür, sie vernachlässigt zu haben, lädt sie ein, ihn in seiner schönen Wohnung besuchen zu kommen.

Seine Arbeit gefällt ihm sehr, das Gehalt ist gut, die Steuern sind niedrig, das Leben ist leicht, und die Patienten kommen im Großen und Ganzen allein zurecht. Davon berichtet er seiner Schwester Signe in seinen Mails.

Manchmal kann man schon ein bisschen nervös werden, weil so wenig zu tun ist, schreibt er. Einkaufen, Arbeitsplatz, nach Hause, mein Alltag beinhaltet lediglich drei Ecken, die wiederum nur ein paar Hundert Meter voneinander entfernt liegen. Wenn ich Lust habe, einen Ausflug zu machen, leihe ich mir einen der Toyotas mit Allradantrieb im Krankenhaus und brause über Land, angle Forellen in einem See. Hin und wieder muss jemand nach Nuuk evakuiert werden, dann donnere ich zum Heliport, springe in den Hubschrauber, neben den Piloten, setze die Kopfhörer und den Helm auf. Und dann rauschen wir davon. Jens Jørgen, der Bezirkschefarzt, sagt, dass ich bei Interesse ein paar Reisen als Begleitung für Patienten nach Dänemark einplanen kann. Und natürlich bin ich daran interessiert. Ich hoffe, wir sehen uns bald? Grüß Papa und Mama, richte ihnen aus, dass es mir gut geht. Grüße auch an Rasmus und den kleinen Ludvig. Er sieht niedlich aus auf den Bildern.

Eines Tages klopft er unten im Ort an eine Tür. Es ist ein Bußgang, er versucht, einige Dinge wiedergutzumachen. Sara öffnet, steht eine Weile da und sieht ihn an, dann lässt sie ihn herein, sie umarmen einander, und als sie in ihrer kleinen Bude sitzen, auf ihrem gemachten Bett, das gleichzeitig als Sofa dient, sagt er, ich weiß nicht, ob das eine gute Idee ist, aber ich weiß, dass ich es für den Rest meines Lebens bereuen werde, wenn ich weiter so tue, als würdest du nicht existieren.

Sejer erwacht mit einem heftigen Kater. Dann bemerkt er, dass Justine neben ihm liegt. Er kann sich nicht daran erinnern, gestern Abend mit ihr zusammen gewesen zu sein. Ob sie sich hineingeschlichen hat? Nein, das sähe ihr nicht ähnlich.

Er springt aus dem Bett, als ob er sich verbrannt hätte. Davon wacht sie auf. Sie rekelt sich, stößt einen langen Seufzer aus und gähnt.

Hallo, sagt sie.

Guten Morgen.

Was für einen Tag haben wir heute?

Montag.

Was? Schon? Wo ist nur der Sonntag geblieben?

Das sollte ich lieber dich fragen, sagt er. Du hast doch in der Siegermannschaft gespielt.

Oh Gott, stimmt, wir haben ja gewonnen. Die anderen müssen schon längst auf dem Weg nach Hause sein. Ich bin völlig gerädert, sagt sie. Zum Glück ist es überstanden. Ich glaube, ich habe keine Lust, im nächsten Jahr wieder dabei zu sein.

Sejer entgegnet nichts. Aber er erinnert sich wieder an den Grund, aus dem er Justine gestern besucht hat, und diese Erinnerung würde er lieber noch um ein paar Stunden verschieben. Kater und Todesangst sind eine schlechte Mischung.

Fährst du heute nach Hause?, fragt sie.

Ich muss noch ein paar Leute treffen. Wahrscheinlich erst morgen. Und du?

Ich bin hierhergezogen, sagt sie. Es ist einfacher, mit dem Krankenhaus, weißt du.

Mmh, sagt er, das ist vielleicht das Beste.

Sie schwingt ihre Beine aus dem Bett und setzt sich auf die Kante, reibt sich die Augen und verrenkt sich vor lauter Gähnen fast den Kiefer. Sejer betrachtet sie, die runden Brüste, die sich heben, wenn sie ihre Arme streckt, den Nabel, der einem lächelnden Mund gleicht, den Busch über dem Schambein. Dann zieht sie ihre Unterhosen und Leggings an.

Hast du eigentlich mit deiner Frau gesprochen?, fragt sie.

Mit Sørine? Er muss lachen. Es ist nicht besonders leicht, mit ihr zu sprechen.

Das wirst du aber wohl oder übel tun müssen.

Jaja. Es ist eben nicht so einfach.

Sie beugt sich hinab und küsst ihn auf die Wange. Nee, das ist es nicht. Aber du musst es trotzdem tun. Wenn du es nicht machst, mach ich's.

Das kann ja heiter werden, sagt er glucksend und wird diese fröhlich-verwegene Stimmung einfach nicht los.

Du könntest auch mit mir ins Krankenhaus gehen und den Test machen lassen, sagt sie.

Jaja.

Jetzt, sagt sie.

Warum denn jetzt?

Warum denn nicht?

Ich muss noch so viel erledigen, sagt er und bemerkt, dass er gedankenverloren an seinem Geschlecht herumzupft, das auf den Anblick von Justines Nacktheit reagiert. Auf dem Boden liegt ein schlaffes Kondom. Gott sei Dank, ganz so betrunken war er dann doch nicht. Nur ärgerlich, dass er beim ersten Mal keins verwendet hat.

Ich muss den Bürgermeister treffen.

Wenn ich dich zwinge, sagt Justine, was möchtest du lieber, mit mir mitkommen und den Test machen oder deine Frau anrufen und es ihr sagen?

Sie ist bereits angezogen, glättet ihr Haar vor dem Spiegel, geht ins Bad und sprüht sich mit seinem Deo ein. Dann geht sie wieder zu ihm und lehnt sich an die Wand, mit einem kleinen Lächeln auf ihrem vernarbten Gesicht.

Einverstanden, sagt er. Wartest du kurz, während ich mich anziehe?

Amalie steht gemeinsam mit den anderen auf den Klippen, als am Abend die Boote nach Hause zurückkehren. Sie entdeckt sie drüben bei den Inseln, die pflugförmigen Kielwasserstreifen, die sich ineinanderflechten, die kleinen Gestalten, die stehen, winken und johlen. Ferdinand ist zur Kirche gelaufen, die Glocke schlägt wild und unrhythmisch. Jetzt beginnen sie, in die Luft zu ballern, man erkennt das Mündungsfeuer, wie kurze Stichflammen in der zunehmenden Dunkelheit. Fleischer steht mit seinem Gewehr neben Amalie, lädt nach und schießt, lädt und schießt. Der Lärm ist ohrenbetäubend, die Druckwellen der großen Kaliber fühlen sich an wie ein Trommeln im Brustkorb. Amalie füllt das Magazin von Fleischers anderem Gewehr und reicht es ihm im Tausch gegen das leere in seiner Hand. Sie hütet sich davor, den Lauf zu berühren, der glühend heiß ist.

Emma ist die Torschützenkönigin dieses Jahres. Sie hebt den Pokal über ihren Kopf, wie Amalie von ihrem Aussichtspunkt auf den Klippen aus erkennen kann, und die Ballerei nimmt zu, mischt sich mit den Jubelschreien. Als die Boote dichter heranfahren, erkennt Amalie jede einzelne Spielerin. Neben ihr steht Kirsten, die neue Krankenschwester, eine Frau mit hellblonden Locken und porzellanblauen Augen, ein wenig korpulent, lebhaft und voller perlender Lachsalven. Ihr Mann ist ebenfalls da, und ihre fünfjährige Tochter. Amalie erklärt ihnen, was vor sich geht.

Das sind unsere Fußballmädchen. Sie haben den Bezirkspokal geholt.

Jemand feuert eine Leuchtrakete in die Luft, andere schließen sich an. Die Phosphorlichter gleiten an ihren Fallschirmen nach unten und tauchen die Insel und den Gletscher in rotes Licht.

Als die Boote in den Hafen einfahren, werden die Frauen von starken Männern empfangen, die sie von den Booten herunter auf den Kai hieven. Amalie steht gemeinsam mit Kirsten ein wenig abseits und betrachtet sie. Torkönigin Emma wird auf einen Schlitten gesetzt, die Männer heben ihn über ihre Schultern und laufen mit ihr zu Salomons Diskothek. Kirsten lacht und sagt, sieh mal, mein Mann, er ist unter den Schlittenträgern, sieh nur, wie er mit den anderen im Takt läuft.

Ja, er wird sicher seinen Spaß daran haben, hier zu sein, sagt Amalie trocken und zündet sich eine Zigarette an.

Was bin ich doch froh, dass wir hergekommen sind, sagt

Kirsten. Es ist ja so wunderbar hier. Du musst so stolz sein auf dein Land.

Ja, sagt Amalie. Schrecklich stolz.

Salomon schließt auf, schaltet die Anlage und die Discokugel ein, die einen Orkan von Konfettilichtern verstreut. Technomusik und Polka schallen aus den Lautsprechern. Die Menschen tanzen in den kleinen Raum hinein, sie sitzen auf dem Sofa, auf den Treppenstufen, auf dem Dach und am Abhang. Der Mann der Krankenschwester wirbelt ein Fußballmädchen nach dem anderen herum. Dann fordert er seine Frau auf, sie halten sich in den Armen und drehen Runde um Runde auf den Klippen.

Salomon verkauft ein Vermögen an Limonade und Chips. Asser ist auch da, er ist in einem der Boote mitgefahren. Jetzt ist erst mal wieder Schluss mit der Stadt, er trinkt literweise Limo und spült nach und nach die Schlacken von der Sauferei der letzten Wochen aus. Karina taucht vor der Baracke auf, er entdeckt sie und geht zu ihr.

Hallo, sagt er. Wie geht's?

Geht so, sagt Karina.

Wohnst du immer noch in dem Haus?

Ja, bis auf Weiteres. Ich weiß nicht so richtig, was damit passieren soll. Sie sagen, dass sie es abreißen wollen.

Ja, das habe ich auch gehört. Mal abwarten, ob wirklich was daraus wird.

Am liebsten würde ich einfach wegfahren, sagt Karina. Aber wo soll man bloß hinreisen?

Und was ist mit den Kindern?, fragt Asser.

Die sind erst mal bei seinen Eltern. Und du bist also zurückgekommen?, fragt sie, ohne zu lächeln.

Ich habe dich vermisst, sagt Asser. Hast du Lust zu tanzen?

Er nimmt ihre Hand und zieht sie hinein, zur Musik und zum wirbelnden Licht. Sie tanzen die ganze Nacht. Dann laufen sie hinunter zu dem verfallenen Haus am Strand, und Asser sagt, ich finde, wir sollten zu mir gehen.

Du musst mir versprechen, ein bisschen vorsichtig zu sein, sagt Karina, als sie in Assers Bett liegen. Ich glaube, der Krankenpfleger hat mich geschwängert.

Danke!

An dieser Stelle möchte ich allen dafür danken, dass sie mir ihre Siedlung geliehen haben. Die beschriebene ostgrönländische Siedlung ist für den Ortskundigen leicht zu identifizieren, und für den, der es nicht ist, nur ungleich schwerer. Trotzdem erwähne ich ihren Namen nicht. Die Handlung dieses Buches könnte sich in nahezu jeder der sechzig übrigen Siedlungen Grönlands abspielen, denn die Stimmung ist immer die gleiche: die Nähe zum Meer, die Gemütsschwankungen, die parallel zum Wetterwechsel verlaufen, die Schlepperei beim Beschaffen von Wasser und Heizöl, das Gefühl der Ausgesetztheit, Geborgenheit, Sorge, Vertrautheit. Danke, dass ich mir die Häuser, den Laden, das Gemeinschaftshaus, die Schule und den See leihen durfte, die Ebenen und Berge. Ich habe sie für meine Zwecke ein wenig versetzt. Die Insel und ihre Umgebung im Buch sind nicht exakt so wie in Wirklichkeit, ich habe einen Berg um einige Hundert Meter nach Süden verschoben, eine Bucht in den Osten verlegt, eine Reihe von Häusern abgerissen, neu errichtet und nach meinem eigenen Gutdünken mit anderen Merkmalen ausgestattet. Am Ende habe ich aber alles wieder an seinen Platz gestellt. Ich hoffe, dass ich dabei nichts beschädigt habe.

Ebenso möchte ich betonen, dass die Menschen in diesem Buch nicht mit den Bewohnern der realen Siedlung identisch sind – abgesehen davon, dass sie hoffentlich mit allen möglichen Menschen, wo auch immer, identisch sind. Die Figuren sind ein Produkt meiner Fantasie.

Und zuletzt – nunaqatigiinikuusakka, danke!